Melissa Foster

Running on Diesel – Harte Zeiten für die Liebe

Die Whiskeys: Dark Knights in Peaceful Harbor

DIE AUTORIN

Melissa Foster ist eine preisgekrönte *New-York-Times-* und *USA-Today*-Bestsellerautorin. Ihre Bücher werden vom *USA-Today-Bücherblog*, vom *Hagerstown Magazin*, von *The Patriot* und vielen anderen Printmedien empfohlen. Melissa hat mehrere Wandgemälde für das *Hospital for Sick Children*, eine Kinderklinik in Washington, D. C., gemalt.

Besuchen Sie Melissa auf ihrer Website oder chatten Sie mit ihr in den sozialen Netzwerken. Sie diskutiert gern mit Lesezirkeln und Bücherclubs über ihre Romane und freut sich über Einladungen. Melissas Bücher sind bei den meisten Online-Buchhändlern als Taschenbuch und E-Book erhältlich.

www.MelissaFoster.com

MELISSA FOSTER
Running on Diesel – Harte Zeiten für die Liebe

Die Whiskeys: Dark Knights aus Peaceful Harbor

LOVE IN BLOOM – HERZEN IM AUFBRUCH

Aus dem Amerikanischen von Anna Wichmann

Die Originalausgabe erschien erstmals 2021 unter dem Titel
»Running on Diesel« bei World Literary Press, MD, USA.

Deutsche Erstveröffentlichung 2022
bei World Literary Press, MD, USA

Lektorat: Judith Zimmer, Hamburg
Umschlaggestaltung: Elizabeth Mackey Designs

Ich habe jahrelang darauf gewartet, Diesels und Traceys Geschichte aufzuschreiben, und ich freue mich wahnsinnig, Ihnen jetzt diese emotionale Liebesgeschichte erzählen zu können. Hoffentlich mögen Sie Diesel, meinen bisher rausten und brummigsten Helden, der Worte mit Gold aufzuwiegen scheint, und Tracey, die perfekte Mischung aus tough, frech und süß, die Diesels ganz eigene Art von Romantik hervorkitzelt, ebenso sehr wie ich. Wenn dies Ihr erster Whiskeys-Roman ist, dann kann ich Ihnen versichern, dass Sie ihn wie alle meine Bücher aus der Reihe »Love in Bloom – Herzen im Aufbruch« ohne Vorkenntnisse lesen und sich einfach in diese amüsante und heiße Geschichte stürzen können.

Treuen Leserinnen und Lesern der Whiskeys kann ich verraten, dass ich als Nächstes über die Whiskeys in Colorado *(Die Whiskeys: Dark Knights von der Redemption Ranch)* schreibe, doch die Reihe über die Dark Knights in Peaceful Harbor ist noch lange nicht zu Ende. Isabel »Izzy« Ryder bekommt auf jeden Fall noch ihr Happy End, ebenso wie Jon Butterscotch und andere wichtige Figuren. Haben Sie noch ein bisschen Geduld.

Den Familienstammbaum der Whiskeys können Sie hier herunterladen:
www.MelissaFoster.com/Wicked-Whiskey-Family-Tree

Die ganze Serie über *Die Whiskeys: Dark Knights in Peaceful Harbor* finden Sie hier:
www.MelissaFoster.com/Series-Die-Whiskeys-Dark-Knights-aus-Peaceful-Harbor

Abonnieren Sie meinen Newsletter und bleiben Sie immer auf dem Laufenden über alle Neuerscheinungen:
www.MelissaFoster.com/Newsletter_German

Weitere Informationen über meine ebenso witzigen wie romantischen Romane, die alle einzeln oder als Teil der Reihe gelesen werden, finden Sie auf meiner Website:
www.MelissaFoster.com/Herzen-im-Aufbruch

Viel Spaß beim Lesen!
~ Melissa

Eins

Das Murmeln der Menge im Whiskey Bro's wetteiferte mit dem Klackern der Billardkugeln und dem Donnergrollen von Desmond »Diesel« Blacks zunehmendem Zorn, während er für einen Gast Shots einschenkte und dabei die Augen nicht von Tracey Kline ließ. Die sexy Kellnerin wurde von einem stachelhaarigen Typen in Jeansjacke abgecheckt, der gerade mit zwei anderen Kerlen die Bar betreten hatte. Tracey klimperte so liebreizend wie immer mit den Wimpern und deutete mit dem schmalen Kinn auf einen Tisch. Ihre schulterlangen, seidigen dunklen Haare fielen ihr bei der Bewegung aus dem Gesicht und dann zurück über ein Auge, was sie nur noch aufreizender wirken ließ. Der Trottel in Jeansjacke schien das als Einladung zu verstehen, denn während seine Kumpane in Richtung Tisch stolzierten, kam der Kerl auf Tracey zu. Diesel mahlte mit dem Kiefer.

»Vorsicht, Kumpel«, mahnte Jed Moon, der andere Barkeeper.

Diesel fuhr herum.

Amüsiert deutete Moon auf den Tequila, den Diesel weiterhin einschenkte und der mittlerweile als Rinnsal vom Bartresen floss und an seinen schwarzen Lederstiefeln eine Pfütze bildete.

»Hast du mich gerade *angeknurrt*? Langsam drehst du echt durch, Mann.« Jed warf Diesel ein Handtuch zu.

»Verflucht.« Während er den Tresen abwischte, behielt Diesel den Kerl, der mit Tracey sprach, genau im Visier.

Tracey sah herüber und bemerkte, dass Diesel sie beide beobachtete. Der Blick des Kerls folgte ihrem, bis er bei Diesel angelangt war.

Diesel richtete sich zu seiner vollen Größe auf.

Der Mistkerl wurde bleich, schien die Fassung jedoch schnell zurückzugewinnen. Er setzte ein arrogantes Grinsen auf, sagte noch irgendetwas zu Tracey und schlenderte dann zu seinen Freunden. Tracey funkelte Diesel grimmig an, machte auf dem Absatz kehrt und stürmte zu einem anderen Gast.

Moon trat neben ihn. »Langsam glaube ich, du bist entweder schon zu lange hier oder solltest bei der Kleinen endlich mal Nägel mit Köpfen machen.«

Letzteres hatte er ganz bestimmt nicht vor. Er war ein einsamer Wolf, seit er mit neunzehn seine Mutter nach einem langen, harten Kampf an den Krebs verloren und sein Zuhause in Hope Valley, Colorado, verlassen hatte. Jetzt, im Alter von zweiunddreißig, bestand seine einzige Bindung zur Bruderschaft des Motorradclubs Dark Knights, in dem er Nomad-Mitglied war – dem Club treu ergeben, aber ohne eigene Ortsgruppe. Moon hatte allerdings nicht ganz unrecht damit, dass er bereits zu lange hier war. Als Kopfgeldjäger blieb Diesel normalerweise nicht länger als ein paar Wochen an einem Ort, bevor er unruhig wurde, auf sein Bike stieg und in eine andere Stadt, vielleicht sogar einen anderen Bundesstaat aufbrach. Hier war er jedoch länger geblieben, um Red Whiskey, der Old Lady des Vorsitzenden des Motorradclubs, einen Gefallen zu tun. Ihr ältester Sohn Bullet hatte die Bar jahrelang gemanagt, aber da er und seine Frau mittlerweile eine kleine Tochter hatten, wollte er mehr Zeit mit seiner Familie verbringen. Diesel war eingesprungen und hatte die Abendschichten übernommen.

Dann gab es da auch noch den zweiten Gefallen, um den Red ihn gebeten hatte. Der bezog sich auf Tracey, die aus einer gewalttätigen Beziehung geflohen war und ihm wie ein aus dem Nest gefallenes Vögelchen erschien. – *Sie ist eine ganz besondere Frau, und ich möchte, dass du auf sie aufpasst. Beschütze sie.* Diese Aufgabe und auch Tracey selbst hatten dafür gesorgt, dass er nun bereits fast zwei Jahre hier war.

»Ich würde ja vorschlagen, geh mit ihr ins Bett, dann hast du sie aus dem Kopf«, kommentierte Moon und riss Diesel damit aus seinen Gedanken. »Aber so ist Tracey nicht. Sie ist die Art Frau, mit der man eine Familie gründet.«

Wem sagst du das? Diesel ließ das Handtuch auf den Boden fallen und trat darauf, um die Pfütze aufzuwischen. »Ich würde die Kleine glatt zerbrechen.«

Tracey mochte in den letzten zwei Jahren zu sich selbst gefunden haben. Der hilflose Vogel hatte inzwischen seine Flügel ausgebreitet. Aber Diesel mit seinen eins achtundneunzig sowie über hundert Kilo Muskelmasse und einer Libido, die unzählige Frauen hätte glücklich machen können, übertrieb nicht. Tracey war gerade mal knappe eins sechzig und konnte nicht mehr als fünfzig Kilo wiegen. Davon abgesehen war sie viel zu liebreizend für einen Mann wie ihn. Doch nicht einmal das konnte verhindern, dass er sich vorstellte, wie sich ihr fester schlanker Körper an seinen schmiegte. Er hatte keine Ahnung, wie es so weit gekommen war, immerhin hatte er sie anfangs nur beschützen wollen, aber bei ihrem Anblick überkam ihn die pure Lust.

Das war auch der Hauptgrund, aus dem er schon bald aus

Peaceful Harbor verschwinden wollte. Normalerweise fuhr er einfach los, ohne Bescheid zu geben oder jemanden vorzuwarnen. Aber das konnte er den Whiskeys nicht antun. Sie verließen sich auf ihn, und er musste ihnen zumindest die Zeit geben, einen Ersatz zu finden. Morgen würde er Red informieren, dass er nach Weihnachten aufbrechen würde.

Tracey stakste auf die Bar zu, wobei sie Diesel abschätzig musterte.

Dabei hatte ihm diese junge Frau in den ersten Monaten, in denen sie hier gearbeitet hatte, nicht einmal in die Augen sehen können. Sie war längst nicht mehr das verängstigte Mädchen in übergroßen Flanellhemden und Baggy Jeans. Ihm fiel die nackte Haut zwischen dem Saum des »Whiskey Bro's«-T-Shirts, das ihre Brüste umspielte, und ihrer figurbetonten Jeans auf. Er stellte sie sich auf dem Bartresen vor, die Beine gespreizt, während er über diese bleiche Haut leckte, um sich zum Festmahl zwischen ihren Beinen vorzuarbeiten.

Tracey schlug mit der Hand auf den Tresen und riss ihn damit aus seiner ungehörigen Fantasie. »Hör auf, mein Trinkgeld zu verjagen.«

»Zieh dein Shirt runter, bevor du noch Schwierigkeiten bekommst.« In der Bar war viel los. Sie würde genug Trinkgeld verdienen und hatte keinen Grund, mit Reizen zu locken, die andere falsch auffassen konnten.

Sie grinste und musterte ihn herausfordernd, während sie sich über den Tresen beugte und ihm damit einen Blick auf ihr Dekolleté sowie einen Ansatz schwarzer Spitze gewährte. »Du verwechselst mich wohl mit deinen Bikergroupies. Nur weil die dich *Daddy* nennen, bedeutet das nicht, dass du dich wie *mein* Vater aufführen darfst.«

Daddy, was für ein Schwachsinn! Auf so einen Scheiß stand

er nicht. Er stützte sich mit den Unterarmen auf dem Tresen ab, bis sich ihre Nasenspitzen beinahe berührten. Ihr berückend femininer Duft entfachte die Flammen nur noch mehr, die er zu ignorieren versuchte. Er hielt ihrem Blick stand und genoss es, wie sich ihr Atem beschleunigte und ihre langen Wimpern flatterten, während sie sichtlich darum bemüht war, nicht den Mut zu verlieren. Ihr neu gewonnenes Draufgängertum machte ihn an, aber wenn sie sich weiter so verhielt, würde sie tatsächlich noch in Schwierigkeiten geraten.

»Du wirst langsam ziemlich aufmüpfig, kleine Kratzbürste«, warnte er. »Halt dich lieber zurück.«

Sie presste die Lippen fest zusammen und drückte sich vom Tresen ab, wobei sie nervös die Gäste beäugte, die sich auf die Barhocker neben ihr setzten. »Gib mir einen Pitcher Bud und drei Gläser.«

Während er das Bier zapfte, scannte er den Schankraum ab. Traceys Nervosität war deutlich zu spüren. Diesel fiel auf, wie der Kerl in der Jeansjacke Tracey anglotzte, und starrte ihn erneut drohend nieder, während Tracey über den Tresen nach den Gläsern griff. Diesel legte eine Hand auf ihr schmales Handgelenk. Seine Finger reichten über ihren gesamten Unterarm. Sie war so zart, und bei der Erinnerung daran, dass ein Mann gegen sie die Hand erhoben hatte, wurde ihm speiübel.

»Was ist denn?«

»Pass auf dich auf.«

Was der sich anmaßt, mir zu sagen, was ich anziehen und wie ich

mich verhalten soll! Es hatte mal eine Zeit gegeben, in der Tracey unter der kontrollsüchtigen Berührung zusammengezuckt wäre – besonders eines Mannes von der Größe eines Bergs, mit einer tiefen Bassstimme. Aber sie war nicht mehr das eingeschüchterte Mädchen von früher, das dem Zorn ihres Freundes Dennis Smoot entkommen war. Und sie war bereits viel zu weit gekommen, um sich noch von irgendjemandem sagen zu lassen, was sie zu tun oder lassen hatte.

Sie hielt Diesels finsterem Blick stand, während Hitze und Wut in ihr miteinander fochten. Das vertraute und verwirrende Gefühl von Anziehung – oder Hass, bei ihm war sie sich nie sicher, was es eigentlich war – bohrte seine Klauen tief in sie hinein. »Ich versuche hier, meinen Lebensunterhalt zu bestreiten«, spie sie aus. »Pass *du* doch auf *dich* auf.«

Sie entriss ihm ihren Arm, schnappte sich die Bestellung und rannte beinahe schon los. Sie war sich fast sicher, dass ihr Qualm aus den Ohren kam, und sie versuchte, sich auf dem Weg zu beruhigen. Warum ließ sie zu, dass er ihr so unter die Haut ging? Die Antwort kam ihr, als sie Dixie Whiskey-Stones Seite des Schankraums passierte. Dixie war eine toughe Rothaarige, die sich um die Buchhaltung der Whiskey-Familiengeschäfte kümmerte und ein paar Abende die Woche kellnerte. Wie üblich waren ihre Tische rappelvoll mit den Männern, die gemeinhin großzügig Trinkgeld gaben, während Tracey zwei leere Tische hatte und ihre anderen Gäste hauptsächlich aus Frauen bestanden. Und das alles dank Diesels drohendem »Fass sie nicht an, sonst reiß ich dir die Arme raus«-Blick.

Dieser Bastard.

Zu Thanksgiving hatte Tracey endlich herausgefunden, warum Diesel jeden männlichen Gast, der auch nur in ihre

Nähe kam, genau unter die Lupe nahm, und Red Whiskey hatte ihren Verdacht bestätigt. Als Tracey angefangen hatte, hier zu arbeiten, hatte sich Red Sorgen gemacht, Traceys Ex könnte sie suchen kommen, und hatte Diesel gebeten, auf sie aufzupassen. Aber das war jetzt zwei Jahre her.

Es wurde Zeit, Diesel von seinen eingebildeten Leibwächterpflichten zu entbinden, denn ansonsten musste sie kündigen, und das stand außer Frage. Sie liebte ihren Job und sie vergötterte die Whiskeys. Das durfte ihr dieser Neandertaler auf gar keinen Fall vermasseln. Ganz egal, wie unglaublich heiß er war oder wie oft er ihre Träume heimsuchte.

Die Whiskeys waren ihre Motorrad fahrenden, tätowierten und in Leder gekleideten Schutzengel. Sie hatte sie über das Frauenhaus in Parkvale kennengelernt, in dem sie nach der Flucht vor ihrem brutalen Ex-Freund untergekommen war. Das Frauenhaus wurde von einer anderen Dark-Knights-Familie geleitet, und Wayne »Bones« Whiskey arbeitete dort ehrenamtlich als Arzt. Die Whiskeys hatten ihr diesen Job verschafft und ihr damit geholfen, wieder auf die Beine zu kommen. Und was noch viel wichtiger war, sie hatten sie in ihren großen Kreis aus Familienmitgliedern und Freunden aufgenommen. Dazu gehörte auch Izzy Ryder, mit der sie seit dem Auszug aus dem Frauenhaus zusammenwohnte. Izzy kellnerte ebenfalls im Whiskey Bro's. Die Whiskeys taten so viel für die Gemeinde, dass es fast den Anschein erweckte, als würde jeder in Peaceful Harbor sie kennen. Bevor sie Dennis entkommen war, hatte Tracey viele Jahre lang sehr isoliert gelebt und daher eine Weile gebraucht, um sich zu öffnen. Aber die Whiskeys und ihre Freunde waren geduldig gewesen und hatten ihr das Gefühl gegeben, in Sicherheit und erwünscht zu sein, als wäre sie wieder Teil einer echten Familie.

Sie musste an ihre Mutter denken, und eine Welle der Traurigkeit brach über sie herein. Zwischen ihnen war es zum Zerwürfnis gekommen, als sie mit Dennis weggezogen war, und jetzt, sechs lange Jahre später, wusste sie nicht einmal mehr, wo ihre Mutter lebte. Aber sie konnte es sich nicht leisten, ihren kummervollen Gedanken nachzuhängen. Ihr blieben noch fünf Stunden, um sich ihr Trinkgeld zu verdienen.

Sie schenkte dem aalglatten Kerl in der Jeansjacke, der viel zu sehr von sich eingenommen war, ein freundliches Lächeln, während sie den Pitcher und die Gläser auf dem Tisch abstellte. Er und seine Freunde waren auf der Durchreise und für ein paar Tage in der Stadt, das hatte er ihr zumindest erzählt. »Tut mir leid, dass das so lange gedauert hat, Jungs.«

»Kein Problem. Auf dein hübsches Gesicht zu warten, war es wert.« Mr. Aalglatt nickte mit dem Kinn in Richtung Bartresen. »Was läuft da zwischen dir und Bigfoot?«

»Bekäme ich jedes Mal, wenn ich mir diese Frage stelle, einen Dollar, wäre ich mittlerweile reich.«

Sie sah zu Diesel hinüber, der gerade Dixies Bestellung ausführte, während sie plaudernd an der Bar stand. Diesel war weiterhin auf Tracey fokussiert, und erneut überkamen sie diese seltsamen Gefühle. Er war tatsächlich ein grummeliger Muskelberg, tätowiert von Hals bis Handgelenk und mit *keinerlei* Sozialkompetenz gesegnet. Die abgewetzte schwarze Baseballkappe, die er jeden Tag trug, passte nicht zum Rest seines Harter-Kerl-Images. Sie fragte sich, warum er sie nie abnahm. Hatte sie für ihn einen sentimentalen Wert? *Vielleicht ist es ja die Trophäe von einem Mann, den er umgebracht hat?* Sie grinste in sich hinein. Als sie Diesel das erste Mal begegnet war, hatte er auf sie so abgebrüht gewirkt, dass sie tatsächlich mit dem Gedanken gespielt hatte, der Mann, der – weswegen auch immer – praktisch eine Legende war, könnte ein Serienmörder sein. *Ein wirklich gut duftender Serienmörder.* Er roch immer sauber und frisch, wie ein kalter und klarer Wintertag. Aber sie kannte inzwischen die Wahrheit. Desmond »Diesel« Black war definitiv weder Bigfoot noch ein Serienmörder, sondern einfach nur ein kaltschnäuziger Wachhund und sie seine Schutzbefohlene.

»Hey, Sonnenschein«, meldete sich Mr. Aalglatt zu Wort, sodass sie ihre Aufmerksamkeit wieder auf den Gast richtete.

»Ja? Entschuldige.«

»Ihr seid also nicht zusammen?«

»Nein.« *Ich mag Männer, die in der Lage sind, ganze Sätze zu formulieren.*

»Wann hast du Schluss?« Er beugte sich vor, und ein unangenehmes Grinsen umspielte seine Lippen. Bevor sie ihm antworten konnte, sprach er schon weiter. »Ich formuliere das mal anders: Wann kann ich dich abholen und dir zeigen, was ich draufhabe?«

Seine beiden Begleiter kicherten.

Pfff. Erst Diesels lächerlicher beschützender Handgriff und jetzt dieses anmaßende Ekelpaket. Am liebsten hätte sie etwas oder jemanden geschlagen. »Tut mir leid, aber ich fange nichts mit Gästen an. Genießt eure Drinks.«

Sie bediente noch ein paar andere Gäste und trat dann an den Tresen, um eine Bestellung aufzugeben. *Adlerauge* kreiste weiter beschützend über ihr, was diese verwirrenden Flammen über ihre Haut tanzen ließ, die seit der Hochzeit ihrer Freundin Sarah mit Bones vor einigen Wochen sogar noch heißer loderten. Diesel hatte an dem Abend einfach unglaublich attraktiv ausgesehen. Seine Muskeln hatten sich deutlich unter dem Hemd und der Anzughose abgezeichnet. Kennedy, die fünfjährige Tochter einer anderen Freundin, hatte ihn auf die Tanzfläche gezerrt. Und der Mann, bei dem Tracey geschworen hätte, dass er ein Herz aus Stein besaß, hatte dieses niedliche kleine Mädchen herumgewirbelt und mit solcher Zärtlichkeit in den Arm genommen, dass Traceys Höschen feucht geworden wäre, hätte sie ihn nicht bereits als den unnahbaren Klotz kennengelernt, der er normalerweise war.

Sie trat an Jeds Seite der Bar. Jed war der Mann ihrer Freundin Josie und ebenfalls ein Dark Knight, mit seiner Warmherzigkeit, den durchdringenden blauen Augen und dem dichten aschblonden Haar allerdings das genaue Gegenteil von Diesel. Jed war groß, wenn auch nicht so muskulös wie Diesel, und wahnsinnig verliebt in seine Frau und ihren gemeinsamen siebenjährigen Sohn Hail.

Jed schenkte ihr ein herzliches Lächeln. »Was kann ich für dich tun, Trace?«

»Eine Rückenmassage, eine Fußmassage und vielleicht noch ein Mann, der weiß, wie man flirtet, ohne sich dabei wie ein Idiot zu verhalten, wären nett.«

Jed runzelte die Stirn. »Hast wohl einen harten Abend?«

Sie beäugte Diesel, der gerade einem Gast an der Bar einen Drink vorsetzte und bereits wieder in ihre Richtung schaute. »Sagen wir es so: Leider lassen sich gerade die, bei denen ich es mir wünschen würde, nicht von meinem Bodyguard hier abschrecken.« Sie orderte ihre Getränke und sah beim Warten zwei Pärchen die Bar verlassen. Beide Männer hatten den Arm um ihre Frau gelegt. Einer küsste seine Partnerin auf die Schläfe. Tracey seufzte innerlich.

Bevor sie die Whiskeys kennengelernt hatte, war ihr nicht klar gewesen, wie eine gute Beziehung aussehen konnte, aber nun erkannte sie sie auf mehrere Kilometer Entfernung. Ihre

Mutter hatte ihren gewalttätigen Vater verlassen, als Tracey gerade einmal sechs Jahre alt gewesen war, und war seitdem Single geblieben. Als Tracey alt genug gewesen war, um auszugehen, hatte sie Dennis kennengelernt, und das, was sie für Liebe gehalten hatte, war in einen Albtraum übergegangen. Aber in diesen letzten beiden Jahren im Schutz der Whiskey-Familie hatte sie beobachtet und gelernt. Biggs war ein hartgesottener Biker bis ins Mark, und Red war so tough, wie die Frau eines Bikers sein musste, um in dieser Welt zu bestehen. Sie waren schon ewig verheiratet, und die Liebe, das Vertrauen und der Respekt, die sie füreinander empfanden, waren unüberwindlich und zeigten sich in allem, was sie taten, sowie in den Menschen um sie herum. Sie hatten drei starke Männer großgezogen – ihre Bikernamen lauteten Bullet, Bones und Bear – sowie eine knallharte Tochter: Dixie. Alle vier hatten ein Herz aus Gold und liebten ihre Partner und Freunde mit einer Selbstverständlichkeit, als bräuchten sie sie wie die Luft zum Atmen.

In letzter Zeit sehnte sich Tracey immer stärker nach genau dieser Art von Vertrauen, Freundschaft und Intimität.

Jed schob die Drinks über den Tresen, und sie konzentrierte sich wieder auf ihn. »Hey, Trace, kannst du eventuell am Mittwochabend auf Hail aufpassen? Josie hat so lange für diese Hochzeitsmesse gearbeitet, dass ich sie schön ausführen möchte.«

Josie besaß einen Lebkuchenladen. Sie wollte sich mit ihrer Schwester Sarah, die als Friseurin arbeitete, und Finlay, Bullets Frau, der ein Cateringunternehmen gehörte und die in Teilzeit in der Bar arbeitete, auf einer Hochzeitsmesse nächsten Monat einen Stand teilen. Tracey und ein paar ihrer anderen Freundinnen hatten versprochen, ihnen dort zu helfen. Während sie die Getränke auf ihr Tablett stellte, ging sie im Kopf ihre Termine durch. Aufgrund ihres Kampfsportkurses und des Kellnerjobs hatte sie nur wenig Freizeit, aber sie passte gern auf Hail auf. »Na klar. Um wie viel Uhr?«

»Passt dir sieben?«

»Ja«, stimmte sie zu, während Diesel näherkam. »Ich werde da sein.«

»Wo wirst du sein?« Diesels Stimme klang so rau wie Sandpapier.

Sie hob das Tablett vom Tresen und beschloss, ihn etwas zu ärgern. »Nicht, dass dich das etwas angehen würde, aber Jed hat mich fürs Schlammcatchen angemeldet.«

Diesels Nasenflügel blähten sich.

Sie konnte nicht anders als zu kichern. Für was für eine Frau hielt er sie eigentlich? Da musste sie ihn gleich noch etwas weiter anstacheln. »Hab ich schon erwähnt, dass ich gleich gegen *zwei* Männer antrete? Etwas Nacktheit ist da vermutlich auch im Spiel.« Glucksend zog sie los, um die Getränke zu servieren.

Eine Stunde später war die Bar brechend voll, trotzdem waren in Traceys Bereich noch Tische frei. Sie kochte vor Wut über Diesels übertriebenen Beschützerinstinkt. Eine gute Ablenkung davon kündigte sich an, als Crow Burke mit Tex und Court Sharpe eintrat. Das waren drei Dark Knights, die immer gutes Trinkgeld gaben.

»Hey, Jungs. Wie geht's euch heute?«

»Super, Trace. Und dir?«, fragte Tex.

»Du siehst auf jeden Fall toll aus«, meinte Crow.

Tex stieß ihn mit dem Ellbogen an.

Beinahe hätte sie die Augen verdreht. Ein weiterer Babysitter hatte ihr gerade noch gefehlt. »Da drüben ist ein Platz für euch.« Sie zeigte auf einen leeren Tisch.

»Trace, nichts gegen dich, aber ich glaube, wir setzen uns heute Abend lieber an einen von Dixies Tischen.« Tex fuhr sich mit einer tätowierten Hand durch das dichte schwarze Haar. »Diesel macht mich jedes Mal zur Schnecke, wenn ich mit dir flirte.«

Wütend stemmte sie die Hände in die Hüfte. »Du hast also Angst vor Diesel? Ernsthaft? Sollten Dark Knights sich nicht gegenseitig den Rücken stärken?«

»Und genau deshalb setzen wir uns zu Dixie.« Tex stupste Crow an. »Gehen wir.«

Sie sah zu Court, dem ältesten der drei Männer.

»Tut mir leid, Trace, aber du weißt doch, dass sich die beiden immer in Schwierigkeiten bringen.«

Sie wurde immer wütender, als Court davonging, und stürmte hinüber zur Kasse, an der Dixie gerade eine Rechnung eingab.

»Hey, Süße. Wow. Was bringt dich denn so in Rage?«

»Tex hat mir gerade erzählt, dass Diesel ihn dumm angemacht hat, weil er mit mir geflirtet hat. *Warum* tut Diesel das? Als würde er es darauf anlegen, dass ich kündige. Ich meine, wir reden hier von *Tex*. Echt jetzt? Als wäre der eine Gefahr für mich!«

Dixie lehnte sich mit der Hüfte gegen den Tresen, verschränkte die Arme und blickte Tracey prüfend an. »Du siehst heute heiß aus.«

Tracey war schon immer zierlich gewesen, aber nun, da ihr Leben im Gleichgewicht und sie glücklich war, hatte sie ein paar Kilo zugelegt. Und dank des Kampfsportkurses, den sie im Fitnesscenter belegte, besaß sie mittlerweile sogar so etwas wie weibliche Kurven. Sie hatte ja auch nur knapp sechsundzwanzig

Jahre gebraucht, um welche zu entwickeln. Aber sie fiel nicht auf Dixies Versuch herein, sie durch ein Kompliment abzulenken. »Im Vergleich zu dir sehe ich wie ein Junge mit Brüsten aus, aber du hast meine Frage nicht beantwortet, Dix.«

Dixie hatte die Schönheit, den Körper und die Selbstsicherheit eines Models und die Einstellung einer Badass-Bikerin, die nach ihren eigenen Regeln lebt. Sie trug das, wonach ihr der Sinn stand, Hotpants, Minirock oder, wie heute Abend, ein kurzes »Whiskey Bro's«-Tanktop, hautenge Jeans und extrem hohe schwarze Lederstiefel. Niemand legte sich je mit Dixie an. Tracey ersehnte sich diese Form des Respekts auch von Diesel. Alle anderen erwiesen ihn ihr bereits.

»Doch, habe ich, und du siehst kein bisschen wie ein Junge aus. Du hast tolle Brüste, einen kleinen Knackarsch und eine Wespentaille, für die die Hälfte unserer Freundinnen töten würde.«

»Danke, aber was hat das mit meiner Frage zu tun?«

»Ich sage dir doch schon seit Monaten, dass Diesel mit dir in die Kiste will. Bei jeder anderen Frau wäre die Sache längst erledigt.« Sie zog eine fein geschwungene Braue hoch. »Wenn du mich fragst, solltest du ihn aus der Bar schleifen und ihn wie eine Harley reiten. Nur so lässt sich die sexuelle Anspannung zwischen euch beiden beenden. Und dir ist doch klar, dass ein Mann, der so aussieht, im Bett genauso hart und schmutzig ist, wie er sich benimmt?«

»Ich hab es echt satt, dass mir alle einreden, er würde mich wollen. Ihr habt sie doch nicht mehr alle. Dieser Mann hält mit dem, was er will, nicht hinterm Berg. Er verlässt diese Bar zwei- bis dreimal die Woche mit einer anderen Frau. Mit solchen, die zu viel trinken und zu knappe Klamotten tragen. Die *nichts* mit mir gemein haben, was auch völlig in Ordnung ist, denn gutes

Aussehen hin oder her, der Kerl besitzt keinerlei Sozialkompetenz und ich habe nicht das Bedürfnis, das Eigentum so eines besitzergreifenden, finsteren Bikers zu werden.« Sie atmete schwer; Wut und Adrenalin pulsierten durch ihre Adern. »Weißt du was? Vergiss es einfach. Ich werde der Sache jetzt sofort ein Ende bereiten.« Sie schob sich durch die Menge auf den Tresen zu und sagte zu Diesel: »Du. Küche. *Jetzt.*«

Sie wartete seine Antwort gar nicht erst ab, sondern ging schnurstracks durch die Doppeltür in die leere Küche. Dort schritt sie auf und ab, und ihre Nerven fuhren Achterbahn im Hinblick auf das, was sie gleich tun würde. Sie schüttelte die Hände aus und schluckte schwer, als Diesel durch die Tür trat.

Es hieß, jetzt oder nie, und ein *Nie* konnte sie sich nicht leisten.

Sie trat dicht an ihn heran. Er überragte sie und wirkte aus dieser Perspektive noch viel größer als sonst hinter der Bar. Aber das hielt sie nicht auf. Mit zu Fäusten geballten Händen ließ sie ihrer Wut freien Lauf. »Mit diesem Gluckenscheiß von dir ist jetzt Schluss! Ich weiß, dass Red dich gebeten hat, auf mich aufzupassen, und vielleicht war das vor zwei Jahren auch nötig, aber jetzt ist es das nicht mehr. *Schluss, aus, Ende.* Ich entbinde dich von deinen Pflichten. Ich will nicht, dass du meine Gäste verschreckst, mir sagst, was ich anziehen darf, oder Kerle vertreibst, mit denen ich vielleicht ausgehen möchte. Ich werde nie einen Mann kennenlernen oder Freunde finden, wenn du jedes Mal, sobald ein Mann nur in meine Richtung schaut, einen auf King Kong machst.«

Drohend hoben sich seine Schultern.

»Ich kann auf mich selbst aufpassen. *Lass. Mich. In. Ruhe.*« Bei jedem Wort bohrte sie ihren Finger in seine Brust, und sie war noch lange nicht fertig mit ihm. »Ich habe Jahre unter der

Fuchtel eines Mannes gestanden, und ich lasse nicht zu, dass jetzt du meinst, das Sagen zu haben. Halt dich zurück, Diesel. Hast du mich verstanden?«

»Bist du jetzt fertig, kleine Kratzbürste?«

»Ich bin nicht dein Eigentum. Hör auf, mich so zu nennen. Ich bin *gar nichts* für dich. Du arbeitest hier. Ich arbeite hier. Ende der Geschichte. Du machst deinen Job. Ich mach meinen. Hast du das verstanden?«

Er gab ein schnaubendes Geräusch von sich, und dieser unerträgliche kalte Blick verwandelte sich in etwas viel Dunkleres, das gleichzeitig angsteinflößend und verführerisch wirkte. Dann trat er näher an sie heran, woraufhin sie einen Schritt zurückwich und gegen die Küchentheke stieß. Jetzt hatte er sie eingekeilt, und er stützte die tätowierten Hände links und rechts neben sie und senkte den Kopf, sodass sich sein Gesicht dicht vor ihrem befand. Sie hatte das Gefühl, als würde dem Raum sämtlicher Sauerstoff entzogen.

»Wenn du mich loswerden willst, klär das mit Red«, sagte er mit leiser, bedrohlicher Stimme. Dann richtete er sich zu voller Größe auf und ging wieder in die Bar. Zurück blieb nur ein kalter Hauch.

Keuchend atmete Tracey aus und presste sich zitternd eine Hand an die Brust. Aus dem hinteren Küchenbereich erklang ein Klatschen. Erschrocken drehte sie sich um und war peinlich berührt, dort Bullet Whiskey zu sehen, einen grüblerischen, tätowierten, bärtigen Biker, der es von der Größe her mit Diesel aufnehmen konnte. Er war es, der klatschte, und neben ihm hielt Finlay, eine zarte Blondine, ihre acht Monate alte Tochter Tallulah im Arm.

»Bullet«, schalt Finlay ihn und reichte ihm das Baby. »Gönn ihr mal etwas Privatsphäre.«

»Ach herrje. Dass ihr das mitbekommt, war echt nicht geplant. Ich hatte ja keine Ahnung, dass ihr hier seid.« Tracey wäre am liebsten im Boden versunken.

Finlay eilte zu ihr. »Lulu war unruhig, deshalb haben wir eine kleine Ausfahrt mit ihr gemacht. Wir haben hier nur kurz gehalten, um meinen Planer für die Messe zu holen. Aber Tracey!« Finlay umarmte sie. »*Endlich* hast du ihm die Stirn geboten. Ich bin ja so stolz auf dich. Ist alles okay?«

»Keine Ahnung.« Tracey blickte kurz in Bullets Richtung, während Panik in ihr hochkroch. Die Whiskeys mochten sie wie ein Familienmitglied behandeln, aber Diesel war ein Dark Knight, weshalb seine Familienbande stärker waren als ihre. »Werde ich jetzt gefeuert?«

Ein rumpelndes Lachen entrang sich seiner Brust. »Niemals, Herzchen. Wir feuern doch kein Mitglied unserer Familie.«

»Aber …?« Tracey wusste nicht, was sie sagen sollte.

»Diesel ist ein großer Junge. Der kommt schon klar.« Bullet winkte ab. »Mir war gar nicht bewusst, dass er es dir so schwer macht. Ich werde mal mit ihm reden.«

»Nein«, wiegelte Tracey hastig ab. »Das ist meine Baustelle. Ich kümmere mich schon darum.«

»Süße, du zitterst ja.« Finley rieb Tracey den Rücken. »Soll ich dir einen Tee oder so was machen, bevor wir fahren?«

»Nein danke. Ich muss weiterarbeiten. Wir machen erst in ein paar Stunden zu.« Sie atmete aus, und ihr Herz raste in ihrer Brust. »Und wenn ich ihn damit erst angestachelt habe? Vielleicht benimmt er sich jetzt noch viel schlimmer?«

»So darfst du nicht denken.« Finlay drückte ihre Hand. »Du hast ihm gezeigt, aus welchem Holz du geschnitzt bist. Jetzt gehst du da raus und beweist es. Halt den Kopf schön hoch und bleib stark. Mensch, ich hab das mit Bullet auch durch.

Stimmt's, Bullet?«

Bullet schmuste mit dem Baby, was ihn viel weicher wirken ließ. »Ich habe noch keinen gesehen, der es mit Diesel aufgenommen und die Sache heil überstanden hat.«

Finlay warf ihm einen bösen Blick zu.

»Was denn?« Bullet runzelte die Stirn. »Ich rede hier von Kerlen, nicht von hübschen Frauen wie Tracey. Mir ist bisher noch keine untergekommen, die es diesem Mann so gezeigt hat.«

»Na toll. Falls ich morgen nicht zur Arbeit komme, wisst ihr warum.« Tracey ging durch die Doppeltür. Ihr schlug das Herz bis zum Hals, und sie spürte Diesels Starren wie einen Laserstrahl im Rücken, als sie sich wieder ihren Gästen widmete.

Dixie tauchte auf einmal neben ihr auf. »Was hast du zu ihm gesagt? Er sieht aus, als wollte er gleich jemanden umbringen.«

»Ich habe ihm gesagt, dass er mich in Ruhe lassen soll. Bullet und Finlay haben uns gesehen. Das war ja *so* peinlich.«

»Die sind hier?«

»Sie sind bloß kurz vorbeigekommen, um was zu holen.« Mr. Aalglatt winkte sie zu seinem Tisch. »Ich muss gehen.«

»Der Kerl hat dich eben schon gesucht. Scheint eine ziemliche Arschgeige zu sein.«

»Das kannst du laut sagen.« Tracey ging zu ihm, um nachzufragen, was er wollte. »Hey. Kann ich euch noch was bringen?«

Mr. Aalglatt runzelte die Stirn. »Hast du nicht gesagt, du hast nichts mit diesem Kerl?«

»Sah definitiv so aus, als wärt ihr für einen Quickie nach hinten verschwunden«, kommentierte der größte der drei.

Mr. Aalglatt grinste dreist. »Ich hab mehr drauf als er.«

»Die Sprüche kannst du dir bei mir sparen. Ich bin gleich mit eurer Rechnung zurück.« Sie wandte sich ab, doch der Kerl mit der Jeansjacke ergriff ihr Handgelenk und zog sie nach unten, bis ihr Gesicht vor seinem war. Ihr lief es eiskalt den Rücken herunter. Sie entriss ihm den Arm. »Wag es ja nicht ...«

Plötzlich schoss Diesels Hand vor ihr durch die Luft, packte den Kerl am Shirt und zerrte ihn immer höher, bis seine Füße in der Luft baumelten. »Verschwinde, und zwar sofort. Und falls du jemals zurückkommst, wird niemand deine Leiche finden.« Sein kalter Blick fiel auf die anderen, die mittlerweile standen. »Das gilt auch für euch Flachpfeifen.« Er ließ den Kerl los, den er festgehalten hatte und der nach hinten stolperte. Diesel trat einen Schritt auf ihn zu.

»Verschwinden wir aus diesem Drecksloch.« Mr. Aalglatt grinste höhnisch.

Diesel blieb in Wachposition, bis sie weg waren, dann drehte er sich zu Tracey um. »Willst du immer noch mit Red reden?«

»Ja. Das war doch nur ein aufgeblasener Idiot. Ich wäre schon mit ihm fertig geworden.«

»So wie du mit mir fertig geworden bist?«, fragte er schroff, aber es war klar, dass er keine Antwort von ihr erwartete. Er brachte sein Gesicht auf Augenhöhe mit ihr, genau wie er es in der Küche getan hatte, und wieder strahlte er diese Hitze und dunkle Bedrohung aus. »Du machst deinen Job und lässt mich meinen machen.«

Er ging zurück zum Tresen und ließ sie wieder einmal kochend vor Wut zurück.

Danach schenkte Diesel ihr noch mehr Aufmerksamkeit. Oder vielleicht bildete sie sich das wegen dem, was Dixie gesagt hatte, auch nur ein. Als die Bar endlich schloss, wollte sie jedenfalls einfach nur nach Hause.

»Noch mal danke, Trace«, meinte Dixie, als sie und Jed hinausgingen.

»Jederzeit«, rief Tracey aus dem Billardbereich zu ihnen herüber.

Dixie versuchte jetzt, da sie verheiratet war, nicht mehr so oft abends zu arbeiten, und hatte die ganze Woche über Vorstellungsgespräche mit neuem potenziellem Servicepersonal geführt. Aber Tracey machte es nichts aus, länger zu bleiben und das Aufräumen zu übernehmen. Auf Dixie wartete schließlich ihr Mann Jace, auf Tracey hingegen nur ein leeres Haus. Izzy war an diesem Wochenende nicht in der Stadt, sondern besuchte ihre Familie.

Als sie mit dem Saubermachen fertig war, stellte sie die Gerätschaften weg und wollte den Müll holen, aber Diesel hatte ihn bereits zur Mülltonne gebracht. Sie nahm ihr Handy aus der Tasche und wollte sich ein Uber rufen, da ihr Wagen in der Werkstatt war. Sie tippte konzentriert auf ihrem Handy, während sie durch die Vordertür und in die warme Augustnacht trat, um ja nicht in Diesels Richtung zu schauen.

Tracey lehnte sich zum Warten gegen das Geländer und blickte zum Sternenhimmel hinauf, wobei sie sich fragte, ob sie mit ihrer Konfrontation das Richtige getan hatte. Wenn bei Dixie irgendwelche Kerle übergriffig wurden, kam Diesel nicht zu ihrer Rettung geeilt. Er trat zwar näher, ließ Dixie die Sache aber selbst regeln. Warum konnte er das nicht auch bei ihr tun? Minuten verstrichen in friedlicher Stille, lediglich durchbrochen von den Geräuschen vorbeifahrender Wagen. Die sanfte Brise umschmeichelte ihre Haut. Ihr Handy vibrierte, und seufzend las sie, dass ihr Uber storniert worden war.

Hinter ihr öffnete sich die Tür, und sie spürte, wie sich die

Holzdielen unter Diesels Gewicht neigten. »Wo ist dein Auto?«, fragte er, während er die Tür abschloss.

»Bis Sonntag in der Werkstatt.«

Er trat neben sie. »Ich bring dich nach Hause.«

»Musst du nicht. Ich bestelle mir ein Uber. Das letzte hat nur gerade abgesagt.«

»Du steigst nicht zu irgendeinem Fremden in ein Uber. Wir fahren. Steig auf mein Bike.«

Sie stemmte eine Hand in die Hüfte, und sie besah sich seine Brust und den Bizeps, der sich unter seinem T-Shirt abzeichnete. Als ihr klar wurde, dass sie ihn anstarrte, riss sie sich wieder zusammen. »Warum glaubst du eigentlich ständig, du könntest mir sagen, was ich zu tun habe?«

Er ging unbeeindruckt die Stufen hinunter zu seinem Motorrad und nahm seinen Helm herunter. »Denkst du denn, ich lass dich nach dem, was heute Abend passiert ist, zu einem Fremden ins Auto steigen?«

»Es geht mir gut.« Okay, jetzt wo er es erwähnte, war ein winzig kleiner Teil von ihr deswegen vielleicht doch nervös.

»Du glaubst, es ginge dir gut. Aber dieser kleine Hauch von Zweifel, den du da spürst, der entgeht Männern nicht.« Er zeigte auf sein Motorrad. »Steig auf.«

Sie verschränkte die Arme, reckte das Kinn in die Luft und weigerte sich schon aus Prinzip.

»*Herrgott* noch mal.« Er legte den Helm ab und trat auf die Treppe zu. Als sie sich nicht rührte, umschlang er einfach ihre Taille, hob sie hoch und trug sie zu seinem Motorrad. Ihr Strampeln und Protestieren ignorierte er komplett.

»*Diesel!* Setz mich sofort ab!«

Er überging ihre Beschwerde, verfrachtete sie auf das Bike und drückte ihr den Helm auf den Kopf. Dann stieg er vor ihr auf, griff mit einer Hand hinter sich und schob Tracey nach vorn, sodass ihre Innenschenkel gegen seinen Hintern gepresst wurden. Er nahm ihre Hände und schlang sie um seinen muskulösen Körper. »Halt dich fest.«

»Das ist eine Entführung, damit dir das klar ist. Du bist viel zu breit, ich kann mich gar nicht festhalten. Ich muss das Uber stornieren.«

Das Dröhnen des Motors übertönte ihre Stimme. Ihr Puls schoss in ungeahnte Höhen, und als er den Parkplatz verließ und auf die Hauptstraße abbog, klammerte sie sich an ihm fest, als würde ihr Leben davon abhängen. Sie hatte noch nie zuvor auf einem Motorrad gesessen und ihren Freundinnen nie glauben wollen, die behaupteten, die Vibrationen wären besser als jedes Vorspiel. Nicht, dass sie sonderlich viel Erfahrung mit einem Vorspiel hatte. Nach ein oder zwei Jahren hatte Dennis sich damit gar nicht mehr abgegeben. Sie schob die Gedanken an diese unangenehme Beziehung von sich, während sie durch Peaceful Harbor fuhren. Stattdessen konzentrierte sie sich auf die Lichter, die den Hafen erhellten, und den Geruch des Meeres um sie herum. Die Stadt sah anders aus als aus einem Auto. Sie war sogar noch schöner. Die Bäume wirkten grüner, die Luft war frischer. Sie fühlte sich freier. Mit der Brust gegen Diesels Rücken gepresst, seiner Körperwärme vermischt mit der Sommerluft an ihrer Haut und dem angenehmen Rumpeln und Dröhnen des Motors, die ihr bis ins Mark gingen, konnte sie sich langsam vorstellen, wie romantisch sich das Ganze mit dem richtigen Mann anfühlen musste. Sogar erregend.

Wäre sie nicht auf das Bike gezwungen worden.

Als Diesel vor dem Haus ankam, das sie sich mit Izzy teilte, schaltete er den Motor aus, doch in ihrem Körper vibrierte es weiterhin, selbst als er abstieg und nach ihrem Helm griff. Er hielt inne, und sein Gesichtsausdruck wurde ein winziges bisschen sanfter, während sein Blick langsam über sein Bike glitt und dann auf ihr ruhte. Sein Adamsapfel hüpfte, und wieder mahlten die Muskeln in seinem Kiefer, als er ihr den Helm abnahm und sie vom Bike hob. Ihm schien klar zu sein, dass ihre Knie wacklig waren, denn er ließ nicht los. Seine großen Hände ruhten weiterhin auf ihrem Brustkorb, seine Daumen direkt unter ihren Brüsten, seine Finger auf beiden Seiten ihrer Wirbelsäule.

Sie schaute zu ihm hoch, und pures Verlangen sah ihr entgegen. Ihre Verwirrung verstärkte sich, wurde zu einem Wirbelsturm der Gefühle. Etwas Kaltes und schwer zu Fassendes blitzte in seinen Augen auf, und sofort ließ er sie los, als hätte er sich an ihr verbrannt.

Er sah sich auf dem Hof um, bevor er seine Aufmerksamkeit wieder auf sie richtete. »Ich hol dich morgen Abend ab und bring dich zur Arbeit.«

Sie blinzelte mehrfach, versuchte, ihren Verstand wieder zum Laufen zu bringen. »Was? Nein. Ich kann mir ein Uber rufen.«

»Halt dich um fünf bereit.« Er griff in die Vordertasche seiner Jeans, zog mehrere Scheine heraus und drückte sie ihr in die Hand. »Für das Uber von heute Abend.«

Was zum ...? »Du musst nicht ...«

»Geh rein, damit ich weiß, dass du in Sicherheit bist.« Er stieg auf sein Bike und stemmte die schweren Stiefel auf den Gehweg.

Tracey war viel zu verdattert, um mit ihm zu diskutieren, daher ging sie zum Eingang und blickte über die Schulter zurück zu diesem faszinierenden und verwirrenden Mann, der sie beobachtete, während sie die Tür aufschloss. Sie winkte kurz und beschämt, dann trat sie ein. Er startete den Motor, doch sie hörte ihn noch weiterhin draußen vor der Tür, während sie sich das Gesicht wusch und sich bettfertig machte. Erst als sie im Bett lag und das Licht ausgeschaltet hatte, hörte sie ihn wegfahren.

Zwei

Schweiß rann Tracey über die Schläfen, während sie auf die Pads einschlug, die ihr Kampfsporttrainer Lior Levy ihr hinhielt. Sie trainierte nun bereits seit eineinhalb Jahren bei dem ehemaligen Navy-SEAL und war mental und physisch stärker geworden. Heute allerdings war sie nicht bei der Sache und hatte Mühe, sich auf das Training zu konzentrieren. Diesel hatte sie gestern Abend weitaus mehr durcheinandergebracht als dieser Trottel in der Bar. Die eine Hälfte der Nacht hatte sie damit zugebracht, Diesels Blicke zu deuten. Die andere Hälfte erlebte sie heiße Träume, in denen er ihr demonstrierte, was diese finsteren Blicke bedeuteten. Ihre Träume waren so lebendig gewesen, dass sie jetzt noch seine schroffen Befehle hören konnte, seine heiße Haut und seinen schweren Körper spürte, während er seine Härte in sie hineinstieß. Zweimal war sie schweißgebadet und höchst erregt aufgewacht und hatte selbst Hand anlegen müssen, um wieder einschlafen zu können. Sobald sie die Augen schloss, sah sie sein markantes Gesicht vor sich und hörte seine barschen Forderungen, die sie zum Orgasmus gebracht hatten.

»Jetzt komm schon, Tracey. Konzentrier dich mal«, beschwor Lior sie und riss sie damit aus ihren Gedanken. »Du musst präziser zuschlagen.«

Sie spürte, wie ihr das Blut in die Wangen schoss, und versuchte, sich zu fokussieren, aber *Jab rechts, Cross links, Haken rechts* verwandelte sich in eine Kombination aus Diesels schroffen Befehlen aus ihrem Traum – *Saug fester. Nimm ihn tiefer auf* – und die Erinnerung an seine Hände um ihre Taille, als er sie von der Treppe des Whiskey Bro's gehoben hatte, als wäre sie so leicht wie ein Schmetterling, um sie auf sein Bike zu setzen. Er war kalt, *brutal,* ganz und gar nicht die Art von Mann, die sich Tracey als Partner vorstellte. Warum war er dann aber der einzige Mann, von dem sie seit Monaten träumte?

Jab rechts, Cross links, Haken rechts.
Saug fester. So gottverdammt heiß.
Jab rechts, Cross links, Haken rechts.
Reit mich schneller.

Traceys Innerstes zog sich vor Verlangen zusammen. »*Verdammt!*« Frustriert riss sie die Hände hoch. »Tut mir leid, Lior. Ich brauche eine Pause.« Sie griff nach der Wasserflasche und trank im Gehen einen Schluck.

Lior legte die Pads ab und sah ihr zu, wie sie auf und ab lief. Er war Ende dreißig und hatte kurz geschorenes Haar und tief liegende blaugraue Augen. Obwohl er vermutlich nur um die eins achtundsiebzig groß war, besaß er die Art von Autorität, die ihn viel größer erscheinen ließ. Tracey wusste, dass er ihre Verfassung einschätzte und nach Hinweisen in ihrem Verhalten suchte, so wie er und seine Frau Eliani, die mittlerweile im sechsten Monat schwanger war und nicht mehr unterrichtete, es ihr beigebracht hatten.

»Was ist denn los?«

»Eigentlich gar nichts. Hat was mit der Arbeit zu tun.«

»Immer noch Probleme mit deinem Riesenbabysitter?«

»So was in der Art.« Sie hatte Lior nach Bones' und Sarahs Hochzeit von Diesel erzählt, als sie bei einer Kursstunde den Sandsack mit einer nie zuvor da gewesenen Heftigkeit attackiert hatte. Dr. Rhys, einer von Bones' Freunden, und sie hatten bei der Hochzeit ein bisschen geflirtet, wobei sie nicht mitbekam, dass Diesel sie gesehen hatte. Als Diesel über die Tanzfläche auf sie zugelaufen war, mit völlig anderem Gesichtsausdruck als bei der Arbeit, ein wenig sanfter, ihr Kleid bewundernd, hatte sie geglaubt, er würde vielleicht tatsächlich versuchen, sich mit ihr zu unterhalten oder sie bitten, etwas mit ihm zu trinken. Aber je näher er gekommen war, desto angespannter war er geworden, und dann hatte er sich lediglich zwischen Tracey und den gut aussehenden Arzt gestellt und den armen Mann niedergestarrt. Bevor Tracey etwas sagen konnte, hatte Izzy gesagt: *Hör auf, Tracey die Tour zu vermasseln, und fordere sie endlich zum Tanzen auf.* Diesel hatte sich nicht vom Arzt abgewendet und lediglich mit einem *Ich tanze nicht* reagiert. Als Izzy ihn darauf hinwies, dass er mit Kennedy getanzt hatte, hatte dieser Kerl, der sich niemandem verpflichtet fühlte, lediglich geknurrt und sich weiterhin als unbewegliche Mauer zwischen Tracey und dem Rest der männlichen Spezies aufgebaut.

Lior verschränkte die Arme. »Willst du darüber reden?«

»Nein. Ich will nur jemanden zu Brei prügeln.« *Und ich will Diesel zeigen, dass er keinerlei Kontrolle über mich und mein Leben hat.*

Ein Funke blitzte in Liors Augen auf. »Das ist die richtige Einstellung. Und genau deshalb solltest du in Betracht ziehen, mir als Trainerin auszuhelfen, solange Eliani nicht arbeiten kann.«

Eliani war der Grund, aus dem sich Tracey für das Programm entschieden hatte. Sie stammte aus Israel und war das Opfer von häuslicher Gewalt gewesen, bevor sie in die USA gekommen war und Lior kennengelernt hatte. Sie verstand, was Tracey durchgemacht hatte, und hatte ihr dabei geholfen, ihre Angst hinter sich zu lassen und stärker zu werden. Seit Eliani nicht mehr unterrichtete, versuchte Lior, Tracey dazu zu bewegen, Trainerin zu werden. Aber Tracey war nicht sicher, ob sie dazu schon bereit war.

»Du könntest damit vielen Leuten helfen, Tracey.«

Sie stellte die Wasserflasche ab und war zu aufgewühlt, um klar zu denken. »Nein, nicht in dieser Verfassung.«

»Na gut. Dann üben wir doch mal ein paar Takedowns.«

Die nächste Stunde verbrachte Tracey damit, ihren Frust bei dem Mann abzubauen, der ihr beigebracht hatte, dass sie zwar zierlich, aber nicht schwach war. Mit jedem Schlag, jedem Knietritt und Kick zerschmetterte sie diese lächerlichen erotischen Träume und gewann ihre Entschlossenheit zurück, Diesel Black genau klarzumachen, womit er es zu tun hatte.

Später an diesem Nachmittag nahm sie sich Zeit, um das perfekte Outfit für die Umsetzung ihres Plans auszuwählen. Sie entschied sich für einen rot-schwarz karierten Minirock, ein schwarzes »Whiskey Bro's«-T-Shirt mit angeschnittenen Ärmeln und ihre geliebten schwarzen Schnürstiefel, die Izzy ihr zu Weihnachten geschenkt hatte. Dann legte sie sich noch das Lederarmband um, das sie sich auf dem Frühlingsfest gegönnt hatte, und setzte sich auf die Bettkante, um den Anruf zu tätigen, den sie schon den ganzen Tag vor sich herschob.

Traceys Magen verkrampfte sich, während sie zu Reds Nummer scrollte. Nach diesem Anruf würde sich alles zwischen ihr und Diesel ändern und sie würde unter seinen schützenden Flügeln hervortreten. Sie versuchte, sich eine Welt vorzustellen, in der er nicht ständig über ihr aufragte. Zwar wusste sie, dass sie allein zurechtkam, konnte ihre Nervosität dennoch nicht leugnen. Sie rief sich Liors Worte in Erinnerung: dass Stärke aus dem Inneren kam. Wenn sie nicht an sich glaubte, wie konnte es dann jemand anderes tun?

Sie nahm sämtlichen Mut zusammen und wählte die Nummer.

»Hi, Tracey. Wie geht's dir, meine Liebe?«

Reds herzliche Begrüßung rief Schuldgefühle in Tracey hervor. Red war zu der Mutterfigur geworden, die Tracey so schrecklich vermisste. Sie hatte Umarmungen und Ratschläge parat, ihre Tür stand Tag und Nacht offen, und sie war einfach immer für Tracey da, was sie von ihrer eigenen Mutter nicht behaupten konnte. Andererseits war diese Einschätzung nicht ganz fair. Wenn Tracey in den letzten Jahren eins gelernt hatte, dann, dass sie für ihre Entscheidungen selbst verantwortlich war. Sie hatte genau gewusst, was sie aufgab, als sie vor sechs Jahren das Haus ihrer Mutter verlassen hatte.

Tracey schob diese Gedanken von sich und konzentrierte sich auf das vor ihr liegende Gespräch. Sie wusste, dass die Dark Knights sich um alle kümmerten, und hoffte, dass Red das, was sie zu sagen hatte, nicht in den falschen Hals bekommen würde. »Mir geht's gut, danke. Und dir?«

»Alles prima. Bear und Crystal waren mit Axel hier, und das war wieder ein wunderbarer Besuch.« Bear und seine Frau Crystal hatten ihren kleinen Sohn nach Biggs' jüngstem Bruder, Bears verstorbenen Onkel und Mentor Axel benannt. »Kaum zu glauben, dass er bereits ein Jahr alt ist. Schon komisch, wie die Kleinen immer älter werden und ich dauerhaft fünfunddreißig bleibe.« Red lachte auf. Vom Aussehen her wäre sie als junge Sharon Osborne durchgegangen, denn sie hatte ebenso kurze rote Haare und trug fast nur Schwarz, zudem besaß sie die Energie einer nur halb so alten Frau. Sie kümmerte sich regelmäßig um all ihre Enkel – ob leiblich oder nicht – Hail, Kennedy und Kennedys jüngeren Brüder Lincoln.

»Entschuldige die Störung, aber hast du mal eben Zeit?«

»Schätzchen, für dich hab ich doch immer Zeit. Was ist denn los?«

Tracey fuhr mit dem Finger über das Rockmuster, während sie ihre Worte mit Bedacht wählte. »Ich hoffe, du weißt, wie dankbar ich für alles bin, was deine Familie für mich getan hat, und wie sehr ich meinen Job liebe.«

»Das tue ich.«

»Okay. Gut.« Erleichtert atmete sie aus. »Denn ich muss mit dir über Diesel sprechen.«

»Nur zu«, ermunterte Red sie.

»Red, ich weiß es zu schätzen, dass du ihn gebeten hast, auf mich aufzupassen, als ich damals in der Bar angefangen habe. Ich habe diese Unterstützung gebraucht. Aber jetzt bin ich stärker. Ich komme allein klar.«

»Das weiß ich. Ich habe vollstes Vertrauen in dich.«

»Danke. Ich auch in mich, und das ist ein wirklich gutes Gefühl. Aber Diesel sitzt mir ständig im Nacken und verscheucht die Gäste. Na gut, nicht aus der Bar, aber von meinen Tischen. Ich habe ihn gebeten, sich zurückzuhalten, aber er hat gemeint, das müsste ich mit dir klären. Würdest du ihm bitte sagen, dass ich seine Hilfe nicht brauche? Ich muss die Gelegenheit bekommen, mit den Gästen zu reden oder auch mit ihnen zu flirten. So verdienen wir unser Trinkgeld – das weißt du ja selbst –, und ich würde *niemals* eine Grenze überschreiten.«

»Tracey, das hab ich ihm schon vor Monaten gesagt. Was immer er jetzt treibt, hat nichts mit mir zu tun.«

»Aber …« Tracey fehlten die Worte. Hatte sie Diesel falsch verstanden? Er hatte doch klar gesagt, dass es sich um Reds Anweisung handelte. *Wirklich?*«

»Ja. Du musst natürlich bedenken, dass Diesel nicht nur wegen seiner Qualitäten als Barkeeper, sondern auch wegen seiner Muskeln für Bullet eingesprungen ist. Er hilft dabei, Gesindel von der Bar fernzuhalten. Ging es vielleicht eher darum?«

»Vielleicht. Es gab da gestern einen Vorfall, daher ergibt das irgendwie Sinn.«

»Dixie hat mit Bullet lange Zeit dasselbe durchgemacht. Und du weißt, dass sie sich allein behaupten kann. Sie wird zum feuerspeienden Drachen, wenn sie will. Aber Schätzchen, die Männer in unserer Welt sind nun mal durch und durch Beschützer. Sie sind darin äußerst leidenschaftlich, und Zurückhaltung fällt ihnen schwer. *Besonders* wenn ihnen etwas an der Frau liegt. Aber wenn du möchtest, rede ich noch mal mit Diesel.«

»Nein, schon gut. Vielleicht hast du ja recht und er macht nur seinen Job und ist einfach so. Ich werde ihn weiterhin wissen lassen, dass ich gut klarkomme. Hoffentlich finden wir einen Mittelweg. Tut mir leid, dass ich dich damit belästigt habe.«

»Du belästigst mich nie. Die gute Nachricht ist, dass du dir nicht mehr lange wegen Diesel den Kopf zerbrechen musst. Er war heute Morgen bei Biggs. Nach Weihnachten verlässt er uns.«

Ihr Magen verkrampfte sich noch stärker. »Er verlässt uns? Und wohin geht er?«

»Wo immer der Wind ihn hinführt. Wir hatten schon Glück, dass er so lange geblieben ist. Normalerweise sehen wir ihn immer höchstens ein paar Wochen am Stück, und in manchen Jahren nicht einmal so lange.« Red seufzte. »Ich fand es schön, ihn um uns zu haben – so verschlossen und grüblerisch er manchmal auch sein kann. Aber das ist es doch, was du willst, oder? Dass Diesel dir nicht mehr im Nacken sitzt?«

»*Hm-hm*«, erwiderte Tracey halbherzig. Dabei war ihr gerade, als hätte man ihr den Boden unter den Füßen weggerissen. Er würde gehen. Das war doch gut, oder etwa nicht? Warum hatte sie dann das Gefühl, als müsste sie diesen Mann festhalten, der sie so zur Weißglut brachte?

Vor dem hübschen Häuschen, in dem Tracey wohnte, stieg Diesel von seinem Bike. Ein Panoramafenster überblickte einen kleinen Garten, und darüber befand sich ein einzelnes Fenster im Giebel. Seit wann beinhaltete sein Vokabular Worte wie *hübsch*? Diese Frau brachte ihn um den Verstand, seit sie zum ersten Mal die Bar betreten und ihn mit ihren Rehaugen schutzsuchend angesehen hatte. Damals hatte er es bereits gespürt, dieses unaufhaltsame Verlangen, über sie zu wachen, und dieses magnetisierende Gefühl hatte sich seitdem nur noch verstärkt. Er hätte den Kerl gestern Abend umbringen können, der sie angefasst hatte. Und in dem Moment hatte er gewusst, dass seine Zeit in Peaceful Harbor ein Ende finden musste.

Er trat auf die winzige überdachte Veranda, verdrängte das Unbehagen, das seit seinem Gespräch mit Biggs heute Morgen an ihm nagte, und klopfte an die Tür.

Die Tür schwang auf, und – Grundgütiger! – da stand Tracey vor ihm und sah unfassbar scharf aus in ihrem karierten

Minirock, der »Nimm mich!« schrie, und schwarzen Stiefeln mit dicker Sohle, in denen sie provokant und rebellisch wirkte. Ihr heißer zarter Körper reizte ihn ebenso wie ihr herausfordernder Blick.

Er musste gegen den Drang ankämpfen, sie gegen die Wand zu drücken und sündige Dinge mit ihr anzustellen, daher brachte er lediglich ein »Ziehst du dich noch um?« heraus.

»Nein. Ich bin fertig.« Sie trat auf die Veranda, und ihr Hintern streifte ihn, als sie sich umdrehte, um die Tür zu schließen. In seinen Jeans regte sich etwas. Sie stemmte die Hände in die Hüften, und ihre Augen wurden schmal. »Ich habe mit Red gesprochen.«

»Na und?«

»Sie hat dir längst gesagt, dass du dich zurückziehen sollst.«

Vermutlich sollte er kein Vergnügen aus ihrem Stirnrunzeln ziehen, aber wenn sie so feurig wurde und rosa Wangen bekam, wollte er diese Flammen weiter schüren und spüren, wie sie durch seinen Körper züngelten. »Ich sorge nur dafür, dass es in der Bar keinen Ärger gibt. Du erledigst deinen Job, ich meinen.«

»*Du.*« Sie bohrte ihm einen Finger gegen die Brust, wie sie es bereits den Abend zuvor getan hatte. »Bist. Eine. Nervensäge.«

Er ergriff ihre Hand und drückte sie gegen seine Brust. Sie keuchte auf. »Du willst mich anfassen, Süße? Dann doch aber bitte weiter unten.«

Sie entriss ihm ihre Hand. »Du bist ja so ... *Mein Gott!* Ich will mich nicht bei deinen Eintagsflittchen einreihen, *Bleifrei.*«

»Dein Pech.«

Hitze und Frust schwelten in ihren Augen.

»*So* kannst du jedenfalls nicht auf meinem Bike fahren.«

»Das wollen wir doch mal sehen.« Sie grinste ihn siegesbewusst an und drängte sich an ihm vorbei.

Dieses winzige Geschöpf von einer Frau würde ihn noch umbringen.

Diesel schob zwei Drinks über den Tresen zu einer vollbusigen Brünetten und einer dürren Blonden hinüber. »Das macht zwölf Dollar.«

»Setzt du es auf die Rechnung?« Die Brünette neigte den Kopf und schenkte ihm ein verführerisches Lächeln. »Ich hab so das Gefühl, dass wir noch eine Weile hier sind.«

Er nickte kurz und machte sich eine gedankliche Notiz, auf ihren Alkoholpegel achtzugeben, damit er nicht am Ende des Abends zwei Schnapsleichen nach Hause bringen musste. Auf dieser Liste standen bereits ein paar Männer und Frauen, so wie an den meisten Wochenenden. Am Tresen war zu viel los gewesen, um anstößige Kerle von Traceys Tischen fernzuhalten, aber Diesel hatte sie trotz ihres abfälligen Schnaubens gut im Blick behalten.

»Danke. Du bist lieb«, meinte die Brünette verspielt und berührte seine Hand. »Siehst du, Annie? Ich hab dir doch gesagt, dass er eigentlich ein ganz Lieber ist.«

Diesel entzog ihr seine Hand. Er mochte es nicht, angefasst zu werden, wenn er es nicht initiierte, und selbst dann nur unter seinen Bedingungen – wie, wann und wo er es erlaubte.

Moon schüttelte lachend den Kopf, während er einen anderen Gast bediente.

Diesel war nicht in Stimmung für Blödsinn, und hatte auch

kein Interesse, die zwei Frauen zu beglücken, die sich heute Abend bereits so gut wie jedem Mann, der auch nur in ihre Richtung schaute, auf dem Silbertablett präsentiert hatten. Er schaute an ihnen vorbei zu Tracey, die in diesem verfluchten Minirock mit einem neu gewonnenen Selbstbewusstsein herumtänzelte, das es mit Dixies aufnehmen konnte. Aber sie war nicht Dixie. Sie besaß nicht diese Unnahbarkeit, aus der sie Stärke und Wut ziehen konnte, war nicht abgehärtet, weil sie sich jahrelang gegen drei ältere Brüder hatte behaupten müssen. Ja, Tracey hatte sich hochgekämpft, aber ihre Stärke war noch ganz frisch und musste sich erst in anderer Form als einem verbalen Schlagabtausch mit Diesel beweisen. Es überraschte ihn nicht, dass sie mit Red gesprochen hatte. Ihr neu gewonnenes Selbstvertrauen hatte definitiv das Feuer in ihr angefacht. Es war schon gut so, dass er bald von hier verschwinden würde, denn ihrem neuen *Braves-Mädchen-wird-böse*-Vibe konnte er nur verdammt schwer widerstehen. Zum Teufel, er konnte ihr so oder so nur schwer widerstehen. Sie war wie eine reine, unbefahrene Straße, noch feucht vom Regen, die im Sonnenlicht glitzerte.

Verflucht noch mal.

Er musste jemanden flachlegen, bevor er etwas Dummes tat und sie sich einfach nahm. Bei Tracey Kline würden sich Sex und Beziehung nicht voneinander trennen lassen, und er war nicht bereit, sich in diesem Netz einfangen zu lassen.

Als hätte Tracey seine Gedanken gehört, schaute sie über die Schulter, und ihre Blicke trafen sich und entfachten diese Hitze, die schon viel zu lange zwischen ihnen loderte. Er presste die Kiefer aufeinander und kämpfte gegen das Verlangen an, das in ihm brodelte. In einigen Monaten würde sie nur noch eine verblassende Erinnerung sein.

Widerspenstig reckte sie das Kinn in die Luft und spazierte zu Biggs Whiskey, der gerade mit einem Gehstock in der Hand durch die Vordertür kam.

Seit einem Schlaganfall vor einigen Jahren konnte Biggs nicht länger Motorrad fahren. Seine gesamte linke Körperhälfte war geschwächt, seine linke Hand ungeschickt, und wenn er redete, war es nicht leicht, ihn zu verstehen. Biggs' Großvater hatte die Dark Knights gegründet, und Biggs war ein Biker durch und durch, von seiner schwarzen Lederweste mit den Dark-Knights-Aufnähern über seine Lederstiefel bis hin zu seiner ledrigen Haut, die über und über mit Tattoos bedeckt war.

Diesel konnte Traceys Worte nicht hören, aber Biggs strich sich über den zottligen weißen Bart und musterte Diesel mit seinen klugen Augen. Diesel hob das Kinn zum Gruß und versuchte, Biggs' Gesichtsausdruck zu deuten, aber der verriet ihm nichts. Da Diesel nicht zu viel in die Sache hineininterpretieren wollte, widmete er sich wieder seinen Gästen.

Ein paar Minuten später schlenderte Biggs zum Bartresen. Sämtliche Hocker waren besetzt. Diesel blickte Crow an, einen Dark-Knights-Kameraden, der vor ihm saß, und bedeutete ihm, seinen Platz an Biggs abzutreten. Crow stand auf und ging durch den Raum zu den Jungs, die gerade Dart spielten.

Diesel wischte den Bartresen ab, während Biggs auf dem Hocker Platz nahm. »Was darf's sein, alter Mann?«

»Ein Guinness und eine kleine Unterhaltung.« Biggs nickte grüßend in Richtung Moon, der die Gäste am anderen Tresenende bediente.

Schnaubend füllte Diesel ein Glas. Biggs wusste, dass er es hier mit keinem großen Redner zu tun hatte, aber Diesel vermutete, dass es um seine anstehende Abreise ging. Er stellte das Glas vor Biggs ab.

»Ich habe gehört, dass es hier gestern Abend Ärger gegeben hat«, meinte Biggs in seiner schleppenden Sprechweise.

»Hab mich drum gekümmert.«

Biggs trank einen Schluck. »Da bin ich mir sicher.«

Diesel schaute zu Tracey, die die Kasse neben dem Büro bediente, und fragte sich, ob sie etwas über den Vorfall erzählt hatte.

»Sie hat nichts gesagt.« Biggs trank noch einen Schluck, und die rechte Seite seines Barts hob sich, als er wissend grinste. »Zumindest nicht darüber. Wie hat sie es verkraftet?«

»Sie hat mir die Hölle heißgemacht, weil ich mich eingemischt habe.«

Biggs gluckste. »Sie ist ein toughes Mädchen und hat schon einen weiten Weg hinter sich. Das muss man ihr zugestehen.«

Diesel reagierte nicht. Er hatte bereits vor langer Zeit gelernt, dass die meisten Reaktionen vergeudete Energie waren.

Biggs sah sich in der Bar um. »Du hast ihr geholfen, so weit zu kommen, mein Junge. Das haben wir alle auf unsere Art, aber du hast hier an ihrem Arbeitsplatz die größte Rolle gespielt. Auch wenn du ihr in den ersten Monaten eine Heidenangst eingejagt hast, war es dein unausgesprochenes Versprechen, sie zu beschützen, das es ihr ermöglicht hat, die selbstbewusste Frau zu werden, die sie nun ist.«

Diesel sog dieses Lob in sich auf. Er war kein Mann, der so etwas brauchte, um sich gut zu fühlen, aber Biggs verteilte sein Lob nicht oft oder leichtfertig, daher hatten seine Worte Gewicht.

»Indem du für Bullet eingesprungen bist und für den Club zusätzlich die Sicherung des Frauenhauses übernommen hast, hast du meiner Familie auch unter die Arme gegriffen.« Die

Dark Knights wachten über das Frauenhaus und fuhren zu verschiedenen Zeiten daran vorbei, um Präsenz zu zeigen, damit Gangs, Drogendealer und andere zwielichtige Gestalten den Frauen dort keinen Ärger machten. Diesel koordinierte das Ganze und fuhr auch selbst mehrmals im Monat hin. »Wir werden dich vermissen, wenn du weg bist, aber ich kenne die Sehnsucht nach dem Freiheitsgefühl auf der Straße. Ich war nie ein einsamer Wolf wie du. Ich habe immer die Familie als Ankerpunkt gebraucht. Früher ist Tiny mit mir gefahren, und als Axel alt genug war, ist er ebenfalls mitgekommen.«

Biggs war der Älteste, gefolgt von seinem Bruder Tiny, seiner Schwester Reba und seinem jüngsten Bruder Axel, der nur wenige Monate vor Diesels Mutter gestorben war. Diesel hatte Axel nie kennengelernt und Reba nur ein paarmal getroffen, als er die Bayside-Ortsgruppe der Dark Knights in Cape Cod besuchte, die von ihrem Mann und ihrem Schwager geführt wurde. Aber er hatte großen Respekt vor Tiny, einem der Gründer der Ortsgruppe in Hope Valley, Colorado. Tiny leitete die Redemption Ranch, eine Pferderettungsstation, die außerdem gequälten Seelen eine zweite Chance gab. Sie stellten ehemalige Sträflinge, genesene Suchtkranke und Menschen mit sozialen und emotionalen Problemen ein. Alle arbeiteten auf der Ranch als Teil ihres Therapieprogramms, während sie gleichzeitig von Psychologen auf der Ranch mit traditionellen Therapien behandelt wurden. Darunter auch von Tinys Frau Wynnie und verschiedenen anderen medizinischen Fachkräften, die sich hauptsächlich aus Dark Knights und ihren Familienmitgliedern zusammensetzten.

Diesel war mit Tinys und Wynnies Kindern zur Schule gegangen und hatte als Jugendlicher als Ranchhelfer gearbeitet. Zwar war er kein Problemkind gewesen, doch wann immer er in die falsche Richtung abzudriften drohte, hatte Tiny ihn aufgefangen und ihm beigebracht, wie er seine Energie in die richtigen Kanäle leiten konnte. Diesel schuldete Tiny eine Menge. Er war auch der Grund, aus dem Diesel selbst ein Dark Knight geworden war, und er hatte Diesel den Weg gezeigt und ihm die richtigen Leute vorgestellt. So hatte er Kopfgeldjäger werden können, was ihm den Lebensstil als Nomad ermöglichte, den er bevorzugte.

»Dann hat mir Red den Rücken gewärmt.« Biggs' Augen waren voller Wärme, wie immer, wenn er über seine Familie sprach. »Ich habe gedacht, ich wäre stark, aber ein Mann, der sein gesamtes Leben ohne die Liebe einer guten Frau zubringen kann, ist stärker als ich. Axel war dir sehr ähnlich. Er konnte sich nie richtig auf eine Frau einlassen. Gott weiß, dass es viele Frauen versucht haben, aber er hatte mit seinen eigenen Dämonen zu kämpfen. Er hat seine erste große Liebe bei einer Ausfahrt verloren. Jemand ist über eine rote Ampel gefahren, sie ist vom Bike gestürzt und war sofort tot.« Biggs schüttelte den Kopf und in seinen Augen funkelte der Schmerz. »Wir reden nicht häufig darüber. Der Unfall war nicht Axels Schuld, aber er war danach nie wieder derselbe. Hat getrunken, sich geprügelt. Hat Jahre in dem Versuch zugebracht, dem Schmerz davonzulaufen.«

»Tut mir leid.« Diesel war aus demselben Holz geschnitzt. Auch er hatte den Großteil seines Lebens versucht, dem Schmerz zu entfliehen.

»Das war vor langer Zeit und er hat jetzt seinen Frieden gefunden.« Biggs trank sein Bier aus und stand auf. »Hier wird was fehlen, wenn du weg bist. Fährst du nach Colorado, um die Jungs zu besuchen?«

»Ja. Ich hab Tiny versichert, dass ich zuerst zu ihnen komme und nach dem Haus sehe, bevor ich weiterfahre.« Er hatte das kleine Haus behalten, in dem er mit seiner Mutter gelebt hatte, und wohnte dort, wenn er zwischenzeitlich in Colorado war.

»Er wird sich sicher freuen, dich zu sehen. Na gut, Junge, zumindest haben wir noch das Weihnachtsfest mit dir. Du weißt, dass du bei uns immer ein Dach über dem Kopf hast.«

Diesel nickte kurz und versuchte, den Kloß zu ignorieren, der ihm bei seinen Gesprächen mit Biggs oft die Kehle zuschnürte. »Danke, Sir.«

»*Sir*, dass ich nicht lache! Und jetzt mach dich wieder an die Arbeit.« Er zwinkerte Diesel noch einmal zu, dann ging er quer durch den Raum, blieb kurz stehen, um Tracey einen Kuss auf den Scheitel zu drücken, und unterhielt sich noch ein paar Minuten mit Dixie. Seine und Reds Freundlichkeit erinnerten Diesel an seine Mutter. Sie hatte ebenfalls ein Herz aus Gold gehabt und genug Liebe, um damit den ganzen Bundesstaat zu füllen. Selbst so viele Jahre später war der Schmerz über ihren Verlust noch immer eine tiefe Wunde in seinem Herzen. Aber Diesel war Experte darin geworden, diesen Schmerz zu ignorieren. Auch jetzt vergrub er ihn tief in seinem Inneren, als sich Tracey dem Bartresen näherte und dabei in Richtung Moon äugte, der damit beschäftigt war, eine Männergruppe zu bedienen.

Mit einem widerstrebenden Seufzen trat sie zu Diesel, neigte ihr viel zu hübsches Köpfchen zu ihm, und ihre Augen wurden sanft. Verdammt, das war so sexy.

»Alles okay, Bleifrei? Du siehst aus, als wolltest du jemanden umbringen.«

Er reagierte nicht, wie auf die meisten unsinnigen Fragen, auf die die Menschen sowieso keine echte Antwort erwarteten.

Tracey ging auf die Zehenspitzen, beugte sich über den

Tresen und winkte ihn mit gekrümmtem Zeigefinger zu sich heran. Dabei gewährte sie ihm einen Einblick in ihren Ausschnitt. Als sie Nase an Nase standen, knisterte die Luft zwischen ihnen. Sie glaubte wahrscheinlich, ihm würde nicht auffallen, dass sie die Augen etwas weiter öffnete, als würde die Hitze sie jedes Mal, wenn sie aufwallte, schockieren. Die reizende Kleine wollte sich etwas beweisen, und *verdammt*, er wollte ihr die Kleider mit den Zähnen vom Leib reißen und ihr seinen Körper zur Verfügung stellen, damit sie mit ihm machen konnte, was sie wollte.

»Hat deine Mutter dir denn nicht beigebracht, dass man mit Honig mehr Bienen anlockt?«, flüsterte sie.

Sie würde seine Entschlossenheit auch weiterhin auf die Probe stellen und ihm diese sündhaft-sexy Unschuld und neu gewonnene Tapferkeit entgegenschleudern, wenn er der Sache keinen Einhalt gebot. Er musste das Ganze im Keim ersticken. »Warum sollte ich Bienen wollen, wenn ich doch gern Honig schlecke?« Zur Sicherheit schickte er gleich noch eine ungehobelte Zungengeste hinterher.

»*Aaah.*« Mit verächtlichem Blick drückte sie sich vom Tresen ab.

Das war unterhaltsam. Er konnte nicht anders, er musste sie etwas reizen. »Bist du eifersüchtig, Baby Girl?«

»Davon träumst du wohl. Du bist unmöglich. Ich find's unglaublich, dass du überhaupt an irgendeine Frau rankommst.«

»Oh, klar, Kratzbürste. Die Eifersucht steht dir richtig gut.«

Sie verdrehte die Augen. »Gib mir einen Pitcher Coors und zwei Whiskey Cola.«

Als sie mit der Bestellung weg war, schlenderte Moon zu ihm. »Lass diesen Scheiß langsam mal bleiben, Diesel. Ihr zwei schafft es noch, dass die ganze Bar hier in Flammen aufgeht.«

Ja, er war ziemlich am Arsch. »Tja, wie heißt es: Man soll gehen, wenn's am schönsten ist.«

Drei

Tracey hastete von einem Tisch zum nächsten, nahm Getränke-bestellungen entgegen, plauderte mit Gästen und sammelte ihr Trinkgeld ein. Sie konnte kaum glauben, dass Diesel sein übereifriges Wachhundverhalten etwas heruntergeschraubt hatte, aber sie war kein Fan seiner vulgären Zungengeste. *Igitt.* Wie war es vom üblichen Knurren *dazu* gekommen?

Sie hatte nicht allzu lange Zeit, darüber nachzugrübeln, denn Bones betrat mit Dr. Rhys die Bar und die beiden setzten sich an einen ihrer Tische. Das schien ihr Glückstag zu sein. Wie alle Whiskeys war Bones groß, dunkelhaarig und hatte die Statur eines Kämpfers, auch wenn er etwas schlanker und weniger tätowiert war als seine Brüder. Außerdem war er die Herzensgüte in Person. Dr. Rhys war auf andere Art gut aussehend. Von der Art, die ihr ein Flattern in der Magengrube bescherte, als sie zu den beiden ging. Er war ebenfalls groß und hatte kurze dunkle Haare und Augen, die Wärme und Mitge-fühl ausstrahlten. Gekrönt wurde all das von einer verführerischen Art, die eher zu einem Leinwandhelden passte.

Na gut, sie hatte ihn beim Hochzeitsempfang ein paarmal flirtend angelächelt, bevor ihr aufdringlicher Bodyguard zwischen sie getreten war, aber nun, wo sie nur Zentimeter von ihm entfernt stand und er sein jungenhaftes Lächeln direkt auf sie fokussierte, fiel es ihr schwer, sich an ihren eigenen Namen zu erinnern.

»Hi, Tracey.« Dr. Rhys' Lächeln wurde breiter. »Du siehst heute Abend wunderschön aus. Wie geht's dir?«

Wunderschön? Sie konnte sich nicht an das letzte Mal erinnern, dass ein Mann das zu ihr gesagt hatte. Falls es überhaupt jemals passiert war. »Gut. Prima. Danke. Und Ihnen, Dr. Rhys?« *Oh Gott. Was für ein Gestammel.*

»Bitte nenn mich Damon, Tracey«, erwiderte er charmant. »Ich habe heute Nachmittag ein gesundes Mädchen auf die Welt geholt, gehe mit meinem Kumpel etwas trinken und ich sehe dich wieder. Ich würde mal sagen, mir geht's super.«

Ihre Wangen brannten, und sicher grinste sie gerade wie eine Närrin. Im Bemühen, ihr Erröten im Zaum zu halten, richtete sie ihre Aufmerksamkeit auf Bones. »Und wie geht's dir, Bones? Wie geht's Sarah und den Kindern?« Bones hatte Sarahs drei Kinder aus einer früheren Beziehung adoptiert: Bradley war fünf, Lila beinahe drei und ihre jüngste, Maggie Rose, eineinhalb Jahre alt.

»Allen geht's blendend. Sarah ist bei Penny und versucht zu ergründen, was für eine Frisur Penny für die Hochzeit will.« Sarahs und Josies älterer Bruder Scott hatte Finlays jüngerer Schwester Penny, die im dritten Monat schwanger war, gerade erst einen Antrag gemacht. Sie wollten eine kleine Hochzeit im Frühling, nach der Geburt ihres Babys.

Tracey winkte ab. »Penny wird fantastisch aussehen, ganz egal, was sie mit ihren Haaren anstellt.«

»Noch eine Hochzeit?« Ein Funken Interesse sprühte in Damons Augen. »Ich muss mir wohl eine Einladung besorgen, damit ich mit dir tanzen kann.«

Oh, wow.

Tracey hatte Spaß am Flirt, war allerdings auch leicht verlegen und wusste nicht, wie sie antworten sollte, weshalb sie es mit Humor versuchte. »Ich kann zwar niemanden zur Hochzeit anderer einladen, euch aber einen Drink besorgen. Was hättet ihr denn gern?«

Belustigung tanzte in Damons Augen. »Ich nehme einen Whiskey, pur, bitte.«

»Klingt gut«, stimmte Bones zu. »Ich schließe mich an.«

»Okay. Ich bin gleich wieder mit euren Getränken zurück.« Sie drehte sich um und lief zur Bar, wo Diesel sie bereits erwartete. Ihr leichtes Magenflattern verwandelte sich in einen ausgewachsenen Tsunami.

Warum brachte nicht der charmante, wohlerzogene Arzt ihr Herz zum Beben, sondern dieses sich vulgär ausdrückende Raubein von Biker? Der Beruf eines Mannes war ihr zwar egal, aber trotzdem!

Sie ging zu Moon und versuchte den Rest des Abends, Diesel auszuweichen. Nachdem die Bar geschlossen war, machten sie und Dixie sauber und sie zog los, um einen Müllsack aus dem Lager zu holen. Beim Herauskommen prallte sie geradewegs gegen Dixie. »Sorry.«

»Schon okay. Du warst heute schon den ganzen Abend etwas durcheinander. Ich wollte das gerade erledigen«, meinte Dixie.

»Ich mach das schon. Fahr nach Hause. Ich muss sowieso auf Diesel warten.«

»Was? Du wartest auf Diesel?«

Tracey verdrehte die Augen. »Nicht so, wie du denkst.« Sie sammelte den Müll ein, aber Dixie blieb ihr dicht auf den Fersen.

»Bis nächste Woche, Ladys!« Moon winkte ihnen von der anderen Seite des Raumes aus zu.

»Tschüss«, entgegneten Tracey und Dixie im Chor.

»Raus damit«, drängte Dixie, als Tracey die Tür zur Damentoilette öffnete, und folgte ihr hinein.

»Da läuft nichts. Du weißt doch, dass mein Auto in der Werkstatt ist. Er hat darauf bestanden, mich zur Arbeit zu fahren und wieder nach Hause zu bringen.«

Dixie quiekte erfreut. »Ich spüre da ein leichtes *Boom Chick A Wow Wow*.«

Tracey blickte sie ausdruckslos an. »Du spinnst doch. Diesel und ich sind wie Öl und Wasser, und außerdem verlässt er nach Weihnachten die Stadt.«

»Na, das macht ihn doch nur attraktiver. Du bist seit Dennis mit keinem Mann mehr zusammen gewesen. Du brauchst Übung.«

»Ich brauche Übung im Flirten. Dr. Rhys – Damon – hat mit mir geflirtet. Glaube ich zumindest, und ich habe mich angestellt wie eine Idiotin. Wie wär's, wenn du mir stattdessen dabei hilfst?«

»Der Mann ist scharf. Den solltest du dir nicht entgehen lassen – könnte mir aber vorstellen, dass der eher ein Liebhaber der alten Schule ist.« Dixie warf sich die Haare über eine Schulter und lehnte sich an die Wand.

»Du sagst das, als wäre es etwas Schlechtes.«

Dixie hob eine geschwungene Braue. »Wurdest du je in einem Ansturm von Leidenschaft gegen eine Wand gepresst? In einem Fahrstuhl geleckt? Hattest du jemals Sex auf einer Wiese?«

»Äh …?« Sie schüttelte den Kopf. *Du liebe Güte.* »In einem Fahrstuhl? Du weißt schon, dass da Kameras sind.«

»Ja, das ist doch der halbe Spaß. Wenn du nicht einmal hart und bis zur Besinnungslosigkeit genommen wurdest, hast du was verpasst. Du solltest dir die Gelegenheit nicht entgehen lassen, Spaß mit Diesel zu haben. Es hat keine Konsequenzen und du kannst deine wilde Seite rauslassen.«

»Ich bin nicht wie du. Ich habe gar keine wilde Seite.« Sie musste kichern, aber ihre Gedanken gerieten auf gefährliche Abwege. Sie musste an ihren Traum denken und an Diesel in all seiner glorreichen Nacktheit. Sie wusste, was man mit einem Mann anstellte, auch wenn sie es in der Vergangenheit nicht so genossen hatte, wie sie es sich gewünscht hätte. Aber was Dixie da vorschlug, war Welten von dem entfernt, was sie für sich selbst als Möglichkeit erachtete.

»Ich wette, es macht ihm nichts aus, dir eine kleine Einweisung zu geben.«

»Diesel ist ein Frauenheld und kann nicht mal ein normales Gespräch führen. Kaum ein Wort bringt der raus.«

»Hey, im Schlafzimmer braucht es nicht viele Worte. Außer …« Sie bewegte ihre Hüften vor und zurück und hauchte heiser: *»Ja! Härter. Mehr. Oh, oh … Jaaaaa!«*

Tracey musste beim Mülleinsammeln lachen. »Du kleine Spinnerin. Geh nach Hause und schnapp dir Jace.«

»Okay, aber zieh die Möglichkeit wenigstens in Betracht.«

Tracey verdrehte die Augen. »Klar doch.«

»Du bist eine miese Lügnerin.« Dixie stolzierte aus der Toilette.

Später holte Tracey den Müll hinter dem Tresen hervor, wobei sie Diesel passierte, der gerade mit einem Tablett voller Gläser unterwegs in die Küche war.

»Stell die Tüte neben die Hintertür. Ich bring sie dann raus.«

»Du hast doch zu tun. Ich mach das schon.« Eins musste sie ihm lassen. So wenig er auch redete, bot er ihr doch immer seine Hilfe an.

Er kniff die Augen zusammen, als wäre ihm das nicht recht, aber dann schüttelte er nur den Kopf und drückte die Küchentür auf.

Nachdem sie den Müll beisammenhatte, ging sie durch die Hintertür, um ihn in die Tonne zu werfen. Sie trat hinaus in die Dunkelheit und die drückende Feuchtigkeit in der Luft fühlte sich auf ihrer Haut fast klebrig an. Die trübe Glühbirne über der Hintertür der Bar erhellte ihr den Weg, während sie über den Kies auf die Tonne zuging. Ihr Blick fiel auf Diesels uralten Pick-up, der vor dem Clubhaus der Dark Knights hinter der Bar stand. Das Clubhaus war ein schäbig aussehendes zweistöckiges Holzgebäude mit verdunkelten Fenstern. Diesel wohnte in einem der Zimmer im oberen Stock. Sie hatte Geschichten darüber gehört, dass sich Biker Frauen teilten und alle möglichen Dinge taten, über die sie gar nicht nachdenken wollte. Sie wusste auch, dass die Dark Knights absolut loyal und leidenschaftlich waren, aber sie teilten ihre Frauen nicht. Zumindest nicht die Männer, die sie gut kannte – die Whiskeys, Jed Moon, Jace Stone und die anderen, die sie über die Bar kennengelernt hatte. Wer wusste schon, wie Diesel drauf war?

Tracey griff nach oben, um die Mülltonne zu öffnen, da hörte sie plötzlich etwas rechts von sich. Sie riss den Kopf herum, halb in der Erwartung, dass Diesel ihr die Mülltüte doch abnehmen würde, sah aber nichts und hielt in den Schatten Ausschau nach einer Bewegung.

»Ich dachte, da wäre nichts zwischen dir und Bigfoot.«

Bei der unheimlichen Stimme wirbelte Tracey herum und fand sich Auge in Auge mit dem unangenehmen Kerl in

Jeansjacke wieder, der den Abend zuvor in der Bar gewesen war. Sie ließ den Müllsack fallen. Ihr standen die Haare im Nacken zu Berge, als er näherkam. Sie trat zurück und Panik breitete sich wie ein Lauffeuer in ihrer Brust aus. Als sie mit dem Rücken gegen einen anderen Mann prallte, keuchte sie auf, drehte sich aber um, da ihr Verstand wieder einsetzte. Sie rammte ihm den Ellbogen in die Magengrube, woraufhin er sich fluchend krümmte. Dann packte sie seine Schultern, rammte ihm das Knie in die Leiste und rannte auf die Tür zu. Doch die anderen waren zu schnell. Der Kerl in der Jeansjacke ergriff ihren Arm und schleuderte sie gegen die Mülltonne. Ihr Gesicht prallte gegen das Metall, und sie sah Sterne und schrie auf, als sie auf dem Boden aufkam. Schmerz zuckte durch ihren Körper. Sie versuchte, wegzukriechen, aber innerhalb von Sekunden waren sie bei ihr, zerrten sie zurück und zogen sie auf die Beine. Einer der Männer schleuderte sie erneut gegen die Mülltonne, und das scharfe Metall bohrte sich in ihren Rücken. Der andere Kerl riss an ihrem Shirt und begrapschte sie, während sie sich wehrte und um sich trat, schrie und fluchte. Jemand schlug ihr ins Gesicht und wieder schrie sie auf, wobei die Wut in ihr wuchs. Sie bekam einen Arm frei und versuchte, einen der Typen im Gesicht zu kratzen. Er packte sie an den Haaren und riss sie so heftig nach hinten, dass sie aufkreischte. Der Schmerz zog ihr über den Rücken nach unten. »Du kleine Schlampe. Gestern Abend wollte ich noch auf nett machen. Aber jetzt spielst du nach meinen Regeln«, zischte er ihr ins Ohr.

»Verpiss dich!« Sie spuckte ihm ins Gesicht und war nicht bereit, sich kampflos zu ergeben.

Er zog den Arm zurück, und auf einmal wurde er von ihr weggerissen und rückwärts durch die Luft geschleudert. Mit einem dumpfen Aufprall landete er in der Dunkelheit. Angst und Verwirrung durchzuckten Tracey, als Diesels Gesicht auftauchte. Seine kalten dunklen Augen waren auf den anderen Mann gerichtet, der ihren Arm so fest umklammerte, dass ihre Finger bereits taub waren. Sekunden verstrichen, nur durchbrochen von animalischen Geräuschen, als Diesels Fäuste flogen, der Kerl stolperte und sich krümmte. Diesel verpasste ihm einen Kinnhaken, durch den das Arschloch nach hinten geschleudert wurde. Aber Diesel blieb an ihm dran und ließ die Fäuste fliegen. Jetzt kam der andere Typ aus dem Schatten und eine Klinge funkelte im Licht.

»*Diesel!*«, schrie Tracey und bewegte sich rückwärts, als Diesels Faust auf den Kiefer des ersten Kerls traf und ihn auf den Gehweg beförderte.

Diesel schwang herum und widmete sich dem bewaffneten Mann, der das Messer schwenkte. Mit einer schnellen Handbewegung ergriff Diesel dessen Handgelenk, drückte seinen massiven Rücken gegen die Brust des bewaffneten Mannes und schleuderte ihn über die Schulter. Das Messer schlitterte über den Gehweg, und im nächsten Moment hockte Diesel auf ihm und schlug wieder und wieder zu, bis der Mann auf dem Boden schlaff dalag.

Schließlich drückte Diesel sich hoch. Seine Brust hob und senkte sich schnell, während er sich alarmiert umschaute. Dann nahm er Tracey in die Arme, und sein Herz raste genauso heftig wie ihres. Sie klammerte sich an ihn, als er mit einer Hand sein Handy zückte. Seine Stimme war so kalt und drohend wie der Tod. »Booker. Zwei Kerle haben Tracey angegriffen. Hinterhof des Whiskey Bro's. Hol sie dir, bevor ich ihnen das Licht ausknipse.«

Er steckte das Handy wieder ein und wischte mit seiner

rauen Hand etwas Feuchtes aus ihrem Gesicht.

Die Klarheit kam in abrupten, schmerzhaften Schüben über sie, und die Panik wich einer Mischung aus Angst, Wut und Scham, als sie langsam Diesels Stimme vernahm. »… blutest … dich saubermachen …«

Die wie versteinert im Schatten liegenden Männer kamen nach und nach in den Fokus, und ihr Ärger bahnte sich einen Weg an die Oberfläche, bis Tracey das Gefühl hatte, gleich explodieren zu müssen. Sie entzog sich Diesels Armen und stürmte wutentbrannt und mit erhobenen Fäusten zu einem der Männer. Dann trat sie dem Kerl mit der Jeansjacke in die Rippen. »Arschloch!« *Tritt.* »Wag es ja nie wieder, mir zu nahe zu kommen!« Heftig atmend stakste sie zu dem anderen Kerl und ließ auch an ihm ihre Wut aus. »Wichser!« *Tritt.* »Ich bin nicht dein Opfer!« *Tritt.* »Ich hasse dich!« *Tritt.*

Diesel ergriff ihren Arm, aber sie trat und schrie weiter. Erneut nahm er sie in die Arme, hielt sie fest und sicher, aber sie konnte nicht verhindern, dass ihre Wut immer wieder hochkochte. »Ich hasse sie! Ich weiß, wie man kämpft! Ich hätte sie abwehren müssen!« In der Ferne erklangen Sirenen. Schwach war ihr bewusst, dass Diesels Handy klingelte, aber sie war erschöpft und zitterte, und jahrelang angestauter Ärger brach sich aus irgendeinem Ort tief in ihrem Inneren Bahn. Sie wusste nicht einmal, was sie da schrie, aber sie konnte den Hass nicht unterdrücken, der aus ihr herausquoll. Tränen der Wut rannen ihr über die Wangen.

Zwei Streifenwagen bogen auf den Parkplatz ein, gefolgt von einem Krankenwagen, und innerhalb von Sekunden kam Moon über das Feld gerannt, das die Bar von seinem Grundstück trennte. Er rief Diesel etwas zu, der Tracey in seinem Schraubstockgriff festhielt. Ein Motorrad fuhr dröhnend auf den Parkplatz, gefolgt von Biggs' Wagen. Bullet sprang vom Bike und lief mit geballten Fäusten auf sie zu. Tracey brauchte eine Minute, um zu verarbeiten, warum sie alle hier waren. Dann erinnerte sie sich, dass Booker nicht nur Polizist war, sondern auch Dark Knight. Jedes Mal, wenn die Polizei zur Bar gerufen wurde, informierte er Bullet und Biggs.

Plötzlich waren da überall Leute, Lichter blitzten auf und Diesel führte sie ins Gebäude. Er holte ihr ein sauberes Shirt, und dann nahm sie alles nur noch wie durch einen Schleier wahr, während sie der Polizei erklärte, was passiert war, Anzeige erstattete und darauf bestand, dass es ihr gut ginge und sie nicht ins Krankenhaus müsse. Sie war wütend auf sich selbst, weil sie nicht in der Lage gewesen war, diese Männer abzuwehren, und sie war noch wütender auf ihre Angreifer, die in ihr ein wehrloses Opfer gesehen hatten. Sie kämpfte gegen die Tränen an und schaute in Diesels verhärtetes Gesicht. Wie oft hatte sie ihn gebeten, sich zurückzuhalten? Wenn er nicht gewesen wäre …

Diesel wich nicht von ihrer Seite, nicht einmal, während der Sanitäter sie untersuchte, den Schnitt auf ihrer Stirn reinigte und sich um ihre anderen Prellungen und Schürfwunden kümmerte. Immer wenn sie zusammenzuckte, hielt Diesel den Sanitäter mit seinem finsteren Blick auf, bis Tracey sich einmischte. »Ist schon gut. Lass ihn seine Arbeit machen.« Aber als Diesel sie ansah, wirkten seine Augen nicht mehr kalt, sondern gequält. Anders konnte sie sich nicht erklären, was sie darin sah. Es fühlte sich so an, als würde er ihren Schmerz als seinen empfinden, und sie wusste nicht, was sie davon halten sollte.

Sie kam sich vor, als wäre sie von einem Zug überrollt worden. Polizisten liefen herum, Bullet und Moon hingen am

Handy, und Diesel sah aus, als würde er gleich jemanden umbringen. Seine Fingerknöchel waren rot, zwei sogar blutig, aber er ließ keinen Sanitäter an sich heran. Biggs' Gesichtsausdruck verriet, dass er ähnlich wie Diesel dachte. Als Bullets Brüder Bones und Bear auftauchten, wusste Tracey, dass bald auch der Rest der Dark Knights hier sein würde. Sie mochte kein Dark Knight sein, aber sie gehörte zur Familie. Sie ergriff Diesels Hand. »Ich brauche keine Kavallerie. Bitte bring mich nach Hause.«

»Wie wär's, wenn du mich begleitest, Kleine?«, schlug Biggs vor. »Red und ich könnten uns heute Nacht um dich kümmern.«

»Danke, aber mir geht's gut. Ich will nur nach Hause.«

»Ich sorge schon für sie.« Diesel ließ keine weitere Diskussion zu.

Bones und Moon schauten zu ihnen herüber, und Bones meinte: »Tracey, wenn du nach Hause gehst, passen Moon und ich auf unsere Kinder auf, damit Sarah und Josie heute Nacht bei dir sein können. Sie machen sich große Sorgen.«

Tracey wurde warm ums Herz, aber sie wollte sich wirklich nur noch waschen und ins Bett. »Danke, Leute, aber ich möchte wirklich einfach nur allein sein und versuchen, etwas Schlaf zu bekommen. Könnt ihr ihnen ausrichten, dass es mir gut geht und ich mich morgen melde?«

»Na sicher«, antwortete Bones. »Tut mir wirklich leid, dass du das durchmachen musstest, Tracey.«

Diesel musterte erst sie, dann Bullet und Bear, und rundherum wurde genickt, als hätten sie telepathisch miteinander kommuniziert. Im Raum wurde es noch chaotischer, als weitere Dark Knights durch die Tür kamen, und Bullet zog los, um Diesels Pick-up vom Parkplatz vor dem Clubhaus zu holen.

Diesel fuhr Tracey nach Hause, während Bullet, Bones, Bear und Moon auf ihren Motorrädern die Nachhut bildeten. Innerhalb von Minuten hatte sich ihnen mindestens ein Dutzend weiterer Bikes angeschlossen. Tracey hatte schon gehört, dass die Dark Knights so etwas taten, wenn es Schwierigkeiten gab, es aber nie selbst gesehen. Sie war so lange allein mit dem gewesen, was ihr Ex ihr angetan hatte, dass es eine Vielzahl an Emotionen in ihr auslöste, nun diejenige zu sein, auf die aufgepasst wurde. Sie kämpfte darum, ihre Gefühle zurückzuhalten, während Diesel ihr aus dem Wagen half und schützend einen Arm um sie legte. Die anderen Männer parkten in der Zwischenzeit vor ihrem Haus.

»Bleiben sie hier?«

Er nickte.

»Warum?«

»Als Botschaft. Für den Fall, dass diese Mistkerle Freunde haben.«

Panik ergriff sie. »Du glaubst, die wissen, wo ich wohne?«

»Bringen wir dich rein.«

»*Diesel*. Glaubst du, sie sind uns letzte Nacht nach Hause gefolgt? Wäre uns das nicht aufgefallen?«

»Es wäre mir aufgefallen. Aber sie könnten dich schon vor gestern Abend auf dem Kieker gehabt haben. Wir gehen lieber kein Risiko ein.«

Tracey blickte sich um, und vor ihrem inneren Auge versteckten sich grauenvolle Männer im Gebüsch. Sie dachte zurück an den vorherigen Abend. »Gestern Abend war noch ein Dritter bei ihnen. Erinnerst du dich?«

»Ich spüre ihn auf.«

»Wie denn? Du bist noch keinen Zentimeter von meiner Seite gewichen.«

Die Muskeln in seinem Kiefer verkrampften sich. Er reagierte nicht und führte sie einfach weiter den Weg entlang.

Bullet trat neben sie. »Geht's dir gut, Trace?«

Sie nickte, auch wenn sie das Gefühl hatte, dass ihre Nerven nur noch an einem seidenen Faden hingen.

Diesel nahm ihr die Schlüssel ab und öffnete die Tür. »Warte hier.«

Bullet blieb mit ihr auf der Veranda, während Diesel das Haus überprüfte. Es fühlte sich so an, als hätten sie solche Dinge schon oft getan. Was wohl auch so war.

»Glaubst du, sie werden noch jemanden auf mich ansetzen? Diesel hat gemeint, er würde ihren Freund von gestern Abend aufspüren, aber er ist doch die ganze Zeit bei mir gewesen. Hat er das nur gesagt, damit ich mich besser fühle?« Zugegeben, sie war viel zu sehr durch den Wind gewesen, um Diesels Unterhaltungen mit Booker, Biggs, Bullet und allen anderen große Aufmerksamkeit zu schenken, aber trotzdem. Jemanden aufzuspüren schien eine schwierige Aufgabe zu sein, wenn man keine Ahnung hatte, wer derjenige war.

Bullet schüttelte den Kopf. »Diesel macht keine leeren Versprechungen. Er hat Anweisungen gegeben, die Bruderschaft führt sie aus.«

»Ihr klingt wie die Mafia.«

Diesel tauchte im Türrahmen auf, nickte Bullet zu und trat wieder zu Tracey.

Bullet wandte sich ab, aber Tracey hielt ihn auf, indem sie seine Hand berührte. »Danke. Bitte sag den anderen, dass ich ihre Hilfe zu schätzen weiß. Ich fühle mich schlecht, weil ihr meinetwegen nicht bei euren Familien sein könnt.«

»Du gehörst zu unserer Familie«, sagte Bullet schlicht und ging.

Die Gefühle, die sie zurückgehalten hatte, schnürten ihr die Kehle zu. Als sie und Diesel durch die Tür getreten waren, verschloss er sie hinter ihnen. Dabei nahm er den gesamten Flurbereich ein, was das Haus noch kleiner wirken ließ. Tracey wusste nicht, was sie mit sich anfangen sollte, als er ihr ins Wohnzimmer folgte. Sie stellte fest, dass er sämtliche Vorhänge zugezogen hatte. Zuvor hatte sie geglaubt, sie würde sich hier sicherer fühlen, aber nachdem Diesel angemerkt hatte, dass diese Männer sie möglicherweise schon vor letzter Nacht beobachtet hatten, und aufgrund der zugezogenen Vorhänge kam sie sich vor wie ein Opfer in einem Versteck. Und dieses Gefühl verabscheute sie.

»Du musst nicht bleiben. Da draußen sind die anderen Jungs. Ich komme schon klar.« Sobald die Worte ihre Lippen verlassen hatten, wollte sie sie zurücknehmen. In der Sekunde, in der sie ihn in der Dunkelheit gesehen hatte, war ihr klar gewesen, dass diese Männer ihr nicht mehr wehtun konnten. Nie hatte sie sich sicherer gefühlt als in seinen Armen, aber das hatte sie nur noch mehr verwirrt. Und es ärgerte sie zu Tode, dass sie überhaupt hatte gerettet werden müssen.

Er verschränkte die Arme und trat näher zu ihr. »Ich gehe nirgendwohin, Baby Girl.«

Ihr Puls raste. Sie stand da wie angewurzelt, gefesselt von dem Sturm an Emotionen, der zwischen ihnen tobte. All diese Energie entfesselte die Angst, die Verwirrung und die Wut, die sie zurückgehalten hatte, und alles sprudelte an die Oberfläche und drohte, sich den Weg an dem schmerzhaften Kloß in ihrer Kehle vorbeizubahnen. Sie wollte nicht, dass er sie so aufgelöst sah. »Ich gehe duschen«, brachte sie erstickt heraus.

Auf wackligen Beinen eilte sie den Flur entlang, geradewegs durch ihr Schlafzimmer und ins Bad. Sie drehte das Wasser auf und zerrte wütend und zittrig an ihren Stiefeln und den Socken, zog sich die Kleidung aus. Am liebsten hätte sie die Klamotten verbrannt, um so weit wie möglich von dem wegzukommen, was passiert war.

Als sie einen Blick auf ihr Spiegelbild erhaschte, kamen ihr die Tränen. Unter ihrem Pony war ein Klammerpflaster zu sehen, das die Schnittwunde über ihrer linken Augenbraue bedeckte. Sie hatte Kratzer auf den Wangen, Prellungen an den Armen und spürte auch welche auf dem Rücken und dem Becken. Aber vor allem war es die Angst in ihren Augen, die ihr zusetzte. Sie erinnerte sie zu sehr an das schwache Mädchen, das sie einst gewesen war. Die Person, die sie nie wieder sein wollte. Sie war nicht schwach. Sie war nicht hilflos.

Wut brandete in ihr auf, als sie in die Dusche trat, und sie zitterte so heftig, dass ihre Zähne klapperten. Das warme Wasser brannte auf den Wunden auf ihren Armen, dem Rücken, den Beinen. Sie verschränkte die Arme vor der Brust und zwang sich, stark zu sein. Als sie die Augen schloss, brach die Erinnerung an den Angriff über sie herein und die Tränen, die sie bis jetzt zurückgehalten hatte, flossen nun ungehemmt. Noch immer fühlte sie die Hände dieser Männer auf ihrer Haut, hörte die Stimmen in der Nacht. Ihre Tränen flossen, während sie Duschgel auf einen Waschlappen gab und versuchte, die Schmach wegzuwaschen. Trotz des stechenden Schmerzes schrubbte sie sich fest die Arme, und Schluchzer entrangen sich ihrer Kehle. Der Schmerz war heftig, aber dieses Gefühl, als hätten diese Männer innerhalb einer Nacht sämtliche Fortschritte ausgelöscht, die sie gemacht hatte, das war viel verheerender. Sie konnte nur noch schluchzen, und ihre Beine gaben nach. Mit angezogenen Knien hockte sie auf dem Boden der Dusche, während das Wasser auf sie herabprasselte, und ergab sich dem Schmerz, der Wut und der Trauer einer Nacht, die sie nicht hatte kommen sehen.

Diesel wanderte im Wohnzimmer auf und ab, während er darauf wartete, dass Tracey fertig geduscht hatte. Er hätte sie keinesfalls den Müll hinausbringen lassen sollen. Was wäre passiert, wenn er sie nicht schreien gehört hätte? Was, wenn er nur eine Sekunde später gekommen wäre? *Verflucht.* Daran durfte er jetzt nicht denken.

Er sah auf die Uhr. Sie stand bereits seit fünfundzwanzig Minuten unter der Dusche. Das war verdammt lange. Er schritt durch den Flur, um nach ihr zu sehen, und rief durch die offene Schlafzimmertür. »Tracey?« Hatte er sie zuvor jemals bei ihrem Namen genannt? Er betrat das Zimmer. Die Badezimmertür stand offen und er hörte das Wasser laufen. Als er Traceys Schluchzen vernahm, zog sich alles in ihm zusammen. Er ballte die Fäuste, trat näher und stellte sich mit dem Rücken zum Bad vor die Tür. »Trace?«

Ihr Schluchzen ließ nicht nach.

Verflucht noch mal.

Das Wasser musste mittlerweile kalt sein. Da war kein Dampf, keine Wärme. Er ging ins Bad, machte einen großen Schritt über die Klamotten und Schuhe auf dem Boden und griff nach einem Handtuch. »Tracey, ich drehe jetzt das Wasser ab.«

Ihr Schluchzen kam von unten, und ihm wurde bewusst, dass sie auf dem Boden der Dusche saß. Himmel, das war ja noch schlimmer. Er hielt den Blick nach oben gerichtet, griff hinter den Vorhang, um das Wasser abzudrehen, und schob ihr dann das Handtuch zu. »Kannst du dich darin einwickeln, Baby Girl?«

Sie nahm das Handtuch entgegen und er hörte, wie sie sich hochdrückte, wobei ihr Schluchzen von leichten Schmerzenslauten unterbrochen wurde. Er wollte diese Arschlöcher umbringen. Als der Sanitäter sie versorgt hatte, waren Diesel die Wunden auf ihrem Rücken und ihren Beinen und die Prellungen überall auf ihrer blassen Haut aufgefallen. Er sah sich im Bad nach sauberer Kleidung um, aber sie schien keine mit hineingenommen zu haben, daher zog er sein Shirt aus und reichte es ihr durch den Vorhang. »Zieh das über.«

Ein paar Sekunden später zog sie den Duschvorhang auf. Sie trug sein Shirt, das ihr bis zu den Knien reichte, das Handtuch lag zu ihren Füßen auf dem Boden. Ihr Gesicht war lädiert und zerkratzt, das Make-up unter ihren Augen verschmiert und lief ihr über die Wangen, und sie schaute so traurig drein, dass es ihn fast umbrachte. Er nahm ein anderes Handtuch und befeuchtete eine Ecke, um sie sauberzumachen. Ihre Unterlippe bebte und Tränen rannen über seine Finger, als er ihr das Make-up abwischte.

»Ich kann kämpfen«, betonte sie zittrig.

»Das weiß ich.« Er wusste, dass sie ins Fitnessstudio ging und Kampfsport bei einem ehemaligen Navy-SEAL trainierte, doch er wusste auch, wie nutzlos dieses Training sein konnte, wenn es ums echte Leben ging.

»Ich habe gezögert.« Ihre Stimme brach und weitere Tränen flossen, doch die Wut darunter brach jetzt ebenfalls durch. »Ich hätte …«

»*Stopp.*« Sanft drückte er ihr Kinn nach oben. »Du wirst dich jetzt nicht selbst fertigmachen, weil zwei Arschlöcher die

Oberhand gewinnen konnten.« Er ließ das Handtuch auf den Boden der Dusche fallen und hob sie so sanft hoch, wie er nur konnte. Was offensichtlich nicht sanft genug war, denn sie zuckte trotzdem zusammen, was ihm sofort leidtat. Er trug sie ins Schlafzimmer.

Mit Tracey auf dem Schoß ließ er sich auf die Bettkante sinken und strich ihr die Haare aus dem Gesicht. »Jetzt hör mir mal zu. In dieser Situation wäre jeder überfordert gewesen.« Mit den Daumen wischte er ihr die Tränen weg. »Die sind erledigt, Tracey. Sie gehen ins Gefängnis, und ich erwische den dritten Kerl. Du musst dich jetzt erst mal ausruhen.« Er legte sie aufs Bett.

»Au.« Sie setzte sich wieder auf. »Mein Rücken und meine Schulter tun zu sehr weh.«

Er positionierte sich neu auf dem Bett, lehnte sich mit dem Rücken gegen das Kopfteil und bedeutete ihr, zu ihm zu kommen. Misstrauisch blickte sie ihn an. Er fluchte leise. »Glaubst du wirklich, ich hab hier irgendetwas vor? Nach allem, was du durchgemacht hast? Ich will dich nur in den Armen halten, damit du ohne Schmerzen einschlafen kannst.«

Entschuldigend sah sie ihn mit ihren großen braunen Augen an und rückte zu ihm auf. Ihre linke Seite hatte am meisten gelitten, daher drückte er ihre rechte Seite an sich. Sie war so zierlich, dass er sich etwas nach unten gleiten lassen musste, damit sie sich bequem an ihn kuscheln konnte, ohne dass Druck auf ihren Rücken oder die Schulter ausgeübt wurde. Er legte ihr eine Hand auf die Hüfte. »Tut das weh?«

Sie schüttelte ihren Kopf, der an seiner Brust ruhte.

Er lehnte den Hinterkopf an die Kopfstütze und betrachtete die weißen Wände ihres Schlafzimmers, die billige Kommode und den Nachttisch, der vermutlich aus zweiter Hand war. Das

Bett war immerhin ein Doppelbett. Er passte trotzdem kaum darauf. Am Fußende lag eine zusammengelegte blaue Decke auf der schlichten weißen Bettdecke. Auf der Kommode stand ein gerahmtes Foto von Tracey mit knochigen Knien und spitzen Ellbogen, auf dem sie etwa zwölf oder dreizehn Jahre alt sein musste, und einer schmalen dunkelhaarigen Frau, bei der es sich nur um ihre Mutter handeln konnte. Sie hatten beide die gleichen mandelförmigen Augen, die kecke Nase und das spitze Kinn, was Diesel immer an Elfen denken ließ. Diesels Mutter flüsterte in seinem Kopf: *Wir brauchen ein wenig Elfenmagie, Dezzie. Was meinst du? Hol die Farben.* In dieser Erinnerung war er noch ein kleiner Junge, und er wusste noch, wie er in den Schuppen gerannt war, um die Farbdosen und Pinsel zu holen, damit sie weiter an den Wänden des Hobbit-Zimmers malen konnten, das lauter Elfen und Hobbits zierten.

Ein sehnsuchtsvoller Stich durchzuckte ihn und er ließ den Blick durch den Raum schweifen, um sich von dem Schmerz abzulenken, der mit einer anderen Erinnerung herannahte. Diesmal an die Zeit, als seine Mutter zu schwach gewesen war, um sich zu bewegen. Er hatte sie ins Elfenmagiezimmer getragen, das mittlerweile vom Boden bis zur Decke von Elfen und Hobbits, Zauberern und Wald bedeckt gewesen war.

Wofür schlug Traceys Herz? Nichts in diesem Zimmer verriet etwas über ihre Einzigartigkeit. Sie wohnte bereits lange hier, aber es hing kein Bild an der Wand und nirgendwo lag eins dieser schicken Dekokissen, die die meisten Frauen mochten.

Er schaute hinunter zur schlafenden Schönheit an seiner Seite, deren warmer Atem stoßweise über seine Haut strich. Sie regte sich im Schlaf, wimmerte, zuckte mit den Beinen. Er hielt sie etwas fester. »Psst. Du bist in Sicherheit. Ich pass auf dich auf.« Die Anspannung in ihrem Körper löste sich, und er drückte ihr einen Kuss auf den Kopf und zog die Decke über sie. Ungewohnte Empfindungen überkamen ihn, ganz anders als die, die ihn üblicherweise steif werden ließen, wenn er in ihrer Nähe war. Diesmal beschlich ihn das Verlangen, sie zu beschützen, und es war größer und mächtiger als alles, was er je gefühlt hatte. Es erweckte in ihm den Wunsch, sofort aufzuspringen und zu gehen, gleichzeitig wollte er nie wieder von hier weg.

Was zum Teufel?

Vier

Als der Morgen anbrach und der Schlaf schwand, spürte Tracey sämtliche schmerzenden Stellen, die praktisch überall waren. Außerdem bemerkte sie die kühle Luft zwischen ihren Beinen, Diesels Arm, der beschützend um sie lag, seine Hand um ihre Pobacke durch sein Shirt, das sie noch immer trug. Alle Körperteile, die an ihm ruhten, fühlten sich heiß an. Er glich einem Schmelzofen. Sie schluckte schwer und wurde auf einen Schlag schrecklich nervös. Wie hatte sie nur vergessen können, einen Slip anzuziehen? Sie lag still, die Wange auf seiner nackten Brust, während sein Herz stetig und sicher dagegen pochte und sein muskulöser Arm sie selbst im Schlaf fest an sich gedrückt hielt. Dabei wusste jeder, dass er es hasste, angefasst zu werden.

Vielleicht war sein Herz doch nicht komplett aus Stein.

Sie musste die Decke nachts weggestrampelt haben, die sich nun am Fußende ballte. Ihr Blick wanderte über ihn und verharrte bei den feinen Haaren, die unter seinem Bauchnabel begannen und in seiner Jeans verschwanden. Sie konnte nicht umhin, die Wölbung hinter dem Reißverschluss wahrzunehmen oder auch den Umriss seiner offenbar gigantischen Erektion, die sich unter seinem Hosenbein abzeichnete.

Gott steh mir bei!

Seine Füße reichten bis ans Bettende. Er hatte in seinen schwarzen Lederstiefeln geschlafen. Sie hätte wetten können, dass er auch immer noch seine Kappe trug. Die Erinnerungen an letzte Nacht holten sie ein und brachten die Gesichter der Monster mit sich, die sie angegriffen hatten. Und Diesels bedrohlichen Gesichtsausdruck, als er zu ihrer Rettung gekommen war, so völlig anders als die mitfühlenden Gesten, mit denen er sie letzte Nacht bedacht hatte. Woher hatte er gewusst, dass sie auf dem Boden der Dusche gehockt hatte wie erstarrt, nicht in der Lage, sich wieder unter Kontrolle zu bekommen? Wie war es möglich, dass der Mann neben ihr derselbe Mann war, von dem sie geglaubt hatte, er hätte Leichen im Keller? Sie war ihm so unendlich dankbar dafür, dass er ihr bei diesem Angriff geholfen und dass er ihr in der Nacht das Gefühl von Sicherheit gegeben hatte.

Seine Hand drückte fester gegen ihren Po, als er sich streckte und den Rücken durchbog. Sie sah nach oben in sein Gesicht. Kiefer und Augen waren zusammengepresst, Hals und Schultern nach hinten gezogen. Seine Baseballkappe saß fest auf seinem Kopf. Tracey hatte das Gefühl, dass ihm gar nicht bewusst war, wo sich seine Hand befand. Sie versuchte, den Rest ihres Körpers von ihm zu lösen, doch seine Hand blieb fest an Ort und Stelle, hielt sie an ihn gedrückt. Sie musste ihre Annahme wohl noch einmal überdenken.

»Wie fühlst du dich?« Anscheinend war er doch wach. Seine Stimme war noch rauer als üblich.

»Wund.« Sie wollte ihm für alles danken, was er getan hatte. Aber jetzt, wo sie richtig wach war, konnte sie nur noch an seine Hand auf ihrem Po denken, an die Tatsache, dass sie keine Unterwäsche trug, und an alles, was sie letzte Nacht durchgemacht hatte, was unter der Oberfläche lauerte und darauf wartete, sich bemerkbar zu machen. Sie musste sich zusammenreißen. Aber zuerst musste sie raus aus diesem Bett. »Und als würde jemand meinen Hintern befummeln.«

Diesel nahm die Hand weg und langsam drückte sie sich hoch, wobei sie vor Schmerz zusammenzuckte.

Er zog die Augenbrauen hoch. »Wohin willst du denn?«

»Ins Bad, um mich anzuziehen.« Sie trat an ihre Kommode, nahm Unterwäsche, ihre bequemsten Shorts und ein T-Shirt heraus. »Du hast doch nicht geglaubt, dass ich hier den ganzen Tag ohne Unterwäsche liegen bleibe?«

Er grinste nur.

Sie ging ins Bad und grübelte dabei darüber nach, wie schwer dieser Mann zu durchschauen war. Als sie ihre Kleidung und Schuhe auf dem Boden und ihr ramponiertes Gesicht im Spiegel sah, gewann die Wut von letzter Nacht wieder die Oberhand. Ihre Wange und Stirn waren zerkratzt und aufgeschlagen und sie hatte eine kleine Schnittwunde über der linken Lippenseite. Sie zupfte das Klammerpflaster über der Braue weg. Darunter offenbarte sich ein verkrusteter roter Riss. Als sie Diesels Shirt auszog, meldete sich ihr Körper protestierend zu Wort. In allen Farben schillernde Flecke zierten ihre linke Seite, Hüfte und Schulter. Direkt über den Ellbogen sah sie blaue Flecken in Fingergröße, wo diese schrecklichen Männer sie hart angefasst hatten. Sie drehte sich um und spähte über die Schulter in den Spiegel, und beim Anblick weiterer Kratzer und blauer Flecken zog sich ihr Magen zusammen. Ihre Gedanken wanderten zurück zu den schlimmen Tagen mit Dennis, als er betrunken und ohne Selbstbeherrschung nach Hause gekommen war und sie die volle Wucht seiner Wut abbekommen hatte.

Sie rief sich in Erinnerung, dass es diesmal anders gewesen war.

Ihr Verstand wusste das, aber es brauchte noch ein paar weitere geistige Ermahnungen, bis es Wirkung zeigte. Bei Dennis hatte sie sich eingesperrt gefühlt, als hätte sie keine andere Wahl, als bei ihm zu bleiben. Aber letzte Nacht hatte sie gekämpft, hatte versucht zu entkommen, und sie hatte den Angriff der Polizei gemeldet. Sie war nicht einfach weggerannt wie vor Dennis. Diese Arschlöcher würden für das bezahlen, was sie getan hatten. Es machte sie krank, dass sie gegen Dennis keine Anzeige erstattet hatte, aber diesen Albtraum konnte sie jetzt nicht auch noch wieder aufleben lassen. Sie musste sich anziehen und sich mit dem komplizierten Mann befassen, der in ihrem Schlafzimmer auf sie wartete. Wie konnte man jemandem nur genug dafür danken, einem das Leben gerettet zu haben? Worte schienen nicht auszureichen, besonders wo sie doch bei der Arbeit so viel Zeit damit zugebracht hatte, ihn von sich fernzuhalten.

Vorsichtig wusch sie sich, wobei sie die wunden Stellen ausließ, und dachte daran, wie sanft ihr Diesel letzte Nacht das Gesicht gereinigt hatte. Unter dem Waschbecken fand sie den kleinen Verbandskasten und machte sich daran, Salbe auf ihre Kratzer aufzutragen. Sie verband sich die Stirn, putzte sich die Zähne und bürstete sich die Haare, dann zog sie sich an. Sie hob ihre schmutzigen Sachen vom Boden auf und steckte sie in den Wäschekorb; dann nahm sie Diesels Shirt und schnupperte daran. Es roch nach ihm, ganz rau und männlich, und leicht nach ihrem Duschbad. Die Kombination wirkte seltsam beruhigend.

Sie hob ihre Stiefel auf, atmete einmal tief durch und ging dann zu ihm, um ihm für alles zu danken, was er getan hatte.

Das Schlafzimmer war leer, das Bett gemacht. Ihre Decke lag ordentlich zusammengelegt am Fußende. Sie stellte ihre Stiefel in den Schrank und folgte einem köstlichen Aroma in die Küche. Auf dem Weg durch das Wohnzimmer sah sie durch die Vorderfenster zwei Männer auf Motorrädern.

Diesel stand am Herd und wandte ihr den Rücken zu. Er trug kein Shirt und seine Jeans hing ihm tief auf der Hüfte. Sein muskulöser Rücken bildete ein perfektes V bis hin zu seiner kräftigen Taille. Ein Tattoo verlief über seinen Nacken und zwischen den Schulterblättern. Es zeigte einen nackten Mann in zwei einander überlagernden Positionen in einem Kreis und einem Quadrat, einmal mit seitlich ausgestreckten Armen und Beinen und einmal mit erhobenen Armen und geschlossenen Beinen. Tracey hatte dieses Motiv schon einmal gesehen, wusste aber nicht, was es bedeutete. Sie war neugierig, was all seine Tattoos anging, aber besonders in Bezug auf die Bedeutung dieses Bildes und warum Diesel das Gesicht einer Fee auf der Rückseite seines linken Armes tätowiert hatte. Doch während seine Arme und die Brust von Tattoos übersät waren, befanden sich auf seinem Rücken keine weiteren, und *Grundgütiger*, er sah einfach zum Anbeißen aus.

Aber es war nicht sein wunderschöner Körper, der ihr Herz schneller schlagen ließ, auch nicht die Tattoos oder die bloße Haut, weswegen sie auf den Mann zutrat, der es hasste, angefasst zu werden. Und trotz der möglichen Konsequenzen schlang sie von hinten die Arme um ihn. Sie drückte eine Wange gegen seine heiße Haut und eine Hand flach auf seinen Bauch. Mit der anderen hielt sie noch immer sein Shirt fest. Seine Muskeln spannten sich an, sie spürte sein Unbehagen, aber sie war einfach machtlos und ergab sich der überwältigenden Dankbarkeit, die sie überkam. Sie wäre heute ein völlig anderer Mensch, hätte er sie nicht letzte Nacht gerettet. Hätte sie das, was immer diese Männer ihr antun wollten, überhaupt überlebt?

Er atmete tief ein und es fühlte sich so an, als würde sein Körper auf die doppelte Größe anschwellen.

»Danke«, sagte sie leise, ließ ihn los und trat einen Schritt zurück.

Diesel regte sich nicht, und die Anspannung, die von ihm ausging, war deutlich zu spüren.

»Entschuldige, wenn ich mich dir aufgedrängt habe. Ich möchte mich einfach nur bedanken für alles, was du für mich getan hast.« Sie hatte so viele Fragen. Warum hatte er sie letzte Nacht an ihn gepresst schlafen lassen, zuckte jedoch zusammen, wenn sie ihn umarmte? War sie zu erschöpft gewesen, um zu bemerken, dass er sich die Nacht über ebenfalls unwohl gefühlt hatte? Dachte er in irgendeinem Winkel seines Verstands, sie wäre selbst schuld daran, dass diese Männer zurückgekommen waren?

Nein, diesen Gedanken würde sie gar nicht erst aufkommen lassen.

Die Stille zwischen ihnen dehnte sich aus. Sie war sich mittlerweile sicher, dass er sich nur zusammenriss, um sie nicht anzufahren. Warum verabscheute er es so sehr, berührt zu werden?

Er drehte sich mit zwei Tellern in den Händen und undurchdringlicher Miene zu ihr um. Auf einem Teller stapelten sich French Toasts, auf dem anderen befand sich ein Berg Rührei. Diesel in Zusammenhang mit etwas so Häuslichem zu sehen, war einfach zu viel. Nervös kicherte sie. »Du hast gekocht? Ist das für die Jungs draußen vor der Tür?«

»Die kommen klar. Du musst was essen.« Mit dem Kinn

deutete er auf den Küchentisch, wo zu ihrer Überraschung für zwei gedeckt war, mit zwei Gläsern Orangensaft und zwei Tassen Kaffee, einer Flasche Sirup und einem Stück Butter auf einem Teller.

»Warst du in einem früheren Leben Koch?« Sie legte sein Shirt auf seinen Stuhl und setzte sich.

Er antwortete nicht, stellte einfach nur die Teller auf den Tisch, zog sein Shirt über und nahm ihr gegenüber Platz. Als sie sich nicht sofort etwas auftat, belud er ihren Teller mit zwei Scheiben French Toast und mehr Rührei, als sie jemals essen könnte. Seine Fingerknöchel waren aufgekratzt und rot und sahen aus, als würden sie wehtun, aber das schien ihm gar nicht aufzufallen, während er vier Scheiben French Toast und den Rest Rührei auf seinen Teller lud und anfing zu essen. Er schaufelte sich Ei in den Mund und verspeiste jede Scheibe Toast mit nur zwei Bissen, als wäre sein Mund ein Schwarzes Loch. Der Mann war wie eine Maschine, die ihre Aufgabenliste abhakte – *Aufwachen. Verwundeter Frau Nahrung zuführen. Selbst etwas essen* – und sie war fasziniert. Über welche anderen geheimen Talente verfügte er wohl noch?

Er beäugte sie über eine Gabel voll Rührei hinweg. Sein stummer Befehl war laut und klar zu verstehen. *Iss.*

Sie war nicht sonderlich hungrig, aber er hatte sich solche Mühe gegeben, daher goss sie sich Sirup auf den French Toast und kostete einen Bissen. *Meine Güte.* Es schmeckte fantastisch, luftig mit einem Hauch Vanille und der perfekten Menge Zimt. »Das ist köstlich.«

Er nickte kurz, begleitet von einem männlichen Geräusch, das eine Mischung aus Grunzen und Knurren war. Eben typisch *Diesel.*

Sie aß weiter und genoss jeden Bissen. »*Mhmm.* Mal ernsthaft, das ist großartig. Wo hast du so kochen gelernt?«

Seine dunklen Augen zuckten kurz zu ihr, während er aufaß, aber sie bekam keine Antwort. Er trank etwas Saft und schüttete sofort Kaffee hinterher. *Saft. Check. Kaffee. Check.* Es fühlte sich an wie eine Mahlzeit mit einem außerordentlich talentierten Höhlenmenschen.

Er stapelte die leeren Teller auf seinem, drückte sich hoch, stach zwei Finger in sein leeres Saftglas, zwei in seine leere Tasse und trug alles zur Spüle, wo er auch prompt anfing, alles abzuwaschen.

»Das kann ich doch machen.«

»Ich bin schon dabei«, erwiderte er schroff.

Während sie aß, schaute sie zu, wie er effizient von einer Aufgabe zur nächsten wechselte. Er reinigte und trocknete alles per Hand, einschließlich der Pfannen und Rührschüsseln, und stellte jedes Teil zurück in den Küchenschrank, wo es hingehörte. Als er sich umdrehte und ihren Teller nehmen wollte, stellte er fest, dass dieser immer noch voller Ei war.

Diesel hob die Brauen. »Du brauchst das Ei, wegen der Proteine.«

»Ich hab was davon gegessen. Es hat gut geschmeckt, aber mehr kriege ich nicht runter.«

Er sah aus, als würde er das nicht gelten lassen.

»Diesel, ich habe genug gegessen. Versprochen. Und jetzt weg von der Spüle, damit ich mein Geschirr abwaschen kann, sonst lasse ich dich gleich gar nicht mehr nach Hause gehen.«

Sie stand mit dem Teller in den Händen auf, doch er nahm ihn ihr ab. »Trink deinen Saft.«

»Hast du ein Helfersyndrom?«

Er verkrampfte den Kiefer. »Vitamin C hilft gegen Entzündungen.«

»Wer hätte gedacht, dass du so blumig reden kannst?« Sie lehnte sich gegen den Küchentresen und trank ihren Saft, während er ihr Geschirr abspülte. »Danke fürs Frühstückmachen und Abwaschen.«

Er trocknete den Teller ab und kniff dabei mit ernster Miene die Augen zusammen. »Ich habe Red angerufen. Sie und ein paar Frauen kommen her.«

»Warum?«

»Ich muss mich um einige Dinge kümmern und du solltest nicht allein sein.«

»Diesel, da draußen sind zwei muskulöse Bodyguards. Ich muss doch nicht noch mehr Leuten auf den Geist gehen. Ich schreibe ihnen.«

»Dein Handy ist kaputt. Die Cops haben es letzte Nacht auf dem Boden gefunden. Ich besorg dir ein neues. Du musst unbedingt mit den Frauen reden. Mein Handy ist heiß gelaufen, weil mich ständig irgendwer angerufen hat. Josie fährt deinen Wagen von der Werkstatt her, damit du ihn zur Verfügung hast. Sie kann dann mit Red nach Hause fahren.«

Tracey verschränkte die Arme, aber dadurch verschlimmerte sich das unangenehme Gefühl in ihrer Schulter und sie zuckte zusammen und ließ die Hände wieder sinken. Schmerz blitzte in seinen Augen auf, genau wie letzte Nacht. So gern sie mit den anderen Frauen reden wollte, mochte sie sich doch nicht länger als Opfer fühlen. »Sie müssen nicht meinetwegen herkommen und ich kann mir ein Uber rufen, das mich zu meinem Wagen bringt.«

»Die Frauen kommen her und du rufst dir *kein* Uber und fährst mit einem Fremden«, entgegnete er. »Und sobald du wieder ganz auf den Beinen bist, bringe ich dir bei, wie man kämpft.«

Bei der Sache mit dem Fremden hatte er schon recht. »Ich weiß, wie man kämpft. Ich trainiere schon seit eineinhalb Jahren Kampfsport. Ich habe einfach nur gezögert, und außerdem waren es zwei Männer.«

»Wenn du dich schützen willst, musst du auf die richtige Art trainieren. Kampfsport in einem Studio ist super für die Grundlagen, aber wertlos, wenn du nicht auch darauf trainiert wurdest, Situationen mit Arschlöchern wie den Kerlen von letzter Nacht zu regeln.« Er trat näher an sie heran. »Es sei denn, du hast Angst, es zu versuchen?«

Verächtlich hob sie das Kinn, bereit für eine freche Retourkutsche, aber heraus kam nur: »Glaubst du wirklich, dass ich lernen kann, mich gegen solche Kerle zu verteidigen?«

»Ich würde meine Zeit nicht mit dem Angebot, es dir beizubringen, verschwenden, wenn dem nicht so wäre. Du bist vielleicht klein, Baby Girl, aber du bist stark.«

Sein Vertrauen in sie gab ihrem schwindenden Selbstbewusstsein einen Schub, und die Art, wie er sie immer *Baby Girl* nannte, ließ völlig andere Emotionen in ihr aufsteigen.

»Wenn du nur halb so viel Energie ins Kämpfenlernen steckst wie darein, mir die Hölle heißzumachen, wirst du keine Probleme bekommen.« Er zog einen Mundwinkel neckend nach oben, aber schnell verwandelte sich dieses freche Grinsen in etwas Dunkleres, das die Luft zwischen ihnen auflud.

Schmetterlinge flatterten in ihrem Bauch herum. »Entschuldige, dass ich dir bei der Arbeit so zugesetzt habe. Ich weiß, dass du nur auf mich aufgepasst hast. In Wahrheit mag ich es einfach nicht, das Gefühl zu haben, beschützt werden zu müssen, egal in welcher Situation. Aber ich bin dir sehr dankbar, dass du letzte Nacht für mich da warst.«

Er sah aus, als wollte er noch etwas sagen, und als ob es ihn anstrengte, es zurückzuhalten. Sie öffnete den Mund, um nachzuhaken, und im gleichen Moment hob er die Hand und strich ihr die Haare vom Pflaster über der Braue. Das war eine solch intime, sanfte Berührung, dass ihr die Worte im Hals stecken blieben. Sein Gesichtsausdruck wurde sanfter, sein Blick wanderte über das Pflaster, die Kratzer auf ihren Wangen, und er sah ihr so tief in die Augen, dass sie schon glaubte, er würde sie gleich küssen. Die Luft um sie herum wurde plötzlich schwer und heiß. Ihr Herz raste und sie hielt den Atem an und hoffte innerlich, er würde es tun oder zumindest sagen, was er fühlte. Da klopfte es an der Tür. Sie zuckte zusammen und die Verbindung war durchbrochen. Diesel trat zurück und errichtete wieder diese Mauer um sich herum.

»Das werden Red und die anderen sein«, meinte er knapp. »Ich lass dich dann mal in Ruhe.«

Als er zur Tür eilte, stieß sie den angehaltenen Atem aus. In ihrem Kopf herrschte nur noch Verwirrung. Nie zuvor war ihr ein solcher Mann begegnet, der sie so in seinen Bann ziehen und sie bei seinem Weggang als anderer Mensch zurücklassen konnte.

Das Geräusch der Stimmen und schnellen Schritte ihrer Freundinnen, die auf die Küche zukamen, riss sie aus ihren Gedanken. Und da waren auch schon Josie und Sarah, zusammen mit Dixie, Finlay und Crystal, und alle umarmten sie so fest, dass sie vor Schmerzen zusammenzuckte.

»Au, vorsichtig«, bat Tracey.

»Sorry«, entschuldigte sich Sarah. Sie war die ältere der beiden Schwestern, etwas größer als Josie und hatte helleres Haar.

»Wir haben uns solche Sorgen um dich gemacht.« Josie hatte eine Tüte aus ihrem Lebkuchenladen dabei.

»Geht's dir gut?«, erkundigte sich Finlay.

Dixie stemmte eine Hand in die Hüfte. »Diesel hätte diese Bastarde umbringen sollen. Ich wusste gleich, dass an denen was faul ist.«

»Ladys, lasst sie doch erst mal zu Wort kommen«, bat Red, die jetzt mit Penny und ihren anderen Freundinnen Roni und Gemma die Küche betrat. Red nahm Traceys Hände und hielt sie fest. »Ich werde dich nur ganz leicht umarmen, denn Biggs hat gesagt, dass du ziemlich heftig herumgeschleudert wurdest, aber mein Mutterherz braucht das jetzt einfach, okay?«

Wie konnte ein Satz allein dafür sorgen, dass Tracey nach Weinen zumute war? Nicht zum ersten und sicherlich auch nicht zum letzten Mal wünschte sie sich, sie hätte jemanden wie Red um sich gehabt, als sie mit Dennis zusammen gewesen war. Vielleicht wäre sie dann nicht so lange bei ihm geblieben.

Tracey nickte und Red drückte sie an sich und flüsterte dabei: »Ich bin so froh, dass es dir gut geht, Schätzchen.«

»Danke. Ohne Diesel wäre das anders.« Auf dem Weg ins Wohnzimmer blickte sie durchs Fenster und sah ihn mit den beiden Männern reden, die vorhin schon draußen gewesen waren. Er schaute über die Schulter und sie hätte schwören können, dass er sie direkt ansah, als wären sie durch ein unsichtbares Band miteinander verbunden.

Alle setzten sich und Josie öffnete die Tüte, die sie mitgebracht hatte, und reichte Lebkuchenkekse herum, auf denen mit rosa Zuckerguss *Gute Besserung* stand.

»Du hast mir Kekse gemacht?« Tracey nahm einen und ihr wurde warm ums Herz.

»Ich hab mir solche Sorgen gemacht, dass ich nicht schlafen konnte, also hab ich gebacken.« Josie hatte ihren Lebkuchenladen in der renovierten Garage ihres Hauses eingerichtet.

»Gut, dass es nicht nur mir so ging«, meinte Finlay. »Ich war die halbe Nacht wach und hab einen Kuchen für dich gebacken. Aber als ich heute Morgen aufgestanden bin, hatte Bullet bereits die Hälfte davon zu seinem Kaffee aufgefuttert. Dieser Mann isst wie ein Scheunendrescher.«

Alle lachten und stürzten sich auf die Kekse.

»Bullet hat erzählt, dass Diesel über Nacht bei dir geblieben ist«, fuhr Finlay fort. »Ich kann mir zwar nicht vorstellen, dass das sonderlich gemütlich mit ihm war, aber zumindest warst du sicher.«

»Er ist ein ziemlicher Stoiker. Ich hatte Angst vor ihm, als ich ihm das erste Mal begegnet bin.« Roni schob sich eine dunkle Haarsträhne hinter das Ohr. »Aber nachdem er Quincy und Simone so geholfen hat, habe ich nur noch Respekt für ihn.« Ronis Verlobter Quincy Gritt war ein ehemaliger Drogensüchtiger, der die Treffen der Narcotics Anonymous leitete, an denen auch Simone Davidson, eine weitere frühere Abhängige, teilgenommen hatte. Als es für Simone wegen ihres Ex, einem Drogendealer, zu gefährlich geworden war, in der Gegend zu bleiben, hatte Diesel für sie einen Aufenthalt auf der Redemption Ranch organisiert, wo sie sich weiter erholen konnte. Er hatte sie letzten Dezember dorthin begleitet, um sicherzugehen, dass sie auch gut ankam.

»Ich bin wirklich dankbar, dass Diesel da war.« Tracey setzte sich in einen Sessel, zog die Füße hoch und dachte daran, wie sie in der Dusche zusammengebrochen war. Sie war nicht einmal nervös gewesen, als sie hörte, wie er ins Bad kam, sondern hatte große Erleichterung verspürt. Weil er irgendwie gewusst hatte, dass sie alleine gerade nicht mehr klarkam. »Ich habe noch nie jemanden so wie ihn kämpfen sehen. Er hat nicht gezögert. Nicht einmal, als er den Kerl mit dem Messer gesehen hat. Er ist auf beide mit allem losgegangen, was er hatte.«

»Aber natürlich«, stimmte Dixie zu. »Was ihm an sozialen Fähigkeiten fehlt, macht er im Bestienmodus wieder wett.«

»Um ehrlich zu sein, ging es mir ziemlich mies, als ich erst mal zu Hause war«, gab Tracey zu. »Er hat genau gewusst, was ich brauche, und ist die ganze Nacht bei mir geblieben. Er war wirklich fantastisch und hat mir heute Morgen sogar Frühstück gemacht.«

»Diesel kocht?«, wunderte sich Finlay.

»Ja, und sogar richtig gut«, versicherte Tracey ihr.

»Ich bin so froh, dass er sich gut um dich gekümmert hat«, meinte Josie. »Jed hält viel von ihm. Ich weiß, dass Diesel dich bei der Arbeit zur Weißglut bringt, aber er kann Ärger kilometerweit riechen.«

»Das tut er«, stimmte auch Red zu. »Immerhin ist er Kopfgeldjäger, wenn er nicht gerade als Barkeeper arbeitet.«

»Ach ja?« *Dann kann er wohl wirklich Leute aufspüren.* Tracey sah die anderen Frauen an, die genauso schockiert dreinblickten. »Das wusste ich ja gar nicht.«

»Doch, doch. Er ist einer der besten. Deswegen ist er so oft unterwegs, und er hat sein übliches Leben nur unterbrochen, um unserer Familie in der Bar auszuhelfen«, erklärte Red. »Wir werden ihn sehr vermissen, wenn er wieder weg ist.«

Ein Anflug von Traurigkeit oder Enttäuschung, Tracey war nicht sicher, was davon es war, überkam sie.

»Diesel geht?«, fragten Gemma und Crystal gleichzeitig. Die beiden Brünetten und besten Freundinnen führten die Boutique »Princess for a Day«, in der sich Kinder einen Tag als die unterschiedlichsten Prinzessinnen verkleiden konnten. Dort gab es alles, von glitzernden Ballkleidern bis hin zu eher burschikoser Ausstattung.

»Er ist schon viel länger geblieben, als wir erwartet hatten, aber nun ist er wieder bereit für die Straße«, erklärte Red.

»Oh nein. Kennedy wird sehr traurig sein.« Gemma war mit Quincys älterem Bruder Truman verheiratet, der bei Whiskey Automotive arbeitete. Trumans und Quincys Mutter war vor ein paar Jahren an einer Überdosis gestorben und hatte ihre viel jüngeren Geschwister zurückgelassen. Kennedy war nun fast sechs und Lincoln knapp vier. Truman und Gemma zogen sie wie ihre eigenen Kinder auf.

»Genau wie die Hälfte der Frauen, die in die Bar kommen«, scherzte Dixie.

Leichte Eifersucht stieg in Tracey auf. »Er hat mich so lange in den Wahnsinn getrieben, aber jetzt kann ich es mir gar nicht mehr vorstellen, zur Arbeit zu gehen, ohne dass er dort ist. Besonders nach letzter Nacht.«

»Hast du Angst, wieder in die Bar zu gehen?«, fragte Finlay.

»Ich hätte garantiert Angst.« Penny legte eine Hand auf ihren winzigen Babybauch.

»Ich auch«, stimmten Roni und Gemma zu.

»Die letzte Nacht war furchteinflößend, und vielleicht sollte ich Angst haben, doch ich habe keine. Ich werde wohl so bald nicht mehr allein den Müll rausbringen, aber ich lasse mich nicht einschränken. Nicht noch einmal.«

»Recht so. Aber du weißt hoffentlich schon, dass du freinehmen kannst, falls du Zeit für dich brauchst«, sagte Red.

»Danke, aber das ist nicht nötig. Stattdessen muss ich richtig gesund werden, damit ich lernen kann, mich besser zu verteidigen.«

»Genau«, stimmte Dixie zu. »Du bist schon viel zu weit gekommen, um dich von diesen Bastarden runterziehen zu lassen.«

Alle Frauen redeten gleichzeitig los, unterstützten und ermutigten Tracey.

Dixies Handy klingelte. »Izzy ruft über FaceTime an. Das geht doch in Ordnung? Sie wollte unbedingt mit dir reden.« Sie ging ran. »Hey, Izzy.«

»Geht's ihr gut? Ich will sie sehen!«, verlangte Izzy, und Dixie reichte Tracey das Handy. Izzy sah ihr auf dem Handydisplay sorgenvoll entgegen. »Geht's dir gut? Tut mir so leid, dass ich nicht da bin. Ich komme heute Abend wieder.«

»Mir geht's gut. Wirklich.«

»Oh, Trace. Ich hätte für dich da sein sollen. Wenn ich zu Hause bin, wirst du nach Strich und Faden verwöhnt. Versprochen.«

Tracey hielt einen Keks vor das Handy. »Die Mädels sind schon dabei, und so sehr ich das auch zu schätzen weiß, will ich nicht mit Samthandschuhen angefasst werden und auch nicht mehr darüber reden, was passiert ist. Das gibt den Männern, die mich angegriffen haben, viel zu viel Macht. Können wir uns bitte normal verhalten und über etwas anderes sprechen? Über Kennedys und Lincolns Geburtstagsfeier oder Pennys Hochzeit oder irgendetwas?« Kennedys und Lincolns Party sollte in etwas über einem Monat stattfinden.

»Bist du sicher?«, fragte Dixie.

»Zu hundert Prozent«, versicherte Tracey ihr. »Ich weiß, dass ich mit euch über alles reden kann, wenn mir danach ist. Aber jetzt möchte ich mich lieber über etwas Fröhliches unterhalten und so tun, als wäre alles normal.«

»Ihr habt die Frau gehört«, verkündete Izzy. »Dann startet mal das Damenkränzchen!«

Tracey lehnte das Handy an einen Bücherstapel auf dem Couchtisch, und als sich alle darum versammelt hatten, ging die wilde Plauderei los. Zum ersten Mal seit letzter Nacht hörte Tracey sich wieder lachen. Sie sah die Frauen an, die zu ihrer Familie geworden waren, und stellte fest, dass Diesel recht gehabt hatte. Sie hatte die Zeit mit ihnen gebraucht. Aber sie konnte nicht leugnen, dass ein Teil von ihr sich fragte – es vielleicht sogar hoffte –, ob sie auch mit ihm noch mehr Zeit bekommen würde.

Fünf

Der Wind peitschte gegen Diesels Haut und die Sonne schien ihm heiß auf die Schultern, als er am späten Sonntagnachmittag mit seinem Motorrad über die Brücke fuhr, die Peaceful Harbor mit dem Rest der Welt verband. Er empfand es bei all dem Aufruhr in seinem Inneren als völlig unpassend, dass die Sonne noch immer schien. Ihm ging durch den Kopf, wie er einen Monat nach dem Tod seiner Mutter das erste Mal über diese Brücke gekommen war. Damals war er quer durchs Land gefahren und hatte versucht, die Traurigkeit abzuschütteln, die wie ein Schatten über ihm hing. Das hatte damals schon ebenso wenig geklappt wie heute. Nur dass diesmal nicht die Traurigkeit an ihm nagte, sondern das dringende Bedürfnis, Tracey zu sehen, sicherzustellen, dass es ihr gut ging, und eine ganze Menge anderer Gefühle, die er gar nicht so genau analysieren wollte. Er hatte den dritten Kerl aufgespürt, der mit den Arschlöchern zusammen gewesen war, die sie angegriffen hatten. Der Schlappschwanz war in der Minute zurück nach West Virginia geflohen, in der er von der Verhaftung seiner Freunde erfahren hatte.

Netter Versuch.

Diesel hatte ihm einen kleinen Besuch abgestattet, um sicherzugehen, dass der Typ diese Brücke nie wieder überquerte. Der Mistkerl hatte zugegeben, gewusst zu haben, was seine Freunde mit Tracey vorhatten, und hatte trotzdem nichts getan, um sie aufzuhalten. Er konnte von Glück reden, dass Diesel ihn nicht erledigt hatte. Der Kerl hatte um sein Leben gebettelt und geschworen, dass er nie wieder einen Fuß nach Peaceful Harbor setzen oder Tracey auch nur nahekommen würde. Genau wie Diesel es bei Dennis Smoot vor zwei Jahren erreicht hatte, als er ihn aufgespürt und ihn für das hatte bezahlen lassen, was der Kerl Tracey angetan hatte.

Diesel hatte sichergestellt, dass keiner der beiden ihr jemals wieder zu nahe kommen würde. Er hatte seine Kumpel in der Nähe angeheuert, um nicht nur diese miesen Kerle, sondern auch ihre Bekannten im Auge zu behalten.

Er legte einen Zwischenstopp im Clubhaus ein, um zu duschen, dann stieg er in seinen Pick-up und fuhr zu Traceys Haus. Den ganzen Tag über hatte er nur sie im Sinn gehabt. In einem Augenblick hatte er daran gedacht, wie sie im Schlaf gewimmert und geweint hatte, im nächsten sah er diese großen braunen Augen vor sich, mit denen sie ihn an diesem Morgen flehend angeschaut hatte.

Er hielt vor ihrem Haus, und in seiner Magengrube vermischten sich Sorge und Verlangen miteinander. Dann nahm er die Tüte mit dem neuen Handy, das er für sie gekauft hatte, und stieg aus, um mit Tex zu reden. Er hatte die Jungs abgelöst, die heute Morgen hier gewesen waren. Tex war ein guter Kerl, selbst wenn er für Diesels Geschmack etwas zu viel mit Tracey flirtete. »Irgendwelche Schwierigkeiten?«

»Nö. Alles ruhig, seit die Mädels und Red gegangen sind.«

»Super. Du kannst los. Ich kümmere mich jetzt um sie.«

»In Ordnung. Gib mir Bescheid, wenn du noch was

brauchst.« Tex stieg auf sein Bike. »Wir sehen uns morgen Abend in der Church.« Als Church bezeichneten sie das Treffen der Dark Knights, das jeden Montagabend im Clubhaus stattfand.

Diesel nickte und ging zur Tür. Er klopfte an und lehnte sich beim Warten gegen den Türrahmen. Langsam öffnete sich die Tür. *Verdammt.* Sie sah so hübsch aus in diesen kurzen Shorts, aber beim Anblick der grässlichen Kratzer und blauen Flecken wollte er sie einfach nur in die Arme nehmen und sie vor der Welt beschützen, sie küssen und ihr seine Stärke übermitteln, bis sie sich widerstandsfähiger und sicherer fühlte.

»Hallo.« Ein leises Lächeln umspielte ihre Lippen und sie errötete leicht.

»Ich hab dir ein Handy mitgebracht.« Er hielt die Tüte hoch.

»Danke.« Sie öffnete die Tür weiter. »Willst du reinkommen?«

Na, und ob. Er wollte *in ihr* kommen. Er biss die Zähne zusammen und schluckte den Drang hinunter, aber den Wunsch, in ihrer Nähe zu sein, konnte er nicht bezwingen. »Hast du schon zu Abend gegessen?«

Sie schüttelte den Kopf, wobei ihr die Haare in die Augen fielen. »Ich hab keinen großen Hunger.«

»Zieh deine Schuhe an. Wir gehen was essen.«

»Diesel …«

Er beugte sich vor. Ihre Augen leuchteten, ihr süßer Duft machte ihn wahnsinnig. »Keine Widerrede, Baby Girl. Gehen wir.«

»Erinnerst du dich noch an die Sache mit den Bienen und dem Honig?« Sie schlüpfte in schwarze Converse-Sneakers.

Er grinste vor sich hin, denn ganz offensichtlich erinnerte

sie sich nicht an die Details dieses Gesprächs, während er niemals etwas vergaß.

Sie runzelte die Stirn. Ihre Erinnerung schien zurückgekehrt zu sein, denn sie schimpfte ein *»Verflixt«* vor sich hin. »Vergiss es.« Sie griff sich ihre Handtasche und trat hinaus, wobei sie sich bereits etwas weniger vorsichtig bewegte als in der Nacht zuvor.

Er zog die Tür hinter ihr zu, prüfte das Schloss und folgte ihr den Weg entlang. »Hast du noch Schmerzen?«

»Ja, und deine Anspielungen machen es nicht besser.«

Er musste über ihre freche Art lachen. Es war schön zu hören, dass sie langsam wieder sie selbst wurde. Die Zeit mit den anderen Frauen schien ihr geholfen zu haben. Er lief um den Wagen herum, um die Beifahrertür zu öffnen, und half ihr beim Einsteigen.

»Du weißt schon, dass man eine andere Person normalerweise fragt, ob sie auch essen gehen will?« Sie griff nach dem Gurt. »Und sie nicht gegen ihren Willen dazu zwingt.«

Ohne zu antworten, schloss er die Tür und ging auf die Fahrerseite.

Nachdem er sich hinter das Lenkrad gesetzt hatte, ahmte sie seine tiefere Stimme nach. *»Aber ja, Tracey, das weiß ich. Ich war nur …«* Sie verdrehte die Augen und warf die Hände hoch. »Mir fällt nicht mal ein Grund ein, aus dem du dich so verhalten könntest.«

Er schaute zu ihr hinüber, während er den Motor anließ, und freute sich insgeheim, dass sie sich bemühte, ihn zu verstehen. *Viel Glück, Baby Girl. Ich verstehe mich ja selbst nicht.* »Du willst also nicht essen gehen?«

»Das habe ich nicht gesagt. Ich wollte nur darauf hinweisen, dass es nettere Arten gibt, mich zum Essengehen zu bewegen.«

»Also möchtest du es?«

»Ja, ich schätze schon.«

Er fuhr los. »Na, dann gibt's ja wohl nichts weiter zu sagen.«

Sie stöhnte. »Du bist echt frustrierend.«

Na, das sagte die Richtige. Sie saß da, zu gut, um wahr zu sein, und lockte ihn mit diesen straffen Beinen und diesem Kussmund. Er hatte schmutzige Fantasien, in denen dieser Mund die Hauptrolle spielte, und wenn er weiter darüber nachdachte, würde er sie noch beide in Schwierigkeiten bringen. Daher gab er sein Bestes, diese Gedanken zu verdrängen, während er am Hafen und an den touristischeren Stadtgebieten vorbeifuhr, bis schicke Einkaufszentren und Sternerestaurants kleineren Kneipen und Geschäften wichen.

Er bog auf einen Kiesplatz vor einem schmalen Strandstreifen ein und parkte vor Paolo's Pizza Shack, einem Restaurant mit Straßenverkauf, das schon bessere Zeiten erlebt hatte. Das kleine rote Gebäude aus verwittertem Holz konnte man gut und gern als Hütte bezeichnen. Die handgeschriebene Speisekarte war laminiert und an die Wand neben dem Bestellfenster genagelt worden, davor standen ein paar Picknicktische unter einer Lichterkette. Es war nicht viel, aber es war alles, was Paolo Russo und sein zwölfjähriger Sohn Adrian hatten, und es genügte, um ihnen ein Dach über dem Kopf und ein Lächeln im Gesicht zu verschaffen.

Diesel stieg aus und lief um den Pick-up herum, um Tracey herauszuhelfen.

»An diesem Ende des Hafens bin ich noch nie gewesen.« Sie sah sich auf dem Parkplatz um. »Hier ist ja nicht viel los.«

»Wie viel brauchst du denn?«

»Das ist eine seltsame Frage.«

»Tatsächlich? Oder hast du einfach noch nie darüber nachgedacht?« Er hatte das Gefühl, dass ihr diese Frage in der Tat häufiger durch den Kopf ging, wenn man bedachte, dass sie aus einer schrecklichen Situation in ein Frauenhaus entkommen war und dabei nur wenig eigene Habseligkeiten mitgenommen hatte. Und er glaubte nicht, dass sie zu den Frauen gehörte, die vergaßen, wie es war, nichts zu besitzen, sobald es ihnen wieder besser ging.

Sie schien über seine Frage nachzugrübeln, während er das Handschuhfach öffnete und das Buch herausholte, das er für Adrian gekauft hatte.

»Was ist das?«, fragte sie.

Er schloss die Wagentür und hielt das Buch hoch. Sie runzelte die Stirn. »*Die zwei Türme?* Liest du gern beim Essen?«

»Das ist nicht für mich. Sondern für ihn.« Er deutete hinter sie auf Adrian, das schlaksige, dunkelhaarige und clevere Energiebündel, das mit seinem Rollstuhl um das Gebäude herumgerollt kam.

Adrian riss vor Aufregung die Augen auf. »Diesel!«

»*Wheels*, mein Freund. Wie läuft's?« Diesel und Adrian machten ihren geheimen Handschlag: Handflächen gegeneinander, die Finger des anderen ergreifen, Faust an Faust und dann ein Explosionsgeräusch, als sie die Hände zurückzogen.

»Super! *Die Gefährten* hab ich fast durch.« Neugierig blickte Adrian Tracey an. »Bist du seine Freundin?«

Tracey wurde ganz verlegen.

»Also wirklich«, lenkte Diesel ein. »Frag sie doch nicht so was.«

Adrian wirkte verwirrt. »Wieso nicht? Du hast doch bisher noch nie eine Frau mitgebracht.«

»Weil uns das in eine unangenehme Lage bringt.«

»Warum? Entweder ist sie deine Freundin oder nicht. Was ist daran unangenehm?«

Tracey lachte auf, und er freute sich sehr, das zu hören, nach allem, was sie durchgemacht hatte.

»Ich bin nicht seine Freundin«, antwortete sie. »Aber es gefällt mir, wie du ihn in Verlegenheit bringst. Ich heiße Tracey. Und wer bist du?«

»Adrian, aber du kannst mich Wheels nennen, wenn du willst. Das ist mein Straßenname. Den hab ich von Diesel. So einen Namen bekommen Frauen nicht, richtig?«

»Äh, ja. Das stimmt.«

»Was ist mit deinem Gesicht passiert? Bist du hingefallen? Als ich vom Trampolin gefallen bin, musste ich am Kopf genäht werden. Da war ich sechs. So bin ich auch im Rollstuhl gelandet. Musstest du genäht werden?«

Jedes Mal, wenn der Junge so nüchtern darüber redete, wie er im Rollstuhl gelandet war, brach es Diesel das Herz. Und Traceys Miene verriet ihm, dass es ihr ebenfalls zusetzte.

»Nein, ich habe nur ein paar Schnittwunden, aber mir geht's gut«, versicherte sie ihm. »Du liest also gern?«

»Mann, so was von. Diesel hat mich nach *Der Hobbit* süchtig gemacht. Er hat das Buch gelesen und alle *Herr der Ringe*-Bücher, und er hat gesagt, wenn ich sie gelesen habe, können wir die Filme zusammen gucken. Hast du sie gelesen? Die sind echt gut …« Adrian redete weiter über die Geschichten und Tracey plauderte lächelnd über ein Buch, das sie nie gelesen hatte.

Als Adrian einmal kurz seinen Redeschwall unterbrach, um einzuatmen, reichte Diesel ihm das neue Buch. »Hier, Kumpel. Das nächste aus der Reihe.«

Adrians Gesicht leuchtete auf. »Super. Danke!«

Das Bestellfenster öffnete sich und Adrians Vater Paolo, ein dunkelhaariger Mann Mitte vierzig mit olivfarbener Haut, steckte den Kopf heraus. »Hey, Diesel. Schön, dich zu sehen. Adrian, ich dachte, du wolltest rüber zu Marnie?«

»Will ich ja auch«, rief Adrian. »Ich hab nur kurz mit Diesel und Tracey geredet. Sie ist *nicht* seine Freundin.«

Diesel verzog das Gesicht.

Tracey lachte auf und schenkte Adrian ein liebreizendes Lächeln. »Ist Marnie deine feste Freundin?«

»Nein. Sie ist meine *beste* Freundin. Ihre Mom arbeitet da drüben.« Adrian zeigte auf den Laden auf der anderen Parkplatzseite. »Ich will, dass sie meine feste Freundin wird, aber Diesel sagt, dass das eine große Verantwortung ist und ich sicher sein muss, dass ich dafür bereit bin. Also gehe ich meine Liste durch.«

»Deine Liste?«, hakte sie nach.

»Ja. Diesel hat ein paar Dinge aufgezählt, über die ich nachdenken muss, bevor ich eine feste Freundin haben kann. Zum Beispiel, bin ich bereit, da zu sein, wenn sie mich braucht? Bin ich sicher, dass ich nicht versehentlich ihre Gefühle verletze, indem ich etwas Dummes sage? Er sagt, Mädchen fassen alles anders auf als Jungs, also muss ich nachdenken, bevor ich rede. Und ich soll mich fragen, ob ich von ihren Nachrichten beim Lesen unterbrochen werden will. Diesel hat gesagt, man muss auf die Nachrichten von Mädchen antworten, sonst werden sie böse. Stimmt das?«

»Ich denke mal, das kommt auf das Mädchen an.« Sie sah Diesel mit einem Funken Belustigung und etwas anderem an, als würde sie ihn jetzt, nachdem sie von dieser Liste gehört hatte, mit anderen Augen sehen. »Aber das klingt so, als hätte Diesel dir gute Ratschläge gegeben. Du solltest ihr auch Blumen pflücken. Steht das schon auf deiner Liste?«

»Blumen? Nein.« Adrian sah Diesel an. »Von Blumen hast

du nie etwas gesagt.«

»Schon okay.« Tracey winkte ab. »Er ist nicht der Blumentyp. Aber das solltest du definitiv ergänzen. Blumen sagen einem Mädchen, dass sie etwas Besonderes ist und du an sie gedacht hast.«

»Ich denke die ganze Zeit an sie.« Adrian nickte. »Ich setz das auf meine Liste. Diesel, wenn du mal eine feste Freundin möchtest, solltest du das auch auf deine Liste schreiben. Ich muss jetzt los.«

»Soll ich dich über den Parkplatz schieben?«, bot Tracey an.

»Nein danke. Punkt Nummer fünf auf meiner Liste ist, dass ich mit meinen aktuellen Pflichten fertig werde, und meine Unabhängigkeit gehört dazu.« Er strahlte Diesel an. »Danke für das Buch. Du solltest Tracey zu deiner Freundin machen. Ich mag sie.«

»Herrgott, Junge. Jetzt muss ich dir noch eine neue Liste erstellen. *Was man nicht in Anwesenheit von Mädchen sagt.*« Er verstrubbelte Adrians Haare. »Verschwinde hier, Kleiner. Viel Spaß mit Marnie.«

Während Adrian wegrollte und sie zum Bestellfenster liefen, meinte Tracey: »So, du magst also Hobbits und erstellst Beziehungslisten. Diesel Black, du bist gerade um einiges interessanter geworden.«

Er schnaubte nur.

Sie bestellten Pizza und Tracey plauderte mit Paolo, während die Pizza im Ofen buk. Tracey war so offen, warmherzig und lieb, und sie erinnerte ihn daran, wie sich seine Mutter immer mit Menschen unterhalten hatte, als würde sie sie schon ewig kennen, obwohl sie ihnen gerade erst begegnet war.

Als ihre Pizza fertig war, nickte Paolo ihm zustimmend zu. Als hätte er in den letzten mehr als zwanzig Jahren jemals von irgendjemandem die Zustimmung benötigt!

Tracey platzierte ihren aufreizenden Körper direkt neben ihm am Picknicktisch. »Ich liebe Pizza.« Sie biss ab und schloss die Augen. »Mmh. Sooo gut.«

Er stellte sich vor, wie sie das sagte, während sie beide nackt waren und er tief in ihr steckte, räusperte sich und nahm einen Bissen von der Pizza, um diese unlauteren Gedanken loszuwerden.

»Woher kennst du Adrian und Paolo?«

»Adrian wurde in der Schule gemobbt und sein Vater hat sich an die Dark Knights gewandt. Ich habe ihn eine Weile bis ins Klassenzimmer und nach der Schule begleitet und dafür gesorgt, dass ihn niemand mehr belästigt.«

»Und hat das Mobbing aufgehört?«

»Ja.« Er aß sein Stück auf und erinnerte sich daran zurück, wie schrecklich es gewesen war, diesen großartigen Jungen so unglücklich zu erleben.

»Wie funktioniert das? Durch Einschüchterung? Ist das nicht dasselbe wie Mobben?«

»Ich sehe das eher so, dass wir den Kindern die Augen öffnen. Wenn sich Kinder einen herauspicken, den sie als Außenseiter betrachten, zeigen wir ihnen, dass sie die Außenseiter sind. Wir sind nicht da, um ihnen Angst einzujagen, sondern um ihnen etwas beizubringen.«

»Wie meinst du das?«

»Es gibt drei Arten von Mobbern. Mobber, die das Verhalten von ihren Eltern lernen, andere, die es benutzen, um Aufmerksamkeit zu bekommen, und noch andere, die aus Angst mobben. Die Kinder, die Adrian gemobbt haben, taten es aus Angst. Dass ich da war, hat das negative Interesse von ihm abgelenkt und durch Neugier ersetzt, wodurch die Tür für

Gespräche geöffnet wurde. Kinder haben Angst vor dem, was sie nicht verstehen. Ist bei Erwachsenen auch nicht anders. Zwei der Kinder kannten ihn, bevor er durch den Trampolinunfall von der Hüfte abwärts gelähmt war, und das dritte war erst in die Stadt gezogen. Sie sehen ein cleveres Kind, das aussieht und redet wie sie, und sie machen sich Sorgen, dass sie auch im Rollstuhl landen könnten, wenn ihm das passiert war. Sie haben Adrian nicht abgelehnt. Wie konnten sie auch? Er ist ein toller Junge. Sie haben den Rollstuhl abgelehnt.«

Sie zupfte einen Pilz von der Pizza und steckte ihn sich in den Mund. »Wie hast du das überwunden?«

»Wir haben mit der Klasse über das Thema Mobbing gesprochen und wie sich die anderen Kinder dabei fühlen, und als sie sich daran gewöhnt hatten, Adrian und mich zusammen zu sehen, haben sie Fragen gestellt, warum ich da bin und all so was. Es geht immer um Kommunikation, man muss den Menschen vor Augen führen, wie sich ihre Taten auf andere auswirken. Nachdem sie ihre Ängste überwunden hatten, erkannten sie, wie cool Adrian ist, und haben ihn akzeptiert.«

»Wie lange ist das her?«

Er nahm sich ein weiteres Stück Pizza. »Vielleicht sechs Monate.«

»Und du kommst immer noch her, um nach ihm zu sehen? Das ist sehr nett von dir.«

»Freundschaften sind mir wichtig. Ich kann ihn doch nicht einfach hängen lassen.«

Sie schwieg, während sie weiteraßen, und er nahm sich Zeit, um sie wirklich anzusehen, wie schon letzte Nacht, als sie geschlafen hatte. Er war von weitaus mehr als nur ihrem Aussehen fasziniert. Tracey verhielt sich nicht so gekünstelt wie die meisten Frauen in seiner Umgebung. Ohne zu zögern stürzte sie sich auf die Pizza, während andere so taten, als könnten sie sich von Luft und Liebe ernähren. Sie trug nie sonderlich viel Make-up, und selbst mit diesen verdammten Kratzern und blauen Flecken war sie wunderschön. Als sie angefangen hatte, in der Bar zu arbeiten, hatte sie nie Make-up getragen, und er würde nie vergessen, wie er sie das erste Mal zurechtgemacht gesehen hatte. Sie hatte vorher schon Köpfe verdreht, aber mit Make-up bekam sie diesen klassischen Look, wie so eine Schauspielerin alter Schule, die aus allen hervorstach. Es war unmöglich, ihrem Zauber zu widerstehen, wie bei der Hochzeit, als er absolut gefesselt von ihr gewesen war.

»Wann erfahren wir wohl, ob die Kerle, die mich angegriffen haben, auf Kaution freigelassen werden?«

Er verdrängte seine Gedanken und trank einen Schluck. »Das wird nicht passieren. Bei der Anhörung kam heraus, dass sie bereits in West Virginia für den Angriff auf zwei weitere Frauen gesucht wurden. Die werden für lange Zeit hinter Gittern bleiben. Den dritten Kerl habe ich aufgespürt, und er wird den Rest seines Lebens nicht mehr auf diese Seite der Brücke kommen.«

Sie stupste ihn mit ihrer Schulter an. »Du hast ihn aber nicht umgebracht, oder? Denn ich würde dich nur ungern im Gefängnis besuchen müssen.«

»Ich war drauf und dran. Genau wie bei den anderen Arschlöchern. Aber ich bin kein Mörder, auch wenn ich manchmal ein Idiot sein kann.«

»Du bist kein Idiot. Du hast dich toll um mich gekümmert.«

Nicht gut genug. Diese Arschlöcher sind trotzdem an dich rangekommen.

»Bedeutet das, dass jetzt alle wieder ihren Alltag aufnehmen können und ich niemanden mehr als Beschützer vor dem Haus brauche?«

»Ja. Der dritte Kerl steht unter Beobachtung. Er kommt nicht unbemerkt in die Nähe von Peaceful Harbor.«

Erleichtert atmete sie aus. »Danke. Ich will einfach nur die gestrige Nacht hinter mir lassen und nach vorn schauen. Ich habe genug Jahre damit zugebracht, in Angst zu leben. Das will ich nicht noch einmal.«

»Wie bist du überhaupt an diesen Dennis geraten?«

Tracey griff sich noch ein Stück Pizza. »Ich war jung und dumm.«

»Wie jung?«

»Ich war noch in der Mittelstufe, als wir uns kennengelernt haben, er in der Oberstufe. Er war der beliebteste Junge in der Schule und ich ein naives Mädchen. Ich habe ihn auf einer Party getroffen und mich dort hoffnungslos in ihn verliebt.«

Wenn er einen Dollar für jeden Mistkerl bekäme, der ein Mädchen davon überzeugt hatte, etwas zu sein, was er nicht war, wäre er ein reicher Mann. »Was hat dir an ihm gefallen?«

»Er hat mir das Gefühl gegeben, etwas Besonderes zu sein. Ich war keins dieser Mädchen mit geringem Selbstwertgefühl oder so, aber ich war ein bisschen schüchtern. Ich habe Fußball gespielt und er ist zu all meinen Spielen gekommen. Nach der Schule habe ich als Hostess gejobbt und er hat mich zur Arbeit gefahren und wieder abgeholt. Er hat vor seinen Freunden mit mir angegeben, als wäre er der größte Glückspilz der Welt, weil er mit mir ausgehen durfte. *Mit mir.* Ich meine, ich weiß, dass ich nichts Besonderes bin, aber er hat mir viel Aufmerksamkeit geschenkt.«

»Und ob du das bist.«

Sie verdrehte die Augen. »Ich sehe nicht schlecht aus, das ist mir schon klar. Aber du weißt doch, worauf ich hinauswill.«

»Ja, tue ich, und du liegst falsch.«

»Sagt der Mann, der die Bar dreimal die Woche mit einer anderen langbeinigen Dame verlässt.«

Sie biss in ihr Pizzastück, während er über diesen Kommentar nachgrübelte.

»Egal, so intelligent ich auch in der Schule gewesen sein mag, wenn es um Jungs ging, war ich dumm und naiv. Wir haben in Virginia Beach gelebt und er ist dann in Pennsylvania aufs College gegangen. Er hat ständig angerufen und mich besucht, wenn er frei hatte, und es gab diverse Anzeichen, aber ich habe sie ignoriert. In meinem letzten Schuljahr wurde er eifersüchtig, aber er hat mir andauernd gesagt, dass er mich liebt, also habe ich es damit entschuldigt, dass er mich einfach so gernhat.«

Diesel mahlte mit dem Kiefer und wünschte, er wäre da gewesen, um ihr die Augen zu öffnen.

»Meine Mom konnte es sich nicht leisten, für das College zu zahlen, also habe ich nach dem Abschluss Vollzeit gearbeitet und ein paar Kurse am Community College besucht. Deswegen wurde er noch eifersüchtiger. Er hat angerufen und zig Fragen über die Jungs in meinen Kursen gestellt, und wir haben uns gestritten oder Schluss gemacht. Dann ist er aufgetaucht, hat sich entschuldigt, mir seine Liebe erklärt, versprochen, dass er aufhört, so eifersüchtig zu sein, und ich habe ihn zurückgenommen. Irgendwann habe ich keine Kurse mehr belegt, weil sie mich nicht wirklich weiterbrachten und sie den Streit nicht wert waren. Wir waren dann jahrelang immer wieder zusammen und getrennt, und dann, kurz vor meinem zwanzigsten Geburtstag, schmiss er die Uni und meinte, er hätte ein tolles Jobangebot und würde nach New Jersey ziehen. Er hat mich gebeten, ihn zu begleiten, und mir die Welt versprochen. Nicht, dass er mich hätte aushalten sollen. Er hat gesagt, wir würden ein fantastisches Leben führen, und über all die Dinge geredet, die wir zusammen machen würden.«

Sie schüttelte den Kopf. »Er hatte solch hochtrabende Pläne, und ich war dumm genug, ihm zu glauben. Ich hätte auf meine Mutter hören sollen. Sie hat all die Warnzeichen gesehen und mich angefleht, nicht mit ihm zu gehen, aber ich dachte tatsächlich, die Frau, die meinen gewalttätigen Vater verlassen hatte, um mich vor ihm zu retten, wüsste nicht, wovon sie da sprach. Sie hat mich ermahnt, wenn ich mit ihm ginge, sollte ich nicht irgendwann mit blauen Flecken und einem gebrochenen Herzen zurückkehren und erwarten, dass sie die Scherben aufsammelt. Was für eine Närrin ich doch war.«

Ihr Blick wurde glasig, als ihre schmerzliche Vergangenheit vor ihrem inneren Auge Form annahm. Er unterdrückte das Verlangen, sie auf seinen Schoß zu ziehen und zu trösten.

Sie trösten? Was zum Teufel soll das denn werden?

Es gab nur eine Frau, die er jemals hatte halten wollen, um ihr den Schmerz zu nehmen, und die war ihm unter der Hand weggestorben.

Er räusperte sich, als könnte er diese Gefühle herunterschlucken. »Dein Vater war gewalttätig?«

Sie nickte. »Aber Mom ist ihm entkommen, als ich noch klein war. Ein paar Wochen später hat er uns gefunden, ist eingebrochen, während ich geschlafen habe, und hat sie ziemlich heftig zusammengeschlagen. Er wurde verhaftet und wir sind umgezogen und haben in einer anderen Stadt von vorn angefangen.«

Diesel machte sich eine gedankliche Notiz, ihr Arschloch von Vater aufzuspüren.

»Ich habe dir ja schon gesagt, ich hätte auf sie hören sollen. Aber das habe ich nicht, und das kann ich nicht mehr ändern. Für eine Weile lief es gut mit Dennis. Ich habe wieder einen Job als Hostess gefunden, und er hat eine Ausbildung im Marketing gemacht. Aber das war nicht von Dauer. Wenn bei seiner Arbeit irgendetwas nicht gut lief, wurde er aggressiv, oder er ging was trinken und kam betrunken und wütend heim. Anfangs hat er nur gebrüllt und mich lächerlicher Dinge beschuldigt, wie dass ich was mit anderen Männern hätte. Dabei kannte ich außerhalb der Arbeit niemanden. Dann hat er mich eines Tages gegen eine Wand gestoßen.«

Diesels Fäuste ballten sich wie von selbst unter dem Tisch. Es brachte ihn beinahe um, dass sie niemanden gehabt hatte, der sie beschützen konnte.

»Damals hätte ich ihn schon verlassen sollen, aber wo hätte ich hingehen können? Ich hatte keine Ersparnisse. Ich hatte nicht mal ein Auto, und ich wollte nicht mit eingezogenem Schwanz zurück zu meiner Mom. Die Wahrheit ist, in jener Nacht habe ich nicht einmal darüber nachgedacht, ihn zu verlassen. Ich war so erschüttert von seiner Tat, vermutlich stand ich unter Schock. Ich erinnere mich noch, wie ich ihn angeschrien habe, weil ich nicht verstand, wie er mir immer sagen konnte, dass er mich liebt, wenn er mich dann so schlecht behandelt.«

»Weil er dich verflucht noch mal nicht geliebt hat. Er wollte dich kontrollieren.«

»Jetzt weiß ich das. Aber damals war ich ein anderer Mensch. Ich war wie blind und habe immer nur gedacht, ich wäre nicht gut genug. Er sollte mich so sehr lieben, dass er mir nicht mehr wehtut. Die Gewalt fühlt sich persönlich an, als würde er sich bei jemand anderem nicht so verhalten, dabei hätte er bei jeder anderen dasselbe getan.«

»Das gehört zum Missbrauchsmuster. Sie geben dir dieses Gefühl, damit du bleibst und dir selbst die Schuld gibst.«

»Auch das ist mir jetzt klar. Jetzt, wo ich weiß, was Liebe ist und wie eine gesunde Beziehung aussieht, ist mir auch bewusst, dass wir das niemals hatten. Aber damals steckte ich zu tief drin, um das zu erkennen. Später an jenem Abend hat er geweint und es schien ihm ehrlich leidzutun, als er mir versprach, sich zu bessern. Ich wollte ihm so unbedingt glauben. Am nächsten Tag hat er mir Blumen mitgebracht, und er war wochenlang lieb und aufmerksam, so perfekt, wie ein Freund nur sein konnte. Aber irgendwann ist es wieder passiert, und abermals hat er mich mit Entschuldigungen und Versprechungen überhäuft. Er hat immer gesagt, er würde sich Hilfe suchen, und ich bin geblieben, in der Hoffnung, dass er das tun würde, aber er tat es nicht. Ein paar Monate nach unserem Umzug hatte er mein Handy abgestellt, weil wir es uns nicht leisten konnten, und ich habe für ein neues gespart. Aber ich konnte keinen Job lange behalten, weil er immer aufgetaucht ist und mir vorgeworfen hat, mit irgendwem zu flirten, oder grundlos eine Szene gemacht hat. Das klingt dumm, aber die Zeiten zwischen dem Missbrauch waren immer so gut, dass ich mich davon einlullen ließ. Ich habe geglaubt, ich könnte ihn ändern, dass meine Liebe ausreichen würde, um ihn zu verändern. Aber ich habe es ihm damit nur leichter gemacht, mich als seinen Fußabtreter zu benutzen. Manchmal frage ich mich, ob ich ihn nur bessern wollte, um meiner Mom zu beweisen, dass sie falsch lag, was ja auch ziemlich daneben ist. Wenn ich zurückblicke, erkenne ich den Menschen, der ich damals war, nicht wieder.«

Die Traurigkeit in ihrer Stimme setzte ihm zu. Er legte einen Arm um sie und drückte sie sanft an sich. Verdammt, sie passte da genau hin, so wie letzte Nacht, als wäre er dafür gemacht, sie zu beschützen. »Ich habe dich damals nicht gekannt, aber ich hätte dein wahres Ich wahrgenommen. Du hast ein großes Herz, Baby Girl, und das hat er ausgenutzt.«

Sie sah zu ihm auf, und der Anblick der Kratzer und blauen Flecken in ihrem wunderhübschen Gesicht machte ihm zu schaffen. Der Drang, sie zu beschützen, und das Verlangen, gegen das er so erbittert ankämpfte, waren so stark, dass sie sich miteinander vermischten. Wie konnte er das Begehren ignorieren, das in ihren Augen funkelte? Das wie ein lebendes, atmendes Wesen zwischen ihnen existierte? Das kam zwischen ihnen so oft und so schnell auf, dass er mittlerweile daran gewöhnt sein sollte. Aber er hatte das Gefühl, dass man sich an diese Art von Verbindung überhaupt nicht gewöhnen konnte. Bei ihr war es anders, als eine hübsche Frau auf der anderen Seite des Raums zu sehen und mit ihr ins Bett gehen zu wollen. Tracey ging ihm tief unter die Haut, erweckte Teile von ihm zum Leben, von denen er nicht einmal gewusst hatte, dass sie existierten. Bei ihr wollte er mehr als eine schnelle Nummer. Er wollte jeden Zentimeter ihres Körpers lobpreisen, jede Kurve, jede Wölbung erkunden, ihr den Schmerz der Vergangenheit nehmen und ihr solch eine Lust bereiten, dass er damit alles Schlimme auslöschte, was ihr jemals widerfahren war.

Ihr Mund war so nah, so verführerisch, dass er sich wie von selbst vorbeugte. Der Wunsch, sie zu kosten, ihr Gesicht zwischen seine Hände zu nehmen und diese Traurigkeit aus ihr herauszuküssen, war einfach überwältigend. Ihre Lippen öffneten sich für ein Seufzen, und *verdammt*, wenn das nicht sexy war. Aber er wusste, dass es damit nicht enden würde. Eine Kostprobe wäre niemals genug, und er war nicht das, was sie brauchte. Sie hatte zwei Jahre damit zugebracht, Wurzeln zu schlagen, Freundschaften zu vertiefen und sich aus ihren Freunden eine Familie aufzubauen. Mit dem ganzen Kram kannte er sich nicht aus. Er war genauso lange hier, kannte diese Menschen schon viele Jahre länger als sie und fühlte sich trotzdem noch wie ein Außenseiter.

Er wusste, wohin er gehörte.

Er war ein Nomad, und die Straße war sein Zuhause.

Es kostete ihn viel Überwindung, seinen Arm sinken zu lassen und von ihr abzurücken. »Gräme dich nicht wegen der Fehler in der Vergangenheit. Konzentriere dich auf die Straße vor dir.« Den letzten Satz ergänzte er als Mahnung ebenso für ihn wie für sie und trank aus.

Tracey blinzelte mehrfach in dem Versuch, die Lust abzuschütteln, die sie überkommen hatte, und zu verstehen, was da gerade passiert war. Was an Diesel zog sie an wie eine Motte das Licht? Sie war erregt, als hätte sie ihm nicht vor diesem Moment, als sich ihre Blicke gefunden hatten, ihr Herz ausgeschüttet. Genau wie bereits zuvor, als sie darauf gewettet hätte, dass er sie küssen oder ihr etwas Wichtiges sagen wollte, bevor sie unterbrochen worden waren. Warum hielt er sich zurück? Er hätte nicht letzte Nacht in ihrem Zimmer bleiben, sie auf ihm schlafen lassen oder für sie Frühstück machen müssen. Er hätte sie nicht heute Abend auf eine Pizza einladen müssen. Jetzt, wo die Sonne unterging und die Lichterkette über ihnen eingeschaltet wurde, fühlte es sich beinahe romantisch an, neben ihm am Picknicktisch zu sitzen, nur sie beide, und über etwas so Vertrauliches zu sprechen. Jetzt, da sie wusste, dass er noch keine andere Frau hergebracht hatte, fühlte es sich definitiv so an, als wäre sie ihm wichtig.

Freundschaften sind mir wichtig.

Dieser Satz brachte einen verstörenden Gedanken mit sich. Hatte sie seine Fürsorge als Freund fehlinterpretiert? Dieser Gedanke wirkte wie eine kalte Dusche. Eigentlich war das alles hier viel zu verwirrend, und sie musste etwas sagen, um die Spannung zu durchbrechen. »So was kann nur von einem echten Biker kommen«, kam ihr über die Lippen.

»Durch und durch.«

»Sind deine Eltern auch Biker?«

»Nö.« Mit einem Bissen verschlang er ein halbes Stück Pizza.

Gut, dann sind wir also wieder im Schweigemodus angelangt.

»Was hat letztlich den Ausschlag gegeben, dass du diesen Mistkerl verlassen hast?«, fragte er schroff.

Es überraschte sie, dass er das wissen wollte. »Wenn ich dir das sage, hältst du noch weniger von mir.«

Er funkelte sie an. »Ich könnte niemals schlecht von einer Frau mit deiner Geschichte denken. Mich kann eigentlich nichts mehr erschüttern, und falls doch, dann spüre ich diesen schäbigen Kerl auf und zerquetsche ihn mit bloßen Händen.«

War das Diesels Version von Romantik? Dass er für sie töten würde? Oder verlor sie gerade ernsthaft den Verstand? »Du hast doch gerade gesagt, dass du kein Mörder bist.«

Der Blick in seinen dunklen Augen war so heiß wie die Sommersonne. »Bin ich nicht, aber jeder, der in dein süßes Gesicht schauen und dir wehtun konnte, verdient es nicht, auf dieser Erde zu wandeln.«

Huch.

»Also, was hat dich zum Gehen veranlasst?«

»Es wurde immer schlimmer. Wir hatten dann seit beinahe vier Jahren zusammengelebt, als seine Eifersucht völlig außer Kontrolle geraten ist. Tagsüber kam er zu verschiedenen Zeiten nach Hause, als ob er mich bei etwas erwischen wollte. Und eines Nachts hat er mich dann ins Gesicht geschlagen.« Abwesend berührte sie bei der Erinnerung an dieses schmerzhafte Ereignis ihre Wange. »So etwas hatte er noch nie zuvor gemacht. Ich weiß nicht, warum sich das so monumental angefühlt hat, aber in der Nacht hat etwas in mir Klick gemacht. Ich schäme mich, das zu sagen, aber als er schlief, stand ich mit einem Küchenmesser über ihm. Ich wollte ihn umbringen. Da wusste ich, dass ich wegmusste. Ist das nicht krank? Ich musste erst ganz unten sein, um seinem Missbrauch zu entkommen. Für die Therapeutin im Frauenhaus war es eine Heidenarbeit, mir wieder ein bisschen Selbstvertrauen einzupflanzen.«

»Das alles war deine Überlebensstrategie. Du warst am Boden, emotional ebenso wie körperlich, und du hast einen Ausweg gesucht, um dein Leben zurückzubekommen.«

»Ich weiß. Es ist mir nur peinlich, überhaupt zuzugeben, dass ich mich so habe behandeln lassen. Als ich jung war, habe ich davon geträumt, Gitarre spielen zu lernen und mit meinem Freund bei Festivals im Gras zu sitzen, vielleicht mit einer Gitarre auf dem Rücken gemeinsam in den Bus zu springen und coole Städte zu besuchen. In meinen Zukunftsträumen kam allerdings nicht vor, Brieftasche und Schlüssel meines Freunds zu klauen und mit dem Wagen, den ich ihm gerade gestohlen hatte, zum Busbahnhof zu fahren. Aber ich bin rausgekommen, und darauf bin ich stolz. Ich hatte solche Angst, er würde den Wagen als gestohlen melden und mich finden, dass ich ihn ein paar Straßen vom Busbahnhof entfernt abgestellt und mir einen

Fahrschein für den am weitesten entfernten Ort geholt habe, den ich mit meinem Geld kaufen konnte. Und das war Maryland. Nachdem ich aus dem Bus ausgestiegen war, habe ich eine Dame gefragt, ob sie von irgendwelchen Frauenhäusern wüsste, und sie hat mir erzählt, dass sie unterwegs nach Pleasant Hill sei, um ihre Cousine zu besuchen. Dort könne sie mich ins Parkvale Women's Shelter bringen, von dem sie wusste, dass es ein gutes Heim war. Ich wäre auch bis zum Mond gelaufen, wenn sie gesagt hätte, dort wäre ich sicher. Ich bin so dankbar, dass sie mich dorthin gebracht hat. Dort habe ich dann die Whiskeys kennengelernt und sie haben mein Leben verändert.«

»*Du* hast dein Leben verändert. Es war sehr tapfer, vor ihm zu fliehen. Die Whiskeys haben dir nur dabei geholfen, wieder auf eigenen Beinen zu stehen.«

»Ich finde mich nicht tapfer. Ich habe jahrelang in einer grässlichen Situation ausgeharrt.«

»Hast du eine Ahnung, wie viele Frauen niemals entkommen? Wie viele durch die Hand ihrer Männer sterben? Du warst verflucht tapfer, Kratzbürste. Steh dazu.«

Er sagte das mit solchem Nachdruck, dass sie tatsächlich dazu stehen wollte. »Ich schätze, irgendwas habe ich dann doch von meiner Mutter gelernt. Ich war zwar zu jung, um mich zu erinnern, wie wir meinen Dad verlassen haben, aber vielleicht ist die Erinnerung daran irgendwo in meinem Unterbewusstsein abgespeichert.«

»Warum hast du sie nicht besucht?«

Seine Frage ließ sie innehalten. »Woher weißt du, dass ich das nicht getan habe?«

»Baby Girl, als Red mich gebeten hat, auf dich aufzupassen, habe ich es mir zur Aufgabe gemacht, immer zu wissen, wohin du gehst. Du hast Peaceful Harbor nicht verlassen, seit du hier angekommen bist.«

Sie hob eine Braue. »Du hast mich also gestalkt?«

»Sehe ich für dich wie ein Stalker aus?«

»Du siehst aus wie ein Badass-Biker.« Sie lächelte. »Oder wie ein Serienmörder, aber das lassen wir mal beiseite.«

Er lachte auf.

»War das ein Lachen?« Sie beugte sich vor und er versuchte, einen neutralen Gesichtsausdruck aufzusetzen. »Verdammt, Diesel. Für eine Minute hat deine harte Fassade einen Riss bekommen.«

Sein Kiefer verkrampfte sich wieder. »Also. Warum bist du nach deiner Flucht nicht zurück nach Hause gegangen?«

»Weil meine Mutter mir das untersagt hatte.«

»Herrje. Menschen sagen alles Mögliche, was sie nicht meinen, wenn sie Angst haben und wütend sind. Ich wette, du hast auch schon Dinge gesagt, die du nicht so meinst.«

»So viele Dinge.« Die Wahrheit in diesen Worten schmerzte. »Ich vermisse sie. Bevor ich mit Dennis zusammengekommen bin, sind meine Mom und ich sonntags immer früh aufgestanden und herumgefahren, um die Gärten von anderen Leuten, von Kirchen und Hotels anzuschauen, und wir sind an Parks vorbeigefahren, für die man Eintritt bezahlen musste. Manchmal haben wir den ganzen Tag nichts anderes gemacht. Zu dieser Jahreszeit hat sie immer Gärten mit Zinnien gefunden, meinen Lieblingsblumen. Mann, das fühlt sich an, als wäre es ein anderes Leben gewesen.«

»Ich glaube, du hast dich da in etwas verrannt, Baby Girl.« In seinen Augen zeigte sich ein tiefer Schmerz. »Man kehrt seiner Familie nicht den Rücken zu. Ihre Liebe ist bedingungslos.«

»Du verstehst das nicht. Es ist nicht so einfach. Ich habe sie nie angerufen, nachdem ich bei Dennis eingezogen war, denn da hatten die Misshandlungen schon angefangen und ich wollte das ihr gegenüber nicht zugeben. Und jetzt ist es zu lange her.« In ihren Augen schimmerten Tränen. »Außerdem glaube ich, dass sie ihre Worte damals durchaus ernst gemeint hat, denn vor ein paar Monaten wollte ich einfach nur ihre Stimme hören und habe sie angerufen, aber ihre Nummer ist nicht mehr vergeben. Ich habe versucht, sie zu finden, konnte es aber nicht.«

»Was hast du denn unternommen?«

»Ich habe den Vermieter angerufen, aber er sagt, er hätte sie seit drei Jahren nicht mehr gesehen. Ich habe sogar in den sozialen Medien gesucht. Nicht, dass ich erwartet habe, etwas zu finden. Sie hatte immer Angst, mein Vater würde uns suchen, wenn er aus dem Gefängnis kommt, deshalb hatten wir keine Profile in den sozialen Medien. Es ist, als hätte sie nie existiert. Ich hoffe nur, dass ihr nichts zugestoßen ist.« Sie blickte hoch in den Himmel, blinzelte die Tränen weg und versuchte, die Traurigkeit zu verdrängen. »Ich weiß, dass es dumm war, mich so zurückzuziehen, aber falls es ihr gut geht, ist trotzdem zu viel Zeit vergangen.«

»So etwas wie zu viel Zeit gibt es nicht. Ich würde mein Leben geben, um nur eine weitere Stunde mit meiner Mutter verbringen zu können«, stieß er hervor.

Ihre Kehle schnürte sich zu. »Du hast deine Mom verloren?«

Er schaute in die Ferne und richtete dabei seine Baseballkappe. »Vor dreizehn Jahren.«

»Oh, Diesel.« Sie berührte seinen Arm, und er zuckte zusammen. Doch davon ließ sie sich nicht beirren. Sie legte eine Hand auf seinen Unterarm. Sie vermutete, dass er eine Umarmung nicht zugelassen hätte, von daher musste das genügen. »Das tut mir so leid. Möchtest du über sie reden?«

Seine Kiefermuskeln zuckten erneut, aber er blieb stumm.

»Was ist mit deinem Vater? Lebt er noch?«

»Ich hab ihn nie kennengelernt.«

»Oh.« Ihr brach um seinetwillen das Herz. »Hast du noch mehr Familie? Brüder oder Schwestern? Tanten oder Onkel?«

»Nein.« Abrupt stand er auf und sammelte die leere Pizzaschachtel und ihre Teller ein. »Wir sollten los.«

Sie trug die leeren Becher zum Mülleimer. Ihr war klar, dass sie einen Nerv getroffen hatte, und sie wünschte, er würde sich ihr öffnen. Wie war wohl seine Beziehung zu seiner Mutter gewesen? Offensichtlich hatten sie sich nahegestanden, schließlich fehlte sie ihm. Aber war er ihr gegenüber aufgeschlossener oder war er schon immer so distanziert gewesen? Tracey wusste nicht, wie alt Diesel war, aber sie schätzte ihn auf Anfang dreißig. Wenn seine Mutter vor dreizehn Jahren gestorben war, musste er sehr lange allein gewesen sein.

Auf der Fahrt zurück zu ihr blieb er stumm, nur sein Kiefer mahlte.

Als sie ankamen, stand Izzys Wagen in der Einfahrt. Diesel kam auf ihre Seite, um Tracey aus dem Pick-up zu helfen, und sie drehte sich auf dem Sitz und legte ihm die Hände auf die Schultern. Sie hätte schwören können, dass jeder Teil seines Körpers zusammenzuckte, aber langsam gewöhnte sie sich daran. »Ich weiß, dass du nicht über deine Mom reden willst, aber jeder braucht einen Freund, dem er vertrauen kann. Ich bin kein Kerl und auch kein Dark Knight oder was auch immer in deinem störrischen Kopf als vertrauenswürdig gilt, aber falls du jemals über sie reden willst: Ich kann wirklich gut zuhören.«

Sein Gesichtsausdruck veränderte sich nicht, aber er zupfte wieder an seiner Baseballkappe, wie er es am Picknicktisch beim Gespräch über seine Mutter getan hatte. Hatte seine Mutter ihm diese Kappe geschenkt? Das würde erklären, warum er dieses abgewetzte alte Ding die ganze Zeit trug. Sie verdrängte diesen Gedanken, um sich später damit zu beschäftigen, genau wie mit all den anderen kleinen Details, die sie über diesen schwer fassbaren Biker erfahren hatte. Dann stellte sie die Füße auf das Trittbrett, um zu verhindern, dass dieser Augenblick unangenehm wurde.

Sie erwartete, dass er ihr helfen würde, doch stattdessen schlang er die muskulösen Arme um sie und legte die Stirn an ihre Brust. Ihr blieb die Luft weg. Die Umarmung dauerte nur wenige Sekunden. Sie hätte sich beinahe einreden können, es sei nur Einbildung gewesen, wäre da nicht die zurückgebliebene Kühle, als er wieder etwas mehr Abstand zwischen sie brachte und sie vom Trittbrett hob.

»Bringen wir dich rein«, sagte er schroff, als hätte er sie nicht gerade bis ins Mark erschüttert.

Als sie die Stufen zur Veranda nach oben ging, stellte sie fest, dass er nicht mehr neben ihr war. Sie drehte sich um. Er stand unten an der Treppe. Der Strudel aus Emotionen zwischen ihnen war ihm wohl eine Warnung gewesen. Dank der Treppe befanden sie sich nun fast auf Augenhöhe. Traceys Herz raste so schnell, dass sie kaum denken konnte, daher ließ sie ihren Gefühlen freien Lauf. »Danke, dass du mich heute Abend ausgeführt hast. Es war schön mit dir.« Sie beugte sich vor, küsste ihn auf die Wange und flüsterte: »Deine Geheimnisse sind bei mir sicher.« Als sie sich wieder nach hinten lehnte, begegnete ihr ein harter Blick. Das war eine bittere Pille. »Schätze, wir sehen uns morgen bei der Arbeit.«

»Ich bin hier draußen.«

Sie brauchte eine Sekunde, um zu verstehen, was er damit meinte. »Aber Izzy ist doch hier, und du hast gesagt, ich müsste mir keine Sorgen mehr machen und dass niemand mehr auf mich aufpassen muss.«

»Ich bleibe.«

»Diesel ...«

»Ich tue das nicht für dich, Trace.« Er drehte sich um, ging und ließ sie verblüfft zurück.

Und während sie ins Haus trat, hatte sie so das Gefühl, dass er ihr immer ein Rätsel bleiben würde.

Izzy sprang auf. Sie befand sich auf der anderen Wohnzimmerseite, trug ein eng anliegendes graues Minikleid und war barfuß. Ihre glatten, langen schwarzen Haare schwangen ihr um die Schultern, als sie auf Tracey zulief und sie umarmte. »Tut mir so leid, dass ich nicht für dich da war.«

Tracey stöhnte leicht auf, erwiderte jedoch die Umarmung. »Schon okay. Mir geht's gut. Wie war der Besuch bei deiner Familie?«

»Alles war toll, und Susan ist schwanger! Ich freu mich schon so auf die Babyparty. Ich werde dieses Baby nach Strich und Faden verwöhnen.« Susan war mit Izzys ältestem Bruder Jeremy verheiratet. Izzy nahm Traceys Hand und führte sie zur Couch. »Aber wichtiger ist doch, wie geht es dir?«

»Ganz gut. Ich war ziemlich durch den Wind, aber mittlerweile geht's mir besser. Diesel hat gesagt, dass die Kerle, die mich angegriffen haben, nicht auf Kaution freikommen werden. Ich weiß nicht, was er mit ihrem Freund gemacht hat. Aber ich schätze, er hat sich um ihn *gekümmert*, denn er meinte, ich müsste mir keine Sorgen machen, dass der noch mal in die Stadt kommt.«

»Gut. Ich hoffe, er hat ihm die Beine gebrochen. Geht's dir auch wirklich gut?«

»Ja, bin nur ein bisschen mitgenommen. Ich glaube, meine

Vergangenheit ist durch das Ganze auch wieder hochgekommen. Aber so stark meine Angst auch war, meine Wut war noch stärker.«

»Okay.« Erleichtert seufzte Izzy auf. »Dann erzähl mir die schmutzigen Details. Was hab ich denn da gerade zwischen dir und Diesel mitbekommen? Sah fast so aus, als hätte er dich an seinem Pick-up umarmt. Hast du diesen Felsbrocken etwa geknackt?«

Tracey blickte aus dem Fenster und sah ihn mit dem Handy am Ohr neben seinem Pick-up auf und ab marschieren. »Ich weiß nicht, was das mit uns ist.« Sie berichtete Izzy von den letzten Tagen. »Aber heute Morgen gab es einen Moment, und vorhin noch einen, da hätte ich schwören können, dass er mich entweder küssen oder mir sagen würde, dass er es will.«

»Mach dir nichts vor. Das ist doch kein Mann, der zögert oder um Erlaubnis bittet, wenn er eine Frau küssen will. Er ist die Art von Mann, der dich über den Billardtisch legt und sich nimmt, was er will.«

Tracey rümpfte die Nase, denn sie wollte nicht über das nachdenken, was er mit anderen Frauen so anstellte. »Das dachte ich auch, aber ich sage dir, ich habe da wirklich etwas gespürt. Etwas anderes. Wie diese Umarmung, die du da draußen gesehen hast. Was zum Teufel war das? Und danach hat er einfach so getan, als wäre nichts gewesen! Er öffnet sich ein winziges bisschen und macht dann sofort wieder dicht. Ich will meine Finger in diese Öffnung stecken und sie weiter aufziehen.«

»Du und jede andere Frau«, neckte Izzy sie. »Und viele von denen haben bereits seinen Reißverschluss aufgezogen.«

»Erinnere mich nicht daran.« Bei dem Gedanken daran wurde Tracey leicht übel. »Ich weiß, wie verrückt das ist, aber ich will sein Inneres ergründen und herausfinden, wie er tickt.«

»Oh, Trace. Ich weiß, dass er dich so ansieht, als wollte er dich als Nachtisch verputzen, aber du magst ihn wirklich, oder?«

»Er geht mir unter die Haut.« Tracey zuckte mit den Achseln. »Aber er verwirrt mich auch. Ich meine, kurz bevor ich reingekommen bin, haben wir noch diskutiert, weil er meinte, er würde heute Nacht hier draußen bleiben, nachdem er mir zuvor gesagt hatte, ich bräuchte niemanden mehr, der Wache steht. Weißt du, was er gesagt hat? Dass er das nicht für mich tun würde. Was soll das überhaupt heißen?«

»Das hat er gesagt?«

»Ja!«

Izzy ließ sich gegen die Kissen sinken, legte die Füße auf dem Couchtisch ab und verschränkte die Knöchel. »Ich denke, der Gute ist in dich verknallt.«

Tracey ließ sich stöhnend neben sie sinken. »Verknallt? Und was heißt das in der Welt der Biker?«

»Wenn ich das wüsste. Dass er dich ins Bett legt statt über einen Billardtisch?«

Sie mussten beide lachen.

Tracey legte den Kopf an Izzys Schulter. »Was soll ich nur machen?«

»Ihr könntet Freunde mit gewissen Vorzügen werden, so wie Jared und ich.« Jared Stone, der heiße, arrogante jüngere Bruder von Dixies Ehemann, der nie mehr als fünf Minuten stillsitzen konnte, war ein weltberühmter Koch und Restaurantbesitzer. Er und Izzy hatten etwas miteinander laufen, seit Tracey die beiden kannte.

»Nichts für ungut, Izzy, aber ich glaube, für so was bin ich nicht gemacht.«

»Ich bin mir selbst auch nicht mehr so sicher. Alle sind so

glücklich und verliebt, und langsam fange ich an, auch mehr zu wollen.«

»Ich habe immer mehr gewollt.« Sie dachte an Diesel und die Sehnsucht in seiner Stimme, als er über seine Mutter gesprochen hatte. Er war so lange allein gewesen, dass sie sich fragte, ob er sich jemals einsam fühlte. »Glaubst du, dass sich Diesel jemals richtig auf eine Frau einlässt?«

»Ach, Trace, aber das wäre ja, als würde man einen Grizzly in einen Käfig sperren. Dix hat mir erzählt, dass er nach Weihnachten die Stadt verlässt. Hast du das schon gewusst?«

»Ja.« Tracey seufzte und stand auf, um wieder aus dem Fenster zu schauen. Diesel stand mit verschränkten Armen gegen seinen Pick-up gelehnt, seine Adleraugen auf sie gerichtet, als würde er jede ihrer Bewegungen spüren. Ihr Puls beschleunigte sich. Sie könnte ihn den lieben langen Tag anstarren und versuchen, ihn zu verstehen, wäre da nicht das heiße Verlangen gewesen, das durch ihren Körper toste. Sie setzte sich wieder neben Izzy. »Warum ist er von allen Typen auf der Welt der Einzige, der mich zum Glühen bringt? Warum kann ich meine Gefühle für ihn nicht einfach ausschalten?«

»Das frage ich mich selbst in Bezug auf Jared genauso.«

»Was stimmt mit uns nicht?«

»Nichts. Du stehst auf einen großen, knurrigen Kerl, der tabu ist, und ich bin süchtig nach dem Sex mit Jared.« Izzy grinste. »Niemand ist so gut im Bett wie Jared Stone. Legendär geradezu. Ich sag's dir, der Mann hat einen Zauberstab.«

Tracey verdrehte die Augen.

»Ich meine das ernst. Kommt Jared auch nur in meine Nähe, werde ich schon ganz zittrig. Ich glaube, ich nenne ihn meinen persönlichen *Orgasmatron*.«

»Das solltest du für ihn auf ein T-Shirt drucken«, stieß

Tracey lachend hervor.

»Vielleicht mach ich das auch. Aber mal im Ernst, wir müssen für dich einen netten Kerl mit einem Zauberstab finden. War Dennis gut im Bett?«

»Woher soll ich das wissen? Ich hab ja noch keinen Vergleich. Aber an etwas Magisches erinnere ich mich nicht.«

»Er war bis jetzt dein einziger Mann? Wieso hab ich das noch nicht über dich gewusst?«

»Weil ich damit nicht hausieren gehe.« Sie senkte die Stimme. »Willst du noch ein Geheimnis wissen?«

»Wenn es schmutzig ist.«

Tracey stupste sie an. »Hey, meine kitschigen Geheimnisse interessieren dich also nicht?«

»Spar sie dir für Josie auf. Sie steht auf Blümchenromantik.«

»Das tut sie. Und das liebe ich an ihr. Sie ist so in Jed verliebt, dass es förmlich aus ihr heraustrieft.«

»Ja, oder? Erzähl mir lieber was Unanständiges.«

Tracey konnte selbst nicht glauben, was sie gleich zugeben würde, aber die Träume über Diesel ließen sie die Wahrheit umso deutlicher erkennen. »Ich hatte bisher noch keinen Orgasmus mit einem Mann.«

»Was?« Izzy setzte sich auf. »Machst du Witze? Dieser Arsch hat dir wehgetan und hatte es noch nicht mal drauf, dich zu befriedigen? Jetzt reicht's. Ich werde dir einen tollen Kerl besorgen, der dich auf Händen trägt und dich mit seinem Zauberstab zu höchsten Wonnen führt.«

Wie wär's mit einem knurrigen Bären mit magischer Zunge, der gern Honig schleckt? Tracey presste die Lippen aufeinander, damit die Gedanken nicht zu Worten wurden. Sie musste diesen Wahnsinn aufhalten, bevor sie tatsächlich noch über einen Billardtisch gelegt wurde.

Ein Schauer durchzuckte sie.

Sie versuchte, das brennende Verlangen zu ignorieren, aber das war, als würde man einen rasenden Bullen stoppen wollen.

Sechs

Diesel hatte so viele Jahre damit zugebracht, persönliche Bindungen zu vermeiden, dass er geglaubt hatte, ein Meister darin zu sein. Aber innerhalb eines Wochenendes hatte er völlig versagt. Jetzt war Montagabend, und er hatte sich den kompletten Tag über Vorwürfe gemacht. Was hatte er sich nur dabei gedacht, so viel Zeit mit Tracey zu verbringen? Das Bedürfnis, sie zu beschützen, zu wissen, dass sie sicher war, hatte letzte Nacht verhindert, dass er einfach ging. Und als wäre das nicht schlimm genug, konnte er auch nicht aufhören, darüber nachzudenken, wie unglaublich gut es sich angefühlt hatte, sie beim Schlafen in den Armen zu halten. Als würde sie dort hingehören. Immer wieder hatte er ihr fröhliches Lächeln vor Augen, wenn sie ihn neckte, und die Art, wie sie ihn angesehen hatte, als er über seine Mutter gesprochen hatte. Gott, das hatte ihn wie ein Lastwagen überrollt und etwas in ihm ausgelöst, sodass er ihr nur noch näher sein wollte. Solch einen Fehler beging er sonst nie, besonders nicht bei Frauen. Aber nicht einmal tausend Männer hätten ihn von dieser Umarmung abhalten können. Und jetzt war alles im Eimer. Sie war für ihre Abendschicht hergekommen und hatte ihm diesen geheimen Blick zugeworfen, den Frauen für Männer reserviert hatten, wenn zwischen ihnen eine besondere Verbindung bestand. Und er war davon so begeistert gewesen, dass er wie ein Idiot gegrinst hatte.

Es ließ sich nicht leugnen, wie unfassbar er versagt hatte. Er musste einen gewaltigen Schritt nach hinten machen, wie viel es ihm auch abverlangen mochte. Die reinste Folter war das, jetzt wieder Abstand zwischen sie zu bringen, aber es war wichtig, um zu verhindern, dass Tracey verletzt wurde. Ihre Verbindung war einfach schon zu stark. Doch nun, nach zwei Stunden Vermeidungsstrategie, hätte er am liebsten Bullet gebeten, ihm mit dem Hammer einen Schlag auf den Schädel zu verpassen. Vielleicht hätte ihm das die Sache erleichtert.

Tracey kam an den Tresen, und sie wirkte irgendwie nervös. Es machte ihn fertig, ihr nicht das Gefühl geben zu können, sicher und glücklich zu sein. *Oder heiß und erregt.* Ihre sündige Unschuld setzte ihm zu. Er wollte ihr sagen, dass es ihm leidtat, dass er sie am Abend zuvor nicht hätte ausführen sollen. Aber er wusste, wenn er sie zur Seite nahm, würde er nicht die richtigen Worte finden. Er wollte sie einfach zu sehr. Wenn er den Mund öffnete, würde er ihn als Nächstes auf ihre Lippen pressen und sich in noch größere Schwierigkeiten bringen.

In zwanzig Minuten begann die Church, die perfekte Ausrede, um hier vorzeitig wegzukommen. Er sah zu Tracey hinüber, die sich dem Tresen näherte, und schaute dann grimmig in Richtung Izzy, die ihn seit Schichtbeginn nervte. »Kümmere du dich um sie. Ich bin raus.«

Izzy funkelte ihn an. »Welche Laus ist dir denn heute über die Leber gelaufen?«

Seine Leber war nicht das Problem, sondern dieses verdammte Organ in seiner Brust, das viel gefährlicher war als ein Maschinengewehr. Er wandte sich ab, doch nicht, bevor er

Traceys erschütterten Blick bemerkte. Er hatte es mit einigen der härtesten Typen aufgenommen, doch niemand hatte ihn so in die Knie zwingen können wie diese kleine sexy Kellnerin.

Als er auf die Tür zulief, trat Jeanette, eine große Blondine, mit der er zu Sommerbeginn etwas gehabt hatte, mit zwei ihrer Freundinnen ein. Sie alle trugen enge Jeans, High Heels und T-Shirts mit weitem Ausschnitt. Jeanette hatte es direkt auf Diesel abgesehen. Sie warf sich die Haare über die Schultern, lächelte verführerisch und stolzierte auf ihn zu. Sie blieb erst stehen, als ihre Brüste seinen Arm streiften. »Schön, dich hier zu sehen. Jetzt kann der Abend ja nur gut werden.«

»Ich bin unterwegs zu einem Treffen.«

»Schon okay. Ich brauche sowieso noch ein bisschen. Ich schreib dir nachher, wenn ich so weit bin.« Sie zwinkerte ihm zu und gesellte sich zu ihren Freundinnen.

Leise fluchend verließ Diesel die Bar und ging um das Haus herum. Er stieß die Türen des Clubhauses auf und lief geradewegs auf den Kühlschrank zu, während ihn seine Kumpel begrüßten. Er machte eine Bierflasche auf und schüttete den Inhalt herunter. In Zeiten wie diesen war er froh, dass er sich im Hinterzimmer einen Fitnessraum eingerichtet hatte. Dieses Ventil konnte er jetzt wirklich gut gebrauchen.

Bullet trat auf ihn zu, mit Bear auf den Fersen. »Was ist denn mit dir los?«

»Nichts.« Er warf die leere Flasche in den Mülleimer und nahm sich eine weitere.

Bear legte eine Hand auf Diesels und eine auf Bullets Schulter. »Wie läuft's?«

Diesel beäugte Bears Hand auf seiner Schulter.

Bear trat zurück. »Entschuldige, Mann. Hab vergessen, dass du nicht gern angefasst wirst.« Er grinste. »Aber ich muss fragen.

Wie läuft das mit den Ladys?«

»Wie auch immer ich es haben will.« Diesel trank noch etwas und verdrängte die Gedanken daran, wie sehr es ihm gefallen hatte, von Tracey angefasst zu werden. Und das war nicht einmal sexueller Natur gewesen.

Bear stupste Bullet an. »Klingt, als müsste jemand dringend mal flachgelegt werden.«

Diesel schaute ihn grimmig an. »Ich bin nicht in Stimmung, Kumpel.«

»Tut mir leid.« Bear wurde wieder ernst. »Kann ich bei irgendwas helfen?«

Das Einzige, was mir helfen würde, wäre loszufahren und viele Kilometer zwischen mich und diese süße kleine Verführerin zu bringen. »Ja, ich muss mit euch über die Bar reden. Habt ihr schon überlegt, wer mich ersetzt, wenn ich abziehe?«

»Wir haben ein paar Ideen«, meinte Bullet. »Was denkst du denn?«

»Dass ihr keinen Softie anheuern dürft. Jemand muss auf die Ladys aufpassen.«

»Wir erwähnen das heute beim Treffen, aber ich werde aushelfen, bis wir den Richtigen gefunden haben«, erklärte Bullet. »Keine Sorge, Mann. Wir beschützen sie schon.«

Es hätte ihn nicht überraschen sollen, dass Bullet wusste, welche Sorgen er sich um Tracey machte. Bullet besaß einen guten Instinkt. Was das Besetzen seiner Position anging, vertraute Diesel Bullet und den anderen Dark Knights. »Gut. Ich hab ein paar Scheinwerfer für den Hinterhof der Bar und die Vorderseite des Clubhauses gekauft. Ich dachte, ich könnte sie nachher noch anschließen.«

»Bei der Rückseite der Bar bin ich ja voll dabei, aber das Clubhaus willst du auch mit Scheinwerfern beleuchten?«, hinterfragte Bear.

Diesel trank sein Bier aus und warf die Flasche in den Müll-eimer. »Wären diese Arschlöcher cleverer gewesen, hätten sie die Lampe neben der Tür zerbrochen. Ein Back-up-Plan ist da schon sinnvoll.«

»Na gut. Gar keine schlechte Idee«, gab Bear zu. »Wir kön-nen das heute Abend mit allen besprechen.«

»Brauchst du Hilfe, um sie nachher anzubringen?«, fragte Bullet.

»Nee, das schaff ich schon. Danke.«

Bones winkte sie zu einem Tisch, an dem auch Moon, Tex und Court saßen, während weitere Dark Knights das Clubhaus betraten. Biggs ging zum Tisch vorn im Raum, an dem die anderen Clubleiter Platz nahmen. Als Nomad musste Diesel nicht an der Church teilnehmen, aber das hier waren die wichtigsten Verbindungen, und aus Respekt vor der Bruder-schaft stieß er dazu, wenn er es einrichten konnte. Egal, welche Ortsgruppe er gerade besuchte, seine Dark-Knights-Kameraden standen immer hinter ihm.

Das Treffen begann, und während Biggs über Geschäftli-ches in Bezug auf den Club sprach, wanderten Diesels Gedanken über den Parkplatz zu Tracey. Es war richtig, Abstand zu halten, aber das bedeutete nicht, dass er sie schutzlos zurücklassen würde.

Biggs überließ den anderen Mitgliedern das Wort, und Bullet berichtete, dass Diesel bald gehen und eine Position als Barkeeper frei würde. Ein paar Jungs meinten, sie würden Leute kennen, die interessiert wären. *Leute* waren keine Dark Knights, aber er musste darauf vertrauen, dass Bullet klug entscheiden würde.

Nachdem Bullet fertig war, übernahm Diesel das Reden.

»Ihr alle wisst, dass es vor zwei Nächten Ärger bei der Bar gegeben hat. Die beiden Männer, die Tracey Kline angegriffen haben, wurden wegen tätlichen Angriffs gesucht, die sehen wir also so bald nicht wieder. Ich habe mich um den dritten Kerl gekümmert und lasse ihn überwachen. Ich glaube nicht, dass Tracey oder ihre Mitbewohnerin in unmittelbarer Gefahr sind, aber ich möchte, dass regelmäßig an ihrem Haus vorbeigefahren und die Clubpräsenz verdeutlicht wird.«

Es gab zustimmendes Gemurmel und Nicken. Biggs hob eine Hand und es wurde ruhig im Raum. »Das klingt nach einer guten Idee. Ich vermute mal, dass du das koordinierst?«

»Nein, Sir. Ich würde gern etwas Abstand von der Sache nehmen.« Diesel knirschte mit den Zähnen, als sich einige der Männer laut über seine Entscheidung wunderten. Biggs sah ihn irritiert an, stellte die stumme Frage *Bist du sicher?*. Diesel nickte.

Wieder hob Biggs eine Hand und die Stimmen wurden leiser. »In Ordnung. Gibt es Freiwillige für die Koordination?«

»Ich übernehme«, bot Moon an und sah dabei neugierig zu Diesel hinüber. »Jeder, der mitmachen will, kann nach dem Treffen mit mir reden.«

»Ich hätte noch einen weiteren Vorschlag«, verkündete Diesel. »Ich denke, wir sollten Scheinwerfer vor dem Clubhaus installieren.«

Fragen brandeten um ihn herum auf und Diesel sprach lauter. »Hört mir bitte mal zu. Nichts ist wichtiger als die Sicherheit der Frauen, die in dieser Bar arbeiten. Sie müssen ihren Job machen, und das bedeutet manchmal auch, dass sie durch die Hintertür müssen.« Er hasste den Gedanken, dass Tracey jemals wieder dort hinausgehen würde. »Falls ihr kein Licht am Clubhaus wollt, können wir auch Stangen auf dem

Parkplatz aufbauen und die Scheinwerfer auf die Rückseite der Bar richten, aber dieser Bereich muss so gut beleuchtet sein, dass kein Arschloch die Lampen mal eben so ausschalten kann. Wir können die Beleuchtung mit einem Timer programmieren, sodass sie sich um einundzwanzig Uhr einschaltet und eine Stunde nach Barschließung ausgeht. Den Club wird das keinen Penny kosten. Ich habe die Scheinwerfer bereits gekauft. Ich werde sie auch installieren und jeden Monat die zusätzlichen Stromkosten übernehmen.«

Jetzt redeten alle gleichzeitig, aber Biggs brachte sie schnell zum Schweigen. »Wir werden darüber abstimmen, aber bevor wir das tun, möchte ich etwas sagen. Meine Tochter arbeitet in der Bar, und ihr wisst, dass Dixie tough ist.«

»Die kann jedem die Stirn bieten«, rief Crow aus.

Biggs nickte. »Das stimmt, aber das, was Tracey passiert ist, hätte ebenso leicht Dix oder irgendeiner eurer Töchter oder Frauen zustoßen können. Bevor ihr also abstimmt, denkt an die Frauen in eurem Leben.«

»Und noch wichtiger«, ergänzte Bullet schroff, »denkt an den Grund, aus dem dieser Club existiert.« Er stand auf. »Wir sind hier, um diese Gemeinde zu schützen, und auch wenn das, was Diesel vorgeschlagen hat, direkte Auswirkungen auf unsere Bar hat, ist es doch auch eine Botschaft an alle Drecksäcke, sich nicht mit unserer Gemeinde anzulegen.«

»Genau!«, rief einer der anderen, und es gab Zustimmung von allen Seiten.

»Vance und ich können die Stangen auf dem Parkplatz aufstellen, wenn ihr diese Variante wollt«, bot Vaughn Bando an. Er und sein Bruder Vance besaßen ein Bauunternehmen. »Wir brauchen nur ein oder zwei Tage dafür.«

Biggs ließ abstimmen und die Beleuchtung wurde befürwortet. Die Bando-Brüder versprachen, die Genehmigung einzuholen und die Stangen auf dem Parkplatz zu errichten.

Diesel setzte sich hin, als ein anderes Mitglied das Reden übernahm. Bullet beugte sich zu ihm herüber. »Ist irgendwas zwischen dir und dem Herzchen passiert, von dem ich wissen sollte?«, fragte er leise.

Ja, aber nicht das, was du denkst. Diesel schüttelte den Kopf.

Moon beugte sich vom Nebentisch herüber und beäugte Bullet. »Zählt auch das Feuerwerk zwischen ihnen?«

Diesel brachte ihn mit einem finsteren Blick zum Schweigen.

Nach dem Treffen spielten ein paar der Männer Billard oder Darts, andere saßen einfach herum und quatschten. Diesel blieb eine Weile am Billardtisch und unterhielt sich mit Vaughn über die anstehende Arbeit. Gerade wollte er quer durch den Raum gehen, um sich hinzusetzen, als ihn Biggs abfing.

»Das mit der Beleuchtung war eine gute Idee«, sagte Biggs.

»Danke.«

»Aber willst du wirklich nicht mehr selbst an Traceys Haus vorbeifahren?«, hakte Biggs nach.

Diesel mochte es nicht, wenn irgendwer mehr über ihn wusste als nötig, aber er würde Biggs nicht anlügen. »Es muss sein.«

»Das respektiere ich.«

Diesels Handy vibrierte und er zog es aus der Tasche, um die Nachricht zu lesen. Beim Anblick von Jeanettes Namen auf dem Display fluchte er. *Bereit für einen wilden Ritt?*

»Alles okay, Junge?«, fragte Biggs.

»Ich muss mich in der Bar um etwas kümmern.«

»Hat dieses Etwas große braune Augen?«

Diesel steckte sein Handy ein, und in seiner Magengrube

rumorte es. Dieses Mädchen mit den braunen Augen war die Einzige, um die er sich scherte, und langsam fragte er sich, wann er zuletzt etwas getan hatte, das nichts mit ihr zu tun hatte. Aber wie üblich sah er keinen Grund zu einer Antwort. »Wir sehen uns, Biggs.«

Er verließ das Clubhaus und kehrte in die Bar zurück. Seine Aufmerksamkeit fand Tracey so sicher wie eine Zielsuchrakete. Jeanette erkannte ihn und ihr Gesicht hellte sich auf, während sie zu ihm eilte. »Ich wusste, dass du kommst!«

Jeanette berührte seinen Arm, als Tracey herübersah. Bei dem Schmerz in ihrem Gesicht zog sich etwas in seiner Brust zusammen und ließ den Abstand zwischen ihnen schrumpfen. Er entzog Jeanette den Arm.

»Tut mir leid. Hab's vergessen. Kein Anfassen«, gurrte sie verspielt.

»Verschwinden wir von hier.« Er drückte die Tür auf und folgte ihr nach draußen, wobei ihn die niederschmetternde Traurigkeit, die er zurückließ, weiterhin heimsuchte.

Sieben

Dienstagnachmittag, nach einem Abend voller Lästereien mit Josie und Izzy und einer Menge Eiscreme, kochte Tracey noch immer vor Wut. Und allein das machte sie noch wütender. Zum Glück hatte sie die Tagschicht, denn hätte sie mit ihm zusammenarbeiten müssen, hätte sie den letzten Rest ihres Verstands verloren. Sie war so dumm gewesen, zu glauben, dass es zwischen ihnen irgendeine Art von Verbindung gegeben hatte. Wahrscheinlich kannte er nicht mal die Bedeutung dieses Wortes! Und fühlte nicht mal eine, wenn er gerade mit irgendeiner betrunkenen Tussi zugange war.

Sie steckte ihr Trinkgeld ein und wischte einen Tisch ab, während sie sich selbst dafür schalt, sich seinetwegen so aufzuregen. Sie konnte es sich nicht leisten, heute unaufmerksam zu sein. Sie war die einzige Kellnerin in der Mittagsschicht, und es war extrem viel los. Auf dem Weg in die Küche sah sie Damon und Bones die Bar betreten. Damon winkte und ließ sein Megawatt-Lächeln aufblitzen.

»Hey«, rief sie ihnen zu und eilte mit vollen Händen an ihnen vorbei. »Weiter hinten ist noch ein Tisch frei. Ich komme gleich.« Sie wollte unbedingt die zwei heißesten und nettesten Ärzte der Gegend bedienen.

Sie drückte die Küchentür auf und stellte das schmutzige Geschirr auf dem Tresen neben der Spüle ab, an der Ricardo mit dem Abwasch beschäftigt war. Ricardo war neunzehn und Teil des Mentorenprogramms Young Knights, das von den Dark Knights ins Leben gerufen worden war. Er arbeitete als Tellerwäscher, bekam aber auch Kochunterricht von Finlay, um vielleicht eines Tages selbst Koch zu werden.

Ricardo griff nach einem Teller. »Immer noch so viel los da draußen?«

»Irre viel.«

»Tracey, du kommst gerade rechtzeitig.« Finlay beförderte etwas von einem Blech auf ein Abkühlgitter.

»Rechtzeitig, damit du mich auf andere Gedanken bringen kannst? Denn ich würde gerade gern ein paar Dinge aus meinem Kopf rauslöschen.«

»Eigentlich wollte ich sagen, um Ricardos neueste Kreation zu testen.« Finlay drehte sich mit einem kleinen Schokokuchen auf einem Teller und einem mitfühlenden Gesichtsausdruck zu ihr um. »Willst du mir nicht erzählen, was dich beschäftigt?«

Einerseits hätte Tracey am liebsten jedem, der bereit war zuzuhören, genau erzählt, was sie von Diesel hielt, andererseits wollte sie es für sich behalten. Sie fand es grässlich, was sie seinetwegen empfand, und musste trotzdem mit ihm arbeiten. Es war nicht seine Schuld, dass sie sich zu viel eingebildet hatte, und sie konnte nicht abschütteln, wie weh es ihr tat, von ihm ignoriert zu werden. Mittlerweile spielte sie ernsthaft mit dem Gedanken, sich einen neuen Job zu suchen. Es war gerade einmal August, und er würde erst im Januar gehen. Das war ein langer Zeitraum, in dem sie ihn Abend für Abend mit anderen Frauen weggehen sehen musste. Sie behielt die Details ihrer Desillusionierung für sich und sagte lediglich: »Hattest du jemals das Gefühl, als würdest du mit beiden Beinen fest auf dem Boden stehen, und dann ergreift dich plötzlich eine Windbö und wirbelt dich herum? Und du willst nur begreifen, was passiert ist, endlich wieder landen, damit du von vorn anfangen kannst, aber dieser Wind bläst immer weiter, sodass du nie den Boden erreichst?«

»Klingt fast wie ein Song von Katy Perry«, kommentierte Ricardo und stimmte »Fireworks« an.

Finlay sang sofort mit.

Tracey musste lachen. »Tja, manchmal kommt wohl die Künstlerin in mir hoch.«

»Es kommt mir jedenfalls so vor, als wäre das, was du durchmachst, ziemlich verwirrend«, sagte Finlay.

»Das ist noch milde ausgedrückt.«

»Tut mir leid, dass du eine schwere Zeit durchmachst, aber das hier dürfte helfen.« Finlay reichte ihr den Teller. »Lavakuchen. Den hat Ricardo gebacken. Nimm dir ein Stück, solange er noch warm ist. Der zaubert dir garantiert ein Lächeln auf die Lippen.«

Tracey nahm eine Gabel und holte sich ein Stückchen. Die köstliche Schokolade schmolz in ihrem Mund. »Oh, Ricardo, der schmeckt himmlisch. Du wirst mal ein toller Koch.«

»Danke. Finlay ist eine gute Lehrerin.«

»Kann ich davon bitte ein Dutzend haben, um mich heute Abend damit vollzustopfen?« Tracey nahm noch einen Bissen, dann stellte sie den Teller hin. »Ich muss wieder raus. Bones und Damon sind gerade gekommen.«

Finlay senkte die Stimme. »Geh. Dr. Rhys kann dich bestimmt ein bisschen aufmuntern.«

Tracey verließ die Küche. Auf dem Weg zu Damons Tisch hielt sie noch bei anderen Gästen und stellte dann fest, dass

Bones mit mehreren Männern an einem anderen Tisch sprach. Sie spürte die Hitze von Damons anerkennendem Blick, als sie näherkam. »Hi. Entschuldige, dass es so lange gedauert hat.«

»Kein Problem.« Damon wurde ernst, als ihm die sich langsam gelb verfärbenden Flecken auf ihrer Wange auffielen. »Ich habe gehört, was an dem Abend passiert ist. Tut mir so leid. Wie fühlst du dich?«

»Alles okay. Die Schmerzen lassen langsam nach. Danke der Nachfrage.«

»Ich hab gehört, du hast dich ordentlich zur Wehr gesetzt.«

»Nicht ordentlich genug«, erwiderte sie leise.

»Aber dir geht's gut, und das ist das Wichtigste.« Damon beugte sich vor, seine Stimme wurde leise und verführerisch. »Ich muss gestehen, dass ich seit der Hochzeit an dich denke. Was hältst du davon, mit mir zu Abend zu essen? Wir könnten an deinem nächsten freien Abend in die Nova Lounge in Pleasant Hill gehen und uns besser kennenlernen.« Die Nova Lounge war das teuerste Restaurant der Gegend. Es gehörte Jared Stone zusammen mit dem Geschäftsmogul Seth Braden.

Ungewollt wanderten ihre Gedanken zurück zu Diesel und beförderten erneut den Schmerz an die Oberfläche. Sie würde nicht nach einem Mann schmachten, der ihr nicht guttat, wenn dieser fantastische, liebenswürdige Mann sie zu einem echten Date ausführen wollte. »Das fände ich schön.«

»Super.« Sein Gesicht strahlte, als hätte er im Lotto gewonnen. »Wann hast du das nächste Mal abends frei?«

Das letzte Mal, als jemand so begeistert darauf aus gewesen war, sie auszuführen, war sie noch ein Teenager gewesen. Sie hatte vergessen, wie gut es sich anfühlte, begehrt zu werden. »Donnerstag.«

»Fantastisch.« Er nahm sein Handy und sie gab ihm ihre

Nummer und ihre Adresse, als Bones an den Tisch zurückkehrte.

Damon machte eine große Sache daraus, dass Tracey mit ihm ausgehen würde, und Bones schien sich für sie beide zu freuen, auch wenn er irgendwie überrascht wirkte. Nachdem sie ihre Bestellungen entgegengenommen hatte, lief sie direkt zu Izzy, die am Bartresen stand.

»Warum siehst du so aus wie eine Katze, die einen Kanarienvogel verschluckt hat?«, scherzte Izzy.

Tracey beugte sich zu ihr vor und flüsterte: »Damon Rhys hat mich zum Abendessen eingeladen!«

»*Was?*« Izzy schlug mit der Handfläche auf die Bar und senkte dann die Stimme. »Die Götter des Orgasmus haben uns erhört! Das ist grandios! Ich will alles wissen. Wie hat er gefragt? Wann habt ihr euer Date? Wohin will er mit dir?«

Tracey erzählte ihr alles. »Aber ich habe keine Ahnung, was ich in so einem schicken Restaurant anziehen soll.«

»Irgendetwas, das sexy ist, aber nicht billig. Du kannst dir natürlich jedes meiner Outfits leihen, aber vielleicht wäre es lustiger, shoppen zu gehen und dir etwas Neues zu gönnen. Immerhin ist das deine erste Verabredung seit Dennis. Das ist ein großer Anlass, und dann auch noch mit dem heißesten Arzt der Gegend.«

Tracey wollte erwidern, dass sie ihre erste Verabredung mit Diesel gehabt hatte, als sie Pizza essen gegangen waren, aber das war keine richtige gewesen. Und warum ließ sie überhaupt zu, dass Diesel ihr das hier ruinierte? »Ja, ich glaube, das mache ich. Ich habe morgen Nachmittag frei und muss erst ab neunzehn Uhr auf Hail aufpassen. Hast du Zeit? Kommst du mit? Ich werde auch Josie fragen.«

»Ich muss arbeiten, aber schick mir auf jeden Fall Fotos,

bevor du irgendetwas kaufst.«

Izzys Aufregung brachte Tracey noch mehr in Stimmung. Würde das doch nur den dumpfen Schmerz in ihrer Brust verstummen lassen, dass Damon nicht Diesel war.

Am Donnerstagnachmittag fühlte sich Diesel langsam wie ein wildes, angriffsbereites Tier. Die letzten Tage waren die Hölle gewesen. Er wusste, dass es das Richtige war, Abstand zwischen sich und Tracey zu bringen, aber verflucht, er vermisste einfach alles an ihr. Er hatte gedacht, sie könnten wenigstens weiterhin freundschaftlich Seite an Seite arbeiten, aber seit Montagabend zeigte sie ihm die kalte Schulter und sah ihn kaum noch an. Er vermisste ihre Aufmüpfigkeit und die süße und sündige Art, wie sie ihn ansah, die sein Innerstes tanzen ließ. Selbst die Art, wie sie ihn angezickt hatte, war besser, als ignoriert zu werden.

Warum zum Teufel konnte er nicht loslassen? Moon koordinierte die Fahrten an ihrem Haus vorbei, trotzdem fuhr Diesel mitten in der Nacht selbst hin, hatte das Bedürfnis, mit eigenen Augen zu sehen, dass alles ruhig war. Das Schlimmste daran war nicht einmal der Versuch, sie gehen zu lassen, obwohl der sich schon so anfühlte, als würde er sich Eispickel unter die Fingernägel treiben. Es war die Gewissheit, selbst schuld zu sein, dass sie von süß und aufsässig zu kalt und tough gewechselt hatte. Und das trieb diese verdammten Eispickel geradewegs in sein Herz.

Finlay kam aus der Küche und stellte einen Teller mit zwei Sandwiches und Pommes auf den Tresen. Woher wusste sie, dass er vergessen hatte, etwas zu essen? »Danke.«

Sie folgte seinem Blick zu Tracey, die mit Gästen an den Billardtischen sprach. »Du wirst noch ein Loch in sie bohren, wenn du sie weiter so anstarrst.«

Diesel reagierte nicht. Sie hatte in ein paar Stunden Feierabend, und wenn er die Sache zwischen ihnen nicht bald bereinigte, würde er noch explodieren. Er wandte dem Schankraum den Rücken zu, verschränkte die Arme und versuchte vergeblich, seine Gefühle für Tracey zu verdrängen.

»Weißt du, ich dachte immer, du wärst wie Bullet«, meinte Finlay. »Aber das bist du nicht. Er mag etwas derb sein, aber zumindest weiß ich immer, was er denkt. Als er das erste Mal mit mir gesprochen hat, bevor wir einander überhaupt richtig vorgestellt wurden, hat er gefragt, ob ich eine Runde auf dem Bullet-Hengst reiten will.« Sie kicherte. »Kannst du dir das vorstellen?«

Diesel knirschte mit den Zähnen, denn ja, verflucht, das konnte er sich nur zu gut vorstellen. »Willst du auf irgendwas hinaus?«

»Ja. Rede mit ihr, Diesel. Wenn du Sex willst, sag es ihr. Sie ist ein großes Mädchen. Sie kommt damit klar. Vielleicht überrascht dich ihre Antwort sogar.«

»Ich will sie nicht flachlegen, Finlay«, knurrte er. Wäre das alles, hätte er das längst hinter sich gebracht. Aber wenn er sich auf Tracey einließe, würden die Emotionen, die ihn auffraßen, wie Lava hervorquellen, und es gäbe kein Zurück mehr.

»Oh«, kommentierte sie überrascht. »Also, dieses Knistern zwischen euch beiden ist jedenfalls nicht zu übersehen, und wenn du nicht bald etwas unternimmst, wird sie dir entgleiten.«

Daran hatte er die nächsten Stunden zu knabbern. Als der große Mittagsansturm vorbei und die Bar fast leer war, stakste Tracey zum Tresen. »Das Pärchen am Billardtisch will Cola, aber ich mache Schluss. Kannst sie selbst hinbringen.« Sie machte auf den Fersen kehrt und lief zum Büro.

Adrenalin schoss durch seine Adern. *Scheiß drauf.* Er umrundete den Bartresen, folgte ihr ins Büro und schloss die Tür hinter sich. »Was hast du für ein Problem?«

Sie wirbelte herum und legte sofort los. »Was ich für ein Problem habe? Du kümmerst dich um mich, schläfst in meinem Bett, kochst für mich und lädst mich zum Pizzaessen ein, verdienst dir mein Vertrauen und behandelst mich, als wäre da irgendetwas zwischen uns. Dann hörst du ohne Erklärung auf, mit mir zu reden, und du hast die Nerven, mich zu fragen, was ich für ein Problem habe?« Ihre Worte waren scharf wie Messerklingen. »Bei dir geht es also in Ordnung, so zu tun, als würde ich nicht existieren, aber wenn ich das auch tue, wirst du wütend? Scheiß auf dich, Diesel. Es war so dumm von mir, auch nur zu glauben, da könnte irgendetwas zwischen ...«

Er presste seine Lippen auf ihre, drückte sie an sich, vertiefte den Kuss, wollte ihr so nahe sein, wie es nur ging. Eigentlich hatte er sie nur zum Schweigen bringen wollen, aber verdammt, die Art, wie sie den Kuss erwiderte, war das reinste Nirwana. Er konnte nicht aufhören, sie zu verschlingen, und sie tat es ihm gleich.

Zumindest, bis sie gegen seine Brust drückte, die Wangen flammend rot, und ihn anfauchte. »Was war denn das?«

»Deine Tirade nahm kein Ende. Irgendwie musste ich dich doch bremsen.«

»Und deshalb hast du mich geküsst?« Sie blickte entrüstet drein, aber ihr Kuss hatte eine andere Sprache gesprochen. »Du hast mich so behandelt, als hätte ich etwas falsch gemacht, und dabei bist du derjenige, der letztens mit irgendeiner Betrunkenen die Bar verlassen hat.«

Er beugte sich über sie, damit sie ihm ihre volle Aufmerksamkeit schenkte. »Ich habe diesmal nichts mit ihr angestellt. Und ich bin niemandem Rechenschaft schuldig, Tracey.«

Ihre Nasenflügel blähten sich auf und ihre Augen waren so voller Schmerz und Wut, dass er darin hätte schwimmen können. »Und ich küsse keine Männer, die mich nicht ausreichend respektieren, um mir zu antworten. Ich bin so froh, dass ich für heute Abend einem Date mit Damon zugestimmt habe. Mit dir bin ich fertig.«

»Du gehst mit Rhys aus?«, wütete er, doch sie riss die Tür auf und stürmte hinaus. Er sah rot, spie einen Schwall mieser Flüche aus und versenkte seine Faust in der Wand, während der Eispickel sich noch tiefer in seine Brust hineinbohrte.

Acht

Tracey wollte ihren Augen kaum trauen. Die Nova Lounge stand auf einer Klippe mit Aussicht auf Pleasant Hill. Es war das glamouröseste Restaurant der Gegend, doch sie konnte die ganze Zeit nur an Diesels Kuss denken. Wie konnte dieser Mann Marmorböden, Wände teils aus Backstein, teils aus Holz mit dekorativen Schnitzereien verziert, hölzerne Säulen, hohe Decken mit gemusterten Metallplatten und funkelnde goldene Lampen über jedem Tisch überschatten? Und das war noch nicht einmal das Schlimmste. Die schicke Umgebung konnte nicht einmal ansatzweise mit dem attraktiven, rücksichtsvollen Gentleman im blütenweißen Hemd mithalten, der ihr gegenübersaß und sie ansah, als wäre sie so etwas wie eine Prinzessin.

Damon sah nicht nur gut aus, er war auch aufmerksam. Er hatte angerufen, um Bescheid zu geben, dass er etwas später kommen würde, weil die Wehen bei einer seiner Patientinnen zu früh eingesetzt hatten. Er hatte Tracey einen Blumenstrauß mitgebracht und ihr bestimmt schon hundertmal gesagt, wie wunderschön sie aussah. Zum Glück waren sie und Josie gestern noch shoppen gewesen und hatten ein wirklich hübsches schwarzes Minikleid gefunden. Es war elegant, aber nicht hauteng, und hatte einen eingearbeiteten BH, wodurch es sich besonders angenehm trug. Die Spaghettiträger waren nicht zu schmal, der Ausschnitt verlief nicht zu tief, und der Rock fiel angenehm bis zur Mitte ihrer Oberschenkel. Sie hatte sogar ein Paar günstige Riemchensandalen gefunden, die perfekt dazu passten.

Vor dem Date war sie ein Nervenbündel gewesen, aber mittlerweile hatten sie die Hälfte eines köstlichen Tortellini-Gerichts verspeist und er war so offen und kommunikativ, dass sie sich gar nicht mehr erinnern konnte, warum sie wegen ihres gemeinsamen Abends so nervös gewesen war. Er erzählte ihr, er wäre Gynäkologe geworden, um dem Vorbild seines Vaters nachzueifern, und dass sein Vater seinen Job so sehr geliebt hatte und selbst dann noch strahlte, wenn er manchmal nach einer komplizierten Niederkunft erst um drei Uhr morgens nach Hause kam, weil er sich so darüber freute, ein Kind auf die Welt gebracht zu haben. Damon peppte seine Geschichten mit Scherzen auf, er fühlte sich sichtlich wohl in seiner Haut, was einen starken Kontrast darstellte zu der übermenschlichen Anstrengung, die nötig war, um irgendetwas über Diesel zu erfahren. Doch beim Gedanken an Diesel und den Kuss flutete Hitze durch ihren gesamten Körper …

Mein Gott, dieser Kuss. Sie hatte ihn hundertmal durchlebt. Ihre Gedanken drifteten ab. Sie erlebte wieder, wie es sich angefühlt hatte, gegen seinen harten Körper gepresst, von seinem Verlangen verschlungen zu werden. Was tat sie da nur? Diesel war verboten, und wenn sie nicht vorsichtig war, würden diese Gedanken an ihn ihr das Date ruinieren.

Sie versuchte, Diesel aus ihrem Geist zu verdrängen, und konzentrierte sich darauf, etwas Sinnvolles zu sagen. »Und, wie viele deiner Patientinnen haben sich schon an dich range-macht?« Innerlich zuckte sie zusammen. Das war das Erste, was ihr in den Sinn gekommen war, sicherlich nur deshalb, weil Izzy und Josie sie angefleht hatten, ihn das zu fragen.

Lachend trank er einen Schluck Wein. »So was bekomme ich gar nicht mit.«

»Komm schon, das merkt doch jeder.« Sie hatte das Gefühl, dass diesem attraktiven Mann nichts entging.

Er lächelte. »Wenn ich das zugebe, klinge ich selbstgefällig oder arrogant.«

»Jetzt hast du es gerade zugegeben«, neckte sie ihn. »Es gibt da ein paar neugierige Ohren, die das hören wollen. Raus damit, Doc.«

»Schön, aber denk dran, du hast gefragt. Das Erste, worauf Singlefrauen achten, ist meine linke Hand. Sobald ihnen auffällt, dass ich da keinen Ring trage, ändert sich alles, und ihre Haltung wechselt von nervös zu flirtend.«

»Ich kann mir die Unterhaltungen lebhaft vorstellen.« Sie verstellte die Stimme, damit sie höher klang. »*Wo Sie schon mal da unten sind …*«

Sie mussten beide lachen.

»Damit liegst du gar nicht mal so falsch, ob du es glaubst oder nicht.«

»Das glaube ich durchaus. Also, warum bist du noch Single?« Sie aß noch eine Gabel Tortellini.

»Ich bin altmodisch. Ich will das, was meine Eltern haben, und ich schätze, ich habe einfach noch nicht *die Eine* getroffen.« Hitze flackerte in seinen Augen auf.

Sie trank einen Schluck und versuchte, die Schmetterlinge heraufzubeschwören, die sie bereits einmal in seiner Anwesenheit gespürt hatte, oder auch die Gänsehaut auf ihren Armen, aber es kam nichts, keine Regung. *Diesel hat mich wohl kaputtgemacht.* Beim Gedanken an diesen knurrigen Eigenbrötler regte sich tatsächlich ein Flattern in ihrer Brust, und beinahe hätte sie sich an ihrem Wein verschluckt. Sie musste husten und räusperte sich. *Verdammt sollst du sein!* Sie nippte an ihrem Wasser.

»Alles okay?«, erkundigte sich Damon.

»Mm-hm. Ja. Danke.«

»Jetzt bin ich mit den unangenehmen Fragen dran. Wayne hat mir nicht sonderlich viel von dir erzählt. Woher kommst du?«

»Ich bin in Virginia Beach aufgewachsen.«

»Eine schöne Gegend. Was hat dich hergeführt?«

Tracey überlegte, ihm ihre Vergangenheit zu verschweigen, aber er war so ehrlich zu ihr gewesen, dass sie ihn nicht anlügen wollte. Sie hatte bereits das Gefühl, dass er eine Nummer zu groß für sie war, auch wenn ihre Freundinnen darauf beharrten, dass es so etwas nicht gab. Und gleich würde auch er erkennen, dass er viel zu gut für sie war. »Es macht mich nicht stolz, aber ich bin aus einer gewalttätigen Beziehung geflohen und im Parkvale Women's Shelter gelandet. Bones – *Wayne* – arbeitet dort ehrenamtlich. So habe ich die Whiskeys kennengelernt und Red hat mir diesen Job angeboten.«

»Oh, Tracey. Das tut mir sehr leid.«

»Das ist zwei Jahre her, und ich war sehr jung, als ich mich auf den Kerl eingelassen habe.«

Sein Gesichtsausdruck wurde ernst. »War das eine lange Beziehung?«

»Ja. Eine zu lange. Aber ich bin nicht mehr derselbe Mensch wie damals.« Warum hatte sie das Gefühl, sich verteidigen zu müssen?

»Was hat sich für dich geändert?«

»Puh, einfach alles. Ich war gerade erst sechzehn, als wir uns kennengelernt haben. Ich habe viel über das Leben, die Liebe und meinen Selbstwert gelernt. Jetzt lasse ich mich auf nichts mehr ein, das meiner nicht wert ist. Ich bin mittlerweile stärker, sowohl emotional als auch körperlich. Ich nehme Kampfsportunterricht und kann es kaum erwarten, nächste Woche damit weiterzumachen.« Diesels Stimme flüsterte in ihrem Geist. *Und sobald du wieder ganz auf den Beinen bist, bringe ich dir bei, wie man kämpft.* Ihr Magen verkrampfte sich.

»Kampfsport. Das ist ziemlich beeindruckend.«

Sie nahm ihr Glas in die Hand und Damon erhob seins zu einem Toast. »Auf Neuanfänge.«

Danach drehte sich ihr Gespräch wieder um leichtere Themen. Als sie das Restaurant verließen, stellte Tracey unwillkürlich fest, wie schön es war, mit jemandem Zeit zu verbringen, der tatsächlich mit ihr redete. Nach zweieinhalb Stunden wusste sie mehr über Damon, als sie innerhalb von zwei Jahren über Diesel erfahren hatte. Aber als sie vor ihrer Haustür angekommen waren, fühlte sie einfach keine Schmetterlinge in ihrem Bauch flattern. Damon war für sie eher wie ein Freund, und sie gab Diesel und diesem verdammten Kuss die Schuld daran.

»Danke für den schönen Abend«, sagte sie auf der Veranda.

»Ich kann mich nicht erinnern, wann ich das letzte Mal so viel Spaß bei einem Date hatte.«

Er beugte sich vor, um sie zu küssen, und sie schloss die Augen in der stummen Hoffnung, dass sich doch noch ein Flattern einstellte. Doch das Einzige, was sie spürte, war die süße Berührung seiner Lippen. Was stimmte nur nicht mit ihr? Damon war grundehrlich, höchst attraktiv und suchte nach der Liebe seines Lebens. Was wollte sie mehr? Vor ihrem inneren Auge tauchte Diesels Gesicht auf, die Erinnerung an den leidenschaftlichen Kuss stürmte auf sie ein und machte sie wütend.

»Ich würde dich gern wiedersehen.« Damons Stimme holte sie zurück in die Gegenwart. »Wir könnten am Wochenende mit meinem Boot rausfahren.«

»Ich hatte einen wirklich schönen Abend mit dir, aber …«

»*Oh-oh.*« Er hob eine Braue, und in seiner Stimme schwang Enttäuschung mit.

»Tut mir leid, Damon. Du bist wirklich ganz wunderbar und buchstäblich der Traummann aller Frauen.«

»Außer deiner, wie es scheint.«

»Es liegt nicht an dir, sondern an mir.« Als die Worte ihre Lippen verließen, lachten sie beide. »Ich weiß, wie das klingt, aber es stimmt wirklich. Ich mag dich sehr, aber …«

»Ist schon okay, Trace. Gibt es jemand anderen?«

Kurz senkte sie den Blick, dann sah sie ihn an. »Ja und nein.«

»Klingt kompliziert.«

»Das ist noch milde ausgedrückt«, bestätigte sie leise.

»Tja, ich hoffe, er weiß, was er für ein Glückspilz ist. Bleib dabei und lass dich nur auf jemanden ein, der es wert ist, denn du bist eine ziemlich spektakuläre Frau.«

»Gerade fühle ich mich eher wie eine dusslige Frau.«

Er lachte. »Du folgst deinem Herzen. Daran ist nichts falsch. Auf jeden Fall noch einmal danke für einen tollen Abend. Wir sehen uns.«

Als er davonging, brodelte die Wut in ihr auf und kochte hoch. Wäre Diesel ihr doch nur nicht ins Büro gefolgt. Hätte er sie doch nur nicht geküsst, wie sie noch nie zuvor geküsst worden war.

Aber dahinter steckte noch so viel mehr. Es waren mittlerweile zwei Jahre, in denen er ihr unter die Haut ging und sie dazu brachte, obsessiv über die Dinge zu grübeln, die er tat. Zwei Jahre, in denen die Schmetterlinge in ihrer Magengrube flatterten, all diese Träume, die ihr Herz zum Rasen brachten, und dann all diese Funken, die zu mehr geworden waren. Zu etwas, das sich besonders und tief angefühlt hatte, nachdem sie angegriffen worden war.

Wenn es Diesel doch nur nicht gäbe. Dann hätte sie keines dieser Probleme.

Sie war so wütend auf ihn, auf sich selbst, auf die Situation, dass sie in Betracht zog, ihn aufzusuchen und ihm mal ordentlich die Meinung zu geigen.

Diesel schlug gegen den schweren Sandsack im Clubhaus und versuchte, die Gedanken an Tracey und ihr Date mit dem hübschen Rhys zu verdrängen. Aber das war, als wollte man das verfluchte Dröhnen eines Zugs zum Schweigen bringen. Rhys war der Kerl, wegen dem Diesel bei der Hochzeit klar geworden war, wie viel er für Tracey empfand, und jetzt plante Diesel, die Stadt zu verlassen, und servierte ihm Tracey praktisch auf einem Silbertablett.

Verflucht noch mal.

Er ließ den Sandsack Sandsack sein, zog sich die Boxhandschuhe aus und schleuderte sie auf den Boden. Dann legte er sich auf die Bank, wo die Gewichte schon bereitlagen. Während er ein paarmal die Hanteln stemmte, wanderten seine Gedanken zurück zu diesem Kuss. Den ganzen Abend über hatte er sich vor seinem inneren Auge wieder und wieder abgespielt. Er versuchte zu ergründen, ob er sich eingebildet hatte, dass sie seinen Kuss erwiderte, aber er spürte noch immer, wie ihre Zunge über seine geglitten war, ihr Mund ihn empfangen hatte. Allerdings konnte er auch noch ihre giftigen Worte vernehmen. *Ich küsse keine Männer, die mich nicht ausreichend respektieren, um mir zu antworten. Mit dir bin ich fertig.*

Er knirschte mit den Zähnen und stemmte die Stange nach oben. Seine Arme zitterten vor Anstrengung. Dixie hatte das Loch in der Bürowand gesehen und ihn mit Fragen gelöchert, bis er schließlich genug gehabt hatte. »Die verfluchte Tracey. Ihretwegen habe ich gegen die Wand geschlagen«, hatte er sie angeschnauzt. Daraufhin hatte Dixie gestrahlt, woraufhin er nur noch wütender wurde. Nach Feierabend hatte er das verdammte Loch geflickt, was seinen Groll nur noch verstärkt hatte.

Er machte eine weitere Wiederholung, dann legte er die Stange ab und setzte sich auf. Das war doch alles Irrsinn. Er war kein dämlicher verknallter Teenager. Er nahm die Baseballkappe ab und fuhr sich mit der Hand durch die Haare. Dann blickte er die Kappe an, die er schon ewig besaß. Traceys Gesicht tauchte vor seinem inneren Auge auf. *Deine Geheimnisse sind bei mir sicher.*

Seine Brust schnürte sich zusammen. Er setzte die Kappe wieder auf und erhob sich.

»Diesel Black, beweg sofort deinen Arsch hier raus!«

Beim Klang von Traceys wütender Stimme zuckte er herum. Was zum Teufel? Er eilte den Flur entlang in den Hauptraum, wo sie auf und ab schritt, die Hände an den Seiten zu Fäusten geballt, wunderschön und sexy in einem kurzen schwarzen Kleid. Einem Kleid, das sie für den gottverdammten Arzt getragen hatte.

»Ich bin ja so wütend auf dich!«, fauchte sie. »Du hast mein

Date ruiniert! Ich hatte einen schönen Abend mit dem perfekten Mann und konnte die ganze Zeit nur an dich denken.«

Vermutlich sollte er sich schlecht fühlen, weil ihn das so freute, aber er konnte nicht vermeiden, dass sich seine Lippen zu einem Grinsen verzogen.

»An dich und deine verfluchte ruppige Art und an diesen Kuss!« Sie stöhnte auf und marschierte weiter wütend auf und ab.

Er trat näher an sie heran. »Was ist damit?«

»Lass das. Du ruinierst einfach alles! Deinetwegen herrscht Chaos in meinem Kopf.«

»In meinem auch.« Er trat noch einen Schritt näher.

»Ich hatte heute einen tollen Abend mit einem fantastischen Mann, der sich völlig normal mit mir unterhalten und mich gebeten hat, einen Bootsausflug mit ihm zu machen. Und ich habe *nichts* gefühlt. Nicht einmal ein klitzekleiner Schmetterling kam angeflattert, als er mich geküsst oder mir Komplimente gemacht hat!«

Gott sei Dank. »Gut.«

Sie blieb stehen und starrte ihn an. »Das ist nicht gut! Das ist eine Katastrophe! Ich habe geschworen, mich nie wieder auf einen Kerl einzulassen, der schlecht für mich ist, und ich kann nicht aufhören, an dich zu denken. Dabei bist du der schlimmste Kerl auf dem Planeten.«

»Damit liegst du nicht falsch.«

Sie lachte ungläubig auf. »Na super! Ich bin anscheinend ein Magnet für die bösen Jungs, aber zumindest weiß ich, dass ich recht habe, wenn ich sage, dass ich auf dem falschen Weg bin. Das gibt mir doch gleich ein viel besseres Gefühl.«

»Ich bin kein Junge.« Er trat dicht an sie heran. »Und ich

bin definitiv nicht das, was du brauchst.«

»Das weiß ich!« Sie atmete so schwer, dass ihr Brustkorb mit jedem Einatmen seine nackte Brust streifte. »Warum trägst du kein Shirt?«

»Verflucht, ich bekomme dich auch nicht aus dem Kopf.«

»Hör auf, an mich zu denken!«

Sein Kiefer verkrampfte sich.

»Ich will doch nur einen netten Mann, der mich respektiert und mit mir ein glückliches Leben führen will.«

»Du willst mehr als das. Du willst das hier.« Er drückte seine Lippen auf ihre, schlang einen Arm um ihren festen kleinen Körper und schob seine andere Hand in ihr Haar. Sofort ließ sie sich darauf ein, verschlang fiebrig seinen Mund. *Oh ja, Baby Girl, das zwischen uns können wir nicht leugnen.*

Als sich ihre Lippen voneinander lösten, wankte sie, sodass er sie noch fester hielt. »Das darfst du nicht machen«, hauchte sie. »Das macht mich ganz schwindelig.«

»Das willst du doch, Baby Girl. Du willst, was Dr. Schönling dir nicht geben kann.«

Sie kniff die Augen zusammen. »Nenn ihn nicht so. Er ist ein toller Mann.«

»Das ist er, aber es stimmt trotzdem. Bei ihm wirst du nicht feucht wie bei mir, und du bekommst auch keine weichen Knie, oder?«

»Nein, okay?« Ihre Wangen röteten sich. »Ich hab's dir doch gesagt. Ich habe nichts gefühlt, und das ist deine Schuld. Hat die Frau neulich Nacht dir denn das gleiche Gefühl gegeben, wie wenn du mich küsst?«

»Ich habe mich von dieser Frau gar nicht küssen lassen.«

»Ja, na klar. Ich kann das hier mit dir nicht.« Sie klang, als würde sie gleich anfangen zu weinen, und das brachte ihn beinahe um. »Ich will keine Kerbe in deinem Bettpfosten sein, und du lässt dich auf niemanden ein.«

Er hielt sie noch fester. »Ich habe mich bisher noch auf niemanden eingelassen, aber bei dir tue ich es«, knurrte er. »Und ich hab dir doch gesagt, dass ich nicht mit ihr geschlafen habe.«

»Aber gleich darauf hast du einen Schlussstrich gezogen und mir gesagt, dass du niemandem Rechenschaft schuldig bist.«

Er hob sie hoch, setzte sie auf dem Billardtisch ab, drängte sich zwischen ihre Beine und hob ihr Kinn an, damit sie ihm in die Augen sehen musste. »Jetzt hör mal gut zu, ich hab nämlich keine Zeit für Haarspaltereien. Wenn ich dich nicht bald für mich habe, verliere ich hier noch den Verstand. Ich habe gesagt, ich hatte keinen Sex mit ihr, und dann habe ich erklärt, dass ich niemandem Rechenschaft schuldig bin, aber ich habe doch eben versichert, dass ich mich auf dich einlasse.«

»*Oh*«, flüsterte sie verblüfft.

Er schob die Hände über ihre Oberschenkel nach oben und strich mit den Daumen über ihr feuchtes Höschen. Sie atmete scharf ein und das Verlangen glomm in ihren Augen. Sein Glied regte sich. »Ich habe dir nichts zu bieten, Baby Girl. Aber ich will dich, wie ich noch nie etwas in meinem Leben gewollt habe, und wenn ich dich in meinem Bett habe, wird es da keine andere geben.«

»Aber du verlässt uns.«

»Ich wollte weg, um dem hier zu entfliehen.« Mit einem Daumen strich er über ihre Klitoris, rieb in langsamen kreisförmigen Bewegungen über ihren Slip, und sie atmete heftig aus. »Pläne können sich ändern.«

»Können sie das?«, keuchte sie mit weit aufgerissenen Augen.

Ihre süße Unschuld, so atemlos und begierig, entwaffnete ihn. »Ja, zum Teufel. Ich brauche dich in meinem Bett. Sag mir, dass du mich willst, Baby Girl.«

»Nimm mich ...«

Er presste den Mund auf ihren und hob sie hoch. Sie schlang die Beine um ihn, während er auf die Treppe zulief und dann immer zwei Stufen auf einmal nahm. Sie fühlte sich verflucht perfekt an, schmeckte wie süßes Verlangen und sündiges Vergnügen. Er verschlang ihren Mund, schob die Hände in ihr Höschen und strich über ihre feuchte Öffnung, was ihm ein lustvolles Stöhnen von ihr einbrachte. Sie war so feucht und bereit, dass er es kaum erwarten konnte, sie zu kosten. Noch während er sie in sein Schlafzimmer trug, zog er den Träger ihres Kleides herunter und hörte ein Reißen. Sie keuchte auf.

»Warte! Das ist ganz neu.« Sie versuchte, an den Reißverschluss zu gelangen.

Er stellte sie auf den Boden, trat hinter sie und zog den Reißverschluss ihres Kleids auf. Es fiel zu Boden und enthüllte blaue Flecken auf ihrem Rücken und der Seite, was wiederum sämtliche Emotionen entfesselte, die er zurückgehalten hatte. Beschützerinstinkt und Besitzgier fochten um die Vorherrschaft. Sein Brustkorb zog sich zusammen. Diesel griff von hinten um sie herum, umfasste ihre Brüste, drehte ihre Brustwarzen zwischen den Zeigefingern und Daumen, was ihm ein sündiges Stöhnen nach dem anderen einbrachte, und lehnte die Stirn an ihren Rücken. Der Hass, den er auf diese verfluchten Kerle empfand, die ihr wehgetan hatten, bahnte sich seinen Weg durch die Dunkelheit in ihm. Er stellte sich vor, wie ihn dieses Gefühl ankettete und von ihr fernhielt, kämpfte gegen den Hass an, drückte ihn nach unten in den hintersten Winkel seiner

Seele, konzentrierte sich ganz auf die Schönheit, die zu ihm gekommen war, ihn dem Mann vorgezogen hatte, der besser für sie war. Verdammt, das änderte einfach alles.

Er presste einen Kuss zwischen ihre Schulterblätter und all diese seltsamen warmen Gefühle tosten und brannten in ihm, bis sein gesamter Körper davon schmerzte. Er zerrte ihren heißen schwarzen Slip nach unten, sodass sie nur noch in High Heels dastand. Schnell zog er Stiefel und Kleidung aus, denn er musste dringend ihre heiße Haut an seiner spüren. Er drückte seinen Körper gegen ihren Rücken, seine Härte gegen ihren Hintern, und liebkoste mit einer Hand eine Brust, während er mit der anderen nach unten zwischen ihre Beine wanderte. Sie war gewachst und fühlte sich so gut an, dass ihm ein Knurren entwich. »So wunderschön.«

Er küsste ihre Schulter, saugte und biss, während er sich wieder und wieder gegen ihren Po presste und zwei Finger in ihre feuchte Wärme schob und mit dem Daumen ihre Klitoris rieb.

»Oh Gott.« Sie umklammerte seine Handgelenke und reckte den Hals zur Seite, sodass er besseren Zugang hatte. »*Hör nicht auf.*«

Er stieß schneller zu, drückte die Finger tiefer hinein, sog fester. Sie ging auf die Zehenspitzen, ihr Körper bebte, ihre Pobacken fühlten sich weich und perfekt gegen seine Härte an. Sie bohrte die Fingernägel in seine Handgelenke, keuchte und stöhnte. So verdammt heiß. Er biss ihr in die Schulter, und ihre Hüften zuckten, während sie sich um seine Finger zusammenzog.

»*Diesel*«, flüsterte sie.

Ihm wurde ganz heiß und er ließ nicht nach, während sie keuchte und stöhnte, ihr Körper zitterte und bebte, bis ihr

Höhepunkt ganz abgeklungen war. Seine Härte zuckte, und er konnte es kaum noch erwarten, in ihr zu sein. Sie erschlaffte in seinen Armen und rang nach Atem.

»Ich hab dich, Baby Girl.« Er küsste ihren Nacken und drückte ihre Beine mit den Knien breiter auseinander. »Hände aufs Bett.«

»*Diesel* …?« Nervös blickte sie über die Schulter und ihr Körper versteifte sich.

»Ich werde dich nicht von hinten nehmen. Aber ich werde dich so oft kommen lassen, dass du nicht mehr laufen kannst. Es sei denn, du willst aufhören.« Das wäre sein Ende gewesen, aber für sie wäre er ohne zu zögern in den Tod gegangen.

»Nein. Ich will nicht aufhören.«

Er küsste sie über die Schulter hinweg langsam und innig und spürte, wie ihre Anspannung langsam nachließ. Als sich ihre Lippen voneinander lösten, beugte sie sich vor und stützte sich mit den Händen auf dem Bett ab. Was für ein Anblick, die Frau, nach der es ihn schon so lange verlangte, als wäre sie eine Droge, weit gespreizt für ihn, ihr wunderbarer Hintern bereit, erobert zu werden, ihr sündiges Dreieck feucht glitzernd. Das Verlangen, in sie zu stoßen, war stark, aber der Wunsch, ihr Vergnügen zu bereiten, übertraf es bei Weitem. Er küsste sie entlang der Wirbelsäule, umfasste ihren Po mit beiden Händen, knabberte an ihrer Haut und küsste die perfekten blassen Pobacken. Nachdem er so lange gewartet hatte, sie zu schmecken, lief ihm beim himmlischen Duft ihrer Erregung das Wasser im Mund zusammen. Er drehte sie auf den Rücken, spreizte ihre Beine noch weiter und leckte sie. Ihre süße Essenz benetzte seine Zunge und sie zuckte unter ihm. Er wiederholte das Ganze, diesmal fester, und drückte die Zungenspitze in sie hinein, während er mit den Fingern ihre Klitoris liebkoste. Ihr

Stöhnen veranlasste ihn, schneller zu werden. Er brauchte mehr und leckte sie bis ganz nach hinten. Ihre Pobacken verkrampften sich.

»Gib dich mir hin, Baby Girl. Ich werde dir nicht wehtun.«

Sie krallte sich in die Bettdecke, als er leckte und neckte, bis sich ihr Körper entspannte und sie sich wieder stöhnend vor und zurück wiegte, nach mehr flehte. Plötzlich musste er unbedingt in ihr Gesicht sehen. Er zog sie gröber als geplant auf die Beine und küsste sie voller Leidenschaft. Sie erwiderte den Kuss, als wollte sie seinen Mund ganz verschlingen, und verflucht, das wollte er ebenfalls. Er ließ sie wieder aufs Bett sinken, zog ihr die Schuhe aus und warf sie auf den Boden. Dann platzierte er sich zwischen ihren Beinen. So auf den Knien war sein Ausblick trotz all der blauen Flecken einfach nur fantastisch, seine Süße willens und lüstern unter ihm, ihr Haar um ihr wunderschönes Gesicht aufgefächert. Aber es war das Vertrauen in ihren Augen, das ihn innerlich ganz weich und sein Glied noch härter werden ließ.

Er strich über ihre Feuchtigkeit, benetzte die Hand und rieb ein paarmal fest über seine Härte. »Du bist so verflucht sexy, Baby Girl.«

Sie wollte nach seiner Länge greifen, doch er nahm ihre Hand und drückte sie auf ihren Bauch, während er sich zwischen ihre Beine sinken ließ, ihre Klitoris zwischen die Zähne nahm und sie mit der Zunge neckte. Sie zuckte mit der Hüfte und berührte mit der freien Hand seinen Kopf. Er ergriff auch dieses Handgelenk und drückte es zum anderen auf ihrem Bauch. Dort hielt er beide mit einer Hand fest, während er sich an ihr labte. Er nahm und gab und nahm noch mehr, bis sie zuckte und stöhnte und seinen Namen rief, als sie kam. Der glorreiche Klang zerriss ihm das Herz.

Guter Gott, diese Frau würde noch seinen Untergang bedeuten.

Als ihr Höhepunkt verebbte und sie noch leicht keuchte und zitterte, zog er sich etwas nach oben, nahm ihren Nippel in den Mund und saugte, während er seine harte Länge an ihr rieb. Verdammt, fühlte sich das gut an. Wieder eroberte er ihren Mund, küsste sie wild und gierig, und sie erwiderte den Kuss ebenso feurig und krallte sich in seine Schultern. Er drückte ihre Hände neben ihren Kopf und berauschte sich an ihrem prächtigen Mund. Das Verlangen in ihm loderte weiter hoch und bahnte sich seinen Weg an die Oberfläche, bis er es nicht länger ertragen konnte. Er zog sich zurück und schwankte beinahe von den Emotionen, die in ihren Augen schwammen und den ganzen Raum ausfüllten, so maßlos, dass er darin hätte ertrinken können.

»Ich bin dran«, sagte sie so liebreizend, dass es ihm den Atem raubte.

Er wollte sich über sie schieben und ihrem Mund seine harte Pracht überlassen, aber sein Herz ließ es bei all den blauen Flecken auf ihrem Körper nicht zu. »So sehr ich diesen hübschen kleinen Mund auch erobern will, das wird warten müssen. Ich muss jetzt in dir sein.«

Ein verführerisches Lächeln umspielte ihre Lippen.

Er holte ein Kondom aus dem Nachttisch und riss es auf, während er sich auf die Knie erhob. Sie sah zu, wie er es aufrollte, und ihre sanften Rehaugen waren liebevoll und so wunderschön, dass er sich Zeit ließ, um den Anblick zu genießen. Sie griff nach ihm, als er sich auf sie legte. Sanft hielt er ihre Handgelenke neben ihrem Kopf fest, während er ihre Körper in die richtige Position brachte und sich an ihre heiße Öffnung presste.

»Warte«, flehte Tracey.

Er erstarrte und hoffte, dass sie ihre Meinung nicht geändert hatte.

»Ich will die Hände frei haben, um dich zu berühren.«

»Nein«, widersprach er grob. Er hatte sein Herz vor langer Zeit hinter einer Bleitür eingesperrt, es angekettet und den Schlüssel weggeworfen. Tracey wandte schon irgendeine Form von Magie auf das Schlüsselloch an. Er wollte seine Grenzen nicht auf die Probe stellen. Doch der Schmerz in ihren Augen hätte ihn beinahe umgestimmt. Er ließ den Kopf neben ihren sinken. »Das ist nicht deinetwegen, Baby Girl.«

»Weswegen dann?«

Er antwortete nicht, biss bloß die Zähne zusammen und wünschte, sie hätte die Sache einfach auf sich beruhen lassen. Aber er wusste, dass sie sich mit seinem Schweigen nicht abfinden würde.

»Ist meine Berührung zu intim?«, flüsterte sie an seiner Wange.

Er hob den Kopf. Ein Blick in ihre Augen genügte, um ihm die Wahrheit in Form eines Nickens zu entlocken.

»Ich will es intim«, sagte sie leise. »Ich will mich nicht wie eine Gefangene in deinem Bett fühlen. So habe ich mich mit Dennis gefühlt, und das will ich nie wieder empfinden.«

Erschüttert senkte er den Kopf. »Verflucht, Trace. Empfindest du das etwa so?«

»Du siehst mich nicht so an, als wäre es dir egal, und du hast mich auch nicht so angefasst. Aber das hier« – sie versuchte, die Handgelenke zu heben, die er gegen das Bett drückte – »fühlt sich kalt an. Ich meine, irgendwann wird es vermutlich sexy und heiß sein, aber das ist unser erstes Mal, und irgendwie kommt es mir so vor, als könnte ich irgendjemand sein, und ich will nicht nur irgendjemand für dich sein.«

Er ließ ihre Handgelenke los und war von sich selbst fast schon angewidert. »Wenn du einfach nur irgendjemand wärst, hätte ich dich vor einem Jahr genommen und wäre weitergezogen. Aber das habe ich nicht. Du liegst in meinem Bett. Die meisten Frauen schaffen es nicht mal weiter als bis zum Billardtisch.«

»Du hättest nach in meinem Bett aufhören sollen.« Sie klang ein bisschen böse und auch etwas verletzt, aber der Humor in ihren Augen machte das wieder wett.

Dann wandelte sich der Humor in etwas Sanfteres, Liebevolleres. Sie streckte die Hand nach oben aus und streichelte seine Wange. Ihre flehenden Augen hielten ihn gefangen, während sie mit den Fingern seinen Nacken und seine Schulter entlangfuhr, Empfindungen auslöste, die er nie gekannt hatte. Er musste sämtliche Selbstkontrolle aufbringen, um ihre Hand nicht wegzuschlagen.

»Ich weiß, dass du mit Dämonen zu kämpfen hast, und du musst sie nicht mit mir teilen«, meinte sie leise. »Aber sperr uns nicht in ein Verlies mit ihnen. Das würden wir nicht überleben. Ich musste dir vertrauen, damit du mich berühren durftest. Vielleicht kannst du auch versuchen, mir zu vertrauen, und wir überwinden unsere Dämonen gemeinsam.«

Der Schmerz in Diesels Augen kam so unerwartet, dass Tracey fast wünschte, sie hätte nichts gesagt. Sie spürte, wie sich seine Muskeln verkrampften, und stählte sich aus Angst, er würde gleich das Bett verlassen und der Sache ein Ende bereiten.

»Ich weiß nicht, ob sie überwunden werden können«, gab er heiser zu.

Etwas verriet ihr, dass sie hier eine Seite von ihm sah, die noch niemand sonst gesehen hatte, und dieses Vertrauen verstärkte ihre Bewunderung für ihn nur noch mehr. »Willst du es denn?«

»Für dich? Ja, und wie.«

»Dann wirst du es auch schaffen, davon bin ich überzeugt.« Er mochte nicht eloquent oder romantisch sein, aber wenn sie nur das gewollt hätte, wäre sie jetzt mit Damon zusammen. Nicht mit dem Mann, dessen Gefühle so real und mächtig wie die See waren. Sie drückte sich hoch und flüsterte: »Küss mich.«

Sein Mund legte sich auf ihren, grob und fordernd. Mit seinen großen Händen strich er über ihre Hüfte nach unten, hob ihren Po an und stieß zu, drang schnell und hart in sie ein. Für einen Augenblick konnte sie nicht atmen, so sehr überwältigten sie der Druck und die unbekannten Empfindungen, die sie erfüllten. Aber er hörte nicht auf, und es gefiel ihr, dass er sich nicht zurückhalten konnte, denn zum ersten Mal in ihrem Leben wollte sie es auch nicht tun. Sie zog die Knie an und spreizte die Beine weiter, während er mit jedem Stoß tiefer in sie eindrang. Seine pralle Härte dehnte, eroberte, erfüllte sie so vollständig, dass sie kaum noch denken konnte. Und sie wollte auch gar nicht denken, sie wollte nur noch fühlen. Sie schwelgte in seinem Gewicht, dem Donnern ihrer Herzen und diesem grandiosen Gefühl, dass er sie ganz und gar ausfüllte. Er hielt inne und legte die Arme um sie, küsste sie leidenschaftlich, und der Druck in ihr schwoll an, bis er angenehm schmerzhaft wurde.

Er löste die Lippen von ihren. »Verflucht, Trace ... *Verfluuuucht*«, stieß er hervor.

Glücklicherweise eroberte er sofort wieder ihren Mund, denn sie war so in diesem Gefühl gefangen, dass sie seinen Atem brauchte, um selbst atmen zu können. Gott, dieser Mann wusste, wie man einer Frau Lust bereitete. Jeder Stoß seiner Hüften sandte Schockwellen durch ihren Körper. Sie hing an seinen Armen, strich mit den Händen über seinen Körper, während sich seine Muskeln unter ihren Fingern wölbten. Sie umklammerte seinen Hintern, und verdammt, er war so unglaublich wie der Rest von ihm. Doch er zuckte zusammen. Sie gab ihm einen Klaps auf den Po, was ihn wieder zusammenzucken und den Kuss unterbrechen ließ.

»Was zum …?«

»Das ist wie ein Elektrohalsband. Ich will deinen Hintern anfassen. Und wenn du keinen Klaps willst, dann wehr dich gefälligst nicht gegen meine Berührungen.«

Damit eroberte er sie erneut, stieß sich härter und gieriger in sie hinein. Ihre Küsse wurden noch leidenschaftlicher, wilder. Schweiß sammelte sich auf ihrer Haut, und jedes Pumpen seiner Hüfte brachte sie dem Höhepunkt näher. Sie grub die Fingernägel in seine Arme, was ihr ein tiefes, sexy Knurren einbrachte, das in ihr vibrierte und ein Feuer unter ihrer Haut entzündete. Sie bewegten sich in perfektem Einklang, erschufen ihre eigene Symphonie aus Stöhnen und Seufzen. Ihre Körper glitten übereinander, und *Gott*, es war unglaublich. Sie hatte ja nie geahnt, dass Sex so sein konnte, so alles verzehrend, als wären sie eine Person.

Er verlangsamte das Tempo. Sie wimmerte, keuchte, klammerte sich verzweifelt an ihn, ihre Zurechnungsfähigkeit hing nur noch am seidenen Faden. Und dann plötzlich hob er ihren Po an, bewegte das Becken vor und katapultierte sie in die Ekstase. »Diesel!«, rief sie aus, während sie ein Feuerwerk durchlebte, heiß, glühend und explosiv kam. Sie konnte kaum noch etwas sehen, aber bei Gott, sie konnte spüren, wie er sämtliche Hemmungen fallen ließ und sich seiner eigenen mächtigen Erlösung hingab, bei der er ihren Namen schrie.

Als sie langsam wieder zur Ruhe kamen, hatte sie das Gefühl zu schweben. In ihrem Kopf drehte sich alles. Er nahm ihre Hände, drückte sie auf die Matratze und küsste sie lange und sinnlich.

Er verschränkte die Finger mit ihren und fuhr zärtlich mit den Lippen über ihre Wange. »Wenn du mir noch einmal auf den Hintern haust, muss ich dich bestrafen«, flüsterte er.

Sie lachte leise auf.

Strahlend sah er auf sie hinunter. Grundgütiger! Diesel war so schon attraktiv, aber dieses Lächeln verursachte, dass sogar *sie* von innen strahlte. Okay, vielleicht kam das auch von seiner Härte, die noch immer in ihr zuckte, aber Gott, dieses Lächeln war einfach glorreich.

Und es verschwand so schnell, wie es gekommen war.

Seine Muskeln spannten sich an, und er stützte sich mit den Oberarmen ab und sah ihr ins Gesicht. Traceys Nerven gingen mit ihr durch, als er das Bett verließ und auf das Badezimmer zuhielt, ohne ein einziges Wort zu sagen. War das seine Art, ihr klarzumachen, dass er fertig war? Sollte sie sich anziehen? Gehen? Ihr drehte sich der Magen um und sie zog sich die Bettdecke bis über die Brust. An der Tür zum Bad blieb er stehen, und sie hielt den Atem an, als er über die Schulter blickte.

»Denk nicht mal daran, dieses Bett zu verlassen, Baby Girl.« Er zwinkerte ihr zu und verschwand im Bad.

Die Luft verließ ihre Lunge, und ein unaufhaltsames Lächeln erblühte auf ihrem Gesicht. Sie legte eine Hand über ihr rasendes Herz und ermahnte sich zur Sicherheit, sich an die epischen Höhen und herzzerreißenden Unsicherheiten im Umgang mit Diesel Black zu gewöhnen. Sie hatte hier ganz klar zwei Optionen: Entweder sie ließ alles, was er war, hinter sich, oder sie hob die Arme und ließ sich einfach mitreißen.

Bei dem Gedanken, sich einem Mann, ganz zu schweigen einem wie Diesel, so völlig hinzugeben, musste sie schwer schlucken. Aber sie wollte das, was sie beide endlich gefunden hatten, nicht aufgeben.

Als er das Bad wieder verließ, waren seine dunklen, raubtierhaften Augen direkt auf sie fokussiert. Er kam auf das Bett zu und seine prachtvolle Länge schwankte zwischen seinen muskulösen Schenkeln. Er riss die Bettdecke zurück und ihr blieb beinahe das Herz stehen, als sein Blick langsam und lasziv über ihren Körper wanderte. Ihr wurde ganz heiß.

»*Mm-mm.*« Er stieg über sie und presste den härter werdenden Schaft gegen ihren Bauch. »Endlich gehörst du mir.«

»Du besitzt mich nicht.«

Sein Kiefer verkrampfte sich. »In der Minute, in der du mit deinem perfekten kleinen Hintern in dieses Clubhaus gekommen bist, um mit mir abzurechnen, und ich dich mit in mein Bett genommen habe, bist du meine Frau geworden. Ich besitze dich nicht, aber ich werde dich ganz bestimmt nicht teilen.«

Sie hatte falsch damit gelegen, dass es nur zwei Optionen gab. Es gab noch eine dritte. Eine bessere. Das hier war ihre gemeinsame Achterbahn, und ihre Stimme musste ebenso viel Gewicht haben wie seine, wenn sie durch die Höhen und Tiefen hinweg in der Spur bleiben wollten. »Das gilt wohl für beide Seiten, du Brummbär.«

»Da liegst du richtig.«

Sie schlang die Arme um seinen Hals und Glückseligkeit

sprudelte in ihr hoch. Als er die Lippen hungrig auf ihre presste, knurrte er wieder einmal, und ihr wurde klar, woher dieses Geräusch kam – aus diesem großen Herzen, das er mit allem schützte, was er hatte.

Keine Sorge, mein Brummbär, ich werde es auch beschützen.

Neun

Diesel erwachte und spürte Traceys nackten Körper in seinen Armen, ihre Haare, die sein Kinn kitzelten, und ihren Atem, der seine Brust wärmte. Ihre Hand lag auf seinem Bauch, zart und blass im Gegensatz zu seinem Olivteint. Er hatte gewusst, dass der Sex mit Tracey heiß werden würde, aber niemals hätte er sich etwas so Machtvolles vorstellen können wie die Empfindungen, die ihn überrollt hatten, als sich ihre Körper vereinten. Zum ersten Mal, seit er das, was man Zuhause nennen konnte, zurückgelassen hatte, überkam ihn der Eindruck, endlich genau da zu sein, wo er immer hatte sein sollen. Dieses Gefühl war die ganze Nacht über geblieben, hatte sich mit jedem Kuss, jeder Berührung verstärkt. Und jetzt, wo er mit ihr in seinen Armen aufwachte, fühlte sich alles so verdammt richtig an, dass er sich am liebsten nie mehr vom Fleck rühren wollte. Der Nomad in ihm wehrte sich, wollte auf sein Bike steigen und so schnell und so weit wegfahren, wie es nur ging. Aber er sperrte diesen Quälgeist aus und hielt Tracey stattdessen nur umso fester.

Sie regte sich in seinen Armen, und er drückte ihr einen Kuss auf die Stirn. Als sie den Kopf hob, ließ ein Blick aus ihren wunderschönen Augen Hitze in ihm aufwallen.

»Hi«, begrüßte sie ihn leise und zog sich die Bettdecke über den entblößten Po.

Erneut küsste er ihre Stirn. »An diesem nackten Hintern habe ich letzte Nacht geknabbert. Den wirst du jetzt nicht vor mir verstecken.« Er schlug die Bettdecke zurück und stieg über sie. Das plötzliche Erröten ihrer Wangen rührte ihn so, dass er einen Kuss darauf drückte. »Warum wirst du rot?«

»Weil ich es nicht gewohnt bin, mit dem Mann nackt aufzuwachen, in den ich verschossen bin.«

Er küsste ihren Nacken. »Du bist in mich verschossen, Süße?«

»Halt die Klappe.« Sie rümpfte die Nase. »Ich kann einfach nicht glauben, dass ich hier bin«, flüsterte sie.

»Warum nicht?«

»Wegen deiner ganzen Bettgeschichten. Ich hätte nie gedacht, dass ich mal als eins deiner Betthäschen ende.«

»Da gab es weit weniger Frauen, als du denkst.«

»Ach, bitte. Ich sehe dich doch ständig die Bar mit einer Frau verlassen. Du musst gar nicht so tun. Aber mach das jetzt, wo wir zusammen sind, bitte nicht mehr, sonst hast du mich nie wieder in deinem Bett.«

Er liebte ihr Selbstbewusstsein, aber er musste die Sache schon noch klarstellen. »Du glaubst, ich hätte mit all diesen Frauen geschlafen?«

Sie zuckte mit den Achseln und sah dabei verletzlich und zuckersüß aus.

»Ich bin kein Arschloch, Trace. Ich nutze keine betrunkenen Frauen aus. Die meisten habe ich nach Hause gefahren, und ja, mit ein paar der Nüchternen hatte ich Sex. Das war schnell und schmutzig, meistens noch halb bekleidet, und sie wussten vorher, dass nicht mehr daraus werden würde.«

»Und wie viele von denen sind in deinen Armen aufgewacht?« Sie wandte den Kopf ab und schloss die Augen. »Sag es mir nicht. Ich will es gar nicht wissen. Ich finde es schrecklich, so eifersüchtig zu klingen. Entschuldige, dass ich gefragt habe.«

»Baby Girl, seit ich dich kenne, weiß ich erst, was Eifersucht ist.« Er küsste ihre Wangen und sie öffnete die Augen und strahlte ihn an.

»Das ist ja mal eine Ansage.« Sie lachte leise auf.

»Es gibt nur eine Frau, die je in meinem Bett oder in meinen Armen aufgewacht ist, und die schaue ich gerade an.«

Sie verdrehte die Augen. »Diesel, ich bitte dich.«

»Jetzt zweifle nicht an meinen Worten, Kratzbürste. Vielleicht gefällt dir nicht immer, was ich zu sagen habe, aber ich respektiere dich viel zu sehr, um dich anzulügen. Du weißt, dass ich ungern Nähe zulasse. Glaubst du wirklich, ich würde eine Frau, die mir nicht wichtig ist, die ganze Nacht in meinem Bett schlafen lassen?«

Sie schüttelte den Kopf und grinste, als hätte sie soeben den Hauptpreis gewonnen. »Du hast mich neben dir schlafen lassen in der Nacht, in der ich angegriffen wurde.«

»Verdammt richtig. Verrät dir das nicht etwas?«

»Ja. Das verrät mir eine Menge. Aber das hier verrät mir noch mehr.« Sie reckte die Arme nach oben, als wollte sie ihn umarmen, aber dann legte sie ihm stattdessen die Hände auf die Wangen.

Sein Kiefer verkrampfte sich und er kämpfte mit allem, was er hatte, gegen den Instinkt an, zurückzuweichen. Ihre Berührung wollte er, sehnte sich danach, und er wusste, diese Frau war es wert. Er streifte mit seinen Lippen über ihre, biss dann in ihre Unterlippe und zupfte gar nicht mal so zärtlich daran.

»Gut. Und jetzt hör auf, andere Frauen mit in dieses Bett zu nehmen, und lass mich dir zeigen, wie sehr ich dich will, bevor wir zur Arbeit müssen.«

Während er sich mit seinen Küssen den Weg ihren Hals entlang nach unten bahnte, erwiderte sie: »Ich muss erst um achtzehn Uhr dort sein, und deine Schicht fängt auch erst eine Stunde früher an.«

»Ganz genau.« Als er mit den Zähnen über ihre Brustwarze fuhr, krümmte sie sich unter ihm und sog scharf die Luft ein. »Wenn ich von achtzehn Uhr bis Mitternacht die Hände von dir lassen muss, werde ich Reserven brauchen.«

»Dann hör auf zu reden und leg los.« Sie kicherte und er sog an ihrer Knospe, sodass sich der süße Klang ihres Lachens in sündiges Stöhnen und verführerisches Flehen verwandelte, von dem er wusste, dass er es noch im Schlaf hören würde.

»Dir ist schon klar, dass du es so richtig vermasselt und dir Tracey durch die Lappen gehen lassen hast?« Es war beinahe achtzehn Uhr, und Izzy ging auf Diesel los, seitdem er bei der Arbeit war. »Sie ist gestern Abend mit Dr. Rhys ausgegangen und war noch nicht wieder zu Hause, als ich heute Morgen zur Arbeit gegangen bin.«

»Tatsächlich?«, kommentierte er entspannt und grinste innerlich, während er ein Getränk für einen Gast einschenkte. Der verfluchte Rhys konnte ihm nicht das Wasser reichen.

»Ja. Sie stand auf dich, aber du hast es versaut.« Sie räumte leere Gläser weg. »Ich weiß nicht, was mit Kerlen wie euch nicht stimmt, dass ihr immer die besten Frauen überseht und die vulgären mit nach Hause nehmt. Rhys erkennt etwas Gutes, wenn er es sieht, und er weiß, wie man eine Frau behandelt. Er hat Tracey in die Nova Lounge ausgeführt. Und sie hat heiß ausgesehen in ihrem kurzen schwarzen Kleid.«

Das Kleid, das gerissen ist, als ich es ihr ausgezogen habe? »Wirklich?«

Die Tür zur Bar öffnete sich, und Tracey kam mit Moon herein. Diesel zwinkerte ihr zu und sie bekam rote Wangen. Sie war schon eine Augenweide in ihrem schwarz-weißen Minirock mit Blümchenmuster, einem an der Taille zusammengebundenen schwarzen »Whiskey Bro's«-Tanktop und schwarzen knöchelhohen Turnschuhen. Er sah ihren hübschen kleinen Hintern wippen, während sie und Moon nach hinten gingen, um einzustempeln. Sie würde ihn absichtlich in den Wahnsinn treiben, das war ihm völlig klar.

»Hast du ihr Lächeln gesehen?«, fuhr Izzy fort. »So sieht eine Frau aus, die richtig guten Sex hatte. Deine Frauen können das am nächsten Morgen bestimmt nicht von sich behaupten.«

Für mich gibt es nur eine Frau und sie glüht heller als die Sterne. Tracey und er hatten es den ganzen Tag wie die Karnickel getrieben und nur eine Pause eingelegt, um etwas zu essen, damit sie genug Energie hatten, um weiterzumachen. Er biss die Zähne zusammen, um sich das prahlende Grinsen zu verkneifen. Als er nicht reagierte, wandte sich Izzy wieder der Arbeit zu und plauderte über die Kandidatin, die Dixie für ein zweites Bewerbungsgespräch für die Stelle als Kellnerin hatte kommen lassen und die im Augenblick im Büro saß.

Ein paar Minuten später verließen Tracey und Moon das Hinterzimmer und traten an die Bar. Diesel erinnerte sich deutlich daran, wie gut sie geschmeckt und sich angefühlt hatte. Mit jedem Schritt von ihr erhitzte sich sein Körper mehr.

»Komm doch mal her, Tracey«, verlangte Izzy. »Eine Textnachricht, in der *Wir reden später* steht, zieht hier nicht. Ich will

Details.«

Tracey schaute zu Diesel, der an Izzys Ende des Bartresens trat, die Unterarme darauf abstützte und knurrte: »Schleif deinen Knackarsch hier rüber, Baby Girl.«

»*Baby Girl?*« Izzy wechselte einen neugierigen Blick mit Moon, während Tracey glücklich grinsend zu Diesel schlenderte.

Trotzig reckte Tracey das Kinn in die Luft. »Redest du mit mir, Bleifrei?«

Verdammt, er liebte ihre rotzfreche Art. Er beugte sich über den Tresen, griff nach ihrem Shirt, hob sie hoch und küsste sie tief und leidenschaftlich. Es fühlte sich fantastisch an, sie zu küssen, wann immer er wollte, und er musste stark mit sich ringen, um sie wieder abzusetzen und es nicht gleich noch mal zu tun. »Die roten Wangen sehen heiß an dir aus, Baby.«

Tracey kaute auf der Unterlippe herum, konnte dabei aber nicht das sexy Lächeln bezwingen, als sich Dixie und die Brünette mittleren Alters, mit der sie das Bewerbungsgespräch geführt hatte, mit schockiertem Gesichtsausdruck näherten.

»Was zum Teufel ist hier gerade abgegangen?«, fragte Izzy mit großen Augen.

»Ist das nicht offensichtlich?«, erwiderte Diesel.

»Gehören Küsse von der Art hier zu den Betriebsleistungen?«, fragte die Brünette. »Falls ja, bin ich dabei und kann sofort anfangen.«

Die Frauen lachten.

»Nein, Küsse sind nicht inklusive.« Beschwörend sah Dixie Diesel an.

Er hob das Kinn. »Tracey gehört jetzt zu mir.« Sie für sich zu beanspruchen war so befreiend wie seine Motorradfahrten.

Tracey lief puterrot an, aber die Glückseligkeit in ihren

Augen war deutlich zu sehen.

»Wurde verdammt noch mal Zeit, dass du zu Sinnen kommst.« Dixie lächelte beifällig.

»Moment mal!« Izzy guckte Tracey an. »Du hast ein Date mit dem heißen Arzt und verbringst die Nacht mit Diesel? Du kleines Luder. Ich bin ja so stolz auf dich.«

Diesel starrte Izzy böse an.

»Musst du das so ausdrücken? Mit Damon lief rein gar nichts.« Tracey warf Diesel einen flirtenden Blick zu. »Wie könnte ich auch, wo mich Bleifrei doch so gefesselt hat?«

»Oh, Mr. Wortkarg steht auf Fesselspielchen?«, neckte Izzy.

Die Brünette und Moon lachten.

Dixie riss die Hände hoch. »Okay, das genügt, Leute. Unsere neue Kellnerin kündigt sonst noch, bevor sie überhaupt angefangen hat.«

»Auf keinen Fall«, meinte die Brünette. »Ihr seid ein lustiger Haufen. Ich glaube, es wird mir hier gefallen.«

»Das hoffen wir doch.« Dixie sah sie alle ernst an. »Leute, das ist Dana Everton. Sie fängt am Montag an. Dana, das sind Diesel Black, Izzy Ryder, Jed Moon und Tracey Kline.«

Alle begrüßten sie.

»Falls du irgendwelche Probleme mit Gästen hast, gib Diesel oder Jed Bescheid und die kümmern sich darum«, erklärte Dixie.

»Ich habe drei Fußball spielende Jungs großgezogen, die nur Schabernack treiben, und einen fremdgehenden Ehemann rausgeworfen, da sollte ich hier wohl klarkommen«, versicherte Dana ihr.

Während Tracey mit Dixie und Dana plauderte, stempelte sich Izzy aus und Diesel bediente einen Gast.

Moon trat hinter den Tresen, um seine Schicht zu starten.

»Ich gehe mal davon aus, dass ich die Überwachung von Traceys Haus beenden kann?«

Diesel nickte zustimmend.

»Wie ist das denn passiert, Mann? Ich dachte, du wärst raus, weil du doch bald die Stadt verlässt. Bedeutet das, dass du bleibst?«

Darauf wusste Diesel keine Antwort, und da der Ansturm eines typischen Freitagabends begann, hatte er auch keine Zeit, sich eine zu überlegen. Was bedeutete, es würde weiß Gott wie lange weiter an ihm nagen. Er zeigte auf zwei Männer am anderen Ende des Bartresens. »Du hast Gäste.«

»Ja, schon gut, aber nur fürs Protokoll, ich hoffe, du bleibst. Ich hab mich an deine raue Art gewöhnt.«

Diesel sah über den Raum hinweg zu Tracey, die mit einer Männergruppe redete, von denen drei sie deutlich abcheckten. Die Eifersucht nagte an ihm wie ein tollwütiges Tier. Aber zu wissen, dass sie ihm gehörte, besänftigte ihn etwas. Trotzdem wäre er gern da rübergegangen und hätte seine Ansprüche klargestellt. Nie hätte er gedacht, er würde noch mal jemanden für sich haben wollen, nachdem ihn die Frau, mit der er zwei Jahre zusammen gewesen war und der er seine tiefsten Gefühle anvertraut hatte, so verraten hatte. Aber ja, am liebsten hätte er von jedem Dach gerufen, dass Tracey die Seine war.

Im Verlauf des Abends neckte Tracey ihn bei jeder sich bietenden Gelegenheit. Sie stolzierte in diesem scharfen Rock herum und warf ihm heißblütige Blicke zu. Er musste sich stark zusammenreißen, um sie nicht ins Hinterzimmer zu zerren und sich mit ihr zu vergnügen.

Es war bereits kurz vor Barschluss und er bereitete gerade ein Getränk für einen Gast zu, als sie zum Tresen kam. Er reichte dem Gast den Drink und trat ans andere Ende des

Tresens, wo Tracey auf ihn wartete.

»Siehst du den Tisch mit den Frauen, die hier rüberschauen?« Sie deutete auf den hinteren Barbereich, von dem aus drei attraktive Frauen sie beobachteten. »Sie finden dich heiß. Wollten wissen, ob du Single bist.« Sie senkte die Stimme. »Ich glaube, ich weiß jetzt, wie du dich fühlst, wenn Kerle mich angraben. Daher hab ich ihnen erzählt, dass du verheiratet bist … mit einem Mann.«

»Was?«

Sie lachte. »Ich mach nur Witze.«

Er sah zu den Frauen hinüber und hob das Kinn in Anerkennung ihres Interesses. Ihr Lächeln wurde breiter.

Tracey schmollte, als er hinter dem Tresen hervortrat. »Würde ich das machen, wärst du angepisst.«

Er nahm sie in die Arme und küsste sie. »Lass diesen Blödsinn ab jetzt bitte. Ich hab gesagt, dass ich dir gehöre. Glaub mir ruhig.«

»Was für eine Show. Du kannst mich so doch nicht vor den Gästen küssen.«

»Na, und ob.« Er schaute Dixie an, die nur kicherte.

»Ich werde vielleicht nicht gefeuert, aber mein Trinkgeld geht dadurch den Bach runter.«

Er beugte sich vor und flüsterte ihr ins Ohr: »Heute Nacht werde ich dich so verwöhnen, dass du keinen Gedanken mehr an dein Trinkgeld verschwenden wirst.« Er hielt sie dicht an sich gedrückt und war ganz erregt von der Vorstellung.

»Wie soll ich denn den Rest meiner Schicht durchstehen, wenn ich das die ganze Zeit im Kopf habe?«

»Genau wie ich es tun muss, während ich mir dich auf diesem Tresen vorstelle, deinen Rock bis zu den Oberschenkeln hochgeschoben und meinen Mund zwischen deinen Beinen.« Er kniff ihr in den Hintern. »Musst du nicht eine Bestellung aufgeben, Süße?«

Sie blinzelte mehrmals und ihre Wangen waren von roten Flecken übersät. »Äh, ja. Zwei Flaschen Coors und ein trockenes Höschen, bitte.«

Die Vorstellung von dem, was er beschrieben hatte, brannte sich ihm den Rest des Abends ein. Als sie endlich die Bar abschlossen und Dixie und Moon hinausgingen, konnte und wollte Diesel sich nicht mehr zurückhalten. Er verriegelte gerade die Vordertür, als Tracey mit ihrer Handtasche aus dem Hinterzimmer kam.

»Wo willst du denn hin?« Er trat dicht zu ihr.

Sie zuckte mit einer Schulter. »Nach Hause? Ich war mir nicht sicher, ob du mich heute Nacht wirklich sehen willst oder ob du nur herumgealbert hast.«

»Du weißt sehr gut, dass ich dich jede Nacht in meinem Bett will.«

Sie riss die Augen auf. »*Jede* Nacht?«

»Ja, verflucht, und am Sonntag fährst du mit mir Motorrad.«

Sie legte ihre Handtasche auf dem Bartresen ab, steckte einen Finger in seine Gürtelschlaufe und blickte verführerisch zu ihm auf. »Eine Frau möchte gern gefragt werden, ob sie Zeit hat, anstatt Anweisungen zu bekommen.«

Er hob sie hoch, setzte sie auf den Tresen und wanderte mit den Händen über ihre Schenkel. »Das ist meine Art zu fragen.« Mit dem Daumen strich er zwischen ihren Beinen entlang, spielte durch das Höschen mit ihr und drückte den Mund auf ihren Hals.

Ein Seufzen entwich ihren Lippen. »Mmh. Deine Art zu fragen gefällt mir. Vielleicht habe ich ja Zeit für eine Ausfahrt am Sonntag, aber was das Schlafarrangement angeht, müssen wir erst noch miteinander reden. Ich möchte vielleicht auch ein paar Nächte in meinem eigenen Bett verbringen.«

Er biss ihr in die Schulter, gerade heftig genug, um für einen überraschten Ausruf zu sorgen. »Dann werde ich auch in deinem Bett sein.«

Sie strich mit den Fingern über seine Brust nach unten. »Das ist aber ziemlich anmaßend von dir.«

»Verdammt richtig.« Er schob seine Daumen in ihren Slip, mit einem spielte er an ihrer feuchten Öffnung, mit dem anderen an ihrer Klitoris. Ihre Augenlider flatterten und schlossen sich. »Hast du damit ein Problem?«

»Nein«, keuchte sie, als er zwei Finger in ihre heiße Öffnung hineinschob. »Oh Gott.« Sie packte sein Shirt und sah nervös zur Tür.

»Ist abgeschlossen.«

»Und was ist, wenn Dixie oder Moon zurückkommen?«

»Werden sie nicht.«

Er küsste weiter ihren Hals, was ihm ein lüsternes Seufzen nach dem anderen einbrachte.

Tracey legte ihre Hand flach auf seine Brust und drückte ihn nach hinten. »Moment. Jetzt bin ich dran, dir etwas Gutes zu tun.«

Sie rutschte herunter, nahm seine Hand, führte ihn hinter den Tresen und drückte ihn mit dem Rücken dagegen. »So sind wir abgeschirmt.« Sie öffnete den Knopf seiner Jeans.

Verflucht. Ja!

Ihre Augen blieben die ganze Zeit auf ihn gerichtet, als sie seine Jeans über seine Schenkel nach unten zog und seine Erektion befreite. Sie umschlang sein Glied mit der Faust und leckte sich die Lippen. Bei allen Heiligen, nie hatte er sie so sehr gewollt wie in diesem Augenblick. Er griff in ihre Haare und zerrte sie zu sich für einen rauen, fordernden Kuss. Es verlangte ihn nach der Verbindung zu ihr, nach ihrem Geschmack, bevor sie ihn schmecken würde. Sie küsste ihn hungrig und streichelte dabei seine Härte. Er wollte nicht mit dem Küssen aufhören, aber er hatte sich bereits viel zu lange vorgestellt, in ihrem Mund zu kommen, dass er es jetzt tun musste, bevor sie es noch mit der Hand schaffte.

Er zog sie an den Haaren und unterbrach ihren Kuss. »Ich liebe es, dich zu küssen, aber ich brauche jetzt da unten deinen Mund.«

Ihr Lächeln verstärkte das Feuer in ihren Augen und – Himmel! – das bewirkte etwas tief in ihm. Noch einmal eroberte er ihren Mund, wild und besitzergreifend, wie er es gleich auch mit seiner Erektion tun wollte. Dann strich er mit den Lippen zart über ihre. »Davon träume ich schon so lange. Und keine Sorge, ich bin sauber. Ich habe nie ungeschützten Sex.«

»Du hast mich ganz und gar gehabt. Jetzt will ich dich auch so.«

Ihre Worte trafen ihn an seiner empfindlichsten Stelle und blühten auf, während sie in die Knie ging, ihn vom Schaft bis zur Spitze ableckte und auf der breiten Eichel verweilte. Sie kreiste mit der Zunge darüber, trieb ihn fast in den Wahnsinn. »Sieh mich an.« Er umklammerte ihre Haare fester. Ihr Blick wanderte kurz nach oben zu ihm. »Nimm ihn dir, Süße.«

Gierig nahm sie ihn in den Mund. Er ließ eine Hand an ihre Wange gleiten, während er zusah, wie sein Glied wieder und wieder über ihre geschwollenen Lippen glitt. »So verflucht wunderschön.«

Mit einer Hand umfasste sie seinen Schaft, während sie

streichelte und saugte, und entlockte ihm ein tiefes, kehliges Stöhnen. Sein Kinn sank ihm auf die Brust, sein Blick verschmolz mit ihrem, während sie ihn mit Hand und Mund bearbeitete, immer wieder langsam die Spitze neckte, ihn bis kurz vor die Erlösung brachte. Er vergrub beide Hände in ihren Haaren, bewegte das Becken vor und zurück, passte sich ihrem Rhythmus an, drang tiefer in ihren Mund ein, stieß immer schneller zu. Sein Körper verlangte nach Erlösung. Hitze schoss sein Rückgrat nach unten und seine Hüften zuckten wie von selbst nach vorn, als er endlich kam.

»Verflucht, Baby Girl …« Sein Höhepunkt jagte durch ihn hindurch. Er klammerte sich in ihr Haar, wiegte das Becken, seufzte vor betäubendem Vergnügen. Sie blieb, wo sie war, nahm alles, was er zu geben hatte, bis die Nachbeben verhallten. Als sie ihn aus dem Mund gleiten ließ, glitzerten ihre geschwollenen Lippen. Sie küsste ihn direkt über seiner Länge. Der Schmerz der Vergangenheit verschmolz mit Traceys Lust.

Er zog sie auf die Beine und die Wahrheit strömte aus ihm heraus. »Du machst mich fertig, Baby Girl.«

»Das will ich aber nicht«, entgegnete sie leise. »Ich will dich wieder ganz machen.«

Die Welt schien zum Stillstand zu kommen. Wie konnten zwei so kurze Sätze ihn bis ins Mark erschüttern?

Er war nicht bereit, irgendetwas davon zu analysieren, also warf er es auf den Berg der anderen Dinge, über die er gerade nicht nachdenken wollte. »Und ich will, dass du kommst«, erklärte er.

Diesel drückte den Mund auf ihren, drängend und rau, versuchte, dem Berg zu entkommen, der über ihm aufragte. Er hob sie auf den Tresen und riss ihr den Slip herunter, während sie sich küssten. Dann zog er ihr Shirt und BH aus, und wieder überprüfte sie die Tür. »Keine falsche Scheu, Baby Girl.«

Er zog sie an die Kante des Tresens. Sein Blick wanderte über ihre sich hebenden und senkenden Brüste hinunter zu ihrer feuchten Mitte. Als er ihre Finger in den Mund nahm und daran saugte, hörte er ihr kurzes Aufseufzen. Während er an ihren Fingern saugte, streichelte sie mit der anderen Hand seinen Schaft. Als er ihre Hand zu ihrer Klitoris führte, erstarrte sie. »Tu es für mich, Baby Girl.«

Zögerlich bewegte sie die Finger, während er die Hände auf ihre Oberschenkel legte und ihre Beine auseinanderdrückte. »Gott, ich könnte schon allein davon kommen, dich dabei zu beobachten.«

»Ich könnte auch kommen, wenn ich dir zusehe«, sagte sie mit zittriger Stimme.

Mein Gott. Sie war seine zum Leben erwachte Fantasie. »Und eines Tages wirst du das auch, aber zuerst wirst du an meinem Mund kommen.« Er umfasste ihren Kiefer, fuhr mit dem Daumen über ihre Unterlippe. »Sag mir, dass du das willst.«

»Mehr als du ahnst.«

Ihr sündiges und gleichzeitig schüchternes Flüstern war so verdammt heiß. »So gefällst du mir.« Er zog seine Brieftasche aus der Hose und warf ein Kondom sowie die Brieftasche auf den Tresen. »Dann werde ich dich nehmen, damit du jedes Mal, wenn du in die Bar kommst, nur daran denken kannst, wie mein Gesicht zwischen deinen Beinen lag oder mein Schwanz tief in dir vergraben war.«

Sie atmete scharf aus und bewegte die Finger schneller über die Klitoris. Er presste die Lippen zwischen ihre Beine und erfüllte sein Versprechen. Nachdem sie gekommen war, klammerte sie sich zitternd an den Rand des Tresens und versuchte, wieder zu Atem zu kommen, während er sich das Kondom überstreifte.

»Mach schnell«, keuchte sie.

Er hob sie hoch, drückte ihre Beine um sich und küsste sie leidenschaftlich und innig. Sie konnte nicht ahnen, dass er noch keine so geküsst hatte oder so begehrt hatte wie sie. Aber er wusste es, und dieses Wissen kletterte bis auf den Gipfel dieses über ihm aufragenden Bergs, während sie nach unten glitt und er sich tief in sie hineinstieß. Sie wimmerte leise in ihren Kuss hinein, und er lehnte sich nach hinten. »Zu hart?«

»Nein. Ich wusste nur nicht, dass es so gut sein kann.«

Ich auch nicht, wäre ihm beinahe über die Lippen gekommen, aber er schluckte die Worte herunter und küsste sie. Sie wurden wilder, krallten sich aneinander fest, stießen, bohrten die Fingernägel in die Haut des anderen, bissen einander. Sie befanden sich in einem von ihnen selbst erzeugten Sturm, wurden von fast schon zu starker Lust herumgeschleudert, einem Verlangen, das zu tiefschürfend war, um es zurückzuhalten. Und dann toste ihr gemeinsamer Orgasmus durch ihre Körper, brach über sie herein. Sie schrien beide auf, ihre Stimmen hallten von den Wänden wider, und jeder Stoß nahm ihm ein Stück von sich und gab es ihr. Es brachte nichts, dagegen anzukämpfen.

Es gab kein Entrinnen vor *Tracey und Diesel*.

Sie genossen den Höhepunkt ihrer Leidenschaft, und als sie endlich widerstrebend in die Realität zurückkehrten, erschlaffte Tracey in seinen Armen und vergrub das Gesicht mit zufriedenem Seufzen an seinem Hals. Er lehnte sich gegen den Tresen, um seine zitternden Beine zu stützen, und war noch immer tief in ihr. Hitze pulsierte in der Luft um sie herum, ihre Herzen rasten, und er hatte das Gefühl, zu schweben und wiedergeboren worden zu sein. Er wusste nicht, was zum Teufel hier vor sich ging, aber eins war sicher: Die Macht, die sich aus ihnen beiden ergab, überwältigte ihn. Er musste alles aufbringen, um diese Gefühle auf den aufragenden Berg zu werfen, und betete, dass er nicht einstürzen würde.

Oder vielleicht hoffte er sogar darauf?

Auch das wusste er nicht.

Er wusste nur, wann immer Tracey in seinen Armen lag, gab es keinen Ort, an dem er lieber gewesen wäre.

Zehn

Spät am Sonntagmorgen wühlte sich Tracey durch ihre Klamotten, auf der Suche nach einem Outfit für ihren Motorradtrip mit Diesel. Sie zog ein T-Shirt und Jeans an und wollte sich gerade aufs Bett setzen, um ihre Sneakers überzustreifen, als ihr Handy klingelte und Josies Name auf dem Display erschien. *Verflixt.* Diesel würde jede Minute hier sein. Aber sie hatten sich gestern den gesamten Tag über vergeblich gegenseitig zu erreichen versucht, und sie wollte ihre Aufregung mit Josie teilen.

Sie setzte sich und klemmte sich das Handy ans Ohr. »Hey. Tut mir leid, dass ich vergessen habe, dich zurückzurufen. Ich hatte gestern meinen Kurs bei Lior, und wir haben dann noch über den Angriff geredet und alles, was seitdem passiert ist, und dann hatte ich eine Acht-Stunden-Schicht und …«

»Dann hast du mit Diesel Matratzensport betrieben?«, neckte Josie sie.

Lachend gelang es Tracey, sich die Schnürsenkel zuzubinden. »So ungefähr.«

»Gut so! Bitte sag mir, dass er es wert ist, deine beste Freundin zu vernachlässigen.«

»Ist er definitiv, aber es tut mir trotzdem leid.«

»Muss es nicht. Ich versteh das. Aber ich will sämtliche schmutzigen Details. In einer Minute gehst du mit Dr. Rhys aus, in der nächsten erzählt mir Jed, dass Diesel dich geküsst hat und ihr zwei ein Paar seid! Was geht da ab? Wie ist es dazu gekommen?«

»Ich weiß es nicht«, gestand Tracey leicht aufgedreht. »Ich bin mit Damon ausgegangen, und er war witzig und charmant. Du weißt ja, wie er ist.«

»Ich weiß, dass er einer der begehrtesten Junggesellen von Peaceful Harbor ist und Diesel kaum einen vernünftigen Satz auf die Reihe bekommt, aber red ruhig weiter.«

»Ich hatte einen tollen Abend mit Damon, aber es ist irgendwie kein Funke übergesprungen, und ich konnte nicht aufhören, an Diesel zu denken.«

»So was passiert einer Frau, die fast zwei Jahre lang einen Kerl anschmachtet.«

Tracey ließ sich nach hinten aufs Bett sinken. »Das spielt sicherlich eine Rolle, aber ich glaube, die Nacht, in der er sich um mich gekümmert hat, war der Anfang einer Veränderung zwischen uns. Er war so sanft und liebevoll, dass ich mir seiner Empathie und seines Mitgefühls jetzt so sicher bin.« Sie erzählte Josie von einigen ihrer ruhigeren, intimeren Momente. »Es fühlt sich so an, als bekäme ich immer wieder kurze Einblicke hinter seinen Panzer, und ich weiß, dass da noch viel mehr ist. Aber um ehrlich zu sein, bin ich nach meinem Date mit Damon ins Clubhaus gegangen, um Diesel die Meinung zu geigen, und ich weiß nicht, was dann passiert ist. In der Sekunde, in der ich ihn sah, hatte ich Schmetterlinge im Bauch und eine Gänsehaut, und ich wollte ihn so unbedingt wie nie etwas anderes zuvor. Ich habe ihn angebrüllt, wir haben hin und her diskutiert und irgendwie bin ich dann in seinem Bett gelandet, wo ich auch die letzten drei Nächte verbracht habe.«

»Drei Nächte? Wow.«

Das Zögern in ihrer Stimme ließ Tracey hellhörig werden. »Was ist denn? Spuck's aus.«

»Du hast dir doch Sorgen über seine ständig wechselnden Bettgespielinnen gemacht. Ich mag Diesel, das weißt du, und Jed hält ihn für den besten Mann, den es gibt, aber ich will nicht, dass du verletzt wirst.«

»Ich weiß, aber er ist nicht so, wie wir gedacht haben. Ich meine, das ist er schon irgendwie. Er ist kein großer Redner, und er war mit vielen Frauen im Bett, aber nicht *so* vielen.« Sie erzählte Josie, dass Diesel die betrunkenen Frauen nach Hause gefahren und nicht mit ihnen geschlafen hatte. »Mach dir keine Sorgen. Ich weiß, worauf ich mich einlasse. Aber er hat gesagt, dass er jetzt mit mir zusammen ist und keine andere haben wird, und ich glaube ihm.«

»Ich schätze, das stimmt, wenn er dich jede Nacht in seinem Bett hat.«

»Ich werd mich nicht beschweren. Dieser Mann scheint Viagra zum Frühstück zu essen.« Beide lachten.

»Ist er denn im Bett auch liebevoll? Ich stelle mir den Sex eher grob vor, und, ich weiß nicht, eben so bikermäßig.«

»Du bist mit einem Biker verheiratet.« Tracey wollte eigentlich nicht beleidigt klingen, aber sie hatte das Gefühl, Diesel beschützen zu müssen.

»Ich weiß, aber Jed ist lieb und Diesel ist rau.«

»Ist er, aber bei mir ist er sexy-rau, nicht gemein-rau. Und ich weiß ohne jeden Zweifel, dass er mir körperlich niemals wehtun würde.« Sie hatten jeden Morgen zusammen geduscht, und wenn er ihr den Rücken wusch, küsste er sämtliche ihrer verblassenden blauen Flecke. Sie hatte jede Sekunde davon genossen.

»Will er trotzdem noch nach Weihnachten weg?«

»Darüber schweigt er sich bisher aus, und ich will das auch nicht ansprechen. Ich weiß, dass er mir nicht die Welt verspricht, aber er gibt mir das Gefühl, etwas Besonderes zu sein. Was seltsam ist, weil er jetzt nicht gerade der Typ ist, der mir Gedichte schreibt. Der Mann hält Worte und Emotionen zurück, als hätte er davon nur einen begrenzten Vorrat. Ich weiß nicht, wie ich es erklären kann, aber wenn wir zusammen sind, ob wir nun frühstücken – was er im Übrigen zubereitet – oder ich in seinen Armen liege, fühle ich mich sicher und glücklich, und die Art, wie er mich ansieht, als wäre ich …« Sie seufzte und versuchte, die richtigen Worte zu finden.

»Als wärst du seine nächste Mahlzeit. Das haben wir alle gesehen.«

Tracey lachte. »Ja, aber jetzt ist es anders. Er sieht mich noch immer so an, als wollte er mir die Klamotten vom Leib reißen, und in meinem Magen flattern auch dauerhaft die Schmetterlinge, aber es fühlt sich so an, als würde er mehr von mir wahrnehmen. Oder als würde er mich zum ersten Mal richtig sehen. Ich weiß nicht, wie ich es erklären kann, aber zwischen uns gibt es eine Verbindung, die sich gut anfühlt, und selbst wenn es eine Weile dauert, ihn wirklich ganz kennenzulernen, ist das okay. Ich will sehen, wie es sich entwickelt.«

»Oh, Trace. Ich freue mich ja so für dich.«

»Ich mich auch.«

»Sag mal, wie sieht's denn im Clubhaus aus? Sind da überall Bilder von nackten Frauen?«

Tracey lachte. »In ein paar der anderen Schlafzimmer sicherlich, aber in Diesels zum Glück nicht. Er ist ein ziemlicher Ordnungsfreak. Sein Zimmer ist makellos, die Kleidung perfekt zusammengelegt. Ich war wirklich erstaunt. Aber das Clubhaus ist wie eine riesige Man Cave mit Billardtischen und Dartscheiben. Es riecht da drinnen nach Männlichkeit und Leder, ähnlich wie die Bar, aber doch anders. Der Kühlschrank ist randvoll mit Bier, aber Diesel hat ein Regal für seine Einkäufe, und da ist alles perfekt sortiert. Ich kann mir davon auf jeden Fall eine Scheibe abschneiden.« An der Tür klopfte es, und sofort war das Flattern in ihrer Magengrube wieder da. »Ich muss los. Er ist jetzt da. Wir machen eine Motorradtour.«

»Er beansprucht dich vor der ganzen Welt als seine Frau. Das ist eine wirklich große Sache.«

»Wie bitte?«

»Das bedeutet es, wenn du hinten auf seinem Bike mitfährst. Du bist seine Old Lady.«

»Ich bin sechsundzwanzig und niemandes Old Lady. Aber ich bin seine Freundin.« Ein freudiger Rausch durchzuckte sie. »Schon seltsam, oder?«

»Seltsam und wundervoll. Weiß er Bescheid, dass du mir in ein paar Wochen auf der Hochzeitsmesse hilfst? Denn wenn er glaubt, er könnte deine gesamte Zeit für sich beanspruchen, muss ich mal ein ernstes Wörtchen mit ihm reden.«

Tracey lachte auf. »Ich habe es bisher nicht erwähnt, aber das werde ich noch.«

»Danke! Und jetzt geh nur. Pass schön auf dich auf. Trag deinen Helm und benutz Kondome.«

»Alles klar, Mom.«

Tracey legte auf und eilte zur Tür, voller Vorfreude, Diesel zu sehen. Kaum stand er vor ihr, hob er sie mit einer schwungvollen Bewegung hoch, drückte sie an seine Brust und küsste sie.

»Bereit für eine Ausfahrt, Baby Girl?«

Sie wusste nicht einmal, wohin sie fahren würden, und es war ihr egal. Sie würde einfach die Arme um Diesel schlingen können, und das war das beste Gefühl auf der Welt. »Aber so was von.«

Diesel war im Paradies. Es gab kein besseres Gefühl, als mit seiner Süßen an den Rücken gepresst über die offene Straße zu fahren, die Sonne auf der Haut und zum ersten Mal seit Jahren mit Glücksgefühlen im Herzen. Hätten sie hier keine Verpflichtungen, wäre er geradewegs aus dem Bundesstaat herausgefahren, hätte sie über Nacht an irgendeinen weit entfernten Ort gebracht, wäre dann morgen wieder auf sein Bike gestiegen, um dasselbe zu tun, und den Tag darauf und jeden weiteren Tag, bis sie die ganze verdammte Welt gesehen hatten.

Aber sie hatten nun mal Verpflichtungen, und nach einer Stunde bog er vom Highway ab und fuhr in Richtung Cleary Farms, den ersten der Parks, die er online gefunden und für ihren Ausflug ausgesucht hatte. Er fuhr über sich windende Landstraßen und erklomm einen Hügel, bis Felder voller strahlender Sonnenblumen in Sichtweite kamen. Tracey hielt sich noch stärker an ihm fest, aber er spürte, wie sie sich von seinem Rücken löste. Ihre Aufregung ging auf ihn über, als er den Hügel hinunter und durch den Eingang fuhr. Er hatte den Farmverwalter angerufen, um ihren Besuch anzukündigen, ebenso wie an allen anderen Orten, zu denen er sie heute bringen würde. Der Wegbeschreibung folgend, die man ihm gegeben hatte, bog er hinter der Einfahrt ab auf einen schmalen

Feldweg, der zwischen zwei Sonnenblumenfeldern verlief, und folgte ihm bis zu einem Hügel und um eine Kurve. Er fuhr langsam, sodass Tracey den Ausblick genießen konnte.

Nachdem sie Cleary verlassen hatten, fuhr er wieder auf den Highway und in Richtung Burton's Gardens in der nächsten Stadt. Dort kurvten sie den Servicepfad entlang, der sich durch zwanzig Hektar sprießende Blüten und blühende Bäume schlängelte. Er drosselte das Tempo und ließ Tracey die Blumen bewundern. Als sie schließlich wieder zum Highway zurückkehrten, den nächsten Park besuchten und noch einen weiteren und jeden erkundeten, hielt Tracey ihn immer fester. Er spürte ihr Adrenalin, als wäre es sein eigenes.

Mit den McKinley Gardens hatten sie die Hälfte seiner Liste abgearbeitet. Er fuhr den Servicepfad entlang, der von noch farbenfroheren Gärten gesäumt war, folgte ihm bis zu einer kleinen Ansammlung aus rosa und weiß blühenden Hartriegeln und parkte darunter. Diesel konnte sich nicht erinnern, jemals wegen irgendwelcher Blumen so aufgeregt gewesen zu sein wie in diesem Moment. Er stieg vom Motorrad und drehte sich um, damit er Tracey helfen konnte, aber sie zog sich bereits den Helm vom Kopf und hüpfte herunter.

Sie warf sich ihm in die Arme und küsste ihn leidenschaftlich. »Das ist fantastisch! Wie hast du nur all diese Parks und Gärten gefunden? Und wie hast du es geschafft, dass wir durch alle durchfahren dürfen?«

Er zuckte mit den Achseln.

»Oh nein, Mister. Du wirst hier nicht einfach nur mit einem Schulterzucken davonkommen, wenn du etwas so Wunderbares vollbracht hast!« Sie ging auf die Zehenspitzen, legte ihm beide Hände an die Wangen und küsste ihn erneut. »Ich habe solche Gärten seit Jahren nicht mehr gesehen. Und die Sonnenblumen! Mein Gott, Diesel.« Sie quietschte vergnügt und küsste ihn wieder. »Danke! Ich hatte ja keine Ahnung, dass du so romantisch bist.«

»Bin ich nicht. Du bist mein Mädchen. Du magst Blumen. Ich schenke dir welche.«

Sie lachte leise. »Du liegst falsch. Das ist sogar unfassbar romantisch.«

Er brauchte kein Lob, aber er freute sich immens, sie so glücklich zu sehen. »Das ist keine große Sache. Komm, gehen wir runter zum Wasser.«

»Das ist nicht nur eine große Sache, *du* bist auch eine große Sache.«

»Du bist hier die große Sache, Baby Girl.« Er schlang einen Arm um ihre Schultern, und sie spazierten auf den Hügel, von dem aus sie einen wunderschönen Ausblick auf einen schimmernden Teich hatten, der von weiteren üppigen Gärten und blühenden Bäumen umgeben war. Ein Steg führte zu einem Pavillon mitten auf dem Teich, an dessen Geländer Blumenkästen hingen.

»Du meine Güte, Diesel.«

Sie war vor Ehrfurcht ergriffen, ihr strahlendes Lächeln erhellte ihr Gesicht. Ihre blauen Flecken waren beinahe verschwunden, die Schnittwunde über ihrer Braue heilte, aber er wusste, dass selbst nachdem die sichtbaren Überreste dieser schrecklichen Nacht verschwunden sein würden, er niemals die Veränderungen vergessen würde, die sie mit sich gebracht hatten. Er küsste sie, und dann gingen sie einen Fußweg nach unten, der durch die Blumenbeete auf den Teich zuführte.

»Oh, sieh mal! Das sind Zinnien, meine Lieblingsblumen.«

Als hätte er das vergessen.

»Siehst du die weißen da? Das sind Lilien.« Sie deutete beim

Reden auf die Blumen. »Das sind die Lieblingsblumen meiner Mom. Und das da sind Dahlien. Unsere zweitliebsten Blumen.«

Den ganzen Weg nach unten zeigte sie ihm weitere Blumen, erzählte ihm von ihren Gartenbesuchen mit ihrer Mutter und wie sehr sie das vermisst hatte. Er hatte versucht, ihre Mutter aufzuspüren, war aber auf eine Hürde nach der anderen gestoßen. Trotzdem würde er nicht zulassen, dass sich diese Tür schloss, ohne dass Tracey die Antworten bekam, die sie brauchte und, noch wichtiger, verdiente.

Sie liefen über den Steg zum Pavillon, wo ein für zwei gedeckter Picknicktisch sowie ein Korb mit Essen und Mineralwasser auf sie warteten.

Tracey klappte die Kinnlade herunter. »Ist das für uns?«

»Du musst doch was essen.«

»*Diesel.*« Sie vergrub das Gesicht an seiner Brust, quietschte vor Freude und blickte dann strahlend zu ihm hoch. »Jetzt weiß ich, warum du so groß bist.«

Er runzelte die Stirn.

»Du brauchst einfach einen großen Körper, damit dein riesengroßes Herz reinpasst.«

Er musste lachen. Sie hätte nicht niedlicher sein können, wie sie während des Essens von den Gärten schwärmte, sich über die Blumenarten ausließ, die sie gesehen hatten, und wie magisch der Tag gewesen war. Er erzählte ihr nicht, dass sie noch vier weitere Parks vor sich hatten, denn er war ungeachtet ihrer Stimmung in sie vernarrt, aber ihre Aufregung erhellte alles um sie herum, einschließlich ihn, und erweckte Teile von ihm wieder, von denen er geglaubt hatte, sie wären bereits vor langer Zeit abgestorben. Am liebsten wollte er einfach nur in ihrem Licht baden und ein Teil davon werden.

Er rang mit der Unruhe, die ihm dieses Gefühlschaos einbrachte, während sie das Essen beendeten und zurück zum Motorrad spazierten. Tracey schaute zu ihm auf, und ihre haselnussbraunen Augen tanzten vor Glück. Sie tätschelte seine Brust und lächelte, als er bei ihrer Berührung nicht zusammenzuckte.

»Ich mag dich wirklich, mein Brummbär.« Sie erhob sich auf Zehenspitzen und küsste ihn.

Er half ihr aufs Motorrad, und als sie erneut die Arme um ihn schlang, fühlte er sich wie ein König.

Der Rest des Tages verlief ebenso beglückend, und später an diesem Abend, als sie wieder über die Brücke nach Peaceful Harbor fuhren und in der Ferne die Sonne hinter den Bergen versank, war Diesel noch nicht bereit, die Fahrt für beendet zu erklären. Er wusste, dass Tracey sicherlich erschöpft davon war, Muskeln zu benutzen, von denen sie nicht einmal geahnt hatte, dass sie sie besaß, aber das würde es wert sein. So ähnlich wie die letzten Nächte. Er grinste vor sich hin, genoss die Erinnerungen, nicht nur an ihren unglaublichen Sex. Sondern auch daran, sie in den Armen zu halten, während sie schlief, zu spüren, wie sie sich während der Nacht so eng an ihn kuschelte, wie sie konnte, als würde sie im Schlaf versuchen, unter seine Haut zu kriechen. Und an die unbeschreiblichen Empfindungen, die ihn jeden Morgen erfüllten, wenn ihr wunderschönes Lächeln das Erste war, was er sah.

Diesel fuhr an der Bar vorbei, die Straße entlang, die zu Traceys Haus führte, dann weiter zur anderen Hafenseite. Er nahm die Landstraßen, die er in- und auswendig kannte und die sich am Fuß der Berge entlangschlängelten, und hielt auf den Ort mit der besten Aussicht in ganz Peaceful Harbor zu. Er stieg vom Bike, um das alte Metalltor zu öffnen, das den Kiesweg versperrte, der aussah, als würde er geradewegs ins Herz des majestätischen Gebirges führen. Dann stieg er wieder auf und fuhr auf das Grundstück, das flankiert war von hektarweise überwucherten Wiesen. Er hielt vor einem kleinen Holzhaus am Fuß der Berge. Die Fenster waren zugenagelt, das Dach voller Blätter und Zweige, die von den großen Bäumen ringsherum stammten. Die Verandatreppe sowie die Bodendielen waren aufgrund des Alters verbogen, und ein großer Baumstumpf stand inmitten des überwucherten Rasens davor, aus dem Setzlinge sprossen.

Ein vertrautes Gefühl von Frieden überkam ihn, als er Tracey vom Motorrad half.

»Ich wusste, dass der heutige Tag zu schön war, um wahr zu sein.« Sie setzte einen neckischen Gesichtsausdruck auf. »Du hast mich mit all diesen wunderschönen Parks und der Fahrt auf offener Straße eingelullt und mich zu einem verlassenen Grundstück gebracht, um mich hier zu beseitigen? Ich war beim Mittagessen zu geschwätzig, stimmt's?«

Er runzelte die Stirn. »Baby Girl, du hast schon einen seltsamen Humor. Das ist das alte Grundstück der Whiskeys, auf dem Biggs und seine Geschwister aufgewachsen sind.« Er legte ihre Helme ab und guckte hoch zu den Bergen. »Tiny hat mir davon erzählt, als ich das erste Mal hierhergekommen bin.«

»Warum wohnst du nicht hier anstatt im Club?«

»Weil ich kein Whiskey bin.«

»Oh, entschuldige. Für mich sind die Dark Knights wie eine große Familie, und du bist ein Teil davon. Die Whiskeys behandeln dich wie ein Familienmitglied.«

»Der Club ist eine Bruderschaft, und die Whiskeys sind Freunde, nicht meine Familie.«

»Aber ...«

Er brachte sie mit einem finsteren Blick zum Schweigen.

Sie seufzte, und er spürte, dass sie gern mit ihm darüber diskutiert hätte, aber sie gab nach. »Na schön. Und warum sind wir dann hier? Das Haus ist doch komplett verrammelt.«

»Ich weiß es auch nicht. Es erinnert mich an mein Zuhause, und ich schätze, ich wollte, dass du es siehst.«

»Du hast mir noch gar nicht erzählt, von wo du eigentlich kommst.« Sie schlang die Arme um ihn, und ihr Lächeln reichte bis zu ihren Augen. »Vorsicht, Brummbär. Dein Panzer bekommt Risse.«

Es war schon verrückt, wie sehr er ihre Berührung, ihr Lächeln genoss. »Mein Panzer wird niemals aufbrechen, Baby Girl.« Er küsste sie, legte einen Arm um ihre Schultern und führte sie den Pfad entlang, den er sich im Laufe der Jahre durch das Unterholz gebahnt hatte. »Gehen wir runter zum Bach.«

»Ich mag Bäche. Neben meinem Haus gab es früher auch einen. Bei dir auch?«

»Ja.« Er zog einen Ast beiseite.

»Wo war das?«

»In Hope Valley, Colorado. Da, wo auch die Redemption Ranch ist. Ich bin mit Tinys Kindern zur Schule gegangen.«

»Und …?«

»Und nichts.« Sie bahnten sich ihren Weg durch dichte Farnwälder, deren Blätter zitterten, während kleine Tiere über den Waldboden huschten. Er zog noch ein paar weitere Äste zur Seite, die die Lichtung am Bach blockierten, und folgte Tracey ins Gras, das von Wildblumen übersät war.

»Komm schon, Diesel. Erzähl mir etwas. Irgendetwas. Warum hat Tiny dir von diesem Ort erzählt?«

»Ich weiß es nicht. Wir stehen uns nahe. Ich habe eine Weile auf ihrer Ranch gearbeitet und bin seinetwegen den Dark

Knights beigetreten. Meine Mom und ich sind zum Friendsgiving und anderen Versammlungen immer zur Ranch gegangen. Du weißt schon, wenn man sich an Thanksgiving nicht mit Familie trifft, sondern eben mit Freunden. Als ich losgezogen bin, hat er mir gesagt, ich solle mir den Ausblick von hier mal anschauen.«

»Nett von ihm, dass er daran gedacht hat. Scheint, als wärst du ihm wirklich wichtig.« Sie sah hoch zu den Bergen auf der anderen Bachseite. »Es ist hübsch hier. Sieht es so auch in Hope Valley aus?«

»Zum Teil.« Sie gingen zu einem Felsen am Bach und setzten sich.

Sie legte eine Hand auf seine. »Du weißt alles über mich, und du hast mir heute den besten Tag meines Lebens geschenkt, weil du gewusst hast, dass mich das glücklich machen würde. Ich möchte mehr über dich erfahren, damit ich vielleicht eines Tages auch etwas Besonderes für dich tun kann.«

»Ich brauche nichts Besonderes. Meine Vergangenheit ist nicht voller Blumen oder bedeutsamer Augenblicke, die es wert sind, wiedererschaffen zu werden.«

Sie schlang die Finger um seine. »Meine Vergangenheit ist ziemlich hässlich, und ich habe sie dir anvertraut.«

Er drehte seine Hand um und drückte ihre, wünschte, er könnte diese Teile ihrer Vergangenheit auslöschen. »Da gibt's einfach nicht viel zu erzählen, Baby.«

»Wie war deine Kindheit? Hast du Sport getrieben? Was macht man so in Colorado? Reiten? Kühe mit dem Lasso einfangen?«

Er schüttelte den Kopf. »Ich bin zur Schule gegangen, habe mit Freunden abgehangen. Ich war nie sonderlich an Sport oder dem Einfangen von Kühen interessiert, aber ich kann auf einem

Pferd reiten.«

»Du hattest also eine schöne Kindheit?«

»Zum Teil.«

Sie lehnte sich an ihn. »Zum Beispiel?«

»Keine Ahnung. Die Zeit mit meiner Mom war schön, bevor sie krank geworden ist. Wir sind wie wir jetzt im Wald spazieren gegangen, haben kleine Fische im Bach gefangen.« Seine Kehle schnürte sich vor Sehnsucht nach diesen Zeiten zu. Er erlaubte sich immer nur, an sie zu denken, wenn er zu diesem Haus kam.

»Wie war sie so?«

Normalerweise teilte er die Details des Lebens seiner Mutter mit niemandem, und es überraschte ihn selbst, als ihm klar wurde, dass er sie Tracey anvertrauen wollte. »Sie war ein Herzensmensch – spontan, fröhlich. Sie hat in jedem Menschen das Beste gesehen, und sie hat Gitarre gespielt. Sie spielte sie immer gern draußen, wie du es tun wolltest.«

»Daran erinnerst du dich?«

»Ich vergesse nie etwas.« Was gleichzeitig Fluch und Segen war. »Meine Mutter hatte miese Eltern. Sie haben sie niemals vergessen lassen, dass sie für sie eine lästige Pflicht war, um die sie nicht gebeten hatten. Ein Fehler.«

»Das ist schlimm. So verletzend.«

»Ja, aber sie war zäh. Nach Abschluss der Highschool hat sie ihr Zuhause verlassen, ist viel herumgereist. Sie war künstlerisch begabt, und sie hat den *Hobbit* geliebt, Elfen, all solche Dinge. Sie hat mich häufig zu einem Fantasy-Laden mitgenommen, in dem es allen möglichen Hobbit-Krimskrams zu kaufen gab.«

»Sie ist der Grund dafür, dass du Adrian diese Bücher gegeben hast, oder?«

»Ja. Sie hat mir keine Kinderbücher vorgelesen, als ich klein war, sondern *Der Hobbit* und *Der Herr der Ringe*. Ich kenne sie so gut wie auswendig. Hobbits und Elfen waren einfach ihr Ding. Ihr Respekt für die Natur hat meine Mutter beeindruckt. Sie fand es cool, dass Elfen nur durch eine tödliche Wunde oder ein gebrochenes Herz sterben können und dass Elfen und Hobbits ein einfaches Leben führen, frei von Gier. Sie hat mir immer erzählt, dass wir mehr Elfenmagie in unserem Leben brauchen.«

»Das gefällt mir. Was noch?«

»Sie hat gern gemalt, und wir hatten ein ganzes Zimmer, das sie das Elfenmagiezimmer genannt hat. Das war ziemlich cool. Der ganze Raum war vom Boden bis zur Decke mit Elfen, Hobbits, Zauberern und Wald bedeckt. Wir haben dort immer gemalt. Jahr um Jahr.« Bei der Erinnerung zog sich ihm die Brust zusammen. »Ich glaube, sie hat damit angefangen, als ich ungefähr sechs Jahre alt war, und sie hat unendlich viele Anlässe gefunden, um zu malen. Wenn sie kurz vor einer schwierigen Entscheidung stand, hat sie gemalt. Wenn ich schlechte Laune hatte, haben wir gemalt. Ich bin übrigens mies darin, aber sie hat mich gelobt, als wäre ich Michelangelo.«

»Das scheinen mir bedeutsame Augenblicke zu sein. Ihr beide müsst euch wirklich nahegestanden haben.«

»Verdammt bedeutsam. Es hieß immer, wir gegen die Welt. Als ich ein Junge war, hat sie mir vorgelesen, und als sie krank wurde, las ich ihr vor. Dieser verfluchte Kreislauf des Lebens …«

»Ich weiß. Tut mir leid.« Tracey rückte näher an ihn heran. »Wie hieß sie?«

»Ruth. *Ruthie*.« Da wurde ihm klar, dass er ihren Namen seit Jahren nicht mehr laut ausgesprochen hatte.

»Das ist ein hübscher Name. Hat sie dir den Spitznamen

Diesel gegeben?«

»Nein. Das ist mein Straßenname. Tiny und die Jungs haben ihn mir verpasst, als ich ein Dark Knight wurde. Sie hat mich Dezzie genannt, für Desmond.«

»Ach, süß. Hat sie als Künstlerin gearbeitet?«

Er schüttelte den Kopf. »Sie war Kellnerin im Roadhouse, einer Bikerbar.«

Trace senkte den Kopf und blickte durch ihre langen Wimpern zu ihm hoch. »Dir ist schon klar, dass du mit einer Kellnerin ausgehst, die in einer Bikerbar arbeitet, oder?«

»Ja. Reiner Zufall.« Er beugte sich vor und küsste sie. »Bausch das jetzt nicht unnötig auf.«

»Mach ich nicht, wenn du es auch nicht tust. Ist sie mit vielen Bikern ausgegangen?«

»Niemals. Ich habe sie mal gefragt, warum eigentlich nicht, und sie hat geantwortet, sie hätte sie zur Genüge bei der Arbeit um sich, und auch wenn sie Tiny und die Männer mochte – auf Biker würde sie nicht stehen.«

»Schätze, dein Vater war kein Biker.«

Diesel schnaufte. »Definitiv nicht. Außerdem ist sie sowieso nie ausgegangen. Sie hat sich bei der Arbeit den Hintern für uns abgerackert, und wenn sie zu Hause war, ging es ihr darum, mir das Leben so schön wie möglich zu machen. Als sie dann krank wurde, habe ich für uns geschuftet.«

Der Schmerz in seinen Augen widersprach seinem nüchtern vorgetragenen Tatsachenbericht aus einer Zeit, die für ihn einfach nur schrecklich gewesen sein musste. Erneut brach

Tracey seinetwegen das Herz, und seine Liebe zu seiner Mutter verstärkte ihre Gefühle für ihn nur noch.

Diesel zog seine Brieftasche hervor und nahm ein Foto heraus. Er betrachtete es kurz, dann reichte er es ihr. »Das wurde aufgenommen, als ich vierzehn war.«

Sie sah das Gesicht der hübschen jungen Frau, deren Haare etwas heller als Diesels und zu einem unordentlichen Dutt hochgesteckt waren, mit kleinen Löckchen, die sich an den Seiten kringelten. Es war das Gesicht seiner Mutter, das er sich auf die Rückseite seines linken Arms hatte tätowieren lassen. Auf dem Bild trug sie ein buntes Oberteil mit Glockenärmeln, ausgebleichte Jeans und ein überschäumendes Lächeln, das Diesels glich. Tracey hätte alles dafür gegeben, dieses Lächeln jetzt bei ihm zu sehen. Er und seine Mutter saßen auf einer Holzbank, und er trug Jeansshorts, die ihm bis zu den Knien reichten, sowie ein gelbes T-Shirt. Seine recht langen Haare waren in der Mitte geteilt und fielen ihm locker über eine Braue. Seine Unterarme ruhten auf seinen Oberschenkeln, und er hielt ein Blatt in den Händen. Völlig ungezwungen lehnte sich der Junge in die Umarmung seiner Mutter, sein Kopf an ihrer Wange, als würde sie ihn häufig umarmen. Wieder brach Traceys Herz wegen seines Verlusts.

»Sie ist wunderschön. Du hast ihr Lächeln und die gleiche gerade Nase.«

»Ja, sie hat mich immer ihre Maxi-Ausgabe genannt.« Beinahe lächelte er, während er das Bild zurück in die Brieftasche steckte. »Du weißt schon, wie Miniatur-Ausgabe, nur dass ich eben größer als sie war.«

»Schon klar. Das gefällt mir. Du wirkst glücklich und entspannt. So kann ich mir dich kaum vorstellen.«

»Damals ging es mir gut. Mein Kumpel Seeley, Tinys ältester Sohn, hat dieses Foto gemacht. Er ist jetzt Tierarzt und unter seinem Straßennamen Doc bekannt. Das Bild wurde zwei Jahre vor ihrer Diagnose aufgenommen. Mom und ich waren gerade zurück vom Reiten bei seiner Familie auf der Ranch.«

»Sie sieht so jung aus.«

»Sie war gerade mal zweiundzwanzig, als sie mich bekommen hat.« Er verschränkte die Hände ineinander. »Ihre Mutter ist auch ziemlich jung an Krebs gestorben.«

»Das muss für euch beide furchterregend gewesen sein, als deine Mom die Diagnose bekommen hat. Hattest du irgendjemanden, der dich unterstützt hat? Tiny und seine Familie?«

»Es war hart. Ich hatte eine Freundin, Debbie, und habe mit ihr über vieles geredet. Tinys Familie wollte ich unseren Albtraum nicht aufhalsen. Seine Frau Wynnie ist Therapeutin und sie hat viel mit meiner Mom gesprochen. Sie hat angeboten, für mich da zu sein oder Kontakt zu einem anderen Therapeuten aufzunehmen, aber das wollte ich nicht. Ich hatte seit meinem vierzehnten Lebensjahr auf der Ranch gearbeitet, um etwas Geld zu verdienen und sie finanziell zu unterstützen. Ich habe Heu gestapelt und Ställe geputzt, um mich abzureagieren. Alice, die Chefin meiner Mom im Roadhouse, hat uns Essen vorbeigebracht und angeboten, meine Mom zu ihren Behandlungen zu fahren. Aber sie war *meine* Mutter, *meine* Verantwortung. Ich habe sie zu den Behandlungen gebracht und mich um sie gekümmert, als sie krank wurde. Als sie in Remission war, dachten wir, sie hätte den Krebs besiegt. Aber ungefähr ein Jahr später wurde sie kurzatmig, und wir erfuhren, dass sie Metastasen in der Lunge hatte.«

Tränen traten Tracey in die Augen. »Oh, Diesel, ihr müsst völlig verzweifelt gewesen sein.«

»Waren wir. Aber meine Mom hat sich tapfer gegeben. Sie

hat nie vor mir geweint. Selbst als es mit ihr bergab ging. Die Behandlungen forderten ihren Tribut und durch die Medikamente war sie aufgebläht wie ein Ballon. Die Scmerzen müssen unerträglich gewesen sein, aber sie war so verdammt stark.«

Seine Kiefermuskeln spannten sich an, und sie griff nach seiner Hand, aber stattdessen zog er sie auf seinen Schoß und legte die Arme um sie. »Ich habe ihren Namen seit Jahren nicht mehr ausgesprochen … bis vorhin. Es fühlt sich an wie Verrat, als wäre sie nicht wichtig. Aber das war sie. *Ist* sie.« Er sprach leise, seine Stimme war voller Schmerz. »Ich will, dass du mehr über sie erfährst, Trace, weil du auch wichtig bist.«

Tracey öffnete den Mund, um etwas zu sagen, aber ihr Mann der wenigen Worte hatte es geschafft, sie vorübergehend sprachlos zu machen. Schließlich brachte sie heraus: »Du bist mir auch wichtig.«

Er küsste sie langsam und zärtlich, und sie spürte eine Chance, eine Tür, die sich etwas weiter öffnete, ihre Gelegenheit, einander näherzukommen.

»Du solltest den Namen deiner Mom aussprechen, über sie reden, die guten Zeiten auferstehen lassen und auch an die schmerzhaften Erinnerungen denken, selbst wenn es schwer ist. Ansonsten begräbst du dein ganzes Leben mit ihr, und es klingt so, als hätte sie hart gearbeitet, um euch beiden ein schönes Leben zu ermöglichen. Du musst nicht jetzt über sie sprechen, wenn du das nicht willst, aber ich weiß, wie es sich anfühlt, jemanden zu vermissen und zu versuchen, nicht an sie zu denken. Das ist wirklich hart. Wenn du also bereit bist, würde ich gern mehr hören und mehr Fotos sehen, falls du welche hast. Ich wette, der kleine Dezzie war unglaublich niedlich.«

Eine Mischung aus Schmerz und Erleichterung überzog sein Gesicht. »Ich bin bereit dazu, Trace. Aber ich habe keine anderen Fotos. Ich konnte ihre Sachen nicht durchgehen, nachdem … Ich habe einfach alles zurückgelassen.«

»Das muss auch schwer gewesen sein, einfach dein Leben hinter dir zu lassen. Aber ich verstehe das. Du hast versucht, vor den Erinnerungen an das zu fliehen, was du verloren hattest.«

»Gott«, murmelte er mehr zu sich selbst als an sie gewandt. »Du gehst mir wirklich an die Nieren.«

»Es gibt da so viel in deinem Inneren und ich habe das Gefühl, dass ich gerade einmal die Oberfläche angekratzt habe. Aber ich will dich und das, was du durchgemacht hast, komplett verstehen.«

»Ich möchte dir einen kleinen Einblick in meine Vergangenheit geben. Als meine Mom zu krank wurde, um zu arbeiten, habe ich stundenweise im Roadhouse als Abräumer und Tellerwäscher gejobbt. Tinys Jungs und ich haben uns bei den Dark Knights während ihrer Routinearbeit rumgetrieben, und ein paar der Männer gaben mir hier und da Jobs, um etwas Geld zu verdienen. Mir war egal, wie mies die Arbeit war. Aber trotzdem hat es nicht gereicht. Dann habe ich diesen Kerl in der Bar kennengelernt, Doug Wallace. Er war ein tougher Typ, ein paar Jahre älter als ich, und wir sind ins Gespräch gekommen. Er schien ein guter Mensch zu sein, ich habe ihm vertraut. Er hat mir erzählt, er hätte seinen Vater an den Krebs verloren, und ich habe ihm von meiner Mom erzählt. Wie sich herausstellte, nahm er an Kämpfen teil, und er brachte auch mich in den Ring. Da habe ich unser Geld verdient. Ich habe die Schule geschwänzt, um mich um meine Mom zu kümmern, und hab im wahrsten Sinne des Wortes dafür gekämpft, dass wir ein Dach über dem Kopf behalten und die Rechnungen bezahlen konnten. Meinen Schulabschluss habe ich nebenbei trotzdem irgendwie hinbekommen.«

»Was waren das für Kämpfe?«

»Illegale. Ohne Regeln.«

»Großer Gott, Diesel. Ist das nicht gefährlich?«

Er schnaubte. »Ja, aber ich war schon damals kräftig. Ich habe auf der Ranch körperliche Arbeit verrichtet und im Fitnesscenter mit den Jungs trainiert. Ich war noch nicht so muskulös wie heute, aber ich war wütend auf die Welt. Das und meine Größe ergaben eine tödliche Kombination.«

»Da bin ich mir sicher. Das macht mir direkt Angst, dabei war ich nicht einmal dort. Ich dachte, die Dark Knights würden keine Gesetze brechen. Hat deine Mom davon gewusst? Was ist mit deiner Freundin? Waren sie einverstanden damit, dass du gekämpft hast? Und Tiny?«

»Meine Mom hat es nicht gewusst, meine Freundin fand es cool. Tiny hat es gehasst. Er hat uns immer wieder Geld angeboten. Aber ich wollte von niemandem Almosen annehmen. Meine Mutter hatte mich immer unterstützt. Jetzt war ich an der Reihe.«

»Das war unglaublich edel von dir, aber du warst noch ein Kind, das die Verantwortung eines Erwachsenen auf seine Schultern geladen hat.«

»Du klingst wie Tiny. Wir haben uns oft deswegen gestritten, aber manchmal teilt dir das Leben einfach ein mieses Blatt aus und du musst damit klarkommen. Er hat das gewusst und meine Entscheidung respektiert. Trotzdem war er mein Mentor für die Anwartschaft als Mitglied bei den Dark Knights, stand hinter mir und hat mich sechs Monate vor dem Tod meiner Mom reingewählt.«

»Du hast so viel getan und dabei noch deine Mom verloren. Wurdest du bei den Kämpfen verletzt?«

»Manchmal, aber niemals schlimmer als die Typen, gegen

die ich gekämpft habe.«

»Hast du irgendjemanden getötet?«

»Nein, aber ein paar mussten meinetwegen ins Krankenhaus. Das ist nun mal der Job, Baby Girl. Sie kannten die Risiken im Ring, genau wie ich. Ich hätte sie töten können, habe ich aber nicht. Ich wollte das Geld, aber ich wollte niemanden umbringen.«

»Hat Debbie dir beim Kämpfen zugeschaut? Ich hätte mir das nicht ansehen können.«

»Das hat sie, aber sie war ganz anders als du. So was hat sie angemacht.«

»Wie lange warst du mit ihr zusammen?«

»Ein paar Jahre.«

»Ich bin froh, dass du sie hattest, während deine Mom krank war.« Tracey wünschte, sie wäre dort gewesen, um ihm zu helfen, den Verlust durchzustehen.

»So eine große Unterstützung war sie nicht. Anfangs ist sie nach den Kämpfen noch mit mir nach Hause gekommen und hat mir geholfen, mich um meine Mutter zu kümmern. Aber nach einer Weile hat sie damit aufgehört. Sie hat gesagt, sie wollte noch bleiben und auf andere Kämpfe wetten, statt sich um eine sterbende Frau zu kümmern oder sich mein Gejammer anzuhören.«

»Du meinst deinen Kummer darüber?«

Er nickte.

»Das ist doch lächerlich. Wie kann jemand lieber auf Kämpfe wetten, als sich um den eigenen Freund zu kümmern?«

Er zuckte mit den Achseln. »Ich hab mir nicht viel dabei gedacht. Ihre Familie hatte auch nicht viel Geld, und ich wusste, dass ich sie mit all meinen Sorgen runterzog. Außerdem war es mir egal. Es verschaffte mir Zeit allein mit meiner Mom.«

»Wer war bei deiner Mom, während du gekämpft hast?«

»Als sie so krank wurde, dass immer jemand bei ihr sein musste, haben Tiny, Wynnie oder Alice ausgeholfen. Aber in den letzten Monaten bekam Tinys Bruder Axel Lungenkrebs, und er und seine Familie mussten immer nach Maryland pendeln. Axel ist einen Monat vor meiner Mom gestorben. Aber in den letzten grässlichen Wochen waren sie für uns da. Tiny, Wynnie und Alice blieben bei uns, als das Ende nahte. Meine Mom musste so viele Medikamente nehmen, dass sie die meiste Zeit geschlafen hat. Sie hat nichts gegessen. Ich hatte Angst, schlafen zu gehen, Angst, sie würde tot sein, wenn ich aufwache. Ich habe sie ins Hobbit-Zimmer getragen, damit sie die Bilder sieht, und mich mit ihr in den Schaukelstuhl gesetzt. Sie war zu schwach, um sich zu bewegen, aber sie hat zumindest ein Lächeln geschafft und ist dann wieder eingeschlafen. Irgend-wann haben wir ihr Bett dort reingeschafft. Eines Abends hatte ich nach einem Kampf mein Handy und die Brieftasche vergessen, und als ich noch mal rein bin, um sie zu holen, ertappte ich Doug und meine Freundin neben dem Gebäude beim Sex.«

»Das ist ja grässlich. Du hast ihnen vertraut und deine Mom lag im Sterben.« Kein Wunder, dass er sich so sehr bemüht hatte, niemanden an sich heranzulassen. »Ich hoffe, du hast ihn zusammengeschlagen und sie zur Sau gemacht.«

Er schüttelte den Kopf. »Das waren sie nicht wert. Ich hab meine Sachen geholt und bin da weg. Auf dem Weg nach Hause hat Alice angerufen und mir erzählt, dass es meiner Mom schlechter geht.« Tränen schimmerten in seinen Augen, was Tracey auch zum Weinen brachte. »Ich bin schneller gerannt als je zuvor in meinem Leben, förmlich durch die Vordertür gejagt.«

Nun liefen Tracey die Tränen über die Wangen.

»Es war nicht so, wie man es im Film sieht, mit letzten Worten und all dem Mist. Sie hatte hohes Fieber, und es war, als würde sie einen letzten Kampf mit dem Tod ausfechten. Ich bin zu ihr ins Bett und habe sie in den Armen gehalten und ihr gesagt, dass es okay ist loszulassen. Ich weiß nicht, wie lange es gedauert hat, aber sie hat mit allem gekämpft, was sie hatte, und dann ...« Sein Kiefer verkrampfte sich. »Zumindest ist sie in ihrem Elfenmagiezimmer gestorben, umgeben von allem, was ihr wichtig war.«

Beim Anblick seiner glasigen Augen flossen Traceys Tränen ungehemmt weiter. »Ich glaube, du warst ihr das Wichtigste.«

Er nickte und zog sie fest an sich. »Sie fehlt mir jeden Tag.«

Tracey vermisste ihre Mom auch, aber sie würde niemals ihren Kummer mit seinem Schmerz vergleichen. Sie hatte keine Ahnung, ob ihre Mutter noch lebte oder tot war, aber eins wusste sie mit Sicherheit: Diesel hätte niemals eine Frau seiner Mutter vorgezogen und hätte sich, wie sie, aus dem Staub gemacht. »Danke, dass du mir von ihr erzählt hast. Jetzt weiß ich, wo du gelernt hast, so ein guter Mensch zu sein.«

Überrascht zuckte er zurück. »Ich habe illegal gekämpft, und sobald ich meine Mutter beerdigt hatte, bin ich auf mein Bike gestiegen und weggefahren. Das macht doch kein guter Mensch.«

»Du hast alles in deiner Macht Stehende getan, um die Frau zu versorgen, die du auf der Welt am meisten geliebt hast. Du wurdest von Menschen betrogen, denen du vertraut hattest, und hast dich nicht an ihnen gerächt. Du hast einem kleinen Jungen beigebracht, eine Liste zu erstellen, wie man ein guter Freund wird, und du hast anderen Kindern gezeigt, dass Mobbing falsch ist. Du, *Dezzie* Black, bist die Definition eines guten

Menschen. Ich wette, deine Mutter ist da oben im Himmel, malt Elfen und Hobbits und prahlt mit dir vor jedem, der es hören will.«

Später an diesem Abend, als Tracey in seinen Armen schlief, dachte Diesel darüber nach, wie gut es sich angefühlt hatte, sich ihr gegenüber zu öffnen, die Erinnerungen mit ihr zu teilen, vor denen er gefühlt sein ganzes Leben lang davongelaufen war. Bei ihr waren die Gedanken an seine Mutter weniger schmerzhaft, was er nie für möglich gehalten hätte. Aber mittlerweile lernte er, wie falsch er damit gelegen hatte, und dass er sich in einem völlig falschen Licht gesehen hatte. Er liebte seinen Lebensstil als Nomad, aber mit Tracey zusammen zu sein, war besser. Er sah praktisch vor seinem inneren Auge, wie sie die Fragmente seines Lebens, die er mit ihr geteilt hatte, sammelte und wie Schätze sicher verwahrte. Er hatte eine Menge Zeit damit verschwendet, sich von ihr fernzuhalten, und merkte langsam, dass sie das Beste war, was ihm jemals passieren konnte.

Er drückte ihr einen Kuss auf die Stirn und sie regte sich.

»Kannst du nicht schlafen?«, flüsterte sie.

»Ich wollte dich nicht wecken.«

»Hast du nicht. Ich war wach.« Sie verschränkte die Arme auf seiner Brust, stützte das Kinn auf den Händen ab und sah ihn an. In ihren Augen stand ein Lächeln. »Ich habe gerade an dich und deine Mom gedacht.«

Natürlich hatte sie das. Sie war viel zu fürsorglich, um diese Gedanken einfach loszulassen. Er küsste ihre Stirn.

»Das ist sie auf dem Tattoo an deinem Arm, oder? Die Elfe?«

Ihr entging nichts. »Ja, das ist sie.«

»Hast du dir noch andere Tattoos für sie stechen lassen?«

»Das Tattoo ist nicht für sie. Es ist für mich.«

Sie musste lächeln. »Du weißt doch, was ich meine – andere, die sie repräsentieren? Was bedeutet das auf deinem Rücken?«

»Der vitruvianische Mensch? Da Vinci hat damit die Verbindung zwischen der menschlichen Form und dem Universum aufgezeigt, die Verknüpfung zwischen Geist und Materie.«

»Ich wusste ja gar nicht, dass du so tiefgründig bist.«

»Und ich wusste nicht, dass du so neugierig sein kannst.« Er kniff ihr in den Po.

Sie kicherte. »Erzähl mir, was die anderen bedeuten.«

»Du willst wirklich all meine Geheimnisse lüften.«

»Bis zum letzten«, flüsterte sie und küsste seine Brust.

»Das wird dich aber was kosten.« Er drehte sie auf den Rücken und legte sich auf sie.

Sie strich mit den Fingerspitzen über das Symbol der Dark Knights auf seiner linken Brust, einem Schädel mit dunklen Augen, scharfen Augenbrauen und gezackten Zähnen. »Ich weiß, dass das hier für den Club steht.« Sie fuhr mit den Fingern weiter über den Leuchtturm auf seinem Hals. »Was kostet es mich, die Bedeutung dieses Tattoos zu erfahren?«

»Das hat einen stolzen Preis. Dafür musst du mich mit dem Mund verwöhnen.« Er küsste ihren zu einem Lächeln verzogenen Mundwinkel.

»Hmm. Wirklich?« Sie leckte sich die Lippen, bog sich unter ihm durch, rieb sich an seiner Härte. »Was ist mit dem hier?« Mit dem Zeigefinger strich sie über das Tattoo auf seinem Unterarm.

Er ließ die Hüften kreisen und befeuchtete seine Länge mit ihrer Erregung. »Das ist teuer. Dafür muss ich in genau dieser Position tief in dich eindringen.« Er rieb die Spitze seiner Erektion an ihrer Öffnung. »Und als Dreingabe hockst du dann auf allen vieren.«

»Du verhandelst aber wirklich hart«, flüsterte sie atemlos.

»Darauf kannst du wetten.« Er knabberte an ihrem Hals. »Halt dich fest, Süße.« Seine Lippen näherten sich ihren. »Das wird ein wilder Ritt.«

Elf

Am Mittwochmorgen saß Tracey an ihrem Küchentisch und aß Bananen-Pancakes, während Diesels Hand auf ihrem Bein lag. Sie sah zu, wie er sich das Essen in den Mund schaufelte, als würde ihm die Zeit davonlaufen. Sie hatte das Gefühl, dass sich das niemals ändern würde, aber da sie sich gerade immer mehr in ihn verliebte, war sie mit sich selbst übereingekommen, das als eine seiner liebenswerten Macken zu verbuchen. Seit er ihr von seiner Kindheit erzählt hatte, schien er etwas entspannter zu sein. Sonntagnacht waren sie im Clubhaus geblieben, aber am Montag war er nach der Church zu ihr gekommen und sie hatten die letzten beiden Nächte bei ihr verbracht. Er war an der Reihe gewesen, am Frauenhaus vorbeizufahren, aber er hatte ihren Schlüssel mitgenommen und war nach der Rückkehr wieder zu ihr ins Bett geschlüpft, damit sie in seinen Armen aufwachen konnte. Auch wenn ihn diese Fahrten eine Weile von ihr fernhielten, war sie stolz darauf, dass er den Bewohnerinnen im Frauenhaus das Gefühl von Sicherheit vermittelte.

Die Neuigkeiten über diesen Eroberungskuss in der Bar, der ihre Welt auf den Kopf gestellt hatte, hatten sich schnell verbreitet. Gestern war Red in die Bar gekommen und hatte Tracey anvertraut, dass sie Diesels Gefühle für sie seit ihrer ersten Begegnung gespürt hatte, aber sie hatte auch gesagt, dass sie jetzt noch offensichtlicher zutage traten als zuvor. Die Jungs hatten Diesel ordentlich Zunder gegeben, weil er so lange gewartet hatte, aber Diesel hatte sie mit einem seiner Drohblicke zum Schweigen gebracht. Bei der Arbeit würde er immer ihr Wachhund bleiben, aber jetzt war diese Zeit zusätzlich durchsetzt von diskreten Berührungen, verführerischem Zwinkern und verstohlenen Küssen.

Sie hatte keinen Zweifel daran, dass sie einander näherkamen und ihre Beziehung stärker wurde, weil er ihr seine schmerzliche Vergangenheit anvertraut hatte, und dass sein Herz nun heilen konnte. Ihre Nächte waren unglaublich, aber nichts im Vergleich zum Morgen, wenn es nur sie beide gab und die Wände um sie herum den Rest der Welt fernhielten. In diesen Stunden, wenn sie sich wie Schlangen umeinanderwanden und ihre Herzen im Gleichtakt schlugen, war Diesel völlig gelöst. Wenn er aus dem Nichts heraus ihren Namen flüsterte, mit den Fingern über ihre Hüfte oder den Rücken strich oder sie fester an sich drückte und mit seinen Lippen über ihre Wange oder die Stirn fuhr, als würde er auf seine Art sagen: *Ich bin froh, dich in meinem Leben zu haben.* Sie liebte diese kleinen Glücksmomente und einen Vormittag wie diesen, wenn er ein köstliches Frühstück zauberte und sich auf den Stuhl dicht neben sie setzte, sodass er während des Essens die Hand auf ihr Bein legen oder ihren Hals liebkosen konnte.

Diesel würde niemals ein Teddybär werden, und sie erwartete auch nicht von ihm, dass er sich veränderte. Er war distanziert und misstrauisch, weil ihm sein Herz auf die schlimmste Weise gebrochen worden war, und diese Wunden würden vielleicht niemals ganz verheilen. Aber vergraben unter all diesem Schmerz hatte er eine Menge Liebe zu geben, und sie war die Glückliche, die diese empfing. Ihr Mann der wenigen Worte zeigte ihr durch seine Taten, wie wichtig sie ihm war, wenn er zum Beispiel an diesem Nachmittag ins Fitnesscenter kommen würde, um ihr nach ihrem Kurs bei Lior eine aggressivere Form der Selbstverteidigung beizubringen.

Er aß seine Pancakes auf, kippte seinen Saft in einem großen Schluck hinunter, dann beugte er sich vor und küsste ihren Hals. »Warum siehst du mich so an?«

»Ich bin einfach nur froh, dass wir zusammen sind. Danke fürs Frühstückmachen.«

Seine Augen wurden dunkel und ein schelmisches Grinsen zog seine Mundwinkel nach oben. »Danke für das Frühstück im Bett.«

Bei der Erinnerung daran schlug ihr Magen Purzelbäume. Er beugte sich für einen Kuss vor, und sie hörte Izzy durch die Vordertür kommen.

»Was riecht denn da so gut?« Izzy betrat die Küche in demselben Kleid, das sie letzte Nacht bei der Arbeit getragen hatte. »Ich habe mir einen Koch geangelt, und du bekommst Bananen-Pancakes? Da muss sich jemand anderes aber mal ordentlich anstrengen.«

Diesel zeigte auf einen Teller Pancakes auf der Arbeitsplatte. »Die sind für dich.«

»Du bist mein Held.« Izzy eilte hinüber und trug ihren Teller zum Tisch.

Diesel küsste Tracey schnell und stürzte seinen Kaffee herunter.

»Trace, willst du nicht teilen?« Izzy wackelte mit den Augenbrauen.

»Ich habe noch, danke.«

»Ich meinte doch ihn.« Izzy grinste.

»Nein«, antworteten Tracey und Diesel gleichzeitig und brachten Izzy damit zum Lachen.

Diesel funkelte sie an und stand auf, um sein Geschirr abzuwaschen.

»Keine Sorge. Ich stehe nicht auf Dreier.« Izzy kostete von ihrem Frühstück. »Ich bin froh, dass ihr zusammen seid. Mit Diesel lässt es sich viel besser arbeiten, wenn er vernünftig befriedigt ist.«

»*Izzy!*«

»Was denn? Ist doch so. Gestern habe ich ihn beinahe lächeln gesehen, und er hat seit einer Woche nicht mehr gedroht, jemanden umzubringen. Danke übrigens für die Ohrstöpsel, die du Montagabend auf mein Bett gelegt hast.«

Verwirrt blickte Diesel über seine Schulter zu Tracey hinüber.

Traceys Wangen brannten. »Wir sind ja nicht unbedingt leise.«

»Ach, bist du aber süß mit deinen rosa Bäckchen«, neckte Izzy sie.

»Oh Mann, jetzt hör auf. Hattest du Spaß mit Jared?«

»Ich hab immer Spaß mit ihm, aber die Art, wie ihr hier euer Pärchenglück auslebt, bringt mich schon zum Nachdenken.« Izzy spießte mit ihrer Gabel ein Stück Pancake auf.

»Wie meinst du das?«, hakte Tracey nach.

»Na ja, Jared macht mit mir keine Ausflüge auf seinem Bike, um sich Gärten anzuschauen. In mir kommen immer wieder diese Zweifel hoch, zum Beispiel frage ich mich, mit wem er sonst noch zusammen war.« Izzy sackte auf ihrem Stuhl in sich zusammen. »Ich muss aufhören, mich auf ihn einzulassen, aber es gefällt mir einfach so sehr. Sag mir, ich soll aufhören, so dumm zu sein.«

»Ich bin dann mal weg«, kommentierte Diesel schroff.

»Hab ich dich mit meinem Frauengespräch vertrieben?«, fragte Izzy.

Diesel antwortete nicht. Stattdessen legte er eine Hand auf die Lehne von Traceys Stuhl, die andere auf den Tisch, und kam ihr so nahe, dass ihr Herz raste. »Bist du sicher, dass du fit genug für das Kampftraining heute bist? Du hast auch ganz bestimmt keine Schmerzen?«

Er machte sich solche Sorgen um sie, dass er ihr dieselbe Frage in den letzten Tagen bereits ein Dutzend Mal gestellt und dabei ihre mittlerweile verfärbten blauen Flecken berührt hatte, nur um sicherzugehen. »Ich versprech's.«

»Okay. Ich muss mich um ein paar Sachen kümmern. Wir sehen uns nachher im Fitnessstudio.« Er zog sie für einen atemberaubenden Kuss an sich, der sie leicht benommen zurückließ, nickte Izzy zu und ging zur Tür.

Izzy fächelte sich Luft zu. »Wo krieg ich so einen Mann her?«

»Nirgendwo. Er ist einzigartig.«

Tracey kam etwas früher zu ihrem Kurs und begann mit ein paar Aufwärmübungen am Sandsack, wobei sie versuchte, von der Wolke herunterzukommen, auf der sie schwebte. Sie war nie die Art von Frau gewesen, die dauerhaft auf Wolke sieben schwebte, und staunte, wie schwer es ihr fiel, nicht in Tagträumen über Diesel zu versinken.

»Da ist ja das tougheste Mädel der Gegend.«

Beim Klang von Elianis Stimme drehte sich Tracey um und

quietschte erfreut auf. »Ich hab dich vermisst!« Sie umarmte ihre schwangere Freundin. »Schau sich einer diesen Babybauch an! Und wieso siehst du sogar damit noch aus wie Gal Gadot? Müsste dein Gesicht nicht eigentlich aufgedunsen sein?«

»Alles an mir ist aufgedunsen. Sogar meine Haare führen ein Eigenleben.« Eliani schüttelte den Kopf, sodass ihr das dichte dunkle Haar über die Schultern fiel. Dann wurde sie ernst und legte die Hände auf Traceys Schultern. »Lior hat mir erzählt, was passiert ist. Wie geht's dir?«

»Mittlerweile wieder gut. Fast komplett geheilt und bereit, besser kämpfen zu lernen.«

»Ja, das hat er mir auch erzählt. Und dass du mit dem wortkargen Typen zusammen bist.«

Tracey lachte. »Bin ich. Ich finde, ein passenderes Wort wäre verschlossen, aber in meiner Anwesenheit ist er mittlerweile anders. Er ist wirklich ein toller Mann, Eliani. Bei ihm fühle ich mich sicher, und weißt du was? Ich glaube, ihm geht es umgekehrt genauso.«

»Freut mich zu hören.« Eliani blickte über Traceys Schulter, als Lior den Raum betrat. »Und da ist mein toller Mann.«

Lior legte einen Arm um Elianis Taille und küsste sie auf die Wange. Dann bückte er sich und drückte ihr einen Kuss auf den Bauch. »Bist du bereit, Tracey?«

»Ja, klar. Schön, dass wir uns gesehen haben, Eliani. Bist du noch hier, wenn wir fertig sind?«

»Sie bleibt, um bei deinem Training zu helfen.« Diesels Stimme hallte durch den Raum.

Tracey schnellte herum, und ihr Puls beschleunigte sich. »Hey. Du bist früh dran. Was machst du hier?«

»Dir beibringen, wie man kämpft.« Er küsste sie auf den Scheitel und reichte Lior die Hand. »Schön, euch beide wiederzusehen. Danke, dass ich heute hier sein darf.«

»Moment mal. Du kennst Lior und Eliani?«, fragte Tracey.

Diesel nickte. »Nachdem ich versprochen hatte dir beizubringen, wie man sich verteidigt, habe ich mich bei ihnen gemeldet, weil du ihnen vertraust. Ich will Zwei-gegen-einen-Szenarien mit dir durchgehen, damit du nie wieder auf dem falschen Fuß erwischt wirst. Die Techniken, die du hier gelernt hast, können wir mit den neuen von mir kombinieren.«

»Als Diesel vorgeschlagen hat, Eliani mit einzubeziehen, um die Perspektive einer Frau zu erhalten, haben wir uns zu dritt getroffen, um sicherzustellen, dass wir gut zusammenarbeiten, und um die beste Variante auszuarbeiten. Ich habe Diesel gebeten, früher herzukommen, weil du gut genug bist, um Kampfsport zu *unterrichten*, Tracey. Es ist sinnvoller, die Zeit zu nutzen, um mit Diesel zu trainieren, weshalb ich vorgeschlagen habe, dass wir deine Kurszeit plus die Stunde danach darauf verwenden.«

Tracey sah Diesel an und war leicht verletzt, dass er das alles hinter ihrem Rücken geregelt hatte. »Danke, dass du dir solche Mühe machst, aber warum hast du mir das nicht erzählt?«

»Tut mir leid, Baby Girl. Ich wollte nicht, dass du zu viel über das neue Training nachdenkst. Dadurch entstehen nur Erwartungen und dir kommen Ideen, die sich schlussendlich als Hindernisse erweisen und dich zurückhalten könnten. Ich hatte vor, es beim Frühstück heute Morgen zu erwähnen, aber dann ist Izzy aufgetaucht und sie hat deine Aufmerksamkeit gebraucht. Aber wenn dir hierbei unwohl ist, geht das auch in Ordnung. Wir können auch einzeln arbeiten, nur wir zwei.«

»Nein, das ist okay. Ich will in der Lage sein, mich zu verteidigen, und du hast recht. Ich hätte zu viel darüber nachgegrübelt und wäre vermutlich ziemlich nervös geworden.

Jetzt bin ich nur ein bisschen wütend, was für diese Situation vermutlich gar nicht so schlecht ist.«

Lior und Eliani lachten, aber Diesel blieb ernst.

Tracey zeigte mit ihrer behandschuhten Hand auf ihn. »Nur fürs Protokoll, ich mag es nicht, wenn Leute etwas hinter meinem Rücken machen.«

Er nickte kurz. »Verstanden.«

»Aber du hattest guten Grund dazu, von daher sei dir verziehen. Und jetzt lasst uns anfangen, damit ich dich aufs Kreuz legen kann.«

»Hier wird niemand aufs Kreuz gelegt«, widersprach er streng. »Ich bringe dir bei, richtig hart zu kämpfen. Du musst dir die Gedanken an spektakuläre Tritte oder daran, einen Kerl von doppelter Größe zu Boden zu werfen, aus dem Kopf schlagen. Wir werden daran arbeiten, dir Gelegenheit zu verschaffen, dich aus so einer Situation zu befreien.«

»Das hat beim letzten Mal aber nicht sonderlich gut funktioniert«, erinnerte Tracey ihn.

»Deshalb machen wir das hier. Lior sagt, dass du hier im Studio großartig arbeitest. Jetzt wird es Zeit fürs nächste Level.« Diesel zog ihr die Handschuhe aus. »Auf der Straße wirst du keine Handschuhe oder Schützer tragen, wir werden also ohne trainieren. Wir werden daran arbeiten, deine Position und deine Bewegungen im Kampf gegen zwei Angreifer zu verbessern, damit es niemand hinter dich schafft. Ich zeige dir, worauf du abzielen solltest, was dich in Gefahr bringt und wann und wie du zuschlägst. Ich weiß, dass du viel über Tritte und Schläge gelernt hast, aber die traurige Wahrheit ist, dass bei einem Angriff die Furcht die Kontrolle übernimmt und die meisten Schläge ihr Ziel verfehlen und dich verwundbar machen. Darauf werden wir eingehen und darauf, Schläge mit der offenen Hand zu perfektionieren, bei denen weniger Chancen bestehen, dass du dich verletzt, und die eher dort landen, wohin du zielst. Außerdem wirst du lernen, dich bei nahem Kontakt aus einem Griff zu befreien, und zwar mit Techniken, die dir genug Kraft und Raum verschaffen, um abzuhauen.«

»Ich beherrsche den Daumenhebel«, erklärte sie.

»Das ist gut, Baby Girl, aber ein perfekter Daumenhebel ist bei schnellen Aktionen nicht einfach. Besonders nicht bei einem Größenunterschied. Du bist an eine sehr kontrollierte Umgebung gewöhnt, aber wenn wir hier fertig sind, wirst du den Unterschied zwischen einem Spaziergang im Park und einem Lauf durch die Hölle kennen.«

Adrenalin schoss durch ihren Körper. »Du machst mich nervös.«

»Gut, denn wenn dich jemand packt, wirst du Todesangst haben.«

»Ja, daran erinnere ich mich lebhaft.«

»Ich weiß. Du musst wissen, wie du unter solchen Umständen kämpfst. Wir gehen es langsam an, aber ich will, dass du die Angst spürst und dich da durchkämpfst. Nur so wirst du auch in der Lage sein, das im wahren Leben anzuwenden.«

Er warf ihre Handschuhe beiseite und Traceys Verärgerung verwandelte sich in Unruhe, als sie sich detailliert an den Angriff erinnerte und an die Angst, die sie überwältigt hatte. Diesel schien es an ihrem Gesicht abzulesen, denn er nahm ihre Hand. »Entschuldigt uns kurz«, sagte er zu Eliani und Lior, und führte sie von ihnen weg. »Du hast Angst.«

»Ja, irgendwie schon.«

»Das solltest du auch. Das ist ein weiterer Grund, aus dem ich dir nicht vorher davon erzählt habe. Das wird nicht leicht. Ich werde dich an deine Grenzen bringen, und ich werde dir

Angst einjagen, aber nur, weil du so am besten lernst. Was wir heute und bei jeder sich bietenden Gelegenheit tun, bis diese Art der Selbstverteidigung dir in Fleisch und Blut übergegangen ist, wird dich mental und körperlich einer Belastungsprobe unterziehen. Danach hasst du mich vielleicht.«

Jetzt verstand sie, warum er sicherstellen wollte, dass sie ganz fit war. »Ich könnte dich niemals hassen.« Zu wissen, dass er sie so sehr mochte, um so etwas für sie zu tun, ließ ihre Gefühle für ihn nur noch tiefer werden.

»Das hoffe ich, Baby Girl. Bist du sicher, dass du bereit dafür bist?«

Sie war entschlossen, ihn – und sich selbst – stolz zu machen. »Absolut.«

»Denk dran, das Ziel hierbei ist es nicht, die Oberhand zu gewinnen. Du willst deinen Gegner nur lange genug außer Gefecht setzen, um zu entkommen.« Sie fingen langsam an, wie Diesel versprochen hatte. »Als Erstes musst du dir deiner Umgebung bewusst sein. Ob du bei der Arbeit umgeben von Leuten oder allein auf einem dunklen Parkplatz bist, ein Risiko besteht immer. Sei dir stets bewusst, wer und was sich um dich herum befindet, und kenne die Fluchtwege. Mustere Gäste und Passanten, weil du niemals weißt, wer von ihnen nicht richtig tickt. Verlass dich nicht darauf, dass man zu mehreren sicher ist. Wenn du mit deinen Freundinnen unterwegs bist, mach dir bewusst, welche von ihnen die Schwächste ist, denn sie könnte deine Hilfe brauchen, falls etwas aus dem Ruder läuft.«

War ihm klar, wie viel ihr das über ihn verriet?

Sie übten, den Gegner richtig einzuschätzen, und Tracey begriff, wo sie sich positionieren musste – niemals zwischen den Angreifern, immer am äußeren Rand mit Blick zu ihnen – und wie sie das bewerkstelligen konnte. Das Training war nervenaufreibend. Diesel und Lior kamen langsam auf sie zu, aber selbst in diesem Tempo war ihre Furcht real, während sie versuchte, ihnen auszuweichen. Sie bewegte sich schnell, damit sie in ihrem Sichtfeld blieben, während die beiden versuchten, die Kontrolle zu gewinnen. Diesel machte keine halben Sachen. Er erlangte jedes Mal die Kontrolle, gab keinen Zoll nach und heizte ihr gleichzeitig ein. *Denk aggressiv. Sei tapfer. Überwinde die Angst. Dein Leben hängt davon ab.*

Er führte ihr vor, wie sie ihren Schwerpunkt senken konnte, indem sie in die Knie ging, wenn sie von hinten ergriffen wurde, und dann plötzlich nach oben hochschoss. Auch andere Taktiken gingen sie durch, wie den Körper erschlaffen zu lassen, um ihren Angreifer aus dem Gleichgewicht zu bringen, wogegen sich alles in ihr sträubte, wenn sie von Angst getrieben war. Jede Anstrengung endete mit einem Sprint ihrerseits weg von den Angreifern, und mit jeder neuen Aktion wurde es schwerer, nicht leichter.

Das hatte nichts mit ihren Kursen mit Lior gemein. Hier gab es kein Gelächter, kein Ausruhen zwischen den Angriffen, keine Wasserpausen. Je besser sie mit ihrer Fußarbeit wurde, desto aggressiver gingen die beiden Männer gegen sie vor. Eliani stand am Rand und rief ihr Hinweise zu und zeigte ihnen verschiedene Dinge, die Tracey ausprobieren konnte, da sie so klein war, wie sich ducken anstatt sich zu drehen. Tracey schwitzte, ihr Herz raste, und Diesel und Lior umzingelten sie wieder und wieder, ergriffen sie, sagten gemeine Dinge, die Angreifer ihr an den Kopf werfen würden. Je mehr sie versuchte, um sich zu schlagen oder zu treten, desto härter griffen sie sie an und desto lauter wurde Diesel. *Du vergeudest deine Energie. Konzentriere dich. Wo ist dein Fluchtweg?* Er kam näher und sie schwang die Faust gegen ihn, doch er wich ihr aus. *Flieh,*

Tracey, befahl er ihr. Es war so echt, dass die Angst sie verzehrte. Sie kämpfte härter, versuchte, zwischen ihnen herauszukommen, trat und boxte, während sich in ihrem Kopf alles drehte. Als Lior sie von hinten packte, wehrte sie sich vergeblich, wie schon in der Nacht ihres Angriffs. Tränen der Wut brannten in ihren Augen, als Diesel auf sie zukam.

»Ich schaff's nicht!«, stieß sie wütend hervor. »Tut mir leid!«

Diesel beugte sich vor, bis er mit ihr auf Augenhöhe war, und redete auf sie ein: »Du schaffst das! Jetzt heißt es, leben oder sterben. Wirst du dich von irgendeinem Arschloch umbringen lassen oder wirst du verflucht noch mal fliehen und zu mir nach Hause kommen?«

In ihr legte sich ein Schalter um, und sie ging in die Knie, zog Lior mit sich nach unten und brachte ihn damit so weit aus dem Gleichgewicht, dass sie ihm einen Ellbogen in die Eingeweide rammen konnte, worauf sich seine Umklammerung lockerte. Sie entriss sich seinen Armen, aber Diesel erwischte sie am Handgelenk und zog sie zu sich heran. Sie schleuderte ihre Handkante gegen seine Nase und erwischte sein Kinn immerhin so, dass sein Kopf nach hinten ruckte, dann trat sie ihm in die Leistengegend. Er stolperte, und sie riss sich los, sprintete auf die andere Seite des Raums, zitternd, nach Atem ringend. Tränen rannen ihr über die Wangen, aber Eliani und Lior jubelten ihr zu.

Diesel kam auf sie zu, eine Hand auf seine Leistengegend gepresst.

»Tut mir leid«, keuchte sie und wischte sich den Schweiß aus dem Gesicht.

»Du hast es geschafft, Baby Girl.«

»Das werde ich im echten Leben niemals hinkriegen. Ich hätte beinahe aufgegeben.« Sie gab es nur ungern zu, aber es war die Wahrheit.

»Deshalb werden wir bei jeder sich bietenden Gelegenheit trainieren. Zweimal die Woche mit Lior. Je öfter wir üben, desto mehr Selbstvertrauen wirst du bekommen. Das hier soll dich an deine Grenzen bringen. Aber du hast es geschafft, und mich hast du auch an deiner Seite.« Er nahm sie in die Arme und hielt sie fest an sich gedrückt. »Ich lasse nicht zu, dass dir etwas passiert.«

»Du wirst nicht immer in meiner Nähe sein. Du hast mir gesagt, dass du vielleicht nicht bleibst.«

»Da müsste mir schon jemand das Herz rausreißen, dass ich dich verlasse.«

War sie im Delirium? Hatte sie ihn falsch verstanden? »Diesel ...?«

»Ich beschütze, was mir gehört.« Er küsste sie kurz. »Machen wir uns wieder an die Arbeit.«

Wie sollte sie denn kämpfen, wenn er ihr gerade eine solche Liebeserklärung gemacht hatte ... in *Diesel-Manier*?

Zwölf

Bei der Hochzeitsmesse waren über hundert Aussteller im Ballsaal des Hotels mit Aussicht auf den Hafen versammelt. Tracey füllte ein Tablett mit Lebkuchenkeksen und genoss die Szenerie. Sie hatte noch nie so viele Brautkleider, Hochzeitstorten oder Hochzeitsplaner gesehen. Es schien, als wäre jeder, der irgendetwas mit Hochzeiten zu tun hatte, vor Ort. Es gab Vertreter für Hochzeitsreisen, Reisebüros, Limousinendienste, Fotografen und ein Dutzend anderer Dienstleistungen. Josies und Finlays Stand war bis zur Perfektion in Weiß, Gelb und Rosa dekoriert, mit einem Hauch von Spitze, Begrünung und frischen Blumen. Tracey hatte nie von einer Hochzeit in Weiß oder außergewöhnlichen Flitterwochen geträumt, aber umgeben von all diesem Hochzeits-Trara und aufgeregten künftigen Bräuten und ihren kichernden Freundinnen brachte das wohl jede Frau dazu, von magischen Augenblicken und ewiger Liebe zu träumen.

Besonders nach den vergangenen Wochen.

Tracey konnte kaum glauben, dass sie und Diesel bereits fast einen Monat zusammen waren. Die zweieinhalb Wochen, seit er angefangen hatte, ihr das Kämpfen beizubringen, waren wie im Flug vergangen. Geschäftige Tage gingen über in intime

Nächte, manchmal bei ihm, manchmal bei ihr, aber immer in seinen Armen. Er hatte sich jeden Mittwoch und Samstag Zeit genommen, um mit ihr, Lior und Eliani zu arbeiten und sicherzustellen, dass Tracey stärker und zuversichtlicher wurde. Brachte sie an ihre Grenzen, bis sie so unerschütterlich an sich glaubte, wie er es tat. Letztes Wochenende hatten sie Adrian besucht, und er war höchst erfreut gewesen, dass sie jetzt Diesels Freundin war. Sie hatte Spaß daran gehabt, den beiden bei ihren Fachsimpeleien über das Tolkien-Universum zuzuhören, und Adrian hatte darauf bestanden, dass sie *Der Hobbit* las, damit sie zusammen mit ihnen die Filme anschauen konnte, wenn er mit allen Büchern durch war.

Tracey war nie glücklicher gewesen, hatte sich nie respektierter, geschätzter oder geliebter gefühlt als jetzt. Das war ein bedeutsames Wort, von dem sie ziemlich sicher war, dass Diesel es niemals aussprechen würde, aber wie sonst konnte sie sich die Art erklären, wie sie für ihn immer an erster Stelle kam? Sie unternahmen keine langen Spaziergänge am Strand oder blickten in die Sterne und träumten gemeinsam von einer märchenhaften Zukunft, wie manche Paare es taten. Er hatte ihr nicht die Welt versprochen oder irgendetwas mit vielen Worten erklärt, abgesehen von seinem Schwur, sie zu beschützen. Aber er hatte ihr sich und seine Vergangenheit anvertraut, was bedeutsamer war als leere Versprechen, und sie spürte seine Liebe zu ihr in all den kleinen Dingen, die er tat. Wie im Frühstück, das er jeden Morgen für sie zubereitete, und in den Zinnien in einer Bierflaschenvase, die sie in ihrem Fach bei der Arbeit vorgefunden hatte. Sie spürte sie bei den Motorradtouren, die sie sonntags unternahmen und zu denen stets Spaziergänge durch Parks und Liebesspiele hinter Sträuchern und Bäumen gehörten.

Eine Gruppe junger Frauen umschwärmte Josies Tisch und erregte Traceys Aufmerksamkeit.

»Seht mal!«, rief die mit einer weißen Schärpe, auf der in Gold *Zukünftige Braut* geschrieben stand. »Lebkuchen mit Braut und Bräutigam. Was für eine tolle Idee!«

»Kostet ruhig mal«, bot Tracey an und jede der Frauen nahm sich einen Keks.

An ihrem Stand war bereits den ganzen Morgen viel los. Josie und Tracey trugen übereinstimmende »Ginger All The Days«-T-Shirts und Finlay und Izzy »Finlay's Catering«-Shirts, sodass die Kundinnen sofort wussten, wen sie ansprechen mussten. Finlay ging mit einer anderen künftigen Braut gerade eine Hochzeitstortenbroschüre durch, während sich Izzy mit der Schwiegermutter der jungen Frau unterhielt, die sich begeistert über Finlays kunstvolle Hochzeitstorten ausließ. Josie plauderte mit einigen Frauen über ihre Auslage von Lebkuchenhäusern mit Hochzeitsthema, und Sarah hatte einen Frisierstuhl an einem Ende des Stands aufgestellt, wo sie kostenlos Brautfrisuren anbot. Zehn Frauen standen bereits dort an. Tracey hatte nie großartig über eine eigene Karriere nachgedacht, aber jetzt, wo sie ihren Freundinnen dabei zusah, wie sie ihre Geschäftsideen voranbrachten, wünschte sie sich, sie hätte auch etwas Eigenes.

Allerdings hatte sie nicht viel Zeit, darüber nachzugrübeln. Die Frauen wanderten zum nächsten Stand, und Penny, Dixie und Roni bahnten sich in Shorts und niedlichen Tops kichernd und mit Cupcakes in der Hand einen Weg durch die Menge.

»Das alles ist total verrückt. Willst du was?« Roni bot Tracey den letzten Bissen ihres Cupcakes an.

»Nein danke«, lehnte Tracey ab. »Ich hab bestimmt schon zehn Kekse gefuttert.«

»Ich möchte einen!« Penny zupfte das Stück aus Ronis Serviette und steckte es sich in den Mund. Finlay beendete das Gespräch mit ihrer Kundin und gesellte sich zu ihnen.

»Du hast deine zwei schon aufgegessen?«, fragte Dixie.

Penny legte eine Hand auf ihren bisher noch kaum sichtbaren Babybauch. »Mach mir kein schlechtes Gewissen. Das sind die Schwangerschaftshormone. Ich kann zurzeit nur noch an Sex und Essen denken.«

»Ich werde wohl noch ein paar mehr Cupcakes für Kennedys und Lincolns Geburtstagsparty backen müssen«, neckte Finlay sie. »Um deine anderen Bedürfnisse kann sich Scott kümmern.«

Kennedys und Lincolns Geburtstagsparty fand nächsten Sonntag statt. Tracey überlegte immer noch, was sie ihnen schenken sollte. Diesel hatte die Kinder so gern, dass sie sich fragte, ob er wohl mit ihr einkaufen gehen würde.

»Ihr wisst ja, dass ich Trixie engagiert habe, um als Überraschung für die Kinder Miniaturpferde zur Party zu bringen. Deshalb gibt es auch ein Westernthema.« Dixie schnappte sich einen Lebkuchen. Ihrer Freundin Trixie Jericho gehörte eine Miniaturpferd-Therapiestation in Pleasant Hill, wo sie mit ihrem Verlobten, dem Rancher Nick Braden, lebte.

»Bones und ich bereiten uns schon seelisch und moralisch darauf vor, dass uns die Kinder nach der Party um ein eigenes Pony anbetteln werden«, meinte Sarah. »Sie lieben sie einfach.«

»Ich kann's kaum erwarten zu sehen, wie Kennedy Diesel auf der ganzen Party herumzerrt«, meinte Tracey, während Josie und Izzy ihre Kundinnen verabschiedeten und ebenfalls zu ihnen stießen. »Wisst ihr noch, wie sie ihm ein Valentinstagsherz mit ihren Namen darin gebastelt hat? Verratet ihm nicht, dass ich es euch erzählt habe, aber er hat es noch. Es liegt in seiner Sockenschublade. Ich hab's gefunden, als ich ihm einen Zettel reingelegt habe.«

Ein kollektives Seufzen ertönte.

»Ja, oder? Ich bin dahingeschmolzen, als ich es gesehen habe, aber ich hab's ihm nicht gesagt, also *pssst*.«

»Das ist total süß«, sagte Dixie. »Aber du bist wohl nicht auf dem Laufenden, was Kennedy und ihren neuesten Schwarm angeht. Ich habe sie zu den Miniaturpferden auf Nicks und Trixies Ranch gebracht, um sicherzugehen, dass sie keine Angst vor ihnen hat, und sie ist Nick einfach überallhin gefolgt. Sie hat ihm den Hut vom Kopf genommen und ihn den ganzen Nachmittag über getragen. Das war so putzig.«

»Och, der arme Diesel«, klagte Tracey.

Izzy stupste sie an. »Ich glaube, dein Mann wird gut genug umsorgt.«

Zustimmendes Gemurmel von allen Seiten.

»Zu schade, dass Gemma und Crystal heute arbeiten mussten. Das hier hätte ihnen gefallen«, meinte Josie, als eine Ankündigung über die Lautsprecher kam, dass in zehn Minuten die Modenschau von Jax und Jillian Braden auf der Hauptbühne stattfinden würde.

Um sie herum wurde es lauter, und es schien, als machten sich alle auf den Weg in Richtung Bühne. Nicks Bruder Jax war ein berühmter Designer von Hochzeitskleidern, und seine Zwillingsschwester Jillian war nicht nur bekannt für ihre einzigartigen Kleider, sondern auch für die »Leder und Spitze«-Kollektion für Bikerinnen, die sie zusammen mit Dixies Mann Jace entworfen hatte.

»Schaffe ich es noch zur Show?«, fragte die Frau, an deren Frisur Sarah gerade arbeitete.

»Ja, ich bin in zwei Minuten fertig«, versicherte Sarah ihr.

Die Frauen, die in der Schlange standen, guckten wehmütig zur Bühne. »Ich bin noch den ganzen Tag hier, Ladys. Ihr könnt euch ruhig die Show ansehen und später wiederkommen.«

Die Frauen rannten praktisch hinter den anderen her, und wie versprochen war Sarah auch bald mit ihrer Kundin fertig, die ihr ausgiebig dankte und dann ebenfalls davoneilte.

»Die drehen hier ja alle vollkommen durch. Falls ich jemals heiraten will, sollte ich dafür wohl lieber irgendwohin durchbrennen.« Izzy griff sich einen Keks vom Tisch und biss hinein.

»Ich find's toll«, beharrte Roni. »Ich weiß, dass Quincy und ich noch nicht verlobt sind, und aufgrund seiner Genesung und meiner Arbeit mit dem Tanzensemble dauert es auch noch ein paar Jahre, bis wir diesen Schritt gehen. Aber ich hoffe, ihn eines Tages vor dem Altar stehen zu sehen. Dass er mich ansieht, als wäre ich alles, was er jemals wollte, und ich will, dass ihr alle da seid, um mit uns zu feiern. Wir brauchen keine große, teure Hochzeit, aber nach allem, was Quincy durchgemacht hat, verdient er eine Feier, und all das hier verstärkt in mir nur den Wunsch danach.«

»Ist doch gut so, dass du das willst«, meinte Dixie. »Denn Quincy kann es kaum erwarten, dich vor den Altar zu zerren.«

»Ich fand unsere Hochzeit toll, und ich bin froh, dass wir gewartet haben, bis Maggie Rose geboren war und wir richtig angekommen waren«, sagte Sarah.

»Ich bin auch froh, dass wir warten, bis das Baby da ist, damit ich in ein Hochzeitskleid passe«, warf Penny ein.

»Wenn du weiter diese Cupcakes isst, wird das vielleicht unmöglich«, neckte Finlay.

»Du hast mit der Hochzeit und dem ›Süß und salzig‹-Dessertfestival ein ziemlich geschäftiges Jahr vor dir, Penny«, sagte Tracey.

Penny gehörte die Eisdiele Luscious Licks. Sie hatte sich jahrelang um eine Einladung für einen Stand auf dem Festival bemüht, und Scott war maßgeblich daran beteiligt gewesen, dass es dazu gekommen war. Sie freuten sich alle sehr für sie.

»Vergiss nicht unseren *Babymoon*.« Penny rieb sich den Bauch. »Ich glaube, ich muss noch ein paar mehr Leute einstellen.«

»Ich helfe gern aus, wenn ich kann«, bot Josie an. »Dein Leben wird völlig auf den Kopf gestellt, sobald du das Baby zu Hause hast und dir klar wird, dass du ausschlafen und lange heiß duschen vergessen kannst.«

»Aber das ist nicht schlimm«, versicherte Finlay ihr. »Denn du und Scott werdet so vernarrt ineinander und in das Baby sein, dass du nur daran denken kannst.«

»Hast du schon ein Hochzeitskleid gefunden?«, fragte Sarah.

»Ihr gefallen ungefähr fünfzig«, verkündete Dixie. »Jax hat einen riesigen Stand in Bühnennähe ...«

Während ihre Freundinnen über Hochzeiten, Babys und Geschäftliches redeten – all die Richtungen, in die ihr Leben voranschritt –, wanderten Traceys Gedanken dahin zurück, dass sie etwas Eigenes auf die Beine stellen wollte. Ihr Herz gehörte Diesel, aber sie war noch nicht bereit, an eine Hochzeit zu denken, geschweige denn an Babys. Sie musste erst ihr Leben auf die Reihe bekommen, bevor sie sich auf eine lebenslange Verpflichtung mit jemand anderem einlassen konnte. Sie versuchte, sich keine Gedanken darüber zu machen, ob sich Diesel wirklich an einem Ort niederlassen konnte oder ob er rastlos werden und sie irgendwann deswegen verachten würde. Immerhin war er Kopfgeldjäger und Nomad. Sie fragte sich, ob er den Nervenkitzel der Arbeit vermisste, die offene Straße oder die Freiheit seines Singledaseins. Er verhielt sich nicht so, und er war bereits seit zwei Jahren hier, von daher hoffte sie, er hätte den Drang zu verschwinden längst vorher verspürt. Dennoch blieben diese Sorgen in ihrem Hinterkopf, etwas gedämpft durch all die wundervollen Gefühle, die sie für ihn empfand, und das Vertrauen zwischen ihnen. Die Zeit würde es zeigen, aber vielleicht musste sie langsam auch an eine echte Karriere für sich denken und eine Möglichkeit finden, im Leben anderer Menschen etwas zu bewirken, wie es ihre Freundinnen taten.

»Erde an Tracey.« Josie wedelte mit einer Hand vor ihrem Gesicht. »Versinkst du schon wieder in Tagträumereien an Diesel?«

»Er ist es immer wert, an ihn zu denken«, gab Tracey zu.

»Ich wusste, er würde dir Orgasmen schenken, die Ohrstöpsel erforderlich machen.« Dixie grinste breit.

Beschwörend sah Tracey Izzy an.

»Was denn? Stimmt doch«, beharrte Izzy. »Ich bin einen Abend nach Hause gekommen und hab euch schon gehört, bevor ich das Haus betreten hatte.«

»Hast du nicht«, protestierte Tracey lachend.

Izzy starrte sie nur ausdruckslos an.

»Okay, na schön. Es stimmt.« Tracey sah sich im Saal um. »Wo sind denn all die künftigen Bräute, wenn ich sie brauche?«

Spät am Sonntagnachmittag stieg Diesel von seinem Motorrad. Er vermisste Tracey, als hätte er sie seit einem Monat nicht mehr gesehen. Das war verrückt, aber verdammt, er konnte nichts dagegen tun. Und das Irre war, er wollte es auch gar nicht. Es gefiel ihm, was er ihretwegen empfand, wie er sich danach sehnte, dass sie seinen Rücken wärmte, wenn er auf dem Motorrad saß, und sie jede Nacht in seinen Armen zu halten. Aber heute war er angespannt. Er hatte endlich eine heiße Spur zu ihrer Mutter gefunden und war nach Annapolis gefahren, um die Information zu überprüfen. Dort hatte er auch die zierliche Brünette entdeckt, die die kecke Nase und das spitze Kinn mit Tracey gemein hatte. Allerdings hieß Michelle Kline nun Michelle Kline-Braham und hatte eine neue Familie und ein, wie es schien, perfektes Leben.

Eins, das Tracey nicht einschloss.

Er hatte viel Zeit damit zugebracht, sie mit ihrer Familie bei einem Fußballspiel von einer ihrer zwei Teenagertöchter zu beobachten, und dabei das Verhalten ihres Ehemanns gut im Blick behalten. Der attraktive Schwarze hatte seine Tochter angefeuert und Traceys Mutter und seine andere Tochter mehrmals umarmt. Als das Spiel vorbei war, hatte er das Mädchen, das gespielt hatte, abgeklatscht und in einer Umarmung herumgewirbelt, die ihr peinlich zu sein schien. Gab es in diesem Bilderbuchleben noch Platz für eine weitere Person?

Diesel hoffte, er würde Tracey mit seiner Entdeckung keine weiteren Schmerzen zufügen. Er wusste, sie würde sauer auf ihn sein, weil er ihre Mutter hinter ihrem Rücken aufzuspüren versucht hatte, aber das war nicht seine Absicht gewesen. Er hatte ihr keine falschen Hoffnungen machen oder – schlimmer noch – von ihr hören wollen, dass er nicht versuchen sollte, ihre Mutter zu finden. Doch dieses klaffende Loch in ihrem Leben wollte er unbedingt stopfen. Jetzt musste er den richtigen Augenblick abpassen, um ihr davon zu erzählen, und er hatte keine Ahnung, wann der kommen würde.

Er musste wohl seinem Instinkt vertrauen.

Als er das Clubhaus betrat, nahm er sein Handy aus der

Tasche und sah eine Nachricht von Tracey auf dem Display. *Ich hoffe, du hast einen schönen Trip. Ich vermisse dich.* Sie hatte ein Kuss-Emoji ergänzt, und diese alberne Kleinigkeit brachte ihn zum Lächeln. *Ein verdammtes Emoji.* Er hatte die Dinger immer gehasst. Bis Tracey in sein Leben kam.

Dank ihr und ihrer Elfenmagie hinterfragte er mittlerweile alles, was er über sich zu wissen geglaubt hatte, und sie musste sich dafür nicht einmal anstrengen. Sie bat nie um etwas, machte ihm nicht die Hölle dafür heiß, wer er war oder wie er sich verhielt, und sie hatte ihn als Mann so akzeptiert, wie er war, mit all seinen Fehlern. Das ließ ihn Dinge empfinden, die er nur schwer für sich behalten konnte, und sich Sachen wünschen, von denen er nie geglaubt hatte, sie zu wollen, wie ihr die Welt zu zeigen. Nur sie beide auf seinem Bike, unterwegs durch das Land, quer durch Berge, Ebenen, Parks und was immer sonst ihr liebreizendes Herz begehren mochte.

Auf dem Weg nach oben schrieb er eine Antwort. *Hey, Baby Girl. Wann seid ihr fertig?*

Er betrat sein Schlafzimmer, wo ein kleiner Stapel mit Traceys Kleidung ordentlich zusammengelegt auf dem Stuhl lag. Ihre Haarbürste lag auf der Kommode, daneben eine Notiz, die sie ihm irgendwann in die Sockenschublade gesteckt hatte. Er hatte sie heute Morgen gefunden – *Ich denk an dich. Küsschen, T.* Er stellte sich vor, wie sie sie versteckte, während er sich die Zähne geputzt oder geschlafen hatte. Wie immer führten diese Gedanken ihn weiter und er dachte an ihr süßes Flüstern, wenn sie seine Aufmerksamkeit erregen wollte, an ihren heißen Mund und die heißen Sachen, die sie damit anstellte, an ihre wunderschönen braunen Augen, die sagten: *Ich vertraue dir, bitte tu mir nicht weh* und *Ich will dich*. Und das alles gleichzeitig.

Allein an sie zu denken, erregte ihn bereits.

Sein Handy vibrierte, als ihre Antwort kam. *Ich gehe in ein paar Minuten. Was ist mit dir? Bist du noch unterwegs?*

Er tippte. *Bin gerade wieder im Clubhaus angekommen. Gehe unter die Dusche. Komm hoch, wenn du hier bist.*

Okay. Bis nachher. Sie ergänzte noch ein Herz-Emoji.

Und wieder brachte ihn das verdammte Emoji zum Lächeln. So viel hatte er nicht mehr gelächelt, seit er ein Kind gewesen war. Er zog sich das T-Shirt aus und rief Tiny über Lautsprecher an, während er sich hinsetzte, um sich die Stiefel auszuziehen.

»Hey, Kumpel. Wie läuft's?« Mit über hundertdreißig Kilo auf den Rippen, den dichten, von grauen Strähnen durchzogenen Haaren und dem Zottelbart wirkte Tommy »Tiny« Whiskey vielleicht etwas aus dem Leim gegangen, aber er war einer der toughesten Männer, die Diesel kannte, und wie Biggs auch einer der großzügigsten.

»Verdammt gut. Und bei dir?« Er zog sich Stiefel und Socken aus.

»Ach. Sasha und Cowboy sind mit der Erweiterung des Paintball-Felds fertig und Doc hat sich noch einen Hund zugelegt. Dare hat es sich in den Kopf gesetzt, mit den Bullen in Spanien zu rennen, und Birdie ist auf einer Mission, um Cowboy zu verheiraten. Abgesehen davon läuft alles gut.« Tinys und Wynnies drei Söhne waren Dark Knights und wurden entsprechend ihrer Straßennamen Doc, Dare und Cowboy genannt. Ihre älteste Tochter Sasha, eine Pferdetherapeutin, war begeisterte Paintball-Spielerin, und Birdie, die Jüngste, war ebenso begeistert mit Verkupplungsversuchen beschäftigt.

Diesel gluckste. »Klingt, als wäre alles wie immer.«

»Ist wohl so. Aber bei dir scheint sich ja einiges zu verändern. Wynnie hat letztens mit Red telefoniert. Sie meint, du hättest dir eine Freundin zugelegt, sie auf deinem Bike mitgenommen und all so was. Klingt nach was Ernstem.«

Diesel betrat das Bad, um die Dusche aufzudrehen, und sein Blick wanderte über Traceys Zahnbürste neben seiner, ihr Shampoo und Duschbad in der Dusche. *Ja, es ist etwas Ernstes.* »Deshalb rufe ich an. Ich weiß, ihr erwartet mich zu Weihnachten, aber ich bleibe noch eine Weile.« Er hatte Bullet bereits erklärt, dass es nicht nötig war, noch einen Barkeeper einzustellen.

»Verdammt, Junge. Du hattest seit deinen Teenagerzeiten kein Mädel mehr an deiner Seite. Was tut Biggs da bei euch in sein Bier?« Tiny lachte auf. »Hat die Kleine auch einen Namen?«

»Tracey. Sie ist ebenso tough wie süß. Aber sie hatte es nicht leicht, und ich weiß nicht, Tiny … Zum ersten Mal in meinem Leben ruft mich etwas lauter als die Straße.«

»Das ist gut, Diesel. Gut für die Seele. Ich würde die Kleine ja gern mal kennenlernen, die dich Wurzeln schlagen lässt. Aber ich werde Birdie oder meiner Old Lady nicht verklickern, dass du nach Weihnachten nicht herkommst. Das musst du schon selbst erledigen.«

Diesel lachte leise. »Das geht klar. Ich kümmere mich darum. Na gut, ich muss dann mal.«

»Pass auf dich auf, Junge.«

»Du auch.« Diesel legte auf, zog sich die Jeans aus und ging unter die Dusche.

Er hatte die Bewohner von Hope Valley seit letztem Dezember nicht mehr gesehen, als er Simone zur Ranch gebracht hatte. Es wäre schon schön, sie mal wieder zu treffen. Vielleicht konnte er ja nach Weihnachten mit Tracey hinfahren. Ein unangenehmes Gefühl durchzog ihn. Seit dem Tod seiner

Mutter hatte er niemanden mehr in das Haus mitgenommen, aber er wusste, dass sein Unwohlsein nicht nur deswegen bestand. *Nur fürs Protokoll, ich mag es nicht, wenn Leute etwas hinter meinem Rücken machen.*

Er stützte sich mit den Händen an den Wandfliesen ab und ließ sich das Wasser über den Nacken strömen. Hoffentlich hatte er es nicht vermasselt. Als er ein Geräusch hörte, zog er den Duschvorhang auf und sah Tracey ihre Jeans abstreifen. Sie trat in die Dusche, und ihr Lächeln beruhigte seine aufgewühlten Nerven. Er legte einen Arm um sie und zog sie für einen Kuss an sich. Sie schmeckte nach Zucker, Lebkuchen und ihrem einzigartigen Aroma, das ein Teil von ihm geworden war. »Ich hab dich vermisst«, knurrte er an ihren Lippen.

»Hast du das?«

»Aber ja doch.« Er strich mit den Händen über ihren Körper, umfasste ihren Po, küsste sie erneut, fester, noch leidenschaftlicher.

»Sag's mir noch mal«, flüsterte sie.

Er brauchte ein paar Sekunden, um zu verstehen, worum sie ihn bat. »Ich habe dich vermisst, Baby Girl.« Als er es aussprach, wurde ihm klar, dass er ihr das bisher noch nie laut gesagt hatte, was verrückt war, immerhin hatte er es bereits Hunderte Male gefühlt, wenn sie getrennt gewesen waren. Ihr Lächeln bohrte sich wie ein Pfeil in sein Herz. Sie stellte sich auf die Zehenspitzen und küsste ihn leidenschaftlich. Während ihre Zungen miteinander tanzten, rieb sie ihm den Rücken. Diese liebevolle Berührung kehrte sein Innerstes nach außen.

»Du bist ganz verspannt. Hattest du einen harten Tag?«

»Einen höllischen, aber jetzt ist es schon besser.«

»Ich massiere dir den Rücken.« Sie drehte sich zur Flasche mit dem Duschgel um und er nutzte die Gelegenheit, um ihren

Hals zu küssen.

»Das musst du nicht tun, Baby Girl. Ich will dich anfassen.«

Er legte die Arme um sie, bewegte eine Hand nach unten zwischen ihre Beine, die andere nach oben zu ihrer Brust, und saugte dabei gleichzeitig fest an ihrem Hals. Sie ließ stöhnend den Kopf nach hinten gegen seine Brust sinken. Er spielte mit ihrer Brustwarze, schob die Finger in ihre enge Öffnung und bewegte den Daumen dort, wo sie ihn am meisten brauchte. Sein Glied regte sich, wollte mitmischen. Sie drückte sich mit den Händen an den Fliesen ab, ritt seine Finger und stieß sündige Laute aus. »Ich will dich küssen.«

Sie blickte über die Schulter und er presste den Mund auf ihren, drückte sich rhythmisch gegen ihren Hintern, steigerte ihre Lust. Ihre Finger drückten sich gegen die Fliesen, als sie der Orgasmus überkam. Sie seufzte in ihren Kuss, aber er ließ nicht nach. Für das hier lebte er, sie so verzehrt von Verlangen zu spüren, ihre scharfen Laute zu hören. Er küsste sie heftiger, fordernder, spielte weiter mit dem Daumen an ihrer Klitoris, um ihren Höhepunkt zu verlängern. Sie stöhnte, wackelte mit den Hüften, ihre Beckenmuskeln zogen sich zusammen. Als der Höhepunkt langsam verklang und sie im Nebel der Lust verloren war, verlangte es ihn nach ihr, und er konnte sich nicht länger zusammenreißen. Er vertiefte den Kuss, nahm ihren Mund so in Besitz, wie er ihren Körper in Besitz nehmen wollte, bis er sich kaum noch unter Kontrolle hatte. »Ich muss dich jetzt haben, Baby. Nimmst du die Pille?«

»Nein«, flüsterte sie. »Aber du kannst ihn rausziehen.«

»Das ist riskant.« Aber noch während er es aussprach, wollte er nichts lieber als in ihr sein, ohne dass sie etwas trennte.

»Ich vertraue dir.«

»Spreiz deine wunderschönen Beine für mich.« Er positionierte sich hinter ihr und stieß dann fest in sie hinein. Ein lautes, ergebenes Stöhnen entrang sich ihrer Kehle. Er umfasste ihre Mitte mit einer Hand und spielte mit diesem geschwollenen Nervenbündel, während er in sie eindrang, schnell und hart, dann langsam und sanft. Mit jedem Stoß verstärkte er ihrer beider Erregung, bis sie beide stöhnten. Die Lust war so intensiv, so exquisit, dass er nicht mehr denken konnte, nur noch fühlen.

»Hör nicht auf.«

Er wurde schneller, liebkoste mit der freien Hand ihre Brüste, was ihm ein scharfes Keuchen und Flehen von ihr einbrachte. Als er die Zähne in ihrer Schulter vergrub, schoss ihm ihr Name über die Lippen, und ihre inneren Muskeln krampften sich perfekt um seinen Schaft und pressten seinen Orgasmus beinahe aus ihm heraus.

»Du fühlst dich so verflucht gut an.« Er drückte eine Hand gegen ihren Unterbauch, presste sie fest an sich, während er langsamer wurde und versuchte, seinen Höhepunkt hinauszuzögern, aber er stieg immer höher und höher, bis er kaum noch die Kontrolle hatte. Das Verlangen, ihr Gesicht zu sehen, ihre Lippen zu küssen, nagte an ihm.

»Verdaaaaammt.« Er zog sich aus ihr zurück, drehte sie grob herum und legte ihre Hand um seine Härte.

Sein Mund eroberte ihren, während sie ihn rieb, so drängend und fordernd wie das Verlangen, das ihn durchströmte. Er legte seine Hand um ihre, drückte fest zu, stieß mit den Hüften zu, drückte die andere Hand zwischen ihre Beine, wurde immer schneller, fester, härter, bis sie zusammen Erlösung fanden. Fluchend löste er den Mund von ihrem und kam auf ihren Bauch. Lustvolle Geräusche erfüllten die Luft, jedes Zucken seines Beckens wurde von einem Knurren begleitet, bis er sich ganz entleert hatte. Sie fielen einander atemlos und befriedigt in die Arme.

»Mein Gott.« Er drückte sie an sich, wobei er seinen Samen auf ihrem Bauch verschmierte. »Du bist noch mein Untergang.«

Sie kicherte.

Er drehte sich mit ihr um und lehnte sich mit dem Rücken gegen die Wand, sank dabei etwas tiefer, sodass sie beide auf Augenhöhe waren. Er war so erfüllt von Gefühlen, erfüllt von *ihr*, dass die Wahrheit aus ihm heraussprudelte. »Ich verfalle dir mit Haut und Haaren, Baby Girl.«

Sie legte die Wange an seine und flüsterte ihm ins Ohr: »Ich weiß.«

»Das weißt du?« Lachend kniff er ihr in den Po.

Ihr Grinsen war so breit, dass es auch ihn zum Strahlen brachte. »Du kannst nicht mehr verbergen, was du für mich empfindest. Wir stehen uns zu nahe.«

»Und ich kann auch nicht verbergen, wie sehr ich mich freuen würde, wenn du die Pille nehmen würdest. Denn jetzt, wo ich dich ohne etwas zwischen uns hatte, will ich das immer so haben.«

Sie kniff die Augen zusammen. »Mein Körper, meine Entscheidung.«

»Natürlich, ich wollte nicht …«

Sie unterbrach ihn durch einen Kuss und kicherte. »Ich mach nur Witze. Ich habe noch diese Woche einen Termin bei meinem Gynäkologen. Wir sind uns da einig, keine Sorge. Aber so grandios das auch war, noch mal gehen wir dieses Risiko nicht ein. Du musst ihn eintüten, bis ich geschützt bin.«

Verfallen traf nicht einmal im Ansatz das, was gerade mit ihm passierte. »Du bist der Boss, Baby Girl.«

»Oh, ich bin der Boss?« Ihre Augen strahlten. »In dem Fall

sollten wir mal aus der Dusche raus, denn ich bin am Verhungern.«

Er hob eine Braue.

»Sieh mich nicht so an, du Sexsüchtiger. Ich meine nicht diese Art von Hunger. Du führst mich zu Burger und Pommes aus.« Mit dem Zeigefinger fuhr sie ein Tattoo auf seiner Brust nach und setzte eine herausfordernde Miene auf. »Wenn du Glück hast, wirst du mein Nachtisch.«

Während sie sich anzogen, erzählte Tracey ihm von der Hochzeitsmesse. Wenn sie weiter so verführerisch in ihrem BH und Höschen herumstolzierte, würden sie das Schlafzimmer heute nicht mehr verlassen. »Das Gelände war rappelvoll und alles war so hübsch dekoriert. Ich glaube, Finlay hat gesagt, sie hätte acht neue Kundinnen für Hochzeiten in den nächsten sechs Monaten, und Josie hat jede Menge Bestellungen für Weihnachten und ein paar Brautpartys ergattert. Penny hat ein wunderschönes Hochzeitskleid gefunden und ein paar Orte, die für ihren Babymoon in Betracht kommen.«

Er streifte seine Jeans über und lehnte sich gegen die Kommode, um ihr zuzusehen, wie sie sich die feuchten Haare vor dem Badspiegel kämmte. »Was ist denn ein Babymoon?«

»Ein Urlaub, den ein Paar macht, bevor das Baby geboren wird. Penny und Scott wollen nicht gleich ihr Baby zurücklassen, um auf Hochzeitsreise zu gehen, deshalb ergibt es Sinn, die Zeit allein zu genießen, bevor ihr Baby auf der Welt ist.«

»Bist du auch auf so was aus, Kratzbürste? Eine Hochzeit in Weiß, Babys und das ganze Drumherum?« Er mochte ihr ja schnell verfallen sein, aber er wollte in nächster Zeit nicht vor den Altar treten.

Sie legte den Kamm weg und betrat das Schlafzimmer mit einem nachdenklichen Gesichtsausdruck. »Vielleicht eines Tages?« Sie nahm sich ein T-Shirt vom Stuhl und streifte es über. »Um ehrlich zu sein, macht mir das irgendwie Angst, und ich muss noch viel schaffen, bevor ich dazu bereit bin.«

»Warum macht es dir Angst?«

»Weil sich die Menschen verändern. Ich habe es nicht eilig, mich in diese Lage zu bringen.«

Das hätte ihn erleichtern sollen, aber stattdessen störte es ihn. Er nahm ihre Hand und zog sie in seine Arme. »Glaubst du, ich würde mich *so* verändern? Dass ich dich schlecht behandeln würde?«

»Nein. Deswegen mache ich mir gar keine Sorgen. Aber Verletzungen sind nicht immer körperlich.« Sorge trat in ihre wunderschönen Augen. »Ich weiß, was du für mich empfindest, ich weiß aber auch, dass es hier in der Gegend sicher nicht viele Kopfgeldjägerjobs gibt, und du hast so lange nach deinen eigenen Regeln gelebt. Du könntest ruhelos werden und mich dafür hassen, weil du das Gefühl hast, meinetwegen nicht vom Fleck zu kommen.«

Sein Kiefer verkrampfte sich. »Ich kann dir nicht versprechen, dass ich nicht ruhelos werde, aber ich kann dir versprechen, dass ich dich nicht dafür hassen werde. Bei unserem ersten Kuss habe ich mich an dich gebunden, genau wie du dich an mich. Ich habe diese Entscheidung getroffen, weil ich dich mehr wollte, als ich jemals irgendetwas anderes begehrt habe, und ich bereue es nicht. Ich bin treu wie ein Hund, Trace. Treu dir und dem Club gegenüber. Diesen Bund werde ich nicht brechen. Aber ich muss ehrlich zu dir sein. Ich sehe mich nicht vor den Altar treten oder hinter einem weißen Gartenzaun leben. Ich glaube, ich werde immer das Bedürfnis haben, ab und zu auf die Straße zu wollen. Wie oft, das kann ich nicht sagen. Aber wo ich hingehe, gehst du auch hin.«

»Und wenn ich Peaceful Harbor nicht für längere Zeit verlassen will?«

Tja, verdammt, so weit hatte er noch nicht vorausgedacht. »Das ist alles Zukunftsmusik, Baby Girl.« Er setzte sich aufs Bett und zog sie auf seinen Schoß. »Ist es das, was du brauchst? Jetzt sofort alle Antworten?«

»Nein. Ich muss auch noch viel herausfinden. Wie ich schon sagte, habe ich es nicht eilig.«

»Dann ist alles gut zwischen uns, wie es ist?«

Sie lächelte. »Ja. Ich wollte es nur mal ansprechen.«

»Gut. Kann ich dir bei noch etwas helfen?«

»Ich weiß nicht. Ich war zur gleichen Zeit im Frauenhaus wie Josie, und sie hat jetzt dieses tolle Unternehmen, und Sarahs Situation war schlimmer als meine und jetzt hat sie eigene Kundinnen im Friseurladen. Roni hat das Tanzen, Finlay das Catering und Penny ihre Eisdiele. Ich bin nicht neidisch oder so. Ich freue mich für sie. Sie inspirieren mich. Aber das hat mir vor Augen geführt, dass ich gar nichts Eigenes habe.«

»Was meinst du damit? Einen anderen Job? Willst du auch ein eigenes Geschäft aufmachen?«

»Nicht unbedingt. Ich weiß nicht, was ich will. Das ist das Problem. Ich liebe meinen Job in der Bar und kann mir ein Leben ohne ihn nicht vorstellen. Aber ich glaube, ich würde gern noch mehr machen. Ich würde gern etwas tun, womit ich anderen helfe. Etwas, auf das ich stolz sein kann. Ich weiß nur nicht, was das sein könnte.«

»Lior hat mir erzählt, dass er dich dazu bewegen wollte, mit ihm zusammen Kurse zu geben.«

»Ich weiß, und ich trainiere gern mit ihm. Aber auch wenn die Kurse etwas helfen, weiß ich ja nun, dass sie den Frauen nicht das beibringen, was sie wirklich wissen müssen. Nicht das, was du mich lehrst. Ich wünschte, ich wäre gut genug, um den Frauen das zu zeigen. Aber ich stehe noch ganz am Anfang.«

»Jedes Ziel beginnt mit einem Anfang. Du machst großartige Fortschritte. Wenn du es unbedingt willst, wirst du es auch erreichen.«

»Eines Tages vielleicht, aber auch dann kann ich nicht allein unterrichten. Das Ganze funktioniert doch nur, weil du und Lior da seid, um diese Szenarien mit mir durchzuarbeiten.«

»Du meinst, dir so viel Angst einzujagen, bis du so entnervt bist, dass du uns in Stücke reißt?«

Sie grinste. »Ich hab's langsam drauf, oder?«

»Verdammt richtig, das hast du.« Er ließ eine Hand über ihren Nacken gleiten. »Ich bin hier, Baby Girl. Lior ist hier. Wenn du weiter jede Woche alles gibst, wer weiß, was dann noch kommt.« Er zog sie für einen langsamen, sinnlichen Kuss an sich. Ihre Verbindung war intensiv genug, um zu wissen, dass nun der Zeitpunkt gekommen war, ihr seine Neuigkeiten mitzuteilen. »Aber ich glaube, es gibt da noch etwas Wichtigeres, mit dem du dich zuerst befassen musst.«

»Und das wäre?«

»Du weißt doch, dass ich heute auf Aufklärungsmission war?«

»Ja.«

»Dabei ging es um dich. Ich muss dir etwas Wichtiges sagen: Ich habe deine Mutter gefunden.«

»Wie bitte? Du hast nach ihr gesucht? Und du hast sie gefunden?«, fragte sie ungläubig.

»Ja, und es tut mir leid, dass ich das hinter deinem Rücken getan habe. Ich wollte dir keine falschen Hoffnungen machen, für den Fall, dass ich nichts herausbekomme.«

»Das ist schon okay. Du hast sie gefunden!« Ihr kamen die Tränen, und sie warf sich ihm in die Arme. »Ich hätte nie geglaubt, sie jemals wiederzusehen. Wo ist sie? Wie geht es ihr?«

Mit dem Daumen wischte er ihr die Tränen ab. »Sie lebt in Annapolis und es geht ihr gut. Sie arbeitet in einem Gartencenter. Aber, Babe, sie ist verheiratet. Sie heißt jetzt Michelle Kline-Braham.«

»Sie ist verheiratet? Hast du sie gesehen? Mit ihr gesprochen? Hast du ihren Mann kennengelernt? Ist er ein guter Mann? Bitte sag mir, dass er ihr nicht wehtut.«

Jahrelang hatte sie ihre Mutter nicht gesehen, und ihr erster Gedanke galt ihrer Sicherheit. Wie konnte diese spektakuläre Frau jemals glauben, dass er nicht bei ihr sein wollen würde? Er wünschte sich nur, dass ihre Träume wahr wurden.

»Ich habe sie nur aus der Ferne gesehen, und sie wirkten glücklich. Ich habe ihren Mann überprüft. Er heißt Anthony und ist sauber. Keine Vorstrafen, nicht einmal ein Strafzettel für falsches Parken. Er ist Highschool-Lehrer und hat einen sehr guten Ruf.«

Erleichtert atmete sie aus. »Gott sei Dank.«

»Allerdings war er schon mal verheiratet. Seine Frau hatte eine Affäre und ist abgehauen. Er hat das alleinige Sorgerecht für ihre beiden Töchter im Teenageralter, Anna und Malia, was bedeutet …«

»Dass meine Mom eine neue Familie hat«, beendete sie staunend seinen Satz.

»Aber das schließt dich nicht aus.«

»Ich weiß.« Mit leerem Blick starrte sie zu Boden.

Er drehte ihren Kopf, damit sie ihn anschaute, und ihr tränenverschmiertes Gesicht rührte ihn. »Ich habe ihre Adresse. Du kannst sie sehen, mit ihr reden, wieder Kontakt aufbauen.«

»Das will ich auch.«

»Warum weinst du dann? Rede mit mir, Trace. Bist du traurig? Glücklich? Ich bin nicht gut darin, aus Tränen etwas herauszulesen.«

Sie lächelte, ohne dass ihre Tränen versiegten. »Ich bin beides und ich habe Angst. Was, wenn sie mich nicht sehen will? Was, wenn sie damit abgeschlossen und ihre Worte ernst gemeint hat?«

»Dann entschuldigst du dich und sagst ihr, du wünschtest, du hättest auf sie gehört, aber dass du auch damit abgeschlossen hast. Dass du nicht mehr die naive Teenagerin bist, die jemandem vertraut hat, dem sie nicht hätte vertrauen sollen.« Seine Kehle schnürte sich zu, als ihr noch immer die Tränen über die Wangen rannen. »Sag ihr, dass du weißt, dass du im Unrecht warst, aber dass jeder Fehler macht und du das zwischen euch in Ordnung bringen willst. Du sagst ihr, wie sehr du sie liebst und dass du ihrer Liebe wert bist und du nicht gehen wirst, bis sie dich angehört hat.«

Tracey vergrub das Gesicht an seinem Hals und weinte hemmungslos. Er legte die Arme um sie und drückte ihr einen Kuss auf den Scheitel. »Ich werde an deiner Seite sein, Baby Girl, wann immer du dazu bereit bist.«

Sie hob den Kopf. »Ich möchte nächstes Wochenende hin. Wenn wir am Samstag mit dem Training mit Lior fertig sind, falls wir uns freinehmen können. Ich kann mit Dixie reden. Das dürfte kein Problem sein, wo wir jetzt Dana haben, und vielleicht kannst du Jed überreden, deine Schicht zu übernehmen?« Sie wischte sich über die Augen. »Immerhin werde ich es dann mit Sicherheit wissen.«

»Ich kriege das hin. Wir fahren gleich nach dem Fitnesscenter los.« Er küsste sie. »Sie ist deine Mom und sie liebt dich, Trace. Deshalb hat sie es auf die harte Tour versucht.«

»Ich war zu stur, daher hat es nicht funktioniert.«

»Mit Sturheit kenne ich mich ein wenig aus. Du weißt doch noch, diese Freundin, von der ich dir erzählt habe? Ein paar Monate, nachdem ich angefangen hatte, mit ihr auszugehen, hat meine Mom mich gewarnt, mich nicht zu sehr auf sie einzulassen. Ihrer Meinung nach war sie auch an anderen Männern interessiert. Aber ich war so arrogant und dumm und habe nicht auf sie gehört. Jeder vermasselt es mal, Babe. So lernen wir. Einige Lektionen sind eben härter als andere.«

Tracey knurrte der Magen, und leise lachend legte sie eine Hand auf den Bauch.

Diesel war froh, sie wieder lächeln zu sehen. Er küsste sie kurz und versuchte, ihr das Lächeln zu bewahren. »Wo wir von harten Lektionen reden. Du musst etwas essen, aber wenn du weiter nur im Höschen auf meinem Schoß sitzt, bekommst du nur dein Dessert, und zwar gleich hier in diesem Bett.«

Sie legte die Arme um ihn. »Dessert vor dem Abendessen klingt gut.«

Er gab dieses Knurren von sich, das sie lieben gelernt hatte, drehte sie mit einer schnellen Bewegung auf den Rücken und legte sich auf sie, wobei sie beide lachen mussten.

»Lachen steht dir.« Sie hob den Kopf und küsste ihn.

»Weißt du, was dir gut steht?« Er senkte den Mund auf ihren. »Ich.«

Dreizehn

Als der Samstag endlich kam, war Tracey ein Nervenbündel, was den Besuch bei ihrer Mutter betraf. Diesel hatte ihre Festnetznummer herausgefunden, aber Tracey wollte es nicht per Telefon versuchen. Sie musste ihre Mutter persönlich sehen, und sie war sich ziemlich sicher, dass sie dann zusammenbrechen würde, weshalb sie es langsam angehen wollte. Diesel hatte herausgefunden, dass ihre Mutter Samstagnachmittag arbeiten würde, und sie hatten vor, zum Gartencenter zu fahren, damit Tracey einen Blick auf sie werfen konnte. Falls sie wirklich überfordert war, konnte sie danach mit ihr reden, sobald sie sich wieder unter Kontrolle hatte.

Zumindest lautete so der Plan, aber ihr Gehirn arbeitete gerade nicht mit Höchstleistung. Sie hatte sich die gesamte Woche über kaum konzentrieren können, und das Training war ein völliger Reinfall gewesen. Sie hatte sich bemüht, war aber zu abgelenkt gewesen, um produktiv zu sein. Sie hatte Josie und Izzy von ihrem Kontaktversuch erzählt und beide hatten angeboten, sie zu begleiten, was sie kurz in Betracht gezogen hatte. Aber Diesel war ihr wichtigster Mensch geworden. Sie konnte nicht genau sagen, wann sich dieser Wandel vollzogen hatte, aber mittlerweile war er derjenige, dem sie ihre Geheimnisse, ihre Traurigkeit und ihr Glück anvertraute.

Sie saß im Pick-up und blickte zur Seite auf den rauen Mann mit dem großen Herzen, bewunderte seinen glatt rasierten Kiefer, der mahlte, als wäre er ebenfalls nervös. Wie an den meisten Tagen trug er seine Baseballkappe verkehrt herum. Sein schwarzes T-Shirt spannte sich über seinen Bizeps. Seine Jeans war ausgeblichen, seine schwarzen Lederstiefel sahen ramponiert und lädiert aus. Es gefiel ihr, dass er nie versuchte, sie zu beeindrucken. Und auch niemanden sonst. Er war so echt, wie ein Mensch nur sein konnte, beschönigte nichts und spielte auch keine Spielchen. Diese Qualitäten schätzte sie am meisten an ihm. Mittlerweile war ihr außerdem klar, dass er auf seine Art zu den kommunikativsten Menschen gehörte, die sie kannte.

Er griff nach ihrer Hand und drückte sie beruhigend. »Nervös, Baby Girl?«

»Ja. Kannst du mich ablenken? Mir eine Geschichte erzählen oder so?«

»Eine Geschichte? So nach dem Motto *Es war einmal*?«

»Irgendetwas. Erzähl mir die Geschichte, die hinter deiner Kappe steckt. Hast du sie von deiner Mom?«

Er nickte und hielt dabei weiter ihre Hand. »Woher weißt du das?«

»Das habe ich mir schon gedacht, als du mich Adrian vorgestellt hast. Als wir über deine Mom geredet haben, hast du damit herumgespielt.«

»Es war ihre Glückskappe. Sie hatte sie schon, bevor ich geboren wurde. Aber sie hat sie fast nie getragen. Sie lag neben ihrem Bett auf einer Hobbit-Schneekugel. Ich habe sie mal gefragt, woher sie sie hat, und sie hat erzählt, dass jemand, der ganz nach der Elfenmagie lebte, sie ihr bei ihrem ersten Hobbit-

Abenteuer geschenkt hat.«

»Wow, dann ist sie wirklich alt. Wann hat deine Mom sie dir geschenkt?«

Wieder verkrampfte sich sein Kiefer und er legte beide Hände ans Lenkrad und bog von der Haupt- auf eine Nebenstraße ab. »Nachdem sie ihre endgültige Diagnose bekommen hat. Sie hat gesagt, sie hätte sämtliche Magie darin für mich aufgespart. Aber ich wollte sie nicht haben. Falls dieses verdammte Ding irgendwelche Magie besaß, wollte ich, dass sie sie bekommt.«

»Ach, Diesel.« Ihre Stimme klang erstickt. »Du bist wirklich so süß.«

Missbilligend blickte er sie an.

»Hey, du kannst tough und trotzdem süß sein. Wann hast du angefangen, sie zu tragen?«

»Nach ihrer Beerdigung. Als ich mein Zuhause verlassen habe, habe ich einen Rucksack mit Klamotten, die Kappe und ein paar andere Dinge mitgenommen.«

»Glaubst du, in der Kappe steckt Magie?«

»Ich schätze schon.« Als er an einer roten Ampel halten musste, griff er wieder nach ihrer Hand und küsste ihre Fingerknöchel. »Ich habe dich gefunden.«

»Siehst du? Süß und romantisch.«

Er zog an ihrer Hand, sodass sie sich weiter zu ihm beugen musste, und legte ihre Hand mit einem wölfischen Grinsen in seinen Schritt. Die Ampel sprang um und er bog um die Kurve. Eine Minute später hatten sie den Parkplatz des Lowry's Garden Center erreicht, einer großen roten Scheune, flankiert von zwei riesigen Gewächshäusern. Tracey wurde immer nervöser. Sie blickte zu den Menschen hinüber, die sich um die Eingänge tummelten, üppige Pflanzen, bunte Blumen, interessante Töpfe und wunderschöne Gartenstatuen musterten. Es fiel ihr nicht schwer, sich vorzustellen, dass ihre Mutter hier arbeitete. Aber war ihre Mutter noch derselbe Mensch? Oder hatte sie sich ebenso stark verändert wie Tracey?

Diesel parkte und wandte sich ihr zu. »Du schaffst das, Baby Girl.«

Seine Ermutigung half ihr. Sie atmete einmal tief durch. »Wir werden sehen. Ich wünschte, ich hätte jetzt auch ein bisschen Magie.«

Er nahm seine Kappe ab und setzte sie ihr auf. Ihre Kehle schnürte sich zu. Kurz stieg der Gedanke in ihr auf, dass sie für ihre Mutter gut aussehen wollte, aber falls es je eine Zeit gegeben hatte, in der sie ein kleines bisschen Extrahilfe gebrauchen konnte, dann jetzt. Außerdem verstärkte das Lächeln in Diesels Gesicht ihre Zuversicht.

»Du siehst verdammt süß aus mit meiner Kappe.« Er beugte sich vor und küsste sie. Dann stieg er aus und trat um den Wagen herum, um ihr herauszuhelfen.

Sie drehte sich auf dem Sitz, und als er nach ihrer Hand griff, zog sie ihn zu sich heran. »Egal, wie das hier ausgeht, ich will, dass du weißt, wie dankbar ich dir dafür bin, dass du meine Mom gefunden hast und für mich da bist. Ich bin so nervös, dass mir ganz übel ist, aber ich weiß, ich wäre noch nervöser, wenn du nicht hier wärst.«

Er ließ die Hände über ihre Beine nach oben gleiten, als er sich vorbeugte. »Du bist mein Mädchen, Trace. Wir sind ein Team. Wo du hingehst, gehe ich auch hin. Und wenn du dich übergeben musst, bin ich da, um es wegzuwischen.«

Sie lachte. »Das nenne ich mal Hingabe.«

»Ich kümmere mich um die Menschen, die mir wichtig sind.« Er zwinkerte ihr zu, hob sie vom Sitz, küsste sie und stellte sie dann auf dem Boden ab. Dann legte er ihr einen Arm um die Schultern, blieb aber weiterhin stehen. Sie wusste, dass er ihr Zeit gab, sich zu sammeln, während er sich mit seinen dunklen Augen prüfend auf dem Parkplatz umschaute.

Sie nahm sich einen Moment, versuchte, sich vorzubereiten, aber das machte sie nur noch nervöser, also legte sie einen Arm um Diesel und nickte, um deutlich zu machen, dass sie bereit war. Während sie auf das Gartencenter zuliefen, hielt er sie noch etwas fester. Mit jedem Schritt schlug ihr Herz schneller. Sie krallte ihre Hand an Diesels Rücken in sein Shirt, versuchte, ihre unruhige Energie auf diesen Fleck zu fokussieren, aber das war so, als wollte sie einen Bienenschwarm im Zaum halten. Sie ermahnte sich, dass sie ja nur einen Blick auf ihre Mutter erhaschen und dann verschwinden konnte.

Gemeinsam betraten sie die Scheune, und der Geruch nach Pflanzen, Erde und Dünger erweckte Erinnerungen in ihr. Diesel führte sie in ein Gewächshaus. Traceys Gedanken rasten, sie schaute zwischen den Gesichtern der Frauen um sie herum hin und her, und plötzlich fragte sie sich, ob sie ihre Mutter überhaupt erkennen würde. Und würde ihre Mutter sie erkennen? Als Tracey von zu Hause fortgegangen war, hatte sie lange Haare und einen Pony gehabt. Die Unterhaltungen der Kunden vermischten sich mit dem Geräusch der klingelnden Kassen und über den Betonboden ratternden Einkaufswagen. Alles war so überwältigend, dass Tracey das Gefühl bekam, gleich in Ohnmacht zu fallen. Sie konnte das hier nicht. War nicht bereit dazu. Sie blieb stehen und drehte sich zu Diesel um, während sie weiter die Menge abscannte. Und gerade als ihre Hand auf seinem Bauch landete, sah sie ihre Mutter, die den Gang entlang auf sie zukam. Mit einem Mal bekam Tracey am ganzen Körper eine Gänsehaut, und ihr kamen die Tränen. Ihre

Blicke begegneten sich, und ihre Mutter blieb wie angewurzelt stehen, öffnete langsam den Mund und zog ungläubig die Brauen nach oben. Tracey konnte sich nicht rühren, konnte kaum atmen. Alles um sie herum verschwamm.

Tränen liefen ihrer Mutter über die Wangen. Keuchend holte Tracey Luft, während sich der Raum um sie herum drehte. Auf einmal rannte sie wie von selbst den Gang entlang, und ihre Mutter lief ebenfalls los. Sie prallten aufeinander, umarmten sich, weinten, schluchzten.

»*Tracey?* Mein Gott. Tracey!«

»Mom.«

»Mein Schatz. Ich hab dich ja so vermisst.« Ihre Mutter drückte sie fester an sich, und ihre Herzen rasten. »Oh, mein Mädchen.«

»Es tut mir so leid«, schluchzte Tracey. »So leid. Ich hätte auf dich hören sollen.«

Sie wusste nicht, wie lange sie so mitten im Gewächshaus dastanden, sich umarmten, schluchzten, sich entschuldigten, aber schließlich machte ihre Mutter den ersten Schritt. »Lass mich dich ansehen.« Sie trat leicht zurück und legte ihre zittrigen Hände auf Traceys Wangen, wie sie es getan hatte, als Tracey noch klein gewesen war.

»Du bist es wirklich.« Ihre Mutter weinte noch immer. »Du bist in Sicherheit.« Erneut drückte sie Tracey fest an sich. »Ich dachte, du … Ich hatte das Schlimmste befürchtet.«

»Es tut mir so leid.« Tracey konnte nicht aufhören zu weinen. Sie war verzweifelt wegen der Sorgen, die sie ihrer Mutter bereitet hatte, und erleichtert, dass ihre Mutter sie nicht hasste, aber als die Menschen um sie herum wieder in ihren Fokus traten, spürte sie Diesels Präsenz hinter sich und erinnerte sich, dass das hier der Arbeitsplatz ihrer Mutter war. Sie versuchte, sich zusammenzureißen, löste sich aus der Umarmung und wischte sich die Tränen ab. »Ich hätte nicht hierherkommen sollen. Wir können uns treffen, wenn du frei hast.«

»Red keinen Unsinn. Ich habe in zehn Minuten Feierabend. Mein Chef wird mich jetzt schon gehen lassen. Gib mir eine Minute. Nicht weggehen, okay? Du versprichst mir, dass du nicht verschwindest?«

»Mach ich nicht. Versprochen.« Tracey sah ihre Mutter zu einem Mann an einer Kasse eilen und auf Tracey deuten. Ihre Mutter hielt einen Finger in Traceys Richtung hoch und verschwand um eine Ecke. Tracey griff nach Diesels Hand, und das Lächeln in seinen Augen entsprach dem in ihrem Herzen. »Sie hat mich nicht abgewiesen.«

Erneut drohten sie die Tränen zu überwältigen. Er nahm sie in die Arme. »Ich freue mich ja so für dich.«

»Ich kann es nicht fassen. Danke. *Oh Gott.* Danke.« Sie nahm seine Hand, als ihre Mutter mit einer Handtasche über der Schulter auf sie zugeeilt kam und Diesel neugierig betrachtete. »Mom, das ist mein Freund Diesel. Er hat dich für mich ausfindig gemacht.«

Diesel nickte. »Freut mich, Sie kennenzulernen, Ma'am.«

»Diesel? Ein interessanter Name«, kommentierte sie freundlich.

»Das ist ein Straßenname, Ma'am. Mein richtiger Name lautet Desmond Black.«

»Er ist Biker«, erklärte Tracey. »Sie haben alle Straßennamen.«

»Nun, Biker Diesel, wie kann ich Ihnen je dafür danken, dass Sie mir meine Tochter zurückgebracht haben?« Sie musste abermals weinen und breitete die Arme aus, um ihn zu umarmen.

Tracey hielt den Atem an und fragte sich, wie unwohl sich Diesel dabei fühlen würde, aber er erwiderte die Umarmung ihrer Mutter. »Sie beide zusammen zu sehen, ist mir Dank genug.«

»Es wäre sehr schön, wenn das stimmt, aber ich bin Ihnen wirklich dankbar.« Ihre Mutter lächelte zu ihm hoch und blickte dann Tracey an. »Wollen wir einen Kaffee trinken gehen und uns unterhalten? Habt ihr Zeit?«

»Ja. Das wäre sehr schön.«

»Es gibt so viel, worüber wir reden müssen.« Ihre Mutter nahm Traceys und Diesels Arm und marschierte mit ihnen zur Tür. Als sie an ein paar Kolleginnen ihrer Mutter vorbeikamen, die sie neugierig beobachteten, rief ihre Mutter: »Ich gehe mit meiner Tochter einen Kaffee trinken!«

Tracey und ihre Mutter saßen in einer Ecke eines gemütlichen Cafés gleich neben dem Gartencenter. Ihre Mutter zeigte durch das Frontfenster auf Diesel, der mit verschränkten Armen und gesenktem Kinn gegen seinen Pick-up gelehnt dastand. »Er hat nicht wirklich noch Anrufe zu erledigen, oder?«

»Nein. Er wollte uns etwas Zeit allein geben.«

»Das war nett von ihm. Er ist schon eine Augenweide, mein Schatz, und mir gefällt, wie er uns die Türen geöffnet und mich *Ma'am* genannt hat, auch wenn ich mich dadurch gleich viel älter gefühlt habe. Aber das sind eine Menge Muskeln, Liebes, und ich weiß nicht viel über Biker, von daher muss ich das fragen: Behandelt er dich gut?«

»Mehr als das. Ich weiß, er sieht einschüchternd aus, aber

unter diesem Panzer versteckt sich ein Herz aus Gold. Er behandelt nicht nur mich gut, Mom, sondern alle, die ihm nahestehen. Du hättest ihn mal beim Geburtstagsshopping für die Geschenke der Kinder unserer Freunde sehen sollen. Er hat über eine Stunde damit zugebracht, Puppen und GI Joes auszusuchen, weil er genau die richtigen kaufen wollte. Die Geburtstagsparty hat den wilden Westen als Motto und letztens hat er mich mit süßen Cowgirlstiefeln und einem Hut überrascht.« Tracey war so nervös, dass sie einfach drauflosplapperte. Sie sah aus dem Fenster zu Diesel und atmete tief durch. Schon fühlte sie sich etwas ruhiger. »Ich war mir nach Dennis nicht sicher, ob ich jemals wieder mit einem Mann zusammen sein wollte. Aber dann kam Diesel, und jetzt kann ich mir ein Leben ohne ihn nicht mehr vorstellen.«

»Oh, mein Schatz. Ich bin ja so froh, dass du glücklich bist.« Ihre Mutter musterte Diesel. »Er hat uns wieder vereint. Ich schätze, das hätte mir alles verraten müssen, was nötig ist. Aber was die Leute so über Biker sagen, hat mir etwas Sorgen bereitet.«

Tracey versuchte, ihre Mutter zu beruhigen, erzählte ihr von den Dark Knights und all den guten Dingen, die sie für die Gemeinde bewirkten. Sie war nicht sicher, wo sie mit ihrer Geschichte mit Dennis anfangen sollte, also erzählte sie rückwärts, berichtete ihrer Mutter davon, wie sie und Diesel in der Bar gearbeitet hatten, und von dem Angriff. Ihre Mutter nahm Traceys Hände, während sie vom Nachspiel des Ganzen erzählte und wie Diesel sich um sie gekümmert hatte. Ihre Mutter stellte ihr ein Dutzend Fragen, und diese Nacht noch einmal zu durchleben, war schmerzhaft. Aber Tracey wollte, dass ihre Mutter die Wahrheit kannte, und sie versicherte ihr, dass es ihr gut ging. Sie erzählte ihr davon, wie sie Selbstverteidigung mit Diesel und Lior trainierte, und als sie es nicht länger aufschieben konnte, berichtete sie ihr auch, was mit Dennis passiert war.

Die beiden Frauen weinten, und ihre Mutter rückte neben sie, um sie in den Arm zu nehmen. So verharrten sie lange Zeit, beide seitlich sitzend, jede mit einem gebeugten Knie auf der Bank zwischen ihnen, ihre Arme über die Lehne geschlungen, einander an den Schultern haltend. Tracey erzählte ihr, wie sie im Frauenhaus gelandet war und die Whiskeys und ihre anderen Freunde kennengelernt hatte.

»Zum Glück hast du es lebendig rausgeschafft. Ich will all diese wundervollen Menschen kennenlernen und ihnen persönlich danken.« Ihre Mutter wischte sich die Tränen ab. »Es tut mir so leid, Schatz. Ich hätte dir niemals dieses Ultimatum stellen dürfen. Ich habe es seitdem jeden Tag bereut. Ich habe immerzu versucht, dich anzurufen, sogar noch, nachdem deine Nummer nicht mehr vergeben war.«

»Das ist meine Schuld. Ich hätte nicht gehen sollen. Ich hätte deine Anrufe annehmen müssen. Ich wünschte, ich könnte die Zeit zurückdrehen und andere Entscheidungen treffen. Als ich ins Frauenhaus kam, hatte ich Angst, nach dir zu suchen, weil schon so viel passiert war, dass ich dachte, wir würden das nicht durchstehen.«

»Wir können alles durchstehen, Schatz.«

»Jetzt weiß ich das. Vor einigen Monaten hatte ich endlich den Mut gefasst, dich anzurufen. Aber deine Nummer existierte nicht mehr. Ich habe sogar online gesucht, obwohl ich wusste, dass ich dich dort nicht finden würde. Ich dachte, du würdest dich vielleicht vor mir verstecken.«

»Das würde ich niemals tun. Dein Vater ist vor ein paar Jahren aus dem Gefängnis entlassen worden und war hinter mir her. Ich hatte keine andere Wahl, als die Stadt zu verlassen und von vorn anzufangen, und Handys sind heutzutage fast schon Tracker. Ich musste meins loswerden und mir eine neue Nummer besorgen. Aber es waren Jahre vergangen, Trace, und du hattest dich nie gemeldet. Ich dachte, du hättest mit mir abgeschlossen.«

»Niemals. Ich war am Ende, Mom, lebte nur noch im Überlebensmodus. Es tut mir so leid.« Traurigkeit überkam sie, vermischt mit Entsetzen darüber, dass ihr Vater ihrer Mutter nachgestellt hatte.

»Ist schon okay. Ich hab das auch alles durchgemacht, Liebes. Es ist grässlich, dass du das ebenfalls durchstehen musstest.«

Tracey schob die Traurigkeit von sich, um nicht darin zu versinken, und konzentrierte sich auf ihre größere Sorge. »Hat er dich gefunden? Hat er dir wieder wehgetan?«

»Nein, aber er hat es versucht. Er hat mich gepackt, als ich aus dem Supermarkt kam, und wollte mich in seinen Wagen zerren. Zum Glück haben mich ein paar Männer schreien gehört und sind herbeigerannt, um mir zu helfen. Dein Vater ist abgehauen, aber ich hatte Angst, er würde wiederkommen. Da habe ich sofort die Stadt verlassen. Ich bin nicht mal nach Hause gegangen, um meine Sachen zu holen. Ich hatte Angst, er würde dort auf mich warten. Ich bin hier in Annapolis gelandet, und nachdem ich mich niedergelassen hatte und mich sicher fühlte, rief ich die Polizei an, um den Vorfall zu melden.«

»Haben sie ihn verhaftet? Ist er im Gefängnis?«

»Sie hatten keine Gelegenheit dazu. Am Tag nach meiner versuchten Entführung geriet er in eine Verfolgungsjagd und ist mit seinem Wagen über eine Schutzwand geflogen und in den entgegenkommenden Verkehr geraten. Er war sofort tot.«

»Oh Gott. Hat noch jemand Schaden genommen?«

»Ein Laster hat seinen Wagen gerammt, aber der Fahrer wurde zum Glück nicht schwer verletzt.«

»Gott sei Dank. Bin ich ein schrecklicher Mensch, weil ich erleichtert bin, dass er tot ist?«

»Nein, Liebes. Er hat nichts Gutes in dein Leben gebracht und war seit Jahrzehnten nicht mehr der Mann, in den ich mich verliebt hatte. Falls er es überhaupt jemals war. Hat Dennis nach dir gesucht?«

»Ich glaube nicht.«

»Gut. Und jetzt hast du Diesel, der sehr wachsam zu sein scheint.«

Tracey sah ihn draußen telefonieren, während er neben dem Pick-up auf und ab schritt. Als würde er ihre Aufmerksamkeit spüren, schaute er herüber und hob das Kinn. »Das habe ich, und er ist sehr beschützend, was mich angeht. Aber ich habe gelernt, dass es einen großen Unterschied zwischen beschützend und kontrollsüchtig gibt. Diesel versucht nie, mir zu sagen, wohin ich gehen, wie ich mich verhalten oder was ich anziehen soll.« Auch wenn er sie manchmal warnte, gewisse Outfits anzuziehen, weil er sie sonst bei der Arbeit ins Hinterzimmer zerren würde. Sie merkte sich das und wählte diese Outfits dann mit Absicht aus, wie neulich Abend, als sie den schwarz-rot karierten Minirock getragen hatte, den er liebte, und sie es nicht mal bis in sein Zimmer oben im Clubhaus geschafft hatten, um herrliche schmutzige Dinge miteinander zu treiben. Wie sich herausgestellt hatte, liebte sie es, von ihm auf dem Billardtisch genommen zu werden. Ach, wem machte sie hier etwas vor? Sie liebte alles, was sie zusammen anstellten.

Aber das war nicht der passende Zeitpunkt, um sich in Gedanken darüber zu verlieren.

»Diesel hat mir erzählt, du hättest einen neuen Mann und

zwei Stieftöchter im Teenageralter. Bist du glücklich? Behandelt er dich gut? Wie hast du ihn kennengelernt? Ich will alles wissen.«

Ihre Mutter lächelte. »Er ist wunderbar, und die Mädchen sind es auch. Ein paar Monate nach meinem Umzug war ich im Gartencenter bei der Arbeit. Tony und seine Töchter Anna und Malia wollten die Grundausstattung für das Anlegen eines Gartens kaufen. Sie hatten keine Ahnung, was sie alles brauchten, und ich habe ihnen geholfen. Sie kamen am nächsten Tag wieder, und den Tag darauf auch. Ach, Trace, bei seiner Art, mit den Mädchen umzugehen, ist mir regelrecht das Herz aufgegangen. Sie schauten am folgenden Wochenende erneut vorbei, und die Mädchen, die damals elf und dreizehn waren, haben gefragt, ob ich sie begleiten und sicherstellen würde, dass sie es richtig machen.«

»Haben sie Kupplerinnen gespielt?«

»Oh ja.« Ihre Mutter lachte leise. »Und ich bin froh darüber. Tony kümmert sich allein um sie, seit sie fünf und sieben waren. Er ist ein wundervoller, geduldiger, liebevoller Vater. Er reißt oft Witze, über die er selbst eigentlich am meisten lacht, und die Mädchen sind sehr lieb zu mir. Ich warte noch auf die rebellischen Jahre, aber bisher ist alles ruhig. Anna ist manchmal etwas großmäulig, was mit fünfzehn allerdings auch zu erwarten ist, und Malia, die dreizehn ist, gibt ihr Kontra. Wirklich niedlich. Du wirst es nicht glauben, aber sie spielen beide Fußball, genau wie du damals. Tony war der Coach ihrer Teams, als sie noch kleiner waren.«

»Ich freue mich so für dich, Mom.« Sie musste die Frage stellen, die ihr unter den Nägeln brannte. »Wissen sie von mir?«

»Natürlich wissen sie von dir. Jeder in meinem Leben weiß von dir. Du bist der einzige Grund, aus dem ich den Nachnamen deines Vaters behalten habe. Ich dachte zwar, du wolltest nichts mehr von mir wissen, aber tief in mir habe ich nie die Hoffnung aufgegeben.«

»Ich hatte die Hoffnung schon aufgegeben, dass du mich in deinem Leben haben willst. Ich bin so froh, dass Diesel das nicht zugelassen hat. Es tut mir leid, Mom.« Wieder kamen ihr die Tränen, und ihre Mutter drückte sie fest an sich.

»Ist okay, Schatz. Verweilen wir nicht länger in der Vergangenheit. Jetzt sind wir zusammen, und das ist es, was letztlich zählt.«

Tracey lehnte sich zurück und wischte sich die Tränen ab. »Hassen die Mädchen und Tony mich dafür, dass ich dich verlassen habe?«

»Nein, Schatz. Aber die Mädchen haben mir klargemacht, dass ich dich mit meiner Aussage nie hätte aufhalten können. Ich hätte es besser wissen müssen. Ich war in diesem Alter genau wie du, weshalb ich vermutlich so hart gekämpft habe, dich bei mir zu behalten. Wir können die Vergangenheit nicht ändern, aber dank Diesel haben wir jetzt die Chance auf eine Zukunft.« Ihr Handy gab einen Ton von sich und sie nahm es aus der Handtasche. »Das ist Tony. Ich habe ihn auf dem Weg hierher angerufen, um ihm Bescheid zu geben, dass ich später komme. Wir müssen uns noch nicht trennen. Aber haben du und Diesel heute Abend schon Pläne? Tony kauft Steaks zum Grillen fürs Abendessen, und ich würde mich freuen, Diesel besser kennenzulernen und euch meine – unsere – Familie vorzustellen.«

Allein die Worte *unsere Familie* ließen weitere Tränen folgen. »Das wäre schön.«

»Musst du das mit Diesel besprechen?«

»Nein, Mom. Er will einfach nur, dass ich glücklich bin.« Und während sie die Worte aussprach, fühlte sie, wie wahr sie waren.

»Oh, meine Süße.« In den Augen ihrer Mutter standen Tränen, was Tracey auch wieder weinen ließ. Sie umarmten sich lachend. »Wir sind schon ein Fiasko.«

»Nein, Mom. Wir waren ein Fiasko. Jetzt sind wir einfach glücklich.«

Vierzehn

»Ich war ja so nervös, aber du hattest recht. Sie liebt mich bedingungslos ...«

Tracey hatte die letzten zehn Minuten von ihrer Mutter geschwärmt, sprang von einem Teil ihres Gesprächs zum anderen, während sie ihrer Mutter zu deren Haus folgten. Diesel war begeistert und freute sich für sie beide. Er hatte dazu beitragen wollen, ihre Wunden zu heilen. Die beiden so zusammen zu sehen, bedeutete ihm alles. Selbst wenn es die Sehnsucht nach seiner Mutter weckte. Vor der Zeit mit Tracey hätte er diese Gefühle bekämpft, aber jetzt hieß er sie willkommen.

»Ich habe eine zweite Chance erhalten, und das nur deinetwegen«, sagte sie und holte ihn damit aus seinen Gedanken. Sie war einfach unglaublich reizend mit seiner Baseballkappe auf dem Kopf und diesem bezaubernden Lächeln, das mit der Sonne wetteiferte. »Wie kann ich dir jemals dafür danken?«

Er grinste sie frech an.

»Okay, dann ist das eine Win-win-Situation.« Sie lachte, aber als ihre Mutter in die Einfahrt eines bescheidenen zweistöckigen Hauses mit wunderschönem Vorgarten einbog und Diesel am Bordstein hielt, wurde ihr Gesichtsausdruck ernst.

»Was, wenn ich nicht dazu passe? Ich kann noch immer nicht glauben, dass meine Mutter mich nicht komplett ablehnt. Sie sagt, die Mädchen würden mich mit offenen Armen empfangen, aber was, wenn nicht? Sie spielen Fußball. Hatte ich das schon erwähnt?«

»Ja, ungefähr zehnmal.« Er nahm ihre Hand und wünschte, er könnte ihr die Anspannung nehmen. »Du bist der liebenswerteste Mensch, den ich kenne. Wenn sie ein Problem haben, ist das ihre Sache, nicht deine.« Diesel zeigte in Richtung Anthony, der gerade durch die Vordertür trat. Er trug eine Anzughose und ein blaues Polohemd und winkte ihrer Mutter zu. »Gehen wir.«

Diesel lief um den Wagen, um Tracey herauszuhelfen, und ging, einen Arm beschützend um sie gelegt, auf ihren Stiefvater zu. Dabei musterte er ihn. Anthony war etwas über eins achtzig groß, gut gebaut, mit kurz geschorenen Haaren und kurzem Bart. Er hatte einen Arm um seine Frau gelegt, und seine freundlichen Augen verrieten Diesel, dass er sich den guten Ruf, von dem er gehört hatte, vermutlich auch verdient hatte.

»Willkommen zu Hause, Tracey. Ich bin Tony, und ich freue mich so, dass du hier bist.« Er sagte es, als wären sie alte Freunde, und Traceys Miene ließ Diesel schwer schlucken. Tony streckte ihr die Hand entgegen. »Ich bin ja eher der Umarmungstyp, aber die Mädchen haben mich angewiesen, dich nicht gleich zu verschrecken.«

Tracey lächelte. »Das ist okay. Wir können uns gern umarmen.« Sie drückte ihn. »Und das ist mein Freund Diesel.«

»Ich würde dich ja auch umarmen, aber du machst mir doch irgendwie Angst.« Lachend schüttelte Tony Diesels Hand. »Michelle hat mir schon erzählt, dass du ein großer Kerl bist, aber *wow*. Womit hat dich deine Mama gefüttert?«

»Was immer gerade da war, Sir.«

»Bitte nenn mich Tony.« Er zeigte mit dem Daumen über die Schulter. »Die Mädchen sind hinten und spielen Fußball. Sie sind schon ganz aufgeregt, euch kennenzulernen. Wollen wir?«

»Ja, sehr gern«, erwiderte Tracey und nahm Diesels Hand, während sie ums Haus herumgingen. »Euer Garten ist wunderschön.«

»Das ist das Werk deiner Mutter«, meinte Tony. »Ich liebe Blumen, aber ich habe beim besten Willen keinen grünen Daumen.«

Als sie die Seite des Hauses umrundet hatten, rief das jüngere Mädchen: »Sie sind hier!«, und kam auf sie zu gerannt. Sie war groß und dünn, trug Zöpfe und hatte ein liebes, fröhliches Gesicht. »Hi! Ich bin Malia und das da drüben ist meine Schwester Anna.« Sie umarmte Tracey, während ihre Schwester mit dem Fußball unter dem Arm und einem vorsichtig neugierigen Gesichtsausdruck heranschlenderte.

»Hi. Ich bin Tracey.«

»Wissen wir. Wir warten schon ewig darauf, dich kennenzulernen.« Malia strahlte Diesel an. »Und du bist ihr Freund Diesel, was ja wohl mal der coolste Name aller Zeiten ist. Dad hat gesagt, du bist Biker und das ist dein Straßenname. Ich will auch einen Straßennamen.«

Anna, die ebenfalls groß und dünn war, aber dichtes, lockiges Haar hatte, verdrehte die Augen. »Du bist doch keine Bikerin. Und Kinder kriegen keinen Straßennamen.«

»Manchen Kindern gebe ich tatsächlich Straßennamen.« Diesel beäugte Malia. »Wie wär's, wenn wir dich *Kicks* nennen? Und da deine Schwester tough ist, genau wie Tracey, kann ihr Name *Spitfire* lauten.« Das brachte ihm ein Lächeln von Anna und ein begeistertes Quietschen von Malia ein.

»Ja! Perfekt. Das gefällt mir!« Malia umarmte ihn und er tätschelte ihr verlegen den Rücken.

Tracey lachte. »Diesel hat es nicht so mit Umarmungen.«

»Warum nicht?«, fragte Malia.

»Malia, lass den Mann in Ruhe«, mahnte Tony.

»Aber du sagst doch immer, Umarmungen sind das, was unser Herz schlagen lässt. Er ist ein großer Mann«, kommentierte Malia. »Ich wette, sein Herz muss richtig schwer arbeiten.«

Alle mussten lachen, sogar Anna, die Tracey immer noch beäugte. Anna schob sich den Fußball auf die andere Hüftseite. »Ich habe gehört, dass du auch Fußball spielst.«

»Habe ich, aber das ist lange her«, bestätigte Tracey.

Malia neigte den Kopf. »Deine Mom hat gesagt, dass du richtig gut warst.«

»Und ob sie das war. Sie hat viele Tore geschossen, genau wie ihr Mädchen«, versicherte Michelle ihr.

Anna drückte den Rücken durch. »Willst du uns mal zeigen, was du kannst?«

»Ich hab seit der Highschool keinen Ball mehr angerührt.«

»Das ist doch wie Fahrradfahren.« Anna drehte den Ball auf einem Zeigefinger.

»Okay, aber lacht mich nicht aus, wenn ich mies bin.« Tracey folgte ihnen auf den Hof, während Malia wild auf sie einplapperte.

»Anna macht anfangs ein bisschen auf tough«, erklärte Michelle.

»Tracey auch.« Diesel sah zu, wie sie mit den Mädchen kickte, und erinnerte sich daran, wie sie ihm die Hölle heißgemacht hatte, bevor sie zusammengekommen waren. Sie war noch immer tough und bissig, mittlerweile wurde das allerdings abgemildert durch etwas Tiefsinniges und Verspieltes. Er musterte Michelle. »Stehst du Anna und Malia nahe?«

»Sehr nahe«, bestätigte Michelle.

»Die Mutter der Mädchen hat uns verlassen, als sie noch sehr klein waren, und sie hat keinen Kontakt zu ihnen«, erklärte Tony. »Sie haben sich sofort in Michelle verliebt, genau wie ich.«

»Dann klingt das, als hätte Anna einen Grund, so tough zu sein«, sagte Diesel. »Sie hat eine Mutter verloren und will keine zweite verlieren.«

Nachdenklich sah Michelle ihn an. »Das habe ich so noch gar nicht gesehen. Vermutlich hast du recht. Wie ist deine Familie, Diesel? Stehst du deinen Eltern nahe?«

Er richtete seine Aufmerksamkeit wieder auf Tracey, die mit den Mädchen lachte und ihnen irgendeine ausgefallene Schrittkombination zeigte. »Es gab nur mich und meine Mutter. Wir standen uns sehr nahe, aber sie ist schon vor langer Zeit gestorben.«

»Das tut mir sehr leid«, meinte Tony.

»Du vermisst sie sicherlich sehr.« Michelle berührte ihn am Arm und blickte zu ihm hoch. »Ich weiß, dass du es nicht so mit Umarmungen hast, aber ich hätte nie gedacht, meine Tochter jemals wiederzusehen, und du hast sie mir zurückgebracht und hast keine Mutter, die dir sagt, was für ein bemerkenswerter Mann du bist.« Tränen schimmerten in ihren Augen. »Darf ich dich …«

Diesel nahm sie in die Arme und drückte sie.

»Danke«, hauchte Michelle und hielt ihn fest. »Danke, dass du mir mein Baby zurückgebracht hast.«

Diesel wappnete sich gegen die Emotionen, die ihn zu

übermannen drohten.

»Also lässt du dich doch umarmen«, kommentierte Tony, als sich Michelle aus Diesels Armen löste. »Zumindest von manchen Menschen. Gutes Timing, mein Freund. Gutes Timing.«

Dafür konnten sie sich bei Tracey bedanken.

»Hey, Leute! Spielt mit!«, rief Malia und winkte sie zu ihnen auf den Rasen.

»Ich muss Steaks grillen«, entgegnete Tony. »Die beiden haben mich heute Nachmittag schon erledigt.«

»Ich spiele mit! Wenn die Herren mich entschuldigen würden.« Michelle lief auf die Mädchen zu.

»Was ist mit dir, *Bleifrei*?«, fragte Anna, und die Mädchen brachen in Gelächter aus.

Tracey hauchte ein *Sorry* in seine Richtung und grinste dabei, als fühle sie sich pudelwohl.

Lächelnd schüttelte Diesel den Kopf. »Ich helfe lieber beim Grillen.«

»Dann vielleicht später!« Malia flitzte mit Tracey und den anderen davon.

»Sie wird hartnäckig bleiben«, warnte Tony.

»Ich bin kein Fußballspieler.«

»Das ist ihr egal. Wenn sich Malia etwas in den Kopf gesetzt hat, schafft sie es, dich zu überzeugen, bis du gar nicht mehr anders kannst, als nachzugeben.«

Er sah zu Tracey hinüber, die mit ihrer Mutter und ihren Stiefschwestern herumrannte, während sie lachten und sich gegenseitig neckten, und konnte den Blick nicht von ihr abwenden. »Da kenne ich noch jemanden.«

Viel später an diesem Abend, nach einem wunderbaren Essen und vielen Stunden, die sie damit verbracht hatte, sich wieder mit ihrer Mutter vertraut zu machen und alles zu erfahren, was es über ihre neue Familie zu erfahren gab, lag Tracey mit Diesel in seinem Bett im Clubhaus und genoss die Nachwirkungen ihres Liebesspiels. Das Fenster stand offen, die nächtlichen Geräusche waberten durch die Vorhänge herein, während sie die Fotos durchging, die sie im Haus ihrer Mutter gemacht hatte. Sie trug Diesels Shirt, aber eine sanfte Brise kühlte ihre nackten Beine, sodass sie sich näher an ihre persönliche Heizung kuschelte, da Diesel nur seine Boxershorts trug.

Er drückte ihr einen Kuss auf den Scheitel. »Ich werde wohl das Fenster häufiger offen lassen.«

»Ich habe nichts dagegen.« Sie kam zu einem Foto von ihrer Mutter und Tony, wie sie im Garten hinter ihrem Haus saßen und Händchen hielten. »Schau dir an, wie glücklich sie ist. Sie wirkt so viel entspannter als früher. Natürlich hat es auch viel damit zu tun, dass mein Vater nicht mehr lebt und sie keine Angst mehr haben muss. Aber ich glaube, es liegt auch an Tony und den Mädchen. Sie tun ihr gut.«

Diesel drückte sie an sich. Das war seine Art, ihr zuzustimmen. Tracey war nicht nur an seine Eigenarten gewöhnt – sie liebte sie. Es lag etwas Wundervolles und Intimes darin, so aufeinander eingestimmt zu sein, dass man die Gedanken des anderen lesen konnte.

Während sie weitere Bilder durchging, stieß sie auf einige, auf denen Diesel etwas gequält wirkte und sein Kiefer angespannt war. Das war ihr im Verlauf des Abends mehrmals aufgefallen, und sie war ziemlich sicher, dass er an seine Mutter gedacht hatte. Sie wollte ihn danach fragen, aber zum Leben mit Diesel gehörte es, auf das richtige Timing zu warten.

Sie schaute sich weiter die Fotos an, kicherte über einige, musterte andere länger, wollte so viel wie möglich aufsaugen. Sie hatte auch ein paar Bilder vom Garten gemacht. »Meine Mom hat immer davon geträumt, einen schönen Garten mit Beeten und blühenden Bäumen zu haben. Ich bin so froh, dass dieser Wunsch in Erfüllung gegangen ist.« Sie kam zu einem Foto von Diesel, der neben Malia am Gartentisch saß, vor sich ein Stück Kuchen, die Gabel bereit. Malia grinste über beide Ohren, während sie seinen Kuchen mit ihrer Gabel aufspießte. Diesel hatte die Stirn gerunzelt und die Augen verzogen, als versuchte er sich an einer strengen Miene, aber seine zum Küssen einladenden Lippen waren an den Mundwinkeln zu einem hinreißenden Lächeln verzogen. Tracey hätte dieses Foto die ganze Nacht anstarren können. Sie hatte geglaubt, sie würde ihm verfallen, aber heute Nacht wusste sie ohne jeden Zweifel, dass er nicht nur seiner Mutter zuliebe auf diese Erde gekommen war, deren Welt sich eindeutig um ihn gedreht hatte, sondern auch ihretwegen.

»Wer ist denn dieser lächelnde Mann?« Sie hob das Handy, damit er das Foto besser erkennen konnte. Sie legte ihr Handy auf dem Nachttisch ab und drehte sich so, dass sie ihn ansehen konnte. Ihr Kinn ruhte auf seiner Brust. »Ich dachte immer, du wärst manchmal einfach fies, aber jetzt weiß ich, dass du nur versucht hast, dich von mir fernzuhalten.«

Seine Lippen zuckten. »Ich kann schon auch ein Arschloch sein, Kratzbürste.«

»Klar, wenn Leute Dinge tun, die das rechtfertigen.«

Er umfasste ihren Po und drückte ihn. Das bedeutete, er

war nicht überzeugt, dass sie im Recht war, würde aber nicht mit ihr darüber diskutieren.

»Ich werde dieses Foto ausdrucken und rahmen lassen, zusammen mit einem Dutzend anderer, und sie alle im Haus aufhängen, bevor sie nächsten Sonntag herkommen.« Ihre Mutter hatte gefragt, ob sie morgen wiederkommen wollten, aber sie hatten versprochen, zu Kennedys und Lincolns Geburtstagsparty zu gehen. Ihre Mutter wollte sich ansehen, wo Tracey lebte und arbeitete, und ihre Stiefschwestern – sie hatte Schwestern! – wollten all die Orte sehen, von denen Tracey ihnen erzählt hatte. Wie Pennys Eisdiele, die Pizzeria von Adrians Vater und den Hafen. Also hatten sie den Plan geschmiedet, dass die Familie ihrer Mutter sie nächsten Sonntag besuchen würde. Die Mädchen hatten Tracey anvertraut, dass sie in der Zwischenzeit ihre Eltern bearbeiten würden, sie auf Diesels Motorrad fahren zu lassen. Dahingehend waren ihre Mutter und Tony noch etwas zögerlich. Tracey hatte sich gefragt, ob sie es seltsam finden würde, wenn die Mädchen ihre Mutter ebenfalls als Mutter bezeichneten. Aber das tat sie nicht. Ihre Mutter hatte mehr als genug Liebe für sie alle.

»Druck noch ein paar mehr für mich aus.«

»Du willst Bilder von uns hier aufhängen? In deiner Junggesellenbude?«, neckte sie ihn. »Wo deine Bikerfreunde sie sehen könnten?«

Er klatschte ihr fest auf den Hintern, was sie zum Lachen brachte.

»Schon seltsam, wie viel sich innerhalb eines Monats ändern kann oder sogar innerhalb eines Tages. Gestern gab es nur uns beide. Gut, wir haben unsere Freunde, und die sind für uns wie eine Familie, aber jetzt haben wir meine Mom, Tony, Anna und Malia. Wir haben eine richtige Familie.«

Er drückte sie fester an sich und sie küsste seine Brust und nutzte den Vorteil, dass sie sich so nahe waren, um die heikle Frage zu stellen. »War das heute schwer für dich?«

»Ich habe mich für dich gefreut.«

»Das weiß ich, aber das habe ich nicht gemeint. Hast du deine Mom mehr vermisst, weil du mich mit meiner gesehen hast? Denn mir ging es so. Ich habe einen Schmerz in meiner Brust gespürt und mir gewünscht, du hättest mehr Zeit mit ihr gehabt und ich hätte die Gelegenheit bekommen, sie kennenzulernen.«

Er umarmte sie noch fester, drückte ihr einen Kuss auf die Stirn, ließ seine Lippen dort verweilen. Sie spürte, wie sein Herz etwas schneller schlug. Er sah sie an, seine sturmumwölkten Augen hielten ihre gefangen.

»Du darfst es ruhig zugeben. Das nimmt mir nichts von meiner Freude über den heutigen Tag«, versicherte sie ihm.

Seine Brauen zuckten, als wäre das noch schwerer als der Augenblick, als er ihr vom Tod seiner Mutter erzählt hatte.

»Diesel, ich …« *Liebe dich* lag ihr auf der Zunge, aber sie wollte ihn nicht verschrecken. »Du bist mir sehr wichtig, und ich will wissen, was du fühlst.« Sie rutschte an seiner Seite nach oben und flüsterte ihm ins Ohr: »Du weißt doch, deine Geheimnisse sind bei mir sicher.« Das brachte ihr ein ehrliches Lächeln und einen Kniff in den Po ein.

»Ich habe heute viel an sie gedacht, Baby Girl. Ich habe mir gewünscht, sie wäre bei uns, würde Gitarre spielen, dich und die anderen kennenlernen.« Er zuckte mit den Achseln. »Aber dieser Wunsch wird nicht in Erfüllung gehen, und ich will dich nicht runterziehen.«

»Wenn du dich mir gegenüber so öffnest, bringt uns das einander näher. Das würde mich niemals runterziehen. Es lässt mich schweben.«

»Gott, Trace«, murmelte er mit Unglauben in der Stimme und etwas rau. »Was du immer sagst.«

Sie fuhr das Tattoo auf seiner Schulter nach. »Klingt das komisch?«

»Es klingt unwirklich, aber aus deinem Mund fühlt es sich echt an.«

»Weil es echt ist. Aber ich weiß, was du meinst, denn das ist genau wie deine Gefühle für mich. Du sprichst sie vielleicht nicht aus, teilst sie mir dafür jedoch auf andere Art mit, und ich höre und spüre sie laut und klar. Das macht mich glücklich.«

Wieder zuckten seine Brauen und er strich mit den Fingerknöcheln über ihre Wange. Eine Minute oder zwei sagte er nichts, und als er sprach, klang seine Stimme heiser, emotional. »Nach dem Abendessen, als deine Schwestern uns ihre Jahrbücher gezeigt haben, fehlte mir dieses Gefühl, zu Hause zu sein. Dieses Gefühl, wenn man durch die Tür kommt, die Stiefel auszieht und sich alles richtig und gemütlich anfühlt. Dieses Gefühl hatte ich nicht mehr, seit meine Mom krank geworden ist, denn ab da ging alles nur noch bergab. Aber dann habe ich dich angesehen und plötzlich habe ich es nicht mehr vermisst.«

Wieder einmal hatte er es geschafft, ihr die Sprache zu verschlagen. Ihr Herz wäre ihr fast aus der Brust gesprungen, um zu ihm zu gelangen. Sie band eine Schleife um sein Geständnis und bewahrte es tief in ihrem Inneren auf.

»Also, ja, Baby Girl. Ist schon witzig, wie schnell sich alles ändern kann. An einem Tag arbeite ich noch im Whiskey Bro's, will da eine Weile bleiben und den Whiskeys helfen, am nächsten Tag kommst du herein und haust mich von den Socken und gibst mir das Gefühl, als würde mein Herz gleich explodieren.«

»Wirklich? Denn du hast mir finstere Blicke zugeworfen, und die waren nicht lüsterner Natur.«

»Ja, wirklich. Du hast mich völlig durcheinandergebracht. Ich hatte keine Ahnung, was zum Teufel da in mir vorgeht, was du vermutlich gemerkt hast, wann immer ich dich angeschaut habe. Du warst so wunderschön mit dieser Pixiefrisur und den großen braunen Augen, ängstlich wie ein Reh, aber gleichzeitig knallhart. Ich konnte nicht wegschauen. Ich wollte dich vor allem und jedem beschützen und abschirmen. Dann hat Red mich gebeten, auf dich aufzupassen, und Mann, je mehr Zeit vergangen ist, desto mehr wollte ich. Ich dachte, ich würde den Verstand verlieren. Du warst dieser Winzling von Frau, kein bisschen wie die Frauen, die ich vorher kannte, und wie alt warst du damals? Vierundzwanzig? Ich war dreißig und das schmeckte mir auch nicht so richtig. Aber dann habe ich dich kennengelernt, und nichts davon spielte mehr eine Rolle. Und diese Hochzeit, die hat dann alles verändert. Dich in diesem eng anliegenden Kleidchen zu sehen und darüber nachzudenken, wie verkorkst ich war, aber dass ich mich zumindest unter Kontrolle hatte.«

»Nicht so ganz«, scherzte sie. »Izzy und Dix und alle anderen haben mir ständig erzählt, dass du mich über den Billardtisch legen wolltest.«

Er lachte. »Na, damit lagen sie nicht falsch.«

»Das weiß ich jetzt. Aber denk mal an Thanksgiving, als du mich in die Ecke gedrängt und mich gefragt hast, ob ich ein Date für die Hochzeit hätte. Da war ich so verwirrt.«

»Da sind wir schon zwei.«

»Und dann bei der Hochzeit dachte ich, du würdest mich zum Tanzen auffordern.«

»Ich bin auf Abstand geblieben, bis Rhys dich von der anderen Seite der Tanzfläche aus ins Visier genommen hat. *Alter Falter!* Plötzlich wurde mir klar, dass du alles warst, was ich jemals wollte, und nichts sonst wichtig war.«

Das schenkte ihr wieder ein wohliges Gefühl. »Vielleicht sollte ich mich beim guten alten Dr. Rhys bedanken, denn der Abend, an dem ich mit ihm ausgegangen bin, hat auch für mich alles verändert. Als ich mich für unser Date angezogen habe, weiß ich noch, wie ich dachte, mich nach so vielen Jahren des reinen Überlebens endlich selbst gefunden zu haben. Ich hatte ein gutes Leben und war bereit für mehr. Das war für mich eine große Sache. Vor zwei Jahren glaubte ich noch, nie wieder auf die Beine zu kommen, geschweige denn, jemandem so sehr zu vertrauen, dass ich ihn an mich heranlassen würde. Es machte mich stolz, wie weit ich gekommen war. Ich brauchte keinen Mann. Mit meinen Freunden, meinem Job war ich voll zufrieden. Ich habe trainiert und wurde stärker. War glücklich mit der Person, die ich war.« Abwesend strich sie mit einem Finger über seine Brust, während sie sprach. »Und dieser Angriff hätte mich wieder zurückwerfen können. Aber du warst da, hast mich ermahnt, mich davon nicht zerbrechen zu lassen.« Während sie das erzählte, dämmerte ihr etwas. »Kein Wunder, dass ich mir an dem Abend, als ich mit Damon ausgegangen bin, gewünscht habe, du wärst bei mir. Nicht bei ihm muss ich mich bedanken – sondern bei dir. Du hast mir den Mut gegeben, das zu verfolgen, was ich wirklich wollte, nicht er. Du bist der Grund, aus dem ich durch die Tür des Clubhauses marschiert bin, um dir Feuer unterm Hintern zu machen, und du bist der Grund, aus dem ich mein Herz geöffnet habe.«

Er runzelte die Stirn. »Weil ich dich wütend gemacht habe?«

»Ja, aber du hast mich auch erregt. Dank dir wurde mein gutes Leben noch besser. Auch wenn du es mir vermasselt hast, zum ersten Mal in meinem Leben zum Tanzen aufgefordert zu werden.«

Sein Kiefer verkrampfte sich. »Du wolltest mit Rhys tanzen?«

»Ich wollte mit dir tanzen, aber du warst so sehr darauf fokussiert, ihn zu verscheuchen, dass du das nicht mal bemerkt hast.«

»Ich bin gleich wieder da.« Er stieg aus dem Bett, nahm sein Handy und wandte ihr den Rücken zu. Er legte das Handy auf seinem Nachttisch ab und »The Promise« von *When in Rome* ertönte.

Diesel drehte sich um, und ein leises Lächeln umspielte seine Lippen. »Tanz mit mir, Baby Girl.«

Es war keine Frage, aber als er sie auf die Beine und in seine Arme zog, war es typisch Diesel, was es so viel besser machte. Während sie tanzten, versprach Diesel ihr halb flüsternd, halb singend, sie zu beschützen und nie die richtigen Worte zu finden, was ihr die Kehle zuschnürte. Er drückte sie fester an sich, sein großer Körper umschloss ihren, sein Herz schlug unter ihrer Wange. Sie lauschte dem Text, wollte kein einziges Wort verpassen, während er darüber sang, immer da zu sein, sie bat, ihm Zeit zu geben, um herauszufinden, was er sagen könnte, damit sie sich in ihn verliebte, und dass er für sie die Welt zu Fuß umrunden würde, wenn das nötig war. Sie wusste nicht, woher er das Lied kannte oder ob er es nur für sie gefunden hatte, aber jedes einzelne Wort war perfekt auf sie beide zugeschnitten.

Sie blickte hoch in sein attraktives Gesicht und ihre Knie wurden weich, als er sie beim Singen auf eine ganz besondere Weise ansah. Es war kein extravaganter Tanz, sie trug kein schickes Kleid, aber sie hätte sich keinen perfekteren Tanz vorstellen können – und keinen perfekteren Mann.

Fünfzehn

Bevor er zugestimmt hatte, länger zu bleiben und den Whiskeys in der Bar auszuhelfen, war Diesel seit seiner Kindheit auf keinem Kindergeburtstag mehr gewesen. Die Whiskeys hatten ihn seitdem jedoch in wirklich alles eingebunden, von Geburtstagen bis hin zum Valentinstag. Kennedys und Lincolns Geburtstagsparty war ein erinnerungswürdiges Ereignis.

Trumans und Gemmas Garten war in eine Kulisse wie aus einem Westernfilm verwandelt worden. Alle Kinder trugen Cowboystiefel und -hüte. Die Mädchen sahen in ihren Rüschenkleidern und Röcken hinreißend aus, die Jungen wirkten wie kleine Männer in ihren Karohemden und Jeans. Über dem Gabentisch hing ein mit *Happy Birthday* bedrucktes Banner. Auf einer Seite des Gartens standen Unmengen von Steckenpferden, für die Kleinen war ein ausgestopftes Schaukelpferd auf dem Rasen aufgestellt worden. Bones und Dixie warfen Bälle auf Milchflaschen, die wie Kühe bemalt waren, daneben liefen Maggie Rose und Axel kichernd durch die Ministadt aus Kartons, die wie Ziegelgebäude gestaltet waren. *Gefängnis, Saftsaloon, Bank, Snackbar* und *Clubhaus* stand in altmodischer Schrift über den ausgeschnittenen Fenstern oder Türen. Truman und Quincy schossen Fotos von Hail und

Bradley, den mit sieben und fünf Jahren ältesten Jungen. Die beiden saßen auf Heuballen in einem Fotobereich und hielten Rahmen hoch, die Gemma und Crystal gebastelt hatten. Oben stand *Gesucht* und unten *Belohnung 10.000 Küsse*. Kennedy spazierte neben Nick Braden her, rief ihrem Bruder Lincoln sowie Lila, Bones und Sarahs fast dreijähriger Tochter, Anweisungen zu, während Nick und Trixie sie auf Miniaturpferden durch den Garten führten. Die Pferde waren alle mit rosa und blauen Schleifen in Mähne und Schweif, schicken Sätteln und winzigen Cowboyhüten zwischen den Ohren zurechtgemacht.

Diesel gesellte sich zu Jace, Moon und Bullet, der seine reizende kleine Tochter Tallulah im Arm hielt, während ihre anderen Freunde sich auf dem Rasen unterhielten oder ihren Kindern hinterherliefen. Auch sämtliche Erwachsene waren entsprechend gekleidet. Bear hatte richtig übertrieben und trug Cowboy-Überhosen und eine braune Lederweste, wofür Diesel ihn die ganze Zeit über neckte. Sogar Red und Biggs rockten den Westernlook. Biggs trug wie Diesel und Bullet seine schwarze Lederweste mit den Dark-Knights-Aufnähern auf dem Rücken. So etwas war eben wichtig. Tracey hatte Diesel davon überzeugt, einen Cowboyhut aufzusetzen, eine riesige Gürtelschnalle mit Pferdekopf darauf sowie seine Cowboystiefel komplettierten den Look und erinnerten ihn an seine Heimat.

Er sah durch den Garten zu Tracey hinüber, die mit ein paar der anderen Frauen plauderte. Sie war verdammt sexy in ihren engen Jeans, dem über der Taille geknoteten Flanellhemd und dem Cowgirlhut sowie den Stiefeln, die er ihr gekauft hatte. Sie schaute ihn an und schenkte ihm dieses süße Lächeln, was ihm alles bedeutete. Sie hatte es kaum erwarten können, die Neuigkeit der Wiedervereinigung mit ihrer Mutter mit allen zu teilen, was direkt nach ihrem Eintreffen erledigt werden musste.

Mit jedem Mal, das sie darüber sprach, wurde sie fröhlicher, und verdammt, das war einfach ein großartiger Anblick.

»Wisst ihr, was Diesels Miene bedeutet?«, fragte Bullet.

»So sieht ein Mann aus, der bleiben wird«, antwortete Jed.

»Und der ein paar von denen hier haben will.« Jace nahm Bullet Tallulah ab, stupste sie an und machte Babygeräusche.

Diesel spürte ein Lächeln an seinen Lippen zupfen, sagte aber kein Wort, während sie Witze rissen, als wäre er Teil ihrer geheimen Ehemanngesellschaft. Für Kinder war er noch nicht bereit, aber er würde mit Sicherheit bleiben.

»Hat noch jemand vor, heute Nacht seinen Hut mit ins Schlafzimmer zu nehmen?« Jed wackelte mit den Augenbrauen.

Diesel schnaubte. »So wie Tracey aussieht, kann sie froh sein, wenn wir es bis ins Haus schaffen.«

Die Männer lachten.

Diesel hob das Kinn in Reds Richtung, während sie in schwarzen Jeans und schwarzem Oberhemd mit Silberrand auf sie zukam, ihr rotes Haar gezähmt durch ihren Cowgirlhut.

»Ist es zu fassen, wie groß unsere Familie geworden ist?« Red schaute zu den Kindern hinüber, die einander durch den Garten jagten, und allen anderen, die lachten und sich amüsierten.

Sie benutzten den Begriff Familie so offen und waren nur zu gern bereit, andere in ihren engen und doch weit gefassten Kreis aufzunehmen. Diesel schätzte dieses Wort mehr als alles andere im Universum. Seit seine Mutter gestorben war, hatte er sich immer wie ein Außenseiter gefühlt, wo er sich auch gerade aufhielt. Aber dank Tracey wurde ihm langsam klar, dass er sich selbst auf diese andere Seite der unsichtbaren Linie gestellt hatte. Das war in Ordnung gewesen, als es in seinem Leben sonst niemanden gegeben hatte. Tatsächlich war es das gewesen, was er gebraucht hatte. Aber Tracey hatte jahrelang gegen ihren

Willen isoliert gelebt, ohne Kontakt zu Freunden oder Familienmitgliedern, und er wollte nicht, dass sie sich jemals wieder einsam fühlen musste. Er wusste, wenn er das für sie wollte, musste er selbst auch über diese Linie treten und versuchen, die Menschen, die so gut zu ihm gewesen waren – ihn zu Silvester, Thanksgiving, Weihnachten und sämtlichen Feiertagen dazwischen eingeladen hatten –, stärker in sein Leben und sein Herz zu lassen.

Wie eine Familie.

Reds Blick wanderte über Bullet, Jace und Moon und verharrte dann auf Diesel. »Und jetzt, wo du dich entschieden hast, nicht zu gehen, ist unsere Familie noch größer. Ich bin ja so froh, dass du bleibst, mein Lieber.«

Sie sah ihn mit einem Gesichtsausdruck an, der dem seiner Mutter so ähnlich war, dass ihn unerwartete Emotionen durchströmten. Was in letzter Zeit häufiger passierte. »Danke, Red. Ich würde alles für Tracey tun.«

Die Jungs beäugten einander grinsend.

»Du hast so lange gewartet, um in Aktion zu treten, dass ich mich schon gefragt hatte, ob du unter all diesen Muskeln überhaupt ein Herz besitzt«, kommentierte Jace feixend.

»Ich bin immer noch geschockt, dass Tracey zu deinem weichen Kern vorgedrungen ist«, ergänzte Bullet.

Diesel starrte ihn böse an.

»Brandon Whiskey.« Kaum hatte Red Bullets Taufnamen ausgesprochen, stand dieser stramm. »Du warst auch nicht unbedingt der kuschlige Teddybär, bevor Finlay in dein Leben getreten ist.«

Die Jungs lachten, und Red zeigte auf Jace. »Und du, Mr. Stone, stehst Diesel in nichts nach. Wie lange hast du gebraucht, um mit meiner Tochter zusammenzukommen?

Gefühlt ein Leben lang.«

»Zu lange, da hast du recht, Red«, stimmte Jace ihr zu.

»Beachte die anderen gar nicht, Diesel. Ich habe immer gewusst, dass dein Herz so groß ist wie der Himmel. Ich kannte dich, seit du ein Junge warst, als Biggs und ich nach Colorado gefahren sind, um Tiny zu besuchen, und du und deine Mama zu Friendsgiving oder sonstigen Feierlichkeiten gekommen seid. Du hast schon auf sie aufgepasst, als du noch zu jung warst, um etwas bewirken zu können. Du liebst mit allem, was du hast, und deine Mutter war so stolz auf dich. Ich habe keinen Zweifel daran, dass du dein Leben gegeben hättest, um sie zu retten, wenn es dir möglich gewesen wäre. Das ist einer der Gründe, warum ich dich ausgewählt habe, um auf Tracey aufzupassen, als sie angefangen hat, für uns zu arbeiten.«

»Gab es noch einen anderen Grund?«, fragte Diesel.

»Ja, den gab es. Als du nach dem Tod deiner Mom hergekommen bist, hattest du dich verändert. Du hattest einen großen Teil deiner selbst verloren, und das nicht grundlos. Jedes Mal, wenn du danach in die Stadt kamst, habe ich dafür gebetet, dass du Frieden gefunden hast. Dann habe ich dich wiedergesehen, und diese Leere war noch immer da. Aber als Tracey in die Bar kam, war da wieder dieser Funke in deinen Augen, so groß und hell wie zu deiner Kinderzeit. Es war wie Magie.«

»Nennt sich Ständer«, murmelte Bullet.

Die Männer lachten, aber Diesel verarbeitete noch immer ihre Worte. Er hatte keine Ahnung gehabt, dass außer seiner Mutter noch jemandem die Dinge aufgefallen waren, die er als Junge getan hatte.

Red brachte die Männer mit einem strengen Blick zum Schweigen. »Ich habe drei Jungs und ein quirliges Mädchen großgezogen. Mir ist wohl klar, dass auch körperliche Anziehung eine Rolle gespielt hat, aber das war es nicht allein.« Sie wandte ihre Aufmerksamkeit wieder Diesel zu, während sich Bear und Bones zu ihnen gesellten. »Ich dachte mir, du und Tracey könntet einander brauchen. Ihr seid nicht so unterschiedlich, wie alle glauben.«

»Hat Mom zu viel getrunken?«, fragte Bear.

»Nein, das habe ich nicht.« Red winkte ab. »Tracey und du, ihr habt schlimme Verluste erlitten. Es waren nicht dieselben, aber sie hatten ähnliche Auswirkungen, sodass ihr beide Mauern um euch herum errichtet habt, um euch davor zu schützen, erneut verletzt zu werden. Du warst ein einsamer Wolf und sie war ein Vogel, der versuchte, sein Nest zu finden.«

»Okay, ich nehm's zurück«, meinte Bear. »Das ergibt schon alles Sinn.«

»Tracey ist eher eine Eule«, erklärte Diesel ernst. »Sie ist viel zu klug für irgendeinen kleinen Vogel.«

»Warte mal, Red.« Jed schaute zwischen ihr und Diesel hin und her. »Willst du damit sagen, du hättest versucht, die beiden miteinander zu verkuppeln?«

Red lächelte. »Sagen wir mal, ich habe auf meinen Instinkt vertraut und es hat sich ausgezahlt. Seht euch doch unsere Kleine da drüben an.« Alle richteten ihre Aufmerksamkeit über den Hof in Richtung Tracey. Sie und Roni tanzten mit Lincoln und Lila auf den Armen. »Tracey ist aus sich herausgekommen und dank dir hat sie ihre Familie – ihr Nest – gefunden. Und ich glaube, du tust es ihr langsam nach, und vielleicht hast du jetzt endlich auch dein fehlendes Puzzleteil gefunden. Das ist etwas ganz Wunderbares.«

Überrascht bemerkte Diesel, dass sich ihm leicht die Kehle zuschnürte.

»Da hast du verdammt noch mal recht«, warf Bullet ein. »Und abgesehen davon hast du mir eine Menge unangenehmer Bewerbungsgespräche erspart.«

»Du hättest sowieso deine Zeit verschwendet.« Bones legte kurz eine Hand auf Diesels Schulter, nahm sie aber gleich darauf wieder weg. »Niemand kann den Mann ersetzen, der Peaceful Harbors begehrtesten Junggesellen ausgestochen hat.«

»Redest du von Rhys?«, fragte Jace. »Der Kerl, der bei der Junggesellenauktion ein Auge auf mein Mädchen geworfen hatte?« Dixie hatte die letzte Junggesellenauktion für wohltätige Zwecke organisiert und sich ebenfalls versteigern lassen.

Bones lachte auf. »Das hatte ich ganz vergessen.«

»Biker: zwei. Rhys: null. Richtig, Mann?« Jace hielt seine Faust hoch und stieß gegen Diesels.

»Du hast bei dieser Auktion Tausende Dollar auf unsere Schwester geboten«, erinnerte Bear ihn.

Jace feixte. »Ich hätte auch das Doppelte bezahlt.«

»Das glaube ich gern. Und jetzt gib mir mal mein Enkelkind.« Red streckte die Arme nach Tallulah aus, aber Jace gab dem Baby zuerst noch einen Kuss auf die Wange.

»*Diesel! Diesel! Diesel!*« Kennedy kam in ihrem weißen Rüschenkleid samt Jeansweste herübergerannt, ihre dunklen Haare wehten ihr ins Gesicht. »Es wird Zeit für den Kuchen, und Mom hat gesagt, ich darf bei meinen Liebsten sitzen.«

»Ich glaube, du hast *meinem Liebsten* gemeint, Süße«, korrigierte Bullet sie.

»Nein! Ich liebe einen Biker und einen Cowboy, und Mama hat gesagt, solange ich noch jung bin, ist das okay. Also werde ich einfach niemals alt!«

Alle mussten lachen.

»Truman und Gemma steht jahrelanger Ärger ins Haus«,

kommentierte Bear.

»Schon okay, Onkel *Beah*. Daddy hat gesagt, an manchen Tagen machen Linc und ich so viel Ärger, dass Mama graue Haare bekommt. Aber Oma Red hat gesagt, ihr habt viel mehr Ärger gemacht, als wir es jemals könnten, und ihre Haare sind immer noch rot! Tschüss!« Kennedy zerrte Diesel auf einen langen Tisch auf der anderen Seite des Gartens zu, wo die Frauen Teller für den Kuchen hinstellten. »Nick! Komm her! Es gibt Kuchen!« Sie winkte den muskulösen Cowboy heran.

Diesel und Nick schüttelten beide den Kopf, aber es gab nichts, was sie nicht für die kleine Kennedy tun würden, die sie um ihren Finger gewickelt hatte.

Als sich alle um den Tisch versammelten, an den sich die Kinder setzten, schaute Diesel zu Tracey, die ein paar Meter entfernt neben Josie stand, und winkte sie zu sich.

Tracey musterte Kennedy und schüttelte den Kopf.

Schwing deinen süßen Hintern her, formte er mit den Lippen.

Sie sagte lachend etwas zu Josie und kam dann zu ihm. Er drückte sie mit dem Arm, den Kennedy nicht in Beschlag genommen hatte, an sich und flüsterte ihr ins Ohr: »Wie konnte ich dich vermissen, obwohl du bloß auf der anderen Seite des Gartens gewesen bist?« Er staunte selbst, wie leicht ihm diese Worte über die Lippen kamen, und beugte sich vor, um sie zu küssen.

Kennedy protestierte: »Daddy, darf Diesel ein anderes Mädchen küssen, wenn ich doch seine Freundin bin?« Was alle zum Lachen brachte.

Truman grinste. »Nur wenn es sich um Tracey handelt, Prinzessin.«

»Kennedy, ich werde dein Freund sein, und ich werde auch kein anderes Mädchen küssen«, bot Hail an, was ihm ein *Aaah* von den Mädchen und ein *Guter Junge* von Jed einbrachte.

»Okay!« Kennedy ließ Diesels Hand los. »Diesel, ich werde dich immer lieben, aber du darfst jetzt nur noch Tracey lieben.«

Dieses Kind. Hatte es seine Gedanken gelesen? »Danke, Kennedy.«

»Ich liebe *Hübse*! Und jetzt geb ich ihr einen Kuss.« Lincoln war völlig verknallt in Roni und nannte sie *Hübse* – weil Quincy sie *Hübsche* genannt hatte und er zu klein gewesen war, um das auszusprechen. Mit geschürzten Lippen beugte er sich zu Roni vor, und seine rostbraunen Haare fielen ihm in die Augen, als Roni ihn küsste.

»Kleiner Mann, erst klaust du meinen Namen für sie, und jetzt auch noch meine Küsse?«, scherzte Quincy.

»Ich teile ihre Küsse mit dir«, sagte Lincoln. »Dich liebe ich auch!«

Diese Kinder waren einfach nur zuckersüß, und Tracey sah aus, als schmelze sie förmlich dahin.

»Wie wär's, wenn wir jetzt mal Happy Birthday singen und aufhören, vom Küssen zu reden?«, schlug Biggs vor und die Kinder jubelten.

Sie sangen »Happy Birthday«, und Kennedy und Lincoln wünschten sich etwas und pusteten die Kerzen aus. Alle klatschten und jubelten. Diesel sah zu, wie ihre Freunde Teller mit Kuchen austeilten, und wanderte gedanklich zurück in seine Kindheit, als seine Mutter noch gelebt hatte. Er erinnerte sich an Geburtstagsfeiern mit Tinys Familie, und plötzlich fühlte er sich nicht mehr so sehr wie ein Außenseiter. Tracey kuschelte sich an ihn und ging auf die Zehenspitzen, um ihn zu küssen. Da kam ihm noch eine Erkenntnis. Red hatte recht. Er hatte mit dem Verlust seiner Mutter auch ein Stück von sich verloren, aber mit Tracey hatte er einen Teil von sich wiedergefunden.

Er hatte das wahre Glück gefunden.

Tracey nahm sich einen Teller mit einem Stück Kuchen darauf und bot ihm eine Gabel voll an. »Möchtest du was?«

Die Stimme seiner Mutter erklang in seinem Kopf: *Wir brauchen ein bisschen Elfenmagie, Dezzie. Was denkst du?*

»Ich möchte mehr als nur etwas.« *Ich will alles mit dir.*

Sechzehn

Früh am Samstagmorgen lag Tracey an den schlafenden Diesel gekuschelt im Bett und dachte darüber nach, wie sehr sich ihr Leben verändert hatte, seit sie nach Peaceful Harbor gekommen war. Hätte ihr jemand vor einem Jahr erzählt, dass sie ihre Mutter wiederfinden und sich in Diesel Black verlieben würde, hätte sie sich gefragt, ob derjenige diesem Brummbären jemals begegnet war. Aber jetzt wusste sie, dass sie die Einzige war, die das Glück hatte, ihn wirklich zu kennen. So sehr ihr das schmeichelte, hatte er doch so viel Liebe zu geben, dass sie hoffte, er würde sich eines Tages auch anderen Menschen öffnen.

Sie betrachtete das Foto auf dem Nachttisch, das Anna von ihnen beiden gemacht hatte, bevor sie letztes Wochenende nach Hause gefahren waren. Darauf standen sie vor dem Haus ihrer Mutter neben seinem Pick-up, sie in seinem Arm, ihre Hand auf seinem Bauch, den Kopf an ihn gelehnt. Diesel drückte ihr einen Kuss auf den Scheitel und sie hatte diesen vor Glückseligkeit trunkenen Blick, der ebenso von der Wiedervereinigung mit ihrer Mutter wie von Diesel herrührte. Das war eins von Traceys Lieblingsfotos. Sie hatten noch einen Abzug anfertigen lassen, den Diesel nun in seiner Brieftasche aufbewahrte, was sie

271

überaus glücklich machte.

Sie besah sich die anderen Fotos, die sie ausgedruckt und im Zimmer verteilt hatten. Sie wusste, dass ihre Mutter und ihre Familie sich freuen würden, die Bilder zu sehen, die sie im Haus aufgehängt hatte, wenn sie morgen zu Besuch kamen. Beim Aufhängen hatte Diesel Tracey gefragt, warum sie ihr Zimmer nie dekoriert hatte. Sie hatte bisher gar nicht darüber nachgedacht, und dann war ihr klargeworden, dass ihr Leben zum Stillstand gekommen war. Sie war zwar fest in ihrem neuen Leben verankert gewesen, jedoch nicht mit den kleinen Schritten vorangekommen, die wirklich zählten, bevor sie mehr über ihre Mutter herausgefunden hatte. Diesel hatte eine Brücke für sie errichtet, über die sie vertrauensvoll schreiten konnte.

Und sie wusste, dass sie auch ihm dabei half, die Brücke von seiner Vergangenheit in seine Zukunft zu überqueren. Das war in allem ersichtlich, was er tat und sagte. Sie hatten in dieser Woche viel zu tun gehabt, aber nach ihrem Training mit Lior am Mittwoch hatten sie einen kurzen Ausflug zum alten Haus der Whiskeys gemacht und waren dort am Bach spazieren gegangen. Diesel hatte ihr von all den Orten erzählt, die er bereist hatte, und seinen Aufträgen als Kopfgeldjäger. Zu ihrer Überraschung hatte er ihr sogar anvertraut, was er an seiner Mutter am meisten vermisste – ihr Lächeln und ihr Gitarrenspiel auf der Veranda spät abends, wenn sie glaubte, er würde bereits schlafen. Mittlerweile schien es ihm leichter zu fallen, über sie zu sprechen, und darüber war Tracey froh.

Sie platzierte einen Kuss auf seine warme Brust und fuhr mit den Fingern über seinen Bauch. Sündige Gedanken gingen ihr durch den Kopf. Würde sie je aufhören, ihn so inständig zu begehren? Sie hoffte nicht. Mittlerweile nahm sie die Pille, und auch wenn der Sex mit Diesel ohnehin schon unglaublich war, hatte sich das Liebesspiel ohne Kondom als noch intensiver herausgestellt.

»Hör nicht auf«, murmelte er.

Sie hob den Kopf, um ihn anzusehen. Morgens wirkte er immer ausgeruht und entspannt, bevor sein Körper Gelegenheit bekam, sich daran zu erinnern, dass ein neuer Tag angebrochen war und er auf der Hut sein musste. »Ich dachte, du schläfst.«

»Du glaubst also, ich kann schlafen, wenn mich deine Lippen berühren?« Er kniff ihr in die Pobacke.

Oh, wie sie das, was er sagte und tat, liebte! Sie ließ die Zunge über seine Brustwarze gleiten, was ihr ein hungriges Knurren einbrachte, das sie von Kopf bis Fuß entflammte. Er drehte sie so, dass sie unter ihm lag, presste sie mit seinem großen Körper förmlich in die Matratze. Diese Bewegung beherrschte er wirklich perfekt, und sie ließ es jedes Mal willens und begierig mit sich geschehen.

»Du hast mich geweckt, Baby Girl.«

»Wenn das die Strafe ist, werde ich das wohl noch viel öfter tun.«

Ein anzügliches Grinsen erschien auf seinem attraktiven Gesicht, aber sein Stirnrunzeln und die Intensität seines Blicks bewirkten, dass sie den Atem anhielt. »Mal im Ernst, Trace. Ich bin mit Scheuklappen durchs Leben gerast und habe niemals angehalten, um es zu genießen. Du hast mir diese Scheuklappen abgenommen und meinen Fuß vom Gas gehoben. Deinetwegen wünsche ich mir Dinge, von denen ich nie geglaubt hatte, sie zu wollen, und sehe einiges aus einer völlig neuen Perspektive. Du hast meine Welt auf den Kopf gestellt, Baby Girl, und eines Tages werde ich deine auf den Kopf stellen.«

Sie blickte zu ihm auf und ihr Herz quoll so über vor Liebe, dass sie es kaum im Zaum halten konnte. »Ist dir nicht klar, dass du das längst getan hast?«

»Wie konnte ich nur so ein Glück mit dir haben?«, flüsterte er.

Er gab ihr gar keine Chance zu antworten, sondern eroberte sie mit einem gnadenlosen, lang andauernden Kuss. Ihr Verlangen vermischte sich mit seinen Worten und versetzte sie in einen Rausch des Begehrens. Sie spürte seine Erektion und hob das Becken an, als er in sie eindrang.

Gott steh mir bei.

Er vertiefte den Kuss, als sie ihren Rhythmus fanden, und jeder Stoß brachte sie dem Höhepunkt näher, woraufhin sie die Zehen krümmte und Ekstase durch sie hindurchpulsierte. Sie umfing seine Pobacken, was ihm ein weiteres Stöhnen entlockte. Seine Hüften bewegten sich härter, schneller, er drang noch tiefer in sie ein. Er ballte die Hände in ihren Haaren, verschlang ihren Mund, eroberte sie, nahm sie ganz in Besitz. Sie standen beide in Flammen, und sie verlor sich in diesem Feuer, streichelte, krallte, biss in seine Schulter, seinen Hals, überallhin, wo sie Halt fand.

Ihr Name hallte von seinen lustvoll stöhnenden Lippen. *»Trace.«*

Fieberhaft nahm er erneut ihren Mund in Besitz, schob seine starken Arme unter sie, drückte ihre Hüften in den richtigen Winkel, während er langsamer wurde, schmerzhaft langsam, und köstlich tief in sie eindrang, bis er schließlich erneut seinen Rhythmus fand. Als sie in seinen Takt einfiel, beschleunigte er seine Bemühungen nach und nach, und jede Verstärkung raubte ihr den Atem, machte sie noch gieriger. Er hielt sie fester, küsste sie drängender, brachte sie bis kurz vor den Orgasmus. Kleine Nadelstiche bohrten sich in ihre Gliedmaßen, verbreiteten sich wie ein Lauffeuer durch ihre

Brust und explodierten in einem Schauer feuriger Empfindungen, als die Welt um sie herum verschwamm. Diesel war ganz bei ihr und gab sich seiner Erlösung hin. Ihre Haut war feucht und heiß, ihr Atem ging stoßweise und abgehackt, aber ihre Herzen schlugen im selben hektischen Takt, während sie ihrer Leidenschaft freien Lauf ließen.

Sie sanken einander in die Arme, und Diesel hielt sie fest an sich gedrückt, während sie nach Atem rangen. Er drehte sie auf die Seite, wie er es so oft tat, ihre Körper bewegten sich im Einklang, sodass er sie ganz in den Armen halten konnte. Er legte eine Hand auf ihren Po, einen Oberschenkel über ihren und küsste sie. Als sich ihre Lippen voneinander lösten, war Traceys Welt erfüllt von Diesels gefühlvollem Blick.

»Ich hoffe, du hörst nie auf, mich so anzusehen«, flüsterte sie.

Der sanfte, verweilende Druck seiner Lippen auf ihren verriet ihr, dass er es nie tun würde.

Nach einer heißen, erotischen Duscheinlage bereitete Diesel in der Küche des Clubhauses das Frühstück zu und Tracey tänzelte in Sport-BH und hautengen Leggings herum und plauderte über den morgen anstehenden Besuch ihrer Mutter. Er hatte geglaubt, sich mittlerweile an ihre scharfen Outfits gewöhnt zu haben, aber es spielte keine Rolle, was sie trug. Jede Minute, die sie nicht in seinen Armen lag, stellte seine Willenskraft auf die Probe.

»Meinst du, ich sollte etwas für die Mädchen besorgen? Ich gehe nach unserem Training mit Lior einkaufen und könnte noch im Shoppingcenter vorbeischauen und etwas für sie kaufen.«

Sie waren um neun Uhr mit Lior verabredet. Tracey musste erst um vierzehn Uhr arbeiten, Diesel hingegen schon ab elf, er würde also nur eine Stunde mit ihnen trainieren. Er war froh, dass sie das komplette zweistündige Training durchzog. Sie war schon die ganze Woche ein Nervenbündel wegen des anstehenden Besuchs ihrer Mutter. Beim Training am Mittwoch war sie völlig außer Rand und Band gewesen und hatte Diesel und Lior mit ihren Fortschritten beeindruckt.

»Sie kommen her, um dich zu sehen, Baby Girl, nicht, um Geschenke zu erhalten.«

»Ich weiß, aber meinst du nicht, es wäre trotzdem eine nette Geste? Oder wirkt das so, als würde ich mich zu sehr bemühen oder gar versuchen, ihre Freundschaft zu erkaufen? Ich bin einfach so froh, sie in meinem Leben zu haben.«

Er nahm ihre Hand und zog sie zu sich, freute sich über die Art, wie ihre Augen aufleuchteten. »Ich glaube, du solltest das tun, was dich glücklich macht. Wenn du ihnen etwas schenken möchtest, tu es. Aber wenn du das tust, weil du es für notwendig hältst, um sie für dich zu gewinnen, liegst du falsch.« Er küsste sie und dann hob er ihre Hand und küsste ihre Handfläche. »Die Zeit mit dir ist das beste Geschenk, das du ihnen machen kannst, und ich glaube, das wissen sie auch.«

Sie seufzte. »Du hast vermutlich recht. Aber ich bin einfach so aufgeregt, alle zu sehen, dass ich ihnen eine Kleinigkeit besorgen möchte. Ich weiß, dass wir erst ein paar Stunden mit ihnen verbracht haben, aber ich habe schon das Gefühl, als wären Anna und Malia meine Schwestern. Wie kann das bloß sein?«

»Weil du es so willst.«

Ihr Lächeln verblasste. »Hältst du mich für albern?«

»Nein. Ich glaube, du bist einfach eine großherzige Frau, die mich in ihren Bann gezogen hat.« Er stellte ihren Teller auf den Tisch. »Iss auf, Süße. Wir müssen uns beeilen, damit wir nicht zu spät kommen.«

Nach dem Frühstück nahmen sie ihre Sporttasche und küssten sich beim Hinausgehen.

»Das ist doch mal ein willkommener Anblick.« Biggs schloss gerade die Wagentür und kam auf sie zu.

Diesel hob grüßend das Kinn.

»Hi, Biggs.« Tracey winkte ihm zu.

Biggs beugte sich vor, um sie auf die Wange zu küssen. »Wie geht's dir, meine Hübsche? Bist du unterwegs, dem Kerl eine ordentliche Abreibung zu verpassen?«

»Ich werd's versuchen.«

»Sie ist viel zu bescheiden, Biggs. Sie hat es richtig drauf. Was machst du hier?«

»Ich muss ein paar Kisten aus dem Keller holen. Buds Geburtstag steht an und Chicki bedrängt Red schon die ganze Zeit wegen der Fotos aus der guten alten Zeit. Du weißt ja, wie Chicki ist. Wenn sie sich etwas in den Kopf gesetzt hat, lässt sie nicht locker.« Bud Redmond war mit Biggs aufgewachsen und schon ewig Mitglied der Dark Knights. Seiner Frau Chicki gehörte der Friseursalon, in dem Sarah arbeitete, und sie war eine von Reds engsten Freundinnen.

»Du kannst doch keine Kisten die vielen Stufen hochschleppen, Biggs. Von wie vielen Kisten reden wir denn hier?«

»Keine Ahnung. Wir haben da unten eine ganze Menge Kram. Zehn? Vielleicht zwanzig.«

»Zwanzig Kisten?« Was dachte er sich nur dabei? »Wo stecken deine Söhne?«

»Ach.« Biggs winkte ab. »Sie haben mit ihren Familien zu tun. Ich will sie deswegen nicht belästigen.«

Diesel ließ Tracey nur ungern im Stich, aber er würde Biggs, der nur mit einem Gehstock laufen konnte, auf keinen Fall Kisten schleppen lassen. »Ich mach das.«

»Nein, du musst doch los«, wiegelte Biggs ab. »Du hast zu tun. Ich komm schon zurecht.«

Diesel wusste, dass Diskussionen nutzlos waren, aber das bedeutete nicht, dass er nachgeben würde. Er sah Tracey an, doch bevor er noch etwas sagen konnte, warf sie ein: »Ich kann dich problemlos entbehren.« Sie ging auf die Zehenspitzen und küsste ihn. »Wir sehen uns um zwei. Lass Biggs nicht zu viel tragen.«

Verdammt, wie er sie liebte. »Danke, Baby Girl. Ich mach das wieder gut.« Er gab ihr einen Klaps auf den Po, was ihm ein Augenrollen einbrachte, bei dem er und Biggs grinsen mussten.

Tracey zeigte auf Diesel. »Pass bloß auf, dass ich mich nicht bald auf dieselbe Weise von dir verabschiede.«

Biggs lachte auf. Während sie in ihren Wagen stieg, meinte er zu Diesel: »Deine Kleine lässt sich nichts gefallen, was?«

»Nein, Sir.« *Und das gehört zu den Dingen, die ich an ihr liebe.*

Sie gingen hinein und durch den Hauptraum in die Küche. Biggs schaute sich um, während er die Tür zum Keller aufzog. »Ich wusste gar nicht, dass die Küchentresen so glänzen können. Hast du den Schrank repariert und die Tür an der Speisekammer angebracht?«

»Vor ungefähr anderthalb Jahren.« Er hatte auch die Wandschränke und die Speisekammer neu sortiert. »Es bringt doch nichts, Sachen zu haben, wenn man sich nicht darum kümmert. Ich war überrascht, dass das noch keiner der anderen erledigt hatte.«

Biggs strich sich über den Bart. »Die waren vermutlich nie in der Küche. Dank des zweiten Kühlschranks im Meetingraum wird dieser Raum nicht oft benutzt, wenn nicht gerade jemand hier wohnt. Hat Tracey die Speisekammer sortiert?«

»Nein. Das war ich.«

»Puh, anscheinend hattest du viel Zeit.« Biggs öffnete die Kellertür und muffige, kalte Luft schlug ihnen entgegen. Er schaltete das Licht an und ging nach unten.

Diesel folgte ihm. »Wer kümmert sich um die jährliche Wartung?«

»Wir alle. Wenn etwas kaputt ist, reparieren wir es.«

»Das Beispiel mit der Küche verrät mir, dass es so nicht funktioniert. Du solltest jemandem die Verantwortung dafür übertragen, Biggs. Das Haus bleibt länger in Schuss, wenn man sich ordentlich darum kümmert. Ich wette, Crow oder einer der anderen findet Zeit für eine jährliche Inspektion und anfallende Reparaturen und Wartungsarbeiten. Ich habe die Luftfilter alle drei Monate gewechselt, aber als ich hier eingezogen bin, waren sie in einem miserablen Zustand. Wann hast du das letzte Mal das Dach prüfen oder die Heizanlage durchchecken lassen?«

»Gute Frage.«

»Ich werde ein System erstellen und alles in die Wege leiten.« Diesel betrat neben ihm den Keller. Am anderen Ende des Raums standen Reihen voller halsbrecherisch gestapelter Kisten, einige halb geöffnet, andere eingedrückt. Zwischen den Stapeln lugten alte Stühle und ein Couchtisch mit weiteren Kisten darauf hervor. Hinter einem Kistenturm ragte ein Hirschgeweih heraus, und daneben standen Plastikboxen, aus denen Kleinkram und Weihnachtsdeko herausquoll.

Diesel fluchte leise. »Was ist denn das alles?«

»Ich weiß nicht, was in den Kisten ist, aber sowohl meine Familie als auch mehrere Clubmitglieder lagern hier Sachen. Sämtliche Clubnotizen und -unterlagen bis zurück zu der Zeit, als mein Großvater den Club gegründet hat, setzen hier unten Staub an. Die Unterlagen befinden sich in den weißen Kisten.«

»Das ist dein System? Weiße Kisten?« Diesel musterte die verschiedenen braunen Kartons – von Bier- und Weinkisten bis hin zu Fernseherverpackungen und was sonst noch alles zur Hand gewesen war. An der hinteren Wand standen lange Holzregale, an der Seite weitere Metallregale, auf denen sich Werkzeuge und andere Dinge stapelten, als hätte jemand ursprünglich geplant, hier mal Ordnung zu schaffen. Aber nirgendwo entdeckte er weiße Kisten, was vermutlich bedeutete, dass sie irgendwo mitten unter den Stapeln vergraben waren.

»Du weißt doch, wie das läuft. Du glaubst, du hättest ein System. Lässt deine Jungs hier und da mal eine Kiste runterschaffen, und ehe du dich versiehst, sind zwanzig Jahre vergangen und es entsteht das hier. Verdammt, sogar Tiny hat hier unten noch Sachen aus der Zeit, bevor er in den Westen gezogen ist. Kennst du die Story?«

»Ich glaube schon.« Diesel richtete seine Baseballkappe und hielt Ausschau nach Beschriftungen auf den Kisten, während Biggs ihm die Geschichte erzählte, die er bereits mehrmals gehört hatte.

»Tiny und ich sind quer durchs Land gefahren. Es war Sommer und höllisch heiß, als wir auf das Roadhouse stießen. Wynnie hatte gerade ihren Collegeabschluss gemacht und feierte dort mit ihrer Schwester und Freunden. Tiny hat nur einen Blick auf sie geworfen und, ohne Witz, gesagt: *Diese Frau werde ich heiraten.*« Biggs gluckste. »In dem Sommer bin ich allein nach Hause gefahren. Wynnie wollte im Herbst auf die

Uni und Tiny hat einen Job auf der Ranch bekommen, die ursprünglich ihrem Großvater gehörte. Damals war es nur eine Pferderettungsstation, und ein paar Monate später hat er Wynnie zu seiner Frau gemacht. In dem Winter haben Axel und ich Tinys Sachen gepackt und in einem Transporter zu ihm gebracht. Was da nicht reingepasst hat, steht seitdem hier unten.«

Na super. »Keine der Kisten ist beschriftet. Wie wollen wir denn die Fotos finden, die Chicki haben will?«

»Wird wohl doch mehr Arbeit, als ich erwartet hatte. Ich kümmere mich schon darum, Junge.«

»Auf keinen Fall, alter Mann. Aber anstatt den ganzen Kram nach oben zu schleppen, wäre es doch schlauer, wenn du ihn hier unten durchgehst und wir gleich ein wenig aufräumen. Damit schlagen wir zwei Fliegen mit einer Klappe. Wir haben Packband und Etiketten in der Bar. Gib mir ein paar Minuten, dann hole ich schnell alles.« Er sah Biggs streng an. »Und versuch ja nicht, irgendwelche Kisten hochzuheben.«

Biggs hielt eine Hand hoch. »Schon gut, schon gut. Bringst du mir gleich noch eine Flasche Wasser mit?«

»Hatte ich vor.«

Als Diesel mit den Utensilien und dem Wasser zurückkehrte, hatte Biggs bereits fünf Kisten bewegt und darin herumgekramt. Dieser sture Kerl. Diesel stellte den Stuhl neben einem Tisch auf, damit Biggs beim Stöbern in den Kisten nicht stehen musste. Eine Stunde später hatte sich Diesel einen Weg zu den Regalen gebahnt und sie hatten eine ganze Kistenreihe durchgearbeitet, sie markiert und sortiert nach Clubangelegenheit oder -mitglied ins Regal gestellt.

Diesel riss eine weitere Kiste auf. Da meldete sich Biggs zu Wort. »Wir sind auf Gold gestoßen. Nimm dir einen Stuhl und komm her, Diesel. Ich zeig dir ein paar alte Fotos von mir und Tiny.«

Daraufhin stand Diesel auf, stellte einen Stuhl neben Biggs und setzte sich rittlings darauf.

Biggs hielt einige alte Fotos in der Hand. Das oberste Bild war vor dem Whiskey Bro's aufgenommen worden. Darauf sah man Männer in schwarzen Lederjacken und Westen, Jeans, Stiefeln und mit einem ernsten Gesichtsausdruck. Ein paar standen auf der Veranda, gegen das Gebäude gelehnt, eine Zigarette im Mundwinkel; andere beugten sich über das Geländer. Die meisten hatten längere Haare und zottelige Bärte, typisch für die damalige Zeit. Biggs war nicht zu übersehen, wie er da auf der dritten Stufe saß, die Ellbogen auf den Knien, Totenkopfringe an drei Fingern, seine wachen Augen und die entschlossene Haltung so greifbar wie das Foto. Seine dichten Haare und der Bart waren dunkel wie die Nacht, die jungen, kräftigen Arme übersät von leuchtenden, noch nicht verblassten Tattoos. Tiny erkannte man ebenfalls leicht, nicht nur aufgrund seiner Größe, sondern auch wegen des entspannten Blicks, den er immer wie eine Maske aufsetzte. Der Mann konnte völlig gedankenverloren wirken und dann innerhalb einer Sekunde angreifen wie eine Kobra. Er saß auf einem Chopper vor der Bar und sah direkt in die Kamera. Seine buschigen Haare und der Bart waren etwas heller als Biggs'. Er hatte sich ein rotes Bandana um die Stirn gebunden, und seine Arme waren voller Tattoos.

»Das bist du auf der Treppe, richtig? Und Tiny auf dem Chopper?«

»Ja, und der am Geländer mit der Sonnenbrille, dem Schnurrbart und der lächerlich aussehenden Mütze, das ist Bud.«

Diesel grinste. »Er könnte auch als Pornostar durchgehen. Du siehst verdammt gut aus, Biggs. Auf dem Foto musst du doch jünger gewesen sein, als ich es heute bin.«

»Ein paar Jahre. Ende zwanzig. Tiny hat damals in Colorado gelebt. Er ist wegen einer Versammlung auf dem Chopper in die Stadt gekommen. Er liebt dieses verdammte Ding.«

»Er lässt Dare immer noch nicht in seine Nähe«, verriet Diesel.

»Würde ich auch nicht machen. Ich liebe meinen Neffen, aber er stellt manchmal wirklich unheimliche Dinge an. Vermutlich würde er eine Rampe bauen und versuchen, auf dem Bike über einen Truck zu springen.«

»Das könnte durchaus passieren.« Dare war immer auf der Suche nach dem nächsten Nervenkitzel. Aber seit dem Tod seines besten Freundes, der mit ihrer gemeinsamen besten Freundin verlobt gewesen war – die sich seitdem drastisch verändert hatte und nur noch ein Schatten ihrer selbst war –, übertrieb er das Ganze und spielte bei jeder Gelegenheit mit dem Schicksal.

»Siehst du diesen wütenden Kerl?« Biggs zeigte auf einen glattrasierten Mann mit breiter Brust, der seine Haare im James-Dean-Stil nach hinten gekämmt hatte. Er wirkte deutlich jünger als die anderen Männer, aber auch, als könnte er sie zu Boden werfen, ohne dabei ins Schwitzen zu geraten. Er lehnte sich gegen die Vorderseite der Veranda, die Daumen in die Gürtelschlaufen gehakt. Die lockere Haltung bildete einen Kontrast zu seinem bedrohlichen Blick. »Das ist Axel, der nach dem Motorradunfall eine schwierige Zeit durchgemacht hat, von der ich dir ja erzählt habe. Er hat eine Menge übler Dinge aus guten Gründen getan, und manchmal üble Dinge aus üblen Gründen. Aber wehe, man fuhr in seiner Gegenwart über eine rote Ampel.

Er hat alle abgefangen, aus dem Wagen gezerrt und ihnen eine Lektion erteilt.«

Wäre eine Krebserkrankung ein Mensch, hätte Diesel dasselbe mit ihr getan.

»Es hat Jahre gedauert, aber irgendwann hatte er gelernt, seine Wut im Zaum zu halten und an anderer Stelle rauszulassen.« Biggs nickte beim Sprechen, als würde er sich an einige Begebenheiten erinnern. »Herumzufahren und an Motorrädern und Autos zu arbeiten war das Einzige, was die Bestie in ihm beruhigt hat.«

»Das kann ich verstehen.«

»Bedauerlicherweise glaube ich dir das, mein Junge, und das tut mir sehr leid. Ich weiß, wie schwer es gewesen sein muss, deine Mom gehen zu lassen. Ich war bei Axel, als er seinen letzten Atemzug getan hat, und ich schwöre dir, als er gegangen ist, bin ich auch um einige Jahre gealtert.«

Diesel verkrampfte die Kiefer, denn dieses Gefühl kannte er nur allzu gut.

»Aber du hast jemanden gefunden, der die Leere füllt, die deine Mutter hinterlassen hat, und das ist ein Segen. Axel hat sich nie erlaubt, das wahre Glück zu finden. Das war eine gottverdammte Schande, denn er hatte sich wirklich zusammengerissen und war zu einem der besten Männer geworden, die ich je gekannt habe. Er war Vice President des Clubs und sprang nach meinem Schlaganfall für mich ein. Und er war Bear ein besserer Mentor, als ich es je hätte sein können.«

Biggs legte das Bild hin, und während sie sich die anderen Fotos anschauten, die ungefähr zur gleichen Zeit gemacht worden waren, erzählte er weitere Geschichten über seine Familie und langjährigen Freunde. Diesel war tief bewegt von der Intensität ihrer Beziehungen. Biggs hatte Jahrzehnte an

Erinnerungen gesammelt, in denen er sich ein Leben aufbaute, in dem jeder darin wichtig war. Diesel dachte daran, dass Tracey ihre Freunde als Familie ansah und keine Zeit vergeudet hatte, um ihren Stiefvater und ihre Stiefschwestern kennenzulernen und Fotos von ihnen aufzuhängen. Es war schon verrückt, wie ein paar Fotos diese Menschen und die Zeit, die sie miteinander verbracht hatten, ins Gedächtnis einprägten. Sie zu sehen hatte in ihm die Sehnsucht nach Fotos von seiner Mutter und ihrem gemeinsamen Leben geweckt.

Diesel verdrängte diese Gedanken, trug die Kisten in die Regale und stellte zwei weitere auf den Tisch. Während er sich Fotos von Biggs' Familie und Freunden anschaute, machten sich Schuldgefühle in ihm breit. Er war bereits seit zwei Jahren hier, doch abgesehen von Tracey wusste er nur wenig mehr als Grundlegendes über die Menschen, mit denen er jeden Tag zusammenarbeitete. Über die Menschen, mit denen er die Feiertage verbrachte. Wäre er Tracey nicht begegnet, welche Art von Erinnerungen hätte er in Biggs' Alter gehabt? Ein abgewetztes Foto in seiner Brieftasche und ein paar vage Erinnerungen an Leute, die er flüchtig gekannt hatte?

Biggs stupste ihn an und winkte mit einer Handvoll Fotos. »Die wurden in deiner Gegend gemacht, ein paar Jahre, nachdem Tiny dorthin gezogen ist.«

Als Diesel sie entgegennahm, wanderte sein Blick über die Kiste und blieb dann auf einem Foto haften, das ihn erstarren ließ. Er griff danach, und als er seine Mutter erkannte, die auf einem Motorrad saß und lächelte, als wäre sie die glücklichste Frau der Welt, zog sich sein Brustkorb schmerzhaft zusammen. Sie war so jung und strahlend, dass es ihm schwerfiel, diese Version von ihr mit dem Bild in Einklang zu bringen, das er aus den Tagen vor ihrem Tod im Gedächtnis hatte. Sie trug ein weißes Tanktop, Jeans und Sandalen und hatte einen Arm um einen muskulösen Kerl mit buschigen dunklen Haaren und muskulösem Bizeps geschlungen. Seine Sonnenbrille und der Bart verbargen alles bis auf seine Wangenknochen, aber während seine Mutter nie glücklicher ausgesehen hatte, war der Gesichtsausdruck des Mannes nicht zu deuten.

Diesel fiel die schwarze Baseballkappe auf, die seine Mutter in der anderen Hand hielt. Hinter ihnen war ein Schild des Hobbit-Ladens zu erkennen. Seine Mutter hatte ihn Dutzende Male zu diesem Geschäft mitgenommen. Er drehte das Foto um und las die verschmierte und verblasste Schrift. *Meine Elfenmagie, Ruthie.* Das Datum war darunter gekritzelt – beinahe zehn Monate vor Diesels Geburt. Sein Herz schlug schneller, Verwirrung und Zorn brodelten in ihm. Die Stimme seiner Mutter schwirrte ihm durch den Kopf. *Ich mag Tiny und seine Leute, aber ich stehe nicht auf Biker.*

Hatte sie ihn angelogen? Er schob Biggs das Foto zu. »Wer ist das?«

»Der Kerl sieht aus wie Axel in ganz jungen Jahren. Mit zweiundzwanzig, vielleicht dreiundzwanzig. Er hatte auf seinen Reisen immer eine Kamera dabei. Ist das nicht deine Mutter?«

»Ja, verdammt, auf dem Rücksitz seines Bikes.«

»Lass dich davon nicht täuschen. Axel hat sich überall eine Frau gesucht, die ihm den Rücken wärmt.«

Also hatte er sie benutzt? »Waren sie zusammen?«

»Ich wusste nicht einmal, dass sie einander gekannt haben. Warum siehst du so aus, als wolltest du mich gleich umbringen?«

Er drehte das Bild um und zeigte Biggs das Datum.

»Was …?« Biggs runzelte die Stirn und Diesel erkannte genau, wann es ihm dämmerte. »Oh, verdammt.«

Biggs beugte sich vor, kramte in der Kiste, in der er das Foto gefunden hatte, zog noch ein paar Bilder heraus und reichte sie Diesel. Darunter war ein Selfie von Axel und seiner Mutter, auf dem sie lächelten. Axel trug die schwarze Baseballkappe und Diesels Mutter drückte die Wange an seine Schulter. Sie befanden sich im Freien, und auch wenn Diesel ihre Gitarre nicht sehen konnte, bemerkte er doch den Riemen über ihrer Schulter. Die anderen Bilder waren weitere Selfies der beiden an verschiedenen Orten, auf manchen küssten sie sich, auf anderen lachten sie oder machten ein ernstes Gesicht, aber auf jedem strahlten die Augen seiner Mutter heller, als er es jemals gesehen hatte. Es folgte ein Foto von seiner verträumt lächelnden Mutter, wie sie in einem Hotelzimmer saß und nur ein viel zu weites Dark-Knights-T-Shirt und die Baseballkappe trug. Eine Hand streckte sie demjenigen entgegen, der das Foto geschossen hatte. Diesel drehte die Bilder um, las die Daten auf jedem, und ihm wurde klar, dass sie mehrere Tage miteinander verbracht hatten.

Verfluchter Axel.

Diesel stand auf und schritt im Raum auf und ab. »Wie kannst du nichts von ihnen gewusst haben?«

»Also, mein Bruder und ich standen uns nahe, aber wir haben nicht über die Frauen geredet, mit denen er zusammen war.«

»Dieses Datum«, schäumte Diesel. »Er könnte mein Vater sein.«

Nickend strich sich Biggs über den Bart. »Oder es ist einfach Zufall.«

»Es muss noch mehr Fotos geben.« Wütend wühlte Diesel in den Kisten herum. »Sehe ich denn aus wie er? Er war breit gebaut, genau wie ich.«

Biggs musterte ihn. »Schwer zu sagen. Es ist viele Jahre her, und wir sehen, was wir sehen wollen.«

Diesel stieß seine Worte zwischen zusammengebissenen Zähnen hervor. »Ich will mich nicht in einem Mann sehen, der meine Mutter benutzt und sitzen gelassen hat, damit sie mich allein großzieht.« Er verpasste der Kiste einen Stoß und tigerte umher wie ein gefangenes Tier im Käfig, während Fragen, Erinnerungen, Wut und Schmerz auf ihn einstürmten. Er schüttelte die Fäuste, in denen er die Fotos umklammert hielt, in Richtung Biggs. »Wer könnte mehr darüber wissen? Wer kann mir sagen, was damals passiert ist?«

»Ich weiß es nicht. Das ist über dreißig Jahre her. Aber du musst dich beruhigen, Junge.«

»Beruhigen?« Diesel wurde immer wütender. »Wenn das hier das bedeutet, was ich glaube, hat mich meine Mutter mein gesamtes Leben lang angelogen, und dein Bruder hat sie benutzt und nie zurückgeschaut. Ich werde mich verflucht noch mal erst beruhigen, wenn ich Antworten bekomme.«

Biggs stand auf, stützte sich auf seinen Stock und musterte ihn besorgt. »Ich glaube, die beste Chance dazu hast du in Colorado.«

»Ich bin in ein paar Tagen zurück.« Diesel rannte die Stufen hoch, nahm immer zwei auf einmal. Er stürmte durch die Vordertür, stieg auf sein Bike und verließ den Parkplatz in halsbrecherischem Tempo. Er fühlte sich wie einst vor seinen Kämpfen – als hieße es, er gegen den Rest der Welt. Er raste über die Brücke auf den Flughafen zu, fest entschlossen, die Antworten zu bekommen, von denen er hoffte, dass seine Mutter und Axel sie nicht mit ins Grab genommen hatten.

Siebzehn

Tracey räumte gerade die Einkäufe weg, als Izzy in Minirock und langärmligem Shirt mit der Aufschrift »Ich war brav. Wer versohlt mir den Hintern?« in die Küche spaziert kam.

»Hast du den ganzen Laden leer gekauft?« Izzy beäugte die vielen Tüten auf dem Tresen.

Tracey stellte den Kuchen, den sie gekauft hatte, in den Kühlschrank. »Ich konnte nicht anders. Ich will, dass alles perfekt ist, wenn ich meine Mom und die anderen treffe. Mir ist, als würde ich mit jeder Sekunde aufgeregter und nervöser, Izzy. Zum Glück kann Diesel kochen, denn ich würde vermutlich alles anbrennen lassen.«

»Kaum zu glauben, dass du dir den härtesten Typen der Gegend geschnappt hast, der auch noch kocht, putzt und für grandiose Orgasmen sorgt.«

»Er macht sogar die Wäsche, aber selbst wenn er nichts davon täte, wäre es mir egal. Halt. Das nehme ich zurück. Ich brauche meine Orgasmen.«

Sie mussten beide lachen.

Izzy half ihr, den Rest der Einkäufe wegzupacken, während sie sich über den für morgen anstehenden Besuch unterhielten. Als sie fertig waren, wollte sie ihr Handy aus der Gesäßtasche ziehen, um Diesel eine Nachricht zu schicken, und stellte fest, dass sie es im Wagen vergessen hatte. »Verflixt. Mein Handy liegt noch im Auto. Bin gleich wieder da.«

Mit federndem Schritt ging sie zum Auto, nahm ihr Handy und las ihre Nachrichten. Sie hatte eine von Red und eine von Diesel bekommen, wobei sie Letztere zuerst aufrief. *Fliege gerade nach Colorado. Bin in ein paar Tagen zurück.* Sie las sie noch mal, denn da musste sie doch etwas missverstanden haben. Was hatte das zu bedeuten? Er würde den Besuch ihrer Familie verpassen? Textnachrichten halfen ihr nicht weiter. Sie rief ihn an.

Der Anruf wurde sofort auf die Mailbox umgeleitet.

Mit zittrigen Händen tippte sie eine Antwort. *Hab gerade deine Nachricht gelesen. Was ist denn los?* Sie versuchte, einen Sinn in die Tatsache zu bringen, dass er so plötzlich verschwunden war, und erinnerte sich an seine Worte: *Da müsste mir schon jemand das Herz rausreißen, dass ich dich verlasse.* Panisch öffnete sie Reds Nachricht. *Geht es Diesel gut?* Ihr drehte sich der Magen um, und noch im Hereingehen rief sie Red an.

»Was ist passiert, Red?«, fragte sie gehetzt.

»Hast du mit Diesel gesprochen?«

»Nein. Er hat mir bloß geschrieben, dass er im Flieger nach Colorado sitzt.«

Izzy kam aus der Küche. Sie musste die Panik in Traceys Stimme gehört haben, denn sie eilte zu ihr.

Tracey hielt einen Zeigefinger hoch und lauschte dem, was Red zu sagen hatte.

»Biggs und er haben Fotos von Axel und Diesels Mutter gefunden, und nach allem, was Biggs erzählt hat, glaubt Diesel aufgrund des Datums auf der Rückseite, dass Axel sein Vater sein könnte.«

»Oh mein Gott.« Tracey umklammerte Izzys Handgelenk. »Wohin will er in Colorado?«

»Was ist denn?«, fragte Izzy nahezu panisch.

»Ich vermute, zur Redemption Ranch, um mit Tiny zu reden«, antwortete Red. »Aber Biggs hat Tiny angerufen, nachdem Diesel gegangen war, und es klang nicht so, als hätte er Antworten. Ich wollte ihm Bullet hinterherschicken, aber Biggs hat es mir ausgeredet. Tracey, das sieht nicht gut aus. Diesel glaubt, seine Mutter könnte ihn angelogen haben.«

»Oh *neinneinnein.*« Tracey kamen die Tränen, und sie fühlte mit Diesel. »Ich muss zu ihm. Das schafft er nicht allein. Bekomme ich ein paar Tage frei, Red?«

»Natürlich. Geh ruhig, Herzchen. Ich übernehme deine Schichten; Babs kann für mich auf die Enkel aufpassen.« Babs war die Frau eines Dark Knight und sprang als Babysitterin ein, wenn Red keine Zeit hatte. »Soll ich Dixie bitten, dich zu begleiten?«

»Nein danke. Ich muss sofort los.« Sie legte auf, und sofort wollte Izzy alles wissen.

»Was ist denn passiert? Geht's Diesel gut?«

»Ich weiß es nicht. Red sagt, er hätte herausgefunden, dass ihn seine Mom möglicherweise über seinen Vater angelogen hat. *Izzy.*« Ihr liefen die Tränen über die Wangen. »Falls das stimmt, wird er am Boden zerstört sein. Ich muss zu ihm.«

»Okay. Was kann ich tun?«

»Ich muss packen. Kannst du mir online einen Flug zu dem Flughafen buchen, der Hope Valley, Colorado, am nächsten ist?«

»Bin schon dabei.« Izzy scrollte auf ihrem Handy und folgte Tracey dabei in ihr Schlafzimmer. »Was ist mit deiner Mom?«

»Himmel!« Tracey wirbelte herum. »Ich muss sie anrufen.«

In ihrem Magen zog sich alles zusammen. »Wie kann ich sie für Diesel abwimmeln? Dasselbe hab ich doch das letzte Mal auch getan und sie dadurch jahrelang verloren.«

»Das ist doch jetzt was ganz anderes«, versicherte Izzy ihr. »Ruf sie an. Sie wird es verstehen. Sie hat ihn kennengelernt und weiß, wie ernst das zwischen euch beiden ist.«

»Ja. Okay.« Sie schritt auf und ab, von Nervosität zerfressen, während das Telefon klingelte.

»Hi, Schatz.«

Als Tracey die fröhliche Stimme ihrer Mutter hörte, ließ sie sich auf der Bettkante nieder. »Hi.« Aber sie war viel zu nervös, um sitzen zu bleiben, daher sprang sie wieder auf. Ihr Herz raste. »Mom, ich muss für ein paar Tage die Stadt verlassen. Diesel hat eine für ihn möglicherweise schlimme Nachricht erhalten, und ich muss jetzt bei ihm sein.«

»Geht's ihm gut?«

»Das weiß ich nicht. Ich bezweifle es. Er ist nach Colorado geflogen, und ich muss ihn finden.«

»Du weißt nicht, wo er ist?«

»Nein. Vielleicht. Ich glaube schon.«

Ihre Mutter schwieg kurz. »*Trace*«, begann sie vorsichtig. »Bist du sicher, dass er gefunden werden will? Er scheint ein planvoller Mensch zu sein, der seine Taten durchdenkt.«

Tracey schloss die Augen, um den Ansturm der Tränen zu unterdrücken. »Das ist er, aber ich glaube nicht, dass er gerade klar denken kann. Er wurde schon früher angelogen und verletzt. Seine Mutter ist die einzige Person, bei der er sicher sein konnte, dass sie immer ehrlich zu ihm war, und jetzt besteht die Möglichkeit, dass sie ihm Dinge über seinen Vater verschwiegen hat. Ich weiß, dass es sich so anhört, als wollte ich dir absagen wegen eines Mannes, der nicht mit mir zusammen sein will und untergetaucht ist, aber so ist das nicht. Diesel liebt mich.« Die Worte sprudelten so schnell aus ihr heraus, dass sie sie nicht aufhalten konnte. Er hatte es ihr nie gesagt, aber sie fühlte seine Liebe, so wie sie wusste, dass er sie jetzt in dieser fordernden Zeit brauchte. »Er war immer allein, und jetzt könnte alles, was er zu wissen glaubte, auf den Kopf gestellt werden. Er war für mich da, als ich ihn am meisten gebraucht habe, und ich werde ihn keinesfalls allein leiden lassen. Es tut mir sehr leid, Mom, aber ich muss versuchen, ihn zu finden. Bitte hass mich nicht.«

»Ich könnte dich doch nie hassen, mein Schatz. Und jetzt verstehe ich auch, warum du gehst. Diesel hat Tony erzählt, dass er vor dir keinen besonderen Menschen mehr in seinem Leben hatte, seit seine Mutter gestorben war. Er hat gesagt, er wüsste nicht, wie man ein guter Partner ist, aber er würde es lernen.«

Tracey weinte immer bitterlicher und brachte keinen Ton mehr heraus.

»Sogar große, starke Biker brauchen manchmal ein bisschen Hilfe, Schatz. Geh. Ich sage den Mädchen, dass etwas dazwischengekommen ist, und wir verschieben den Besuch, bis sich alles beruhigt hat. Ich hab dich lieb, Tracey, und ich bin stolz auf dich. Wir werden nie wieder den Kontakt abbrechen. Versprochen.«

Erleichtert beendete sie den Anruf und sank wieder auf den Bettrand.

Izzy setzte sich neben sie. »Alles erledigt. Ich hab dir gerade die Flugdetails geschickt. Es ist ein Nonstop-Flug. Du wirst um achtzehn Uhr Colorado-Zeit ankommen. Ich muss zur Arbeit, daher habe ich dir ein Uber gerufen, das dich zum Flughafen bringt. Es ist in zehn Minuten hier. Was sollen wir einpacken?«

»Es ist völlig egal, was ich mitnehme.« Die Realität lag ihr schwer auf den Schultern. »Falls sie ihn angelogen hat, wird ihn das zerreißen.«

»Dann ist es ja umso besser, dass du da sein wirst, um ihn wieder zusammenzuflicken.«

Diesel verbrachte zu viele Stunden in diesem verdammten Flugzeug, grübelte über Fragen nach, auf die er keine Antworten hatte, und versuchte, das ungute Gefühl in seiner Magengrube auszublenden, das er wegen Tracey verspürte, die jedoch nicht in diesen Mist mit hineingezogen werden musste. Als er endlich in Colorado ankam, kochte er vor Wut.

Das Mieten eines Motorrads dauerte ewig, aber er hätte es nicht ertragen, in einen Wagen eingesperrt zu sein. Während er auf die Redemption Ranch zuraste, peitschte die kühle Herbstluft über seine Haut und die Nachmittagssonne ging langsam unter. Die lange Fahrt beruhigte ihn ein wenig, aber als er sich dem Eingang der Ranch näherte, durchzuckten ihn abermals Wut und Schmerz und ballten sich in seiner Brust zusammen. Er konzentrierte sich auf die Straße, fuhr durch das Haupttor, passierte den Holzbalken mit einem eisernen *RR* darauf – das erste *R* war spiegelverkehrt angebracht. Er fuhr vorbei an Wiesen und Gehegen, und der vertraute Pferdegeruch sowie die frische Luft ließen ein Gefühlschaos in ihm entstehen.

Er schob alle Emotionen zur Seite, während er überlegte, wo sich Tiny an einem Samstagnachmittag aufhalten könnte. Zum Anwesen gehörten mehrere Wohnhäuser, Scheunen, andere Nebengebäude und die Innen- und Außenreitgelände. Er nahm

Kurs auf das Haupthaus, das als Bürogebäude für die traditionellen Therapiedienste diente und in dem gleichzeitig das Personal wohnte. Im Näherkommen stellte er fest, dass auf einem Feld ein Paintball-Spiel stattfand. Menschen sprinteten hinter Sandsackbunker und Steinwände oder um Fässer, auf dem Boden befestigte aufgestellte Reifen und andere Hindernisse und Barrieren herum.

Diesel fuhr auf das Feld zu, um Ausschau nach Tiny zu halten, der dafür bekannt war, jeden, der gerade eine schwere Zeit durchmachte, hier herauszuschleppen, um etwas Dampf abzulassen. Als er parkte, sah er Birdie am äußersten Feldrand stehen. Sie hatte ihre blaue Maske nach oben geschoben und machte ein Selfie mit dem Rücken zum Feld. Sie trug die volle Tarnmontur und war mit oranger, roter und blauer Farbe bespritzt. In der anderen Hand hielt sie ein schwarzblaues Gewehr. Zwei Personen mit roten Masken und rotschwarzen Gewehren schlichen sich hinter ihr an, während sie das Kinn für das Selfie neckisch in die Luft reckte. Sie erwischten sie mit roten Paintballs und lachten laut auf.

Birdie stopfte sich das Handy in die Tasche und wirbelte herum. »Seht ihr denn nicht, dass ich inaktiv bin?«

Die anderen schoben ihre roten Masken nach oben, wodurch Cowboys und Sashas amüsierte Gesichter zum Vorschein traten. Sie hatten Diesel noch nicht bemerkt, was ihm nur recht war. Er war nicht in Stimmung für Small Talk oder Birdies und Sashas heftige Umarmungen. Sie alle wussten, dass er berührungsscheu war, aber wie Malia weigerten sie sich, zu akzeptieren, dass manche einfach keine Umarmungen brauchten.

»Du bist noch innerhalb des Feldes.« Cowboy zeigte mit seiner Waffenspitze auf ihren Fuß, der über die Grenze ragte. Er und Sasha klatschten sich ab.

Birdie hob die Waffe, schoss sie ab und rannte dann los, während sie ihre Maske hinunterzog. Sasha lief hinter ihr her. Cowboy sah Diesel, der gerade von seinem Bike stieg, und kam auf ihn zu. Er war der größte Whiskey-Mann, breit und kräftig von der jahrelangen Arbeit auf der Ranch. Er trug sein helles Haar kurz, sein Bart war ordentlich getrimmt.

»Schön, dich zu sehen, Mann.« Cowboy streckte ihm die Hand entgegen, zog Diesel an sich, wenn auch nicht zu eng, und schlug ihm auf den Rücken. »Ich hatte eigentlich gehört, dass du in nächster Zeit nicht vorbeischaust.«

»Hatte ich ursprünglich auch nicht vor. Das ist kein Freundschaftsbesuch. Ist dein alter Herr hier irgendwo?«

»Ja, er und Mom sind in der Nordscheune und schauen nach den geretteten Tieren, die wir letzte Nacht reinbekommen haben.«

Diesel nickte und ging zu seinem Bike.

»Hey, Diesel«, rief ihm Cowboy hinterher, und Diesel drehte sich mit verkrampftem Kiefer zu ihm um. »Kann ich irgendwas tun?«

»Nein. Danke.«

»Falls du bleibst und später Lust hast, mit uns abzuhängen – wir sind dann im Roadhouse.«

Diesel nickte und stieg wieder aufs Motorrad. Er fuhr zur Nordscheune, um mit den Menschen zu reden, die immer für ihn und seine Mutter da gewesen waren. Mit dem Mann, der ihm mehr beigebracht hatte, als er aufzählen konnte. Er konnte nur von ganzem Herzen hoffen, dass sie ihn nicht ebenfalls angelogen hatten.

Er fand Tiny und Wynnie in der Scheune bei Doc, wo sie sich über die kranken Pferde in den Boxen unterhielten. Diesels

Fragen erschienen ihm plötzlich beinahe banal im Vergleich zu den sterbenskranken Tieren, die aus wer weiß welcher Hölle gerettet worden waren.

»Diesel«, rief Doc überrascht aus. Er war groß und fit, nicht so stämmig wie seine Brüder, ein echter Charmeur, und so sah er auch aus in seinem dunkelblauen Henley-Shirt, während er sich mit einer Hand durch die kurzen braunen Haare fuhr.

Grüßend hob Diesel das Kinn. »Doc.« Tinys ernster Gesichtsausdruck verriet Diesel, dass Tiny und Wynnie im Gegensatz zu Doc bereits wussten, warum er hier war. Diesel war froh, dass sie Doc nicht eingeweiht hatten. Es musste ja nicht jeder über seine Angelegenheiten Bescheid wissen.

»Ich freue mich sehr, dich zu sehen, mein Lieber.« Wynnie kam mit offenen Armen auf ihn zu, während ihr stufig geschnittenes blondes Haar über den Schultern ihres gelben Tops wippte. Sie umarmte ihn kurz und küsste ihn auf die Wange. Ihr Blick war besorgt.

Ihr vertrauter Duft hätte ihn beruhigen sollen, aber der Gedanke, dass er möglicherweise angelogen worden war, stand zwischen ihnen, und er konnte keinerlei Wärme aufbringen.

»Wir haben dich vermisst, Junge.« Tiny stand Auge in Auge mit Diesel, und in seiner rauen Stimme schwang Vorsicht mit. Er hatte sich das vertraute rote Bandana um die Stirn gebunden, und ein schwarzes Dark-Knights-Shirt spannte sich über seinem Bauch.

Diesel schluckte schwer. »Haben du und Wynnie kurz Zeit?«

»Für dich immer. Gehen wir raus.« Tiny deutete Richtung Scheunentor. »Wir sind gleich wieder da, Doc.«

Diesels Magen zog sich zusammen. Das Herz hämmerte ihm in der Brust, während er Tiny und Wynnie aus der

Scheune folgte. Die Fotos brannten ihm ein Loch in die Tasche. Ein Teil von ihm wollte die Antworten gar nicht wissen, auf die er aus war, aber er brauchte sie.

Tiny brachte ein gutes Stück zwischen sich und die Scheune, bevor er stehen blieb, und seine klugen Augen waren auf Diesel gerichtet wie schon damals, als Diesel dreizehn gewesen war und angefangen hatte, mit ein paar fragwürdigen Kindern abzuhängen. Damals hatte Tiny ihn zur Ranch gelotst, ihm Lektionen in Sachen Verantwortungsbewusstsein erteilt und ihm eine Aufgabe gegeben für die Stunden, in denen seine Mutter bei der Arbeit war und er allein klarkommen musste. Hatte er Diesel aus einem Pflichtgefühl heraus unter seine Fittiche genommen, anstatt einfach nur aus Freundlichkeit gegenüber einer alleinerziehenden Mutter?

»Biggs hat angerufen«, sagte Tiny ernst. »Ich weiß, warum du hier bist.«

Diesel reichte ihm die Fotos. »Was weißt du darüber? Das Datum steht hinten drauf.«

»Ach, mein Lieber«, murmelte Wynnie leise und schmerzerfüllt. »Wir haben nicht mal gewusst, dass deine Mutter und Axel jemals zusammen gewesen sind.«

Diesel schaute sie an und suchte nach verborgenen Anzeichen für eine Lüge, fand aber nur Trauer und Mitgefühl in ihrem Blick. Er richtete seine Aufmerksamkeit wieder auf Tiny. »Stimmt das?«

»So ziemlich. Ich weiß, dass sie sich im Roadhouse kennengelernt haben, als Axel in der Stadt war und wir mit ein paar Brüdern dort waren.« Mit Brüdern meinte er andere Dark Knights, wie Diesel genau wusste. »Deine Mutter hat gearbeitet, und mir ist nicht entgangen, wie er mit ihr geflirtet hat, aber ich habe mir nicht viel dabei gedacht. Er hatte immer irgendwo eine Freundin und hat nie versucht, das vor den Frauen, mit denen er zusammen war, zu verheimlichen. Biggs sagt, er hätte dir erzählt, was Axel durchgemacht hatte.«

Diesel nickte.

»Axel war in keiner guten Verfassung.« Tiny klang so, als wäre der Schmerz seines Bruders sein eigener gewesen. »Du erinnerst dich, wie wütend du warst, nachdem wir deine Mutter beerdigt hatten? Wie du mit nichts als einem Rucksack auf deinem Bike davongefahren bist und wir dich über ein Jahr lang nicht mehr gesehen haben?«

Nie würde er die gnadenlosen Dämonen vergessen, die ihn über den Highway gejagt und weiter verfolgt hatten … bis vor Kurzem.

Bis zu Tracey.

Aber diese Gedanken durfte er jetzt nicht zulassen, er durfte nicht an ihr gutmütiges Gesicht und die liebevollen Worte denken, wenn sein ganzes Leben möglicherweise auf einer Lüge basierte.

»Dort auf der Straße hat auch Axel Trost gefunden. Er war ein Junge mit gebrochenem Herzen, der darum kämpfte, jeden einzelnen Tag zu überstehen. Ich habe mir immer Sorgen gemacht, er würde so etwas Dummes tun wie von einer Klippe zu fahren. Wenn er auf seinem Motorrad saß, ging es ihm gut. Aber davon abgesehen? Er ist von Frau zu Frau gezogen und hat versucht, sich nicht in den Abgrund seiner Trauer mitreißen zu lassen. Damit will ich nicht sagen, dass deine Mutter nichts Besonderes für ihn war, falls er und sie tatsächlich zusammenge-kommen sein sollten, denn das ist durchaus möglich. Trotzdem hätte er es niemandem erzählt, denn er glaubte nicht, dass er irgendeine Form von Glück verdiente, nachdem er sein Mädchen verloren hatte. Ich kann dir die Antworten, die du suchst, nicht geben. Aber offen gesagt kann ich mir kaum vorstellen, dass mein Bruder Fotos mit irgendeiner Frau gemacht hat, die ihm nichts bedeutet hat, geschweige denn, dass er sie behalten hätte. Vielleicht verrät dir das bereits etwas.« Er betrachtete die Fotos und zog die buschigen Brauen hoch. »Ich vermisse ihn so sehr.«

Wynnie legte eine Hand auf Tinys Rücken, als er Diesel die Fotos zurückgab.

Diesel starrte die Bilder an und empfand Verständnis für Axels Kummer. Was allerdings nicht die hässlicheren Emotionen vertrieb, die durch ihn hindurchtosten. Er wusste alles darüber, wie man versuchte, die Leere in sich mit allem zu füllen, was möglich war. Aber der Gedanke, dass seine Mutter nicht mehr für den Mann bedeutet hatte, der sein Vater gewesen sein könnte, machte ihn nur noch wütender.

In der Hoffnung auf irgendeine Art von Antwort hob er den Kopf und sah Wynnie an. »Hat sie dir nichts erzählt, als sie in Therapie war?«

Wynnie schüttelte den Kopf. »Ich wünschte, das hätte sie. Tut mir leid, mein Lieber. Ich habe sie gefragt, ob es noch irgendwo Familienmitglieder gibt, die wir informieren sollten oder die dich später unterstützen könnten, aber sie hat erklärt, es gäbe niemanden. Als ich nach deinem Vater gefragt habe, hat sie gesagt, sie wären nur zwei Kinder gewesen, die Spaß miteinander gehabt hatten, und er wäre an nichts Festem interessiert gewesen. Ich habe sie bedrängt, ihr erklärt, dass er sich im Laufe der Zeit geändert haben könnte. Ich habe versucht, ihr einen Namen zu entlocken, weil ich schon damals besorgt war, dass es eines Tages zu dieser Situation kommen könnte. Aber sie meinte, sie würde ihn nicht preisgeben.«

Das genügte ihm nicht mehr. Er musste die Wahrheit erfahren.

Wynnie nahm seine Hand. »Ich sehe doch, wie dich das zerreißt. Du musst bedenken, dass deine Mutter selbst fast noch ein Kind war, als du geboren wurdest, jünger als Birdie heute ist.« Birdie war fünfundzwanzig. »Du weißt, dass in dem Alter die Hormone verrücktspielen. Man lernt jemanden kennen und ist wie im Rausch, solange es andauert. Aber ich kann nur betonen, dass deine Mutter Frieden damit geschlossen hatte, wie auch immer die Situation mit deinem Vater ausgesehen haben mochte, und sie ist daran nicht zerbrochen. Sie ist stärker geworden und hatte einen tollen Sohn, den sie liebte. Und sie hat dich mit allem geliebt, was sie hatte. Deine Mutter hat am Ende nichts bereut. Gar nichts.«

Das war alles zu viel für ihn. Er musste hier weg. »Danke. Ich verschwinde jetzt wieder.«

»Bleib doch«, bat Wynnie. »Lass uns miteinander reden. Es ist schon so lange her. Red hat mir erzählt, dass du jetzt eine Freundin hast, und ich würde gern mehr über sie erfahren und wissen, wie es dir geht.«

»Bei allem Respekt, Wynnie, aber das ist jetzt nicht der richtige Zeitpunkt.«

»Okay, aber das hier musst du zulassen …« Sie trat zu ihm, um ihn zu umarmen, und diesmal erwiderte er die Umarmung. »Wir haben dich lieb.«

Seine Kehle war wie zugeschnürt, und er bekam keinen Ton heraus.

»Junge, bevor du gehst, will ich, dass du zwei Dinge weißt. Egal ob Axel dein Vater war oder nicht, er war viele Jahre nicht er selbst, aber er war ein guter, warmherziger Mann, dessen Seele Höllenqualen litt.«

Diesel konnte das nachvollziehen und nickte.

»Mir ist scheißegal, wer dich gezeugt hat. Was mich angeht, hast du immer zur Familie gehört. Und jetzt werde ich dich umarmen und du musst damit klarkommen.« Tiny zog ihn fest an sich und sprach mit leiser Stimme weiter, wie er es getan hatte, als Diesel noch ein Kind gewesen war. »Du magst ja ein Muskelprotz sein, aber ich kann dich trotzdem wie eine Erdnuss zerquetschen.«

Trotz seines Herzschmerzes musste Diesel lächeln.

»Wohin willst du jetzt fahren?«, fragte Tiny, als er ihn wieder losließ.

»Zum Haus.« *Um nach Antworten zu suchen.* Er konnte nicht *nach Hause* sagen, denn ohne Tracey fühlte sich nichts nach einem Zuhause an.

»Verlass ja nicht die Stadt, ohne noch mal herzukommen und dich zu verabschieden, verstanden?«, mahnte Tiny streng. »Du hast hier eine Familie, Junge, und die will dich sehen.«

»Ich bin wohl nicht die beste Gesellschaft«, warnte Diesel sie.

Tiny drückte die Schultern durch und ragte wie ein Berg über ihm auf. »Uns ist völlig egal, ob du wütend oder traurig bist oder auf Wolke sieben schwebst. Gerade für solche Zeiten ist die Familie da. Verstanden?«

Er nickte kurz.

Tiny blinzelte nicht mal. »Ich glaube, Wynnie hat deine Antwort nicht gehört, Junge.«

Wynnie zwinkerte Diesel zu. »Er ist eben unser Diesel. Natürlich habe ich sie gehört. Laut und deutlich sogar.«

Achtzehn

Diesel durchwühlte das Schlafzimmer seiner Mutter und schaute die Schubladen durch, denen er sich nach ihrem Tod nicht hatte stellen wollen. Zum Teufel mit der Traurigkeit. Er brauchte Antworten. Er leerte Kisten aus ihrem Schrank, fand Zeichnungen, die er als Kind gemalt hatte, Schulfotos, seinen winzigen Handabdruck in Ton, Muttertags- und Geburtstagskarten, die er gebastelt und später, als er älter war, gekauft hatte. Er stieß auf Zeugnisse, Schulpreise und Zettel, die er ihr als Kind geschrieben hatte. Sie hatte alles aufgehoben, aber da war nichts über Axel oder irgendeinen anderen Mann.

Wut pulsierte in ihm, als er in den Flur stürmte und vor der geschlossenen Tür des Hobbit-Zimmers stand. Des Raums, in dem seine Mutter ihren letzten Atemzug getan hatte. Er griff nach dem Türknauf und gleichzeitig prasselten Erinnerungen auf ihn ein, an den zitternden Körper seiner Mutter, die verzweifelten Geräusche, die sie in ihren letzten Augenblicken von sich gegeben hatte.

Seine Hände ballten sich zu Fäusten, die Trauer in ihm wuchs an, füllte jeden Riss und jeden Winkel, bis er nicht mehr atmen konnte. Er schaffte es nicht. Er konnte da nicht reingehen und sich dem erneut aussetzen. Dann ging er ins

Wohnzimmer und riss die Türen des Schranks neben dem Fernseher auf, in dem seine Mutter ihre kostbarsten Erinnerungen aufbewahrt hatte. Er zerrte Fotoalben von den Brettern, schüttelte sie aus und blätterte die Seiten durch. Wonach suchte er hier? Nach einem weiteren Foto von Axel, das ihm nichts verraten würde? Wut und Verzweiflung rangen mit den alles verzehrenden Schuldgefühlen in ihm. Er warf die Alben zu Boden und tat dann dasselbe mit ihren Gitarrennotizbüchern, in die sie Lieder und Texte geschrieben hatte.

Danach stand er mit leeren Händen inmitten des Chaos und wusste nur zu gut, wo die Antworten zu finden waren. Aber er konnte den Gedanken nicht ertragen, das Zimmer auseinanderzunehmen, das ihr so viel bedeutet hatte. Ihnen beiden. Ein frustrierter Schrei entrang sich seiner Kehle und er gab dem Impuls nach und riss Schubladen heraus, sah unter Kissen nach, stürmte in die Küche, leerte weitere Schränke und Schubladen auf der Suche nach den Geistern seiner Vergangenheit.

Schwer atmend, mit dem Gefühl, als hätte sich Stacheldraht um sein Herz gewickelt, zwang er sich, zu der geschlossenen Tür zurückzukehren. Er schluckte schwer, sagte sich, er müsse loslassen, dass es keine Rolle spiele, wer sein Vater war. Die Antwort würde ihm seine Mutter nicht zurückbringen. Er würde niemals ihre Seite der Geschichte hören.

Verflucht noch mal.

Er musste erfahren, ob die Frau, der er auf dieser Welt am meisten vertraut hatte, ihm etwas so Wichtiges vorenthalten hatte. Adrenalin pumpte durch seine Adern, als er die Tür aufriss. Als er das Krankenbett und die Wände sah, die sie Jahr um Jahr mit Wäldern und Fantasiewesen bemalt hatten, bis jeder Zentimeter bedeckt war, blieb er stocksteif stehen. Augen spähten hinter Blättern und Gestrüpp hervor, als wäre er hier der Schurke, der gekommen war, um den heiligen Ort zu besudeln, an dessen Erschaffung er mitgewirkt hatte.

Er bahnte sich einen Weg zum Schrank und war erschüttert vom Anblick ihrer Gitarre. *Setz dich und sing mit mir, Dezzie.* Er stopfte diese Erinnerung ganz tief nach unten, eilte an der Gitarre vorbei und riss Kisten aus dem Schrank. Er wühlte sich durch Kleinkram, Bücher, noch mehr Kinderzeichnungen, aus Eisstäbchen gebastelte Figuren und selbst gemachte Weihnachtskugeln. Die Erinnerungen daran, wie aufgeregt seine Mutter gewesen war, wenn er ihr diese Geschenke gemacht hatte, pochten schmerzhaft gegen seine Schläfen. *Herrgott.* Kiste um Kiste schleuderte er zu Boden, wühlte sich durch Manteltaschen und Schubladen, bis er wirklich alles durchgeschaut hatte. In einem Wutanfall warf er die Kommode um. Da fiel ihm ein rotes Tagebuch ins Auge, das mit Klebeband darunter befestigt war. Sein Herz setzte einen Schlag aus.

Ungläubig fiel er auf die Knie und war nicht in der Lage, mehr zu tun, als es anzustarren. Durfte er? Seine Mutter hatte das Anrecht auf ihre Geheimnisse. Er biss die Zähne zusammen und wehrte sich gegen die Stimme in seinem Kopf, die ihm sagte, er solle auf sein Motorrad steigen und weiterfahren, bis er nichts mehr spürte – und erst anhalten, wenn er so betäubt war, dass er nie wieder etwas fühlen konnte.

Traceys Gesicht erschien vor seinem inneren Auge, ihr liebreizendes Lächeln rührte an den Empfindungen in ihm, die er für tot gehalten hatte. Sie allein erinnerte ihn an all die Gründe, der Stimme in seinem Kopf nicht zu folgen. Er hatte sein Leben damit zugebracht, sich aus dem Leben aller herauszuboxen, denen er wichtig war, damit er nie wieder verletzt werden konnte. Doch so wollte er nicht mehr weiterleben. Er wollte ein Leben mit Tracey, mit Freunden, wollte Erinnerungen schaffen, sich eine Zukunft aufbauen. Aber nach allem, was sie durchgemacht hatte, verdiente sie einen Mann, der nicht von Dämonen verfolgt wurde. Einen Mann, der wusste, wer er war. Und eins wusste Diesel über sich: Er würde nicht mehr schlafen können, bis er die Wahrheit kannte.

Er zog das Klebeband ab und nahm das Tagebuch an sich. Dann stand er auf und schritt ruhelos auf und ab, während er es aufklappte. Die verschnörkelte Handschrift seiner Mutter wiederzusehen, tat weh. Er schluckte schwer, als er umblätterte und die private Welt seiner Mutter betrat.

Ihr Tagebuch begann zwei Jahre, nachdem sie mit achtzehn ihr Zuhause verlassen hatte, aber es las sich wie ein Zusammenschnitt eines Films und erzählte das Leben einer jungen Frau, die aufgeregt, hoffnungsvoll und auf der Suche nach etwas Besserem ihre Heimat in Nebraska verließ. Sie war getrampt, was bei Diesel selbst im Nachhinein noch Sorge um ihre Sicherheit auslöste, hatte auf ihren Reisen Freunde gefunden. Sie hatte hier und da als Kellnerin gearbeitet und war wochenlang mit einer Gruppe anderer junger Menschen in den Zwanzigern in einem Van herumgereist. Ihre Einträge ließen eine junge Frau erkennen, die die Welt völlig neu für sich entdeckte. *Immer wenn ich lache, erinnert mich das an das emotionale Gefängnis, in das mich meine Eltern eingesperrt hatten. Ich will mich an dieses Lachen klammern und glücklicher sein ... Falls ich jemals ein Kind habe, werde ich sicherstellen, dass es jeden Tag seines Lebens weiß, wie sich Freude anfühlt ... Ich glaube, ich bin in die Welt verliebt. Es gibt so viel Gutes darin.*

Diesel überflog die Abschnitte über die Techtelmechtel, die vor dem Zeitpunkt seiner Zeugung stattgefunden hatten, aber er verweilte bei den Details ihrer ersten Tage in Colorado, in denen sie Manny kennengelernt hatte, der mittlerweile Alices

Mann war und den sie als netten Kerl mit dichtem Haarschopf beschrieb. Als sie erwähnte, dass sie einen Job und eine Unterkunft suchte, hatte Manny sie zum Roadhouse gebracht. *Anfangs hatte ich Angst, weil da ungefähr zehn Biker waren. Aber Manny hat mich ihnen vorgestellt und erklärt, dass er kürzlich einem neuen Motorradclub namens Dark Knights beigetreten ist. Und ich habe den Mann kennengelernt, der ihn gegründet hat! Er heißt Tiny, aber er ist riesig und freundlich. Ich mag ihn und es gefällt mir hier. Vielleicht bleibe ich hier.* Sie hatte Alice kennengelernt, die damals noch Mannys Freundin gewesen war, und beschrieb sie als willensstarke Blondine. Sie hatten ihr einen Job als Kellnerin angeboten und sie in dem kleinen Haus wohnen lassen, das sie ihnen später abgekauft hatte.

Diesel blätterte durch die Seiten, erfuhr, wie sehr seine Mutter ihren Job mochte, wie müde sie am Ende jedes Abends war und wie Mannys Vater im folgenden Jahr weggezogen war und ihm die Bar überlassen hatte.

Und dann stieß er auf die erste Erwähnung von Axel, und beim Lesen des Eintrags spannte sich sein gesamter Körper an, als würde er sich auf einen Kampf vorbereiten.

Ich war gerade auf dem Weg zur Arbeit, da stieg der heißeste Typ, den ich je gesehen habe, von einem Motorrad. Er war groß und betrachtete mich heißhungrig, als wäre ich seine Leibspeise. Aber hinter diesen flirtenden Augen verbarg sich eine unfassbare Traurigkeit. Ich weiß, wie es ist, traurig zu sein, und fühlte mich ihm sofort verbunden. Er schien es auch so zu empfinden, denn wir haben uns den ganzen Abend über angestarrt. Ich hatte das überwältigende Bedürfnis, ihm zu zeigen, dass das Leben besser sein kann als das, was ihn so traurig macht. Er heißt Axel. Vielleicht ist das nicht sein richtiger Name, aber er gefällt mir. Er ist stark wie er und anders. Irgendwie mysteriös und er hat etwas Poetisches an sich.

Sie schrieb darüber, wie sie mit ihm geflirtet hatte, wann immer sie an seinem Tisch vorbeikam, und dass er bis zum Feierabend geblieben war und sie nach Hause gefahren hatte. Diesel las, wie sie vor dem Haus am Feuer gesessen hatten und seine Mutter von seinen Reisegeschichten völlig fasziniert gewesen war, die er mit dem Hobbit verglich, nachdem Bilbo Gandalf kennengelernt hatte. Nur dass er sich nicht einer Gruppe von Zwergen angeschlossen hatte, um ein Königreich zurückzuerobern, sondern auf eine persönliche Reise gegangen war, um sein Leben wieder auf die Reihe zu bekommen.

Kein Wunder, dass sie sich ihm verbunden gefühlt hatte. Sie hatte genau dasselbe getan.

Ich erzählte ihm von meinen schrecklichen Eltern und wie weit ich gereist war, und er erzählte mir davon, wie er die Liebe seines Lebens verloren hatte.

Als Diesel die Einträge seiner Mutter las, wurde ihm klar, dass Tiny recht gehabt hatte. Axel war ehrlich zu ihr gewesen und hatte ihr offen zu verstehen gegeben, dass er nicht mehr als eine Affäre wollte. Seine Mutter hatte Axel ebenfalls die Wahrheit gesagt und ihm gestanden, dass sie darauf hoffte, eines Tages ihren Seelenverwandten zu finden, der ein magisches, glückliches Leben mit ihr führen wollte. Diesel fand Trost in ihrer beider Ehrlichkeit. Er las weiter darüber, dass Axel die Stadt verlassen wollte und seine Mutter die nächsten drei Tage frei gehabt hatte. Gemeinsam hatten sie ein paar intensive Tage verbracht, angefüllt mit dem Erkunden von Städten, Sex und dem Austausch von Geheimnissen. Seine Mutter bezeichnete diese Zeit als eine *Reise zweier Seelen, die zusammenfinden, und die mich mit genug Glückseligkeit für ein ganzes Leben erfüllte.*

Diesel sank zu Boden und lehnte sich gegen das Bett. Falls

Axel tatsächlich sein Vater war, hatte er Diesel zumindest nicht bei einem lausigen One-Night-Stand gezeugt. Er hatte seine Mutter glücklich gemacht. Das war doch wenigstens etwas.

Er las weiter und nahm seinen letzten Gedanken zurück, als seine Mutter ihren tränenreichen Abschied beschrieb, sich in späteren Einträgen wünschte, Axel würde anrufen, und ganz traurig war, als er es nicht tat. Seine Mutter schrieb, dass sie überlegt hatte, Tiny um Axels Nummer zu bitten, aber immer wieder zurück zu Axels Geständnis kam, dass er sich nicht binden wollte.

Diesel kämpfte sich durch Einträge, die Wochen voller Enttäuschungen umfassten, Beschreibungen, wie sie aufwachte, weil ihr übel war, einen panischen Eintrag wegen eines positiven Schwangerschaftstests und ihre Angst davor, ihren Job zu verlieren. Seine Muskeln spannten sich mit jedem Wort stärker an. Mehrere schmerzvolle Einträge beschrieben Wochen, in denen sie zu entscheiden versuchte, was sie Axel sagen würde, wenn sie ihn das nächste Mal sah. Und ihre Unentschlossenheit, ob sie Tiny die Wahrheit sagen sollte, wogegen sie sich schließlich entschied, weil *Axel auch schon traurig genug war, ohne dass ich sein bereits geschundenes Herz mit weiteren Schuldgefühlen belaste.* Sie beschrieb, wie sie mit ihrem ungeborenen Kind sprach und welche Aufregung und Sorge sie empfand, als ihre Schwangerschaft langsam sichtbar wurde. Sie schrieb darüber, wie sie Alice erzählte, dass sie schwanger war, und ihre Fragen über den Vater beantwortete.

Er will keine Familie und ich werde mein Kind niemals das durchleben lassen, was mir widerfahren ist. Es ist doch besser, dieses Baby wird von mir geliebt, so wie man ein Kind nur lieben kann, als von einem Mann abgelehnt zu werden, der es nie gewollt hat.

Jedes Wort verstärkte Diesels Schmerz ins Unermessliche.

Es ist endlich passiert. Axel kam heute Abend in die Bar, aber er hatte eine andere Frau bei sich. Ich wäre beinahe gestorben. Ich hatte das, was ich sagen wollte, so lange geübt, dass ich es auswendig konnte, aber als er zu mir kam und auf meinen Bauch starrte, war mein Kopf völlig leer und ich wusste kaum noch, wie man atmet. Er hat gesagt: »Hey, Ruthie. Die Schwangerschaft steht dir. Schätze, du hast endlich deinen Seelenverwandten gefunden. Lieber er als ich. Ich würde einem Kind nur schaden.« Mein Herz zerbrach in tausend Stücke, und ich begriff, dass ich einen Fehler gemacht hatte. Ich hatte unsere Affäre romantisiert, anstatt seinen Worten Glauben zu schenken. Ich dachte, uns würde etwas derart Tiefes verbinden, dass ich ihn von seiner Trauer erlösen könnte. Aber jetzt weiß ich, dass das niemand für jemand anderen tun kann. Aber du bist kein Fehler, mein kleines Baby, und ich bin stark. Deinetwegen sogar noch stärker, und deshalb habe ich das Kinn in die Luft gereckt, eine Hand auf meinen Bauch gelegt und nur erwidert: »Ja, das habe ich.« Axel hat erleichtert gelächelt, und es war die Art von Lächeln, wenn man sich für jemanden freut, aber auch froh ist, nicht beteiligt zu sein. Dann hat er noch gesagt: »Muss wohl diese Elfenmagie gewesen sein. Dieses Baby hat wirklich Glück. Ich wünsche euch beiden alles Gute.« Er ist zurück auf den Platz neben der anderen Frau gegangen und hat ihr einen Arm um die Schultern gelegt.

Und weißt du was, mein Baby? Das war für mich okay. Es wird nur dich und mich geben, und ich schwöre dir hier und jetzt, dass ich die beste Mutter sein werde, die jemals auf dieser Erde gewandelt ist. Du wirst mehr geliebt werden als das Leben selbst.

Tracey war den gesamten Tag über ein Nervenbündel gewesen, schwankend zwischen Mitgefühl für Diesel und Wut darüber, dass er geglaubt hatte, es wäre in Ordnung, eine knappe Nachricht zu schreiben und dann ohne Erklärung zu verschwinden. Als das Taxi auf die Zufahrt zur Redemption Ranch einbog, war ihr vor Aufregung schon ganz übel. Falls Diesel nicht hier war, hatte sie keine Ahnung, wo sie suchen sollte. Sie wusste nicht einmal, wo er unterkam, wenn er sich in Hope Valley aufhielt. Hatte ihre Mutter recht gehabt und er wollte gar nicht gefunden werden? War er dahintergekommen, dass ihn alle angelogen hatten? Ihr wurde das Herz schwer.

Den Teil mit ihrer Mutter verwarf sie gleich wieder.

Falls Diesel tatsächlich von allen angelogen worden war, würde er garantiert nicht gefunden werden wollen, und diese Erkenntnis setzte ihr schwer zu. Sie ließ die Scheibe herunter und atmete die kühle Colorado-Luft ein. Zum Glück hatte sie einen Pullover angezogen. Beim Anziehen war sie kaum Herrin ihrer Sinne gewesen.

»Wohin, Ma'am?«, fragte der Fahrer und riss sie damit aus ihren Gedanken.

Sie hatte keine Ahnung, wo sie nach ihm suchen sollte. »Gibt es hier ein Hauptbüro oder so was?«

»Es gibt das Haupthaus, aber ich bin mir nicht sicher, ob da am Samstagabend noch jemand ist.«

»Schon okay. Fangen wir dort an.« Während sie weiter auf die Ranch fuhren, erblickte sie durch das Fenster Pferde auf den Weiden und Berge in der Ferne, und sie musste an das alte Haus der Whiskeys am Bach denken. Kein Wunder, dass es Diesel an seine Heimat erinnerte.

Der Wagen wurde langsamer, und ihre Aufmerksamkeit wurde auf das Motorrad gelenkt, das nur auf dem Hinterrad fahrend auf sie zugeschossen kam. Der Taxifahrer wich auf den Seitenstreifen aus, um dem Motorradfahrer die Straße zu überlassen, aber knappe zehn Meter von ihnen entfernt setzte der Fahrer das Vorderrad wieder auf und winkte ihnen zu. Er hielt neben dem Wagen und nahm den Helm ab. Darunter kam ein attraktiver, dunkelhaariger, bärtiger Mann zum Vorschein, mit Piercings in Ohren und Nase und Tattoos auf den Armen. Er beäugte Tracey durch das offene Fenster und hob eine Braue. »Na, Hübsche. Suchst du mich?«

»Äh … Nein, es sei denn, du bist Tiny.«

Er schnaubte. »An mir ist nichts winzig, Süße.«

»So habe ich das nicht gemeint.«

Er lachte. »Schon klar. Was will denn ein hübsches Mädel wie du von meinem alten Herrn?«

Erleichtert, so schnell jemanden gefunden zu haben, der Diesel kannte, stieg sie aus, damit der Fahrer nicht hörte, was sie zu sagen hatte.

Der dreiste Typ auf dem Motorrad pfiff anerkennend.

Sie ignorierte es. »Du bist Tinys Sohn?«

»Dare Whiskey, zu deinen Diensten.« Er grinste leicht anzüglich. »Und meine Dienste sind hervorragend.«

»Das kann ich mir gut vorstellen, aber ich hab kein Interesse. Ich bin Tracey, und ich suche Diesel Black. Hast du ihn gesehen?«

»Oh, verdammt. Du bist Diesels Old Lady? Dann vergiss bitte, was eben passiert ist, Prinzessin.«

Der auf Diesel bezogene Respekt in seiner Stimme stimmte sie froh, und sie wertete die Tatsache, dass er von ihr gehört hatte, als gutes Zeichen. »Schon okay. Hast du ihn gesehen?«

»Nein, aber er war hier und ist dann nach Hause gefahren. Ich kann dich rüberbringen. Ich wollte sowieso nach ihm sehen.«

»Macht dir das wirklich nichts aus?«

»Für Diesel würde ich alles tun, was bedeutet, dass ich auch für dich alles tue. Sind deine Sachen im Kofferraum?« Dare klopfte gegen die Scheibe auf der Fahrerseite.

»Nein. Hinten.« Sie holte ihre Taschen heraus und dankte dem Fahrer, während Dare ihn bezahlte. Als der Fahrer wegfuhr, reichte sie Dare das Geld. »Danke.«

»Steck das mal wieder weg, Süße. Ich nehme nur Geld von Frauen entgegen, wenn sie es mir in den Hosenbund stecken.«

»Bist du Stripper?« Was für Freunde hatte Diesel denn hier?

Er lachte auf. »Das würde sich vermutlich jede Frau in der Stadt wünschen. Ich tanze einfach nur gern. Lass deine Sachen ruhig hier im Gras liegen und steig auf. Wir holen meinen Wagen.«

»Okay, aber kannst du bitte auf weitere Wheelies verzichten? Ich würde garantiert runterfallen.«

»Du bist Diesels Freundin. Dich zu gefährden wäre, als würde ich mein Todesurteil unterzeichnen.«

Sie holten Dares Wagen, der vor seinem Haus stand, das sich auf dem Gelände der Ranch befand und weit abseits der anderen Häuser lag. Seine Garage war größer als sein Haus und voller polierter Oldtimer, abgewetzter Fahrzeuge, Motorräder und Geländewagen. Sie nahmen einen aufgemotzten alten schwarzen Chevelle mit lautem Motor und riesigen Reifen, lasen ihre Taschen auf und fuhren zu Diesels Haus.

Dare war freundlich und witzig und plauderte während der Fahrt mit ihr, aber Tracey war nicht bei der Sache. Sie machte sich Sorgen um Diesel und war kaum in der Lage, ihm vernünftig zu antworten. Als er von der gut befahrenen Straße auf einen einsamen Kiesweg abbog, der zu einer rustikalen

Hütte mit Blechdach und einem davor geparkten Motorrad führte, fuhren ihre Nerven wieder Achterbahn. Das Haus und ein kleiner Schuppen standen auf einer Lichtung mitten im Wald, daneben befand sich eine eiserne Feuerstelle. Das Gras stand hoch, sah aber so aus, als hätte sich jemand in Diesels Abwesenheit darum gekümmert. Das Haus strahlte eine robuste Schlichtheit aus, und sie konnte sich sofort Diesels Kindheit an diesem friedlichen Ort ausmalen. Leider war es ebenso einfach, ihn sich als Hort der Verzweiflung vorzustellen.

Sie stiegen aus, doch da runzelte Dare die Stirn, und sie folgte seinem Blick zur Vordertür, die sperrangelweit offen stand.

»Bleib hier.« Dares Anweisung ließ keine weitere Diskussion zu.

Sie folgte ihm dennoch, trotz seiner Warnung. Als sie die Tür erreicht hatten, streckte Dare einen Arm aus, um sie zurückzuhalten, drückte die Brust heraus und schaute sie streng an. »Komm nicht rein, bis ich das Haus überprüft habe.«

Traceys Herz raste, als Dare eintrat. Sie spähte in das kleine Wohnzimmer und die Küche. Beide Zimmer sahen aus, als wären sie durchwühlt worden. Sofakissen lagen herum, Fächer waren geleert, Schubladen herausgezogen und ihr Inhalt auf den Arbeitsflächen und dem Boden verteilt. Ihr standen die Nackenhaare zu Berge. Dare bewegte sich durch den Flur und schaute in die Zimmer. Beim zweiten Raum auf der rechten Seite blieb er stehen und ließ die Schultern sinken. Da wusste sie, dass etwas nicht stimmte. Sie rannte den Flur entlang, schob sich an ihm vorbei und betrat das Zimmer, das mit Wäldern, Hobbits, Elfen und Zauberern bemalt war, einige unsauber und kindisch, andere so real, dass sie das Gefühl hatte, eine andere Welt zu betreten – bis sie Diesel entdeckte, der mit dem Rücken an ein Krankenbett gelehnt auf dem Boden saß, umgeben von umgeworfenen Kisten, verstreuten Zetteln und Fotos. Er hatte die Knie angezogen, die Ellbogen darauf und die Stirn gegen eine Hand gestützt und hielt ein Tagebuch in der anderen.

Tracey rannte zu ihm und fiel vor ihm auf die Knie. »Diesel, was ist passiert?«

»Sie ist auf der Ranch aufgetaucht, Mann«, erklärte Dare.

»Schau nicht ihn an«, fauchte Tracey, die fast von ihren Emotionen übermannt wurde. »Sieh mich an. Was glaubst du wohl, was ich hier tue? Ich habe mir Sorgen um dich gemacht!«

Diesels Augen wurden schmal und er hob das Kinn in Dares Richtung, während sich die beiden lautlos austauschten. Doch Tracey verstand, dass er sich bedankte und darum bat, in Ruhe gelassen zu werden.

»Ich lasse deine Taschen draußen vor der Tür, Tracey. Diesel, du weißt, wie du mich erreichst.«

»Danke«, sagte Tracey, als er ging. Mit schwerem Herzen rückte sie näher an Diesel heran. »Was ist passiert? Hast du dieses Chaos angerichtet? Geht's dir gut? Ich habe deine Nachricht bekommen, und Red meinte, du glaubst, Axel könnte dein Vater sein?«

Die Sekunden verstrichen quälend langsam. Als sie glaubte, sie könnte es nicht länger ertragen, antwortete er endlich. »Ja.« Er schaute auf das Tagebuch, und seine Finger hielten eine Seite geöffnet, während er es ihr reichte. »Steht alles hier drin.«

Tracey nahm es entgegen und las. Sie erfuhr, wie Axel seine erste Liebe verloren hatte, wie Diesels Mutter geglaubt hatte, ihre gefunden zu haben, und wie seine Mutter nach Seiten voller Aufregung und Herzschmerz erkannte, dass diese Liebe nicht erwidert wurde oder fehlgeleitet, aber kein Fehler gewesen war, und das schien das Entscheidende zu sein. Sie klappte das

Tagebuch zu und legte es auf den Boden. »Er war dein Vater.«

Diesel nickte. »Biggs und Tiny haben beide gesagt, dass er für lange Zeit durch den Wind war, aber dann zu einem der besten Männer wurde, den sie je gekannt haben. Und meine Mutter hat ihm nie die Chance gegeben, selbst zu entscheiden, ob er Teil meines Lebens sein wollte.« Schmerz und Kummer hallten in seinen Worten wider, und darunter lag eine Wut, die sie nachvollziehen konnte. »Sie hatte dreimal die Gelegenheit, es ihm mitzuteilen. Sie hat ihn noch zweimal gesehen, als ich klein war, und ihm nie die Wahrheit gesagt, und danach sah sie ihn nie wieder.« Er ballte die Faust und rieb mit der anderen Hand darüber. »Ich habe ihr mein Leben lang vertraut, und was mache ich jetzt? Muss ich all das infrage stellen? Was soll ich tun, Trace? Was fange ich jetzt damit an?«

Sie nahm seine Hand. »Du tust das Einzige, was du tun kannst. Du vergibst ihr. Es hört sich ganz danach an, als hätte sie aus den ihr vorliegenden Informationen das Beste gemacht. Du hast gelesen, was er ihr gesagt hat: dass er ein Kind verkorksen würde.«

Er wandte den Blick ab.

Tracey berührte seine Wange und brachte ihn dazu, sie wieder anzusehen. »Diesel, wir alle machen Fehler. Große, schreckliche Fehler. Aber überleg doch mal, in welcher Situation sich deine Mom damals befunden hat. Sie war so jung, und sie wusste, wie es sich anfühlt, mit Eltern zu leben, die sie nicht wollten. Nur eine egoistische Mutter würde ihr Kind willentlich dieser Situation aussetzen. Sie hat in deinem besten Interesse gehandelt und nicht versucht, ihn hinters Licht zu führen.«

»Und wenn er sich durch diese Information geändert hätte?«

»Hättest du das denn an seiner Stelle? Nach dem, was ich gerade gelesen habe, scheint es mir, als wärst du nach dem Tod deiner Mom unwissentlich in die Fußstapfen deines Vaters getreten. Du bist abgehauen, genau wie er es getan hat, nachdem er seine Freundin verloren hatte, und du hast gesagt, du hast nie zurückgeblickt, bist nie zu lange an einem Ort geblieben. Wäre eine der Frauen, mit denen du Sex hattest, schwanger geworden, hättest du dich plötzlich geändert und wärst mit ihr sesshaft und ein guter Vater geworden? Ich habe nämlich unsere Freunde mit ihren Babys gesehen und Babys verändern alles. Sie fressen deine gesamte Zeit und Energie, und man braucht viel Geduld und Liebe, um so selbstlos zu sein. Selbst Menschen, die unbedingt Kinder haben wollen, beschweren sich darüber, wie schwer das Leben mit ihnen ist. Ich halte es eher für Glück im Unglück, dass Axel sich selbst gut genug kannte, um das zu realisieren, und dass er deiner Mutter von vornherein gesagt hat, was er wollte. Und dass deine Mom ihn zu nichts gezwungen hat.«

Diesels gesamter Körper schien sich anzuspannen, er runzelte die Stirn.

Tracey sprach die nächsten Worte nur äußerst ungern aus, aber Diesel fühlte sich immer der Wahrheit verpflichtet und sie wollte ihn niemals anlügen. »Wir werden nie erfahren, ob er sich vielleicht geändert hätte. Das ist scheiße und tut weh. Aber wir wissen, dass dich deine Mutter so sehr geliebt hat, dass sie dich vor all dem Schmerz beschützt hat, den sie durchleiden musste. Vor dem Herzschmerz, vor dem sie weggelaufen ist. Sie hat dafür gesorgt, dass du sicher bist, und ein gutes und glückliches Leben für dich geschaffen. Sie hat dich mit Menschen umgeben, denen du wichtig warst, und nach dem zu urteilen, was du mir erzählt hast und was ich gerade gelesen habe, hat sie ihre Welt um dich herum aufgebaut.«

Sein Gesichtsausdruck wurde sanfter und sie setzte sich auf

seinen Schoß. »Ich wünsche mir aus so vielen Gründen, die Zeit zurückdrehen zu können, aber die Vergangenheit ist wie ein Sommersturm. Sie hat ihren Schaden bereits angerichtet. Sie ist ein Teil von uns geworden, ein Teil, den wir nicht ändern können. Aber wir können daraus lernen.« Sie berührte seinen Kiefer und spürte, wie sich die Anspannung darin löste, als er sich gegen ihre Hand schmiegte. »Willst du wissen, was ich denke?«

Er hob die Augenbrauen.

»Ich denke, du hast viel von Axel in dir. Jeder sagt, er wäre ein toller Mann geworden, sogar nach allem, was er verloren hatte, und genau das bist du auch. Das Gute scheint in den Genen zu liegen.«

Diesel legte den Arm um sie und seine Lippen zogen sich leicht nach oben. »Wie machst du das nur, Baby Girl?«

»Was denn?«

»Alles auf den Kopf zu stellen. Mir meine Wut zu nehmen und sie in etwas anderes zu verwandeln.«

»Ich weiß es nicht. Ich schätze, ich habe große Fehler begangen und geglaubt, ich täte das aus gutem Grund. Ich zeige dir nur die andere Seite davon. Aus alldem ist etwas Gutes entstanden, Diesel, aber du stehst der Sache zu nahe, um es zu sehen. Du hast eine Familie. Hier und in Peaceful Harbor. Menschen, die zu deinem Leben gehört und dich geliebt haben, ohne zu wissen, dass ihr blutsverwandt seid. Ich weiß, dass deine Mom dir mit der Lüge wehgetan hat, und es mag etwas dauern, bis diese Wunde verheilt, aber sie hat dich beschützt, und ich hoffe, dass das deine Gefühle für sie nicht verändert.«

»Es fühlt sich wie eine Lüge an, obwohl es gar keine war. Sie hat nie behauptet, nicht zu wissen, wer mein Vater ist. Sie hat gesagt, er wäre jemand gewesen, der an Elfenmagie geglaubt hat, und das hat er.« Er nahm ein paar Fotos vom Boden und reichte sie ihr. »Das sind sie. Siehst du die Kappe? Ich glaube, er hat sie ihr in dem Laden hinter ihnen gekauft.«

»Jetzt weiß ich, woher du deine Ehrlichkeit hast.« Tracey küsste ihn. »Es ist okay, wütend auf deine Mom zu sein und auch auf ihn. Was immer du fühlst, ist in Ordnung. Das zu verarbeiten wird einige Zeit dauern, aber zumindest kennst du jetzt die Wahrheit und musst nicht allein damit zurechtkommen. Du hast mich, und ich kenne zwar die Whiskeys nicht, die hier leben, aber ich weiß, dass du die Unterstützung der Whiskeys in Peaceful Harbor sowie deiner anderen Freunde dort hast.«

Er nickte und wurde sehr ernst.

Sie sah sich im Zimmer um und ihr Herz quoll über vor Liebe und auch Kummer. »Deine Mom hat so viel für dich getan, Diesel, aber sie hat vergessen, dir eine wichtige Sache beizubringen.«

»Und die wäre?«

»Du hast gesagt, wir wären Partner. *Wo ich hingehe, gehst du auch hin.*«

»Das sind wir«, bekräftigte er.

»Komm mir nicht so. Du bist allein abgehauen, als würdest du nicht darauf vertrauen, dass ich für dich da wäre, und das hat wehgetan – und mich ziemlich wütend gemacht.«

»Ich wollte dich nicht runterziehen, Trace.«

»Hör doch auf. Das gehört zu einer Beziehung dazu. Wir sind füreinander da, was immer auch passiert. Du warst in schlimmen Zeiten für mich da, und ich will auch für dich da sein.«

»Du verstehst das nicht. Das hier war anders. Wie könnte ich der Mann sein, den du brauchst, wenn ich nicht weiß, wer ich bin?«

Sie legte ihm die Hände an die Wangen und hielt seinem sturen Blick stand. »Du hast immer gewusst, wer du bist. Du bist Desmond ›Diesel‹ Black, Sohn von Ruthie Black, einer Mutter, die dich vergöttert hat. Du bist ein Dark Knight, ein guter Mensch, der anderen hilft, ein Kopfgeldjäger, Barkeeper, Liebhaber und Freund. Und jetzt weißt du, dass du ein echter Whiskey bist, und reihst dich ein in die Riege meiner anderen Lieblingsmenschen.« Sie hielt inne, um ihre Worte sacken zu lassen. »Und du gehörst zu mir, Diesel. Und ich zu dir. Aber wenn du willst, dass das so bleibt, kannst du mich nicht einfach zurücklassen, weil du mich beschützen willst oder weil du glaubst, du wärst stark genug, um jedem Sturm zu trotzen. Du bist der stärkste, widerstandsfähigste Mensch, den ich kenne, und ich weiß, dass du wirklich schlimmen Stürmen trotzen kannst.« Sie sah sich im Zimmer um. »Zum Teufel, Diesel, du bist der Sturm.« Sie sah ihn wieder an und ihr Tonfall wurde sanfter. »Aber sogar hartgesottene Biker brauchen manchmal jemanden, auf den sie sich stützen können, und wenn man jemanden liebt, ist man für ihn da, was auch passiert. Ich bin für dich da, Diesel. Wenn es schwer ist, wenn es leicht ist, und auch dazwischen. Willst du das? Möchtest du, dass ich ein Weilchen bleibe?«

»Mehr, als du jemals ahnen kannst.« Er presste den Mund auf ihren und küsste sie, als würde er alles, was in ihm war – Herzschmerz, Verwirrung und ein Meer anderer Emotionen – in ihre Verbindung einfließen lassen. Als sich ihre Lippen schließlich voneinander lösten, hielt er sie weiter fest an sich gedrückt. »Entschuldige, dass ich dir wehgetan habe. Ich liebe dich so sehr, und ich möchte, dass du viel länger als nur ein Weilchen bleibst, Baby Girl, aber ich bin lange Zeit allein gewesen. Ich kann nicht versprechen, dass ich es nicht wieder vermasseln werde.«

Für Diesel war Ehrlichkeit Liebe, und sie war so von seiner erfüllt, dass sie sie praktisch schmecken konnte. »Tja, ich kann dir versprechen, dass ich dich jedes Mal mit dem Kopf darauf stoße, bis dir klar wird, dass du kein einsamer Wolf mehr bist.«

Er stützte lächelnd die Stirn an ihre. »Ich weiß nicht, wie es jetzt weitergehen soll.«

Sie hatte keine Ahnung, ob er ihre Beziehung meinte oder die anderen Teile seines Lebens, jetzt, wo er wusste, dass Axel sein Vater war. Doch ihre Antwort war in jedem Fall dieselbe. »Das ist okay. Wir finden es gemeinsam raus.«

Neunzehn

Am Sonntagmorgen lief Diesel auf dem Hof vor seinem Haus hin und her, presste sich das Handy ans Ohr und redete mit Tiny, erzählte ihm alles, was er herausgefunden hatte. Tracey und er waren die wichtigen Abschnitte des Tagebuchs seiner Mutter letzte Nacht durchgegangen, nachdem sie das Haus aufgeräumt hatten, und sie hatten über alles gesprochen. Na gut, Tracey hatte geredet, und er hatte hauptsächlich genickt oder den Kopf geschüttelt. Aber es hatte geholfen, ihre Meinung über das zu hören, was seine Mutter vermutlich empfunden hatte. Sie lag richtig damit, dass seine Mutter ihn beschützt hatte und es sich im Nachhinein eher als Segen herausstellte, dass Axel gewusst hatte, keinen guten Vater abgeben zu können. Vielleicht hätte Diesel ansonsten sein Leben in dem Versuch zugebracht, die Liebe eines Mannes zu gewinnen, der nicht fähig war, sie ihm zu schenken. So wie Tracey die Stärke seiner Mutter bewunderte, sah er nun seine Beziehung zu Tracey noch klarer. Seine Taten hatten sie verletzt und trotzdem war sie quer durchs Land geflogen, um für ihn da zu sein. Er hatte ihr gesagt, dass er es vielleicht vermasseln würde, und sie war dennoch noch da, glaubte an ihn, liebte ihn. Letzte Nacht, als sie schlafend in seinen Armen lag, hatte er geschworen, alles in seiner Macht Stehende zu tun, um sicherzustellen, dass er ihr niemals wieder wehtun würde.

Er schloss seinen Bericht an Tiny ab. »Also war dein Bruder mein Vater.«

»Wie fühlst du dich damit, Diesel?«

»Da gibt's viel zu verarbeiten, aber ich bin froh, dass ich es weiß. Ich wünschte, Axel hätte es ebenfalls gewusst, aber das lässt sich nicht ändern.«

»Ja, das verstehe ich. Aber deine Mutter hat das Richtige getan. Axel hat sein Leben erst wieder auf die Reihe bekommen, als er schon um die dreißig war, und wer weiß, was das dann mit ihm angestellt hätte. Schuldgefühle sind schon was Seltsames, und wie du hatte Axel ein großes Herz. Vielleicht hätte er sich nie verziehen, nicht der Mann sein zu können, den sie in ihm gesehen hatte. Vielleicht hat sie euch allen viel Herzschmerz erspart.«

»So habe ich das noch gar nicht gesehen.«

»Das Leben verläuft manchmal komisch. Es reißt dir häufiger den Boden unter den Füßen weg, als du zählen kannst, aber jetzt wissen wir, dass du in jeder Hinsicht zur Familie gehörst. Ich würde vorschlagen, du kommst zum Grillen rüber und wir feiern. Wir essen am Haupthaus. Simone würde dich bestimmt auch gern wiedersehen.«

Feiern. So unerwartet das kam, tat es doch verdammt gut, das zu hören. »Macht es dir was aus, wenn ich Tracey mitbringe?«

»Junge, wenn du die Kleine nicht mitbringst, von der Dare schon allen erzählt hat, wird niemand glauben, dass sie existiert.«

Diesel lachte auf. »Tracey hat mir erzählt, Dare hätte sie angebaggert.«

»Ja, das hat er uns gestanden. Das war aber, bevor er wusste, dass sie deine Freundin ist. Kommt ihr nun rüber, oder was?«

»Wir kommen. Und Tiny, danke, dass du all die Jahre auf mich aufgepasst hast und für meine Mom da gewesen bist.«

»Wie schon gesagt, du hast immer zur Familie gehört. Wir kümmern uns umeinander. Macht's dir was aus, wenn ich den anderen die gute Nachricht überbringe? Oder willst du es ihnen erzählen?«

»Und mich dann von allen umarmen lassen?« Er schnaufte. »Mach ruhig. Wir sehen uns bald.«

Nach dem Telefonat lockerte Diesel die Schultern und rief dann Biggs an. Seine knarzige Stimme brachte eine Welle unerwarteten Wohlbehagens mit sich. Diesel hatte das Gefühl, als würde sein gesamtes Leben in letzter Zeit unerwartet verlaufen. Er erzählte Biggs alles, und so wie Biggs auch mit allem anderen umging, schien er das ebenfalls mühelos wegzustecken. Diesel entschuldigte sich für die Art, wie er verschwunden war, und auch das kommentierte Biggs nicht weiter.

»Etwas stört mich an der Sache noch. Hast du irgendeine Ahnung, warum Axel nicht mehr nach Colorado gekommen ist? Laut dem Tagebuch meiner Mutter hat sie ihn nicht mehr gesehen, seit ich etwa drei oder vier war.«

»Darüber habe ich auch nachgedacht, seit du hier wie ein Derwisch davongefegt bist. Vielleicht ist er doch noch einer Frau begegnet, die ihm unter die Haut gegangen ist? Aber falls deine Mutter oder irgendeine Frau ihm in diesen verkorksten Jahren doch ans Herz gewachsen war, hätte er sich ferngehalten, nachdem er sich über seine Gefühle klar geworden war. Es hätte ihn umgebracht, wenn er gewusst hätte, dass er einen Sohn gezeugt hatte und nicht stark genug war, um ihn großzuziehen.

Aber so wie ich Axel kannte, war es für ihn besser, an diesen Schuldgefühlen langsam zugrunde zu gehen, als das Leben eines Kindes zu vermasseln.«

Diesel wusste nicht, was er davon halten sollte, aber wie Tracey gesagt hatte, war dieser Sommersturm bereits vorbeigezogen.

»Was hast du vor, Junge? Kommst du nach Hause oder bleibst du noch eine Weile dort?«

Tracey trat auf die Veranda, wunderschön anzusehen in Jeans, einem weinroten Pullover und den Cowgirlstiefeln, die er ihr geschenkt hatte. Sie lächelte und winkte, was sämtliche Emotionen aufwühlte, die ihn letzte Nacht bei ihrem Liebesspiel und erneut heute Morgen überkommen hatten, als die Sonne durch die Schlafzimmervorhänge auf ihr friedliches Gesicht geschienen war, während sie in seinen Armen geschlafen hatte. Sie war wirklich und wahrhaftig sein Zuhause geworden, seine Erdung, sein Licht am Ende eines bis dahin sehr dunklen Tunnels. Als sie den Abend zuvor mit ihrer Mutter telefoniert hatte, hatte Tracey ihn auch an den Hörer geholt, weil ihre Mutter sich selbst davon überzeugen wollte, dass es ihm gut ging. Zum ersten Mal in seinem Leben fragte er sich, ob ein Mensch mehr als einen Ort haben konnte, zu dem er sich zugehörig fühlte, und das war ein verdammt schöner Gedanke.

»Wir sind Dienstagnachmittag wieder da.« Diesel wollte ein paar Sachen von seiner Mutter einpacken und nach Maryland mitnehmen. »Ich habe Bullet geschrieben, und er meinte, dass sie in der Bar zurechtkommen.«

»Wie wär's, wenn du dann gegen sechs bei mir vorbeischaust?«

»Das kann ich machen.« Er winkte Tracey zu, die zu ihm aufschloss.

»In Ordnung. Brauchst du noch irgendwas?«

»Nein, Sir.« Er zog Tracey zu sich heran. Er hatte alles, was er brauchte, gleich hier in seinen Armen, und alles, was er nie zu wollen geglaubt hatte, greifbar vor sich.

»Grüß deine tapfere kleine Lady und meinen nervigen Bruder von mir.«

»Mach ich. Danke, Biggs. Wir sehen uns in ein paar Tagen.« Er steckte das Handy weg und drückte Tracey einen Kuss auf die Lippen.

»Wie ist es gelaufen?«

»Gut. Sogar sehr gut. Tiny hat uns zu einem Grillabend eingeladen. Willst du die Whisk…« Die Erkenntnis durchzuckte ihn wie ein Blitz und brachte ihn innerlich zum Schweben. »Willst du meine Familie kennenlernen, Baby Girl?«

»Deine Familie? Meine Güte, ich bin mir nicht sicher. Das klingt ernst.« Ihre Augen strahlten. »Meinst du, dass wir bereit dafür sind?«

Er legte den Arm um ihre Schultern und zog sie für einen weiteren Kuss an sich. »Schwing deinen sexy Hintern auf das Bike, während ich die Tür abschließe.« Er gab ihr einen Klaps auf den Po und sie kicherte, während er das Haus betrat.

Er ging durch das Wohnzimmer, und vor seinem inneren Auge blitzten Erinnerungen an seine Mutter auf, wie sie ihn aus der Küche heraus anlächelte und Gitarre auf der Wohnzimmercouch spielte. Aber darunter mischten sich Bilder von Tracey, wie sie begeistert von seinen Babyfotos war und sich Fotos von ihm und seiner Mutter ansah. Er ging ins Hobbit-Zimmer, wo er erneut beide Frauen spürte. Tracey hatte eine Million Fragen über das Zimmer gehabt, wollte die Geschichte hinter jedem Bild wissen. Er liebte sie noch mehr dafür, dass sie die Erinnerung an seine Mutter am Leben erhalten wollte.

Als er nach der Gitarre griff, flüsterte die Stimme seiner Mutter in seinem Kopf die Worte, die sie gesagt hatte, bevor ihr der Krebs den klaren Geist genommen hatte. *Versprich mir, dass du nicht zu lange traurig sein wirst, dass du das Leben bei den Hörnern packen und dir dein eigenes Happy End malen wirst. Du warst meine Elfenmagie, Dezzie. Versprich mir, dass du deine findest.*

Er sah sich in dem Zimmer um, das er auseinandergenommen hatte, dem Zimmer, in dem seine Welt auf den Kopf gestellt und auch wieder ins Gleichgewicht gebracht worden war. »Sie hat mich gefunden, Mom. Und hoffentlich findet sie jetzt auch ein bisschen von dir.« Er packte die Gitarre in den Koffer, schloss dann mit dem Gitarrenkoffer in der Hand die Tür ab und lief zu seiner Frau.

Tracey blickte verwirrt drein. »Was machst du denn damit?«

»Falls du jemals die Welt mit einer Gitarre auf dem Rücken bereisen willst, musst du spielen lernen.« Er legte ihr die Riemen über die Schultern, sodass sie die Gitarre auf dem Rücken trug, und zog sie fest.

»Die Welt bereisen?«

»Auf Festivals spielen oder im Garten. Was immer du willst.«

»Aber das ist die Gitarre deiner Mom.«

»Das war sie, und jetzt ist es deine. Wenn du sie lieb bittest, bringt dir Sasha bestimmt einiges bei.«

Sie starrte ihn aus großen Augen an. »Diesel. Bist du sicher?«

»Absolut.« Während er nach seinem Helm griff, dachte er noch einmal über seine Worte nach. »Ich liebe dich, Tracey Kline, und ich werde dich bis zu meinem letzten Atemzug lieben.« Er küsste ihre zu einem Lächeln verzogenen Lippen und stieg auf das Motorrad. »Und jetzt setz den Helm auf. Man lässt seine Familie nicht warten.«

Auf der Straße war deutlich mehr Verkehr als am Vortag. Einige Fahrzeuge reihten sich hinter ihnen ein, während Diesel einem Motorrad auf das Grundstück der Redemption Ranch folgte. Er fuhr auf ein beeindruckend großes Haus aus Stein, Holz und Glas zu, vor dem ein Schild mit der Aufschrift *Redemption-Ranch-Therapie* stand. Dutzende von Menschen stiegen aus ihren Autos und verteilten sich auf dem Rasen, wo Männer und Frauen bereits Tische und Stühle aufstellten und Kinder einander jagten und mit Bällen spielten. Diesel parkte auf dem vollen Parkplatz, und die anderen Motorräder und Fahrzeuge hinter ihnen hielten direkt am Straßenrand.

Nachdem sie ihre Helme abgenommen hatten, sah sich Tracey um und bemerkte ein Meer an Lederjacken und Westen mit Dark-Knights-Aufnäher. »Geraten wir hier gerade in eine Clubveranstaltung?«

»Nein. Ich schätze, Tiny hat allen Bescheid gesagt.« Er schloss ihre Helme am Bike an, hängte sich die Gitarre über eine Schulter und legte einen Arm um Tracey.

»Worüber?«

»Er hat gesagt, er würde den anderen von Axel erzählen und dass wir feiern sollten. Ich dachte eigentlich, er meint damit die Familie.«

Als die Leute winkten und Diesel Grüße zuriefen, konnte Tracey sich das Lächeln nicht verkneifen und wurde immer aufgeregter. »Das hat er auch gemeint. Aber in eurer Sprache bezieht sich das auf die Bruderschaft.«

Er beugte sich vor, um sie zu küssen. »Sollte ich das eigentlich nicht besser wissen als du?«

Sie ging auf die Zehenspitzen, um noch mehr Küsse einzufordern.

»Diesel!« Eine schlanke Brünette in einem übergroßen Sweatshirt im *Flashdance*-Stil, das eine Schulter freigab, schwarzem Minirock, schwarzen Pelzstiefeln und einem gepunkteten Tuch um die Stirn kam auf sie zu gerannt.

Eine hübsche Blondine in Jeans, blauem Pullover, Cowgirlstiefeln und Hut versuchte, mit ihr Schritt zu halten. Hinter ihr folgte ein sehr großer Mann mit grauem Bart und ordentlichem Bauch, der eine schwarze Lederweste sowie ein Bandana um den Kopf trug. Er hielt Händchen mit einer hübschen Blondine mittleren Alters mit einem herzlichen Lächeln. Sie sahen Diesel an, als hätten sie nie etwas Schöneres gesehen.

Die Brünette warf sich Diesel in die Arme. »Ich habe dich vermisst!« Als er sie wieder abstellte, knuffte sie seinen Arm und grinste verschmitzt. »Hey, Cousin. Dad hat uns die aufregende Neuigkeit erzählt. Schätze, es ist schon gut, dass wir nie was miteinander hatten.«

Diesel hob die Brauen. »Was zum …?«

Die Brünette brach in Gelächter aus.

»Birdie! Das ist seine Freundin!« Die Blonde verdrehte die Augen. »Ignorier sie. Ich bin Sasha, die Normale, und das ist Birdie, die andere.«

»Ich bevorzuge die *Hübsche*.« Birdie wackelte mit den Schultern.

Diesel schüttelte den Kopf. »Birdie, Sasha, das ist meine Freundin, Tracey.«

»Hi. Freut mich sehr.« Tracey war bereits von ihnen eingenommen.

»Ich kann's kaum erwarten, dich besser kennenzulernen«, meinte Birdie. »Ich will alles über dich und den Großen wissen. Diesel, spielst du jetzt Gitarre? Bezirzt du so deine bessere Hälfte?«

»Nein. Tracey will Gitarre spielen lernen, und ich hatte gehofft, Sasha hätte nachher Zeit, ihr etwas beizubringen.«

»Nur zu gern!« Sasha umarmte ihn. »Ich hab dich vermisst, und nur fürs Protokoll, ich hab immer gewusst, dass du einer von uns bist.«

Der große Mann und die ältere Blondine schlossen zu ihnen auf. Die Frau umarmte Diesel und sagte etwas, das Tracey nicht verstehen konnte, aber was immer es war, es brachte ihn zum Lächeln.

Er guckte den hünenhaften Mann an. »Das hast du also mit *den anderen* gemeint? Du hast es dem ganzen Club erzählt?«

»Sie sind auch deine Familie, mein Junge.« Der Mann zog ihn in eine raue Umarmung und schlug ihm auf den Rücken.

»Bruderschaft«, neckten Sasha und Birdie die Männer.

»Gönnt ihm mal eine Pause, Mädels. Er hat gerade erst erfahren, dass durch seine Adern Whiskey-Blut fließt«, erwiderte der Mann.

Diesel nahm Traceys Hand und drückte sie. »Tiny, Wynnie, das ist meine Freundin Tracey. Trace …«

»Ich weiß«, unterbrach Tracey ihn. »Ich freue mich so, hier zu sein und die Familie kennenzulernen.«

»Bitte sag mir, dass du kein Problem mit Umarmungen hast.« Tiny zog eine Braue hoch.

»Überhaupt nicht.«

»Dann komm mal her, Kleine.« Tiny drückte sie so fest, dass sie kaum atmen konnte, und flüsterte ihr dabei ins Ohr:

»Ich bin froh, dass du ihm hinterhergereist bist. Er ist ein guter Mann.«

Ihr wurde ganz warm ums Herz, als sie spürte, wie sehr alle hier Diesel liebten.

»Willkommen in unserem Zuhause, Schätzchen.« Wynnie umarmte sie. »Ich habe schon so viel Wunderbares über dich gehört.«

»Hast du?« Tracey schaute Diesel an.

»Nicht von ihm.« Birdie winkte ab. »Diesel tratscht nicht. Aber Dixie schwärmt schon ewig von dir. Sie hat gewusst, dass ihr zusammenkommt, und jetzt verstehe ich auch, warum. Ich habe den alten Brummbären hier noch nie so glücklich gesehen.«

Tracey musste lachen. Diesel verzog das Gesicht.

»Eigentlich hat ja Red getratscht«, stellte Wynnie klar. »Sie hält große Stücke auf dich, Tracey. Na komm, stellen wir dich allen vor.«

Diesel legte den Arm um Tracey. »Das hier tut mir leid«, raunte er ihr zu, während sie Wynnie und den anderen folgten.

»Muss es nicht. Ich finde sie großartig und sie lieben dich ganz offensichtlich.«

Sie wurde unzähligen anderen vorgestellt, einschließlich dem Rest der Whiskey-Familie. Die Männer hier waren allesamt rau und attraktiv. Sie hatte ja schon Dare für einen Aufreißer gehalten, aber er trat hinter Doc und Cowboy in den Schatten, die anmerkten, dass sie zur Verfügung stünden, sobald sie von Diesel genug hatte. Diesels böser Blick brachte sie zum Lachen, was zu witzigem Geplänkel zwischen den Männern führte. Cowboy, Dare und Doc zogen Diesel spielerisch damit auf, dass er jetzt ihr Cousin war, und Diesel sah aus, als wäre ihm eine große Last von den Schultern genommen worden.

Im Laufe des Tages wurden Hamburger und Hotdogs gegrillt, Tische mit Beilagen und Nachtisch gefüllt und Getränke gereicht. Tracey lernte zu viele Menschen kennen, um sich alle Namen zu merken, aber eine Sache stach heraus. Sie alle vergötterten Diesel und kannten ihn gut genug, um ihn nicht zu umarmen – zumindest die Erwachsenen. Die Kinder kamen für Umarmungen herbeigeeilt und klatschten ihn ab, und Diesel ging sehr lieb mit ihnen um. Hände wurden geschüttelt, man nickte, klopfte einander auf den Rücken, lächelte und führte lange Gespräche über das, was zwischen seinen Besuchen passiert war.

Tracey genoss es, ihn mit all den Menschen zu sehen, die er schon ewig kannte, die ihm beigebracht hatten, was es bedeutete, ein Mann und ein Dark Knight zu sein. Und die ihn – egal wie Diesel sie auch bezeichnete – so behandelten, als hätte er schon immer zur Familie gehört.

»Baby Girl, das sind Manny und Alice, das Paar, dem das Roadhouse gehört. Ich möchte dich ihnen vorstellen.« Diesel führte sie über den Rasen auf ein attraktives Pärchen mittleren Alters zu, das am Essenstisch stand.

»Da ist er ja! Der Mann der Stunde«, rief Manny aus. Er war braun gebrannt, hatte kurze, von grauen Strähnen durchzogene Haare und pechschwarze Augenbrauen. Er schüttelte Diesel die Hand und schlug ihm auf den Rücken, wie es auch die anderen Männer getan hatten.

»Hi, Manny.«

»Diesel, mein Lieber.« Alice, eine gut aussehende, kräftige Blondine, beugte sich vor, küsste ihn auf die Wange und tätschelte sie mütterlich. »Ich hab dich vermisst.«

»Hi, Alice«, begrüßte Diesel sie.

»Du kannst ja zu jedem anderen Hi sagen, Desmond Black,

aber ich habe deine Windeln gewechselt und dir den Po gepudert, da verdiene ich ja wohl eine Umarmung.«

Er umarmte sie. Tracey hatte Diesel nie zuvor erröten sehen. Wer hätte gedacht, dass ihr starker Mann überhaupt dazu in der Lage war?

Alice musterte sie liebevoll. »Und das hier muss Tracey sein.«

»Ja. Ich habe schon viel von euch gehört. Freut mich, euch kennenzulernen.«

»Und wir können es kaum erwarten, mehr von dir zu erfahren.« Alice umarmte sie vorsichtig.

Manny drückte sie ebenfalls an sich. »Schön, dich kennenzulernen, Tracey. Wie lange bleibt ihr zwei in der Gegend?«

»Wir reisen Dienstag ab.« Diesels Gesichtsausdruck wurde ernst. »Ich habe gerade erst herausgefunden, was ihr für meine Mom getan habt, als sie damals in die Stadt gekommen ist, und ich möchte euch dafür danken, dass ihr ihr eine Chance gegeben, auf sie aufgepasst und ihr ein Zuhause beschafft habt. Ich weiß das alles sehr zu schätzen.«

Manny und Alice wechselten einen liebevollen Blick. »Weißt du, wie ich deine Mom kennengelernt habe?«, fragte Manny.

»Nein.«

»Ich kam gerade aus Denver zurück und hielt zum Tanken an, und deine Mom kam gerade aus der Tankstelle und hat eine Karte studiert. Sie hatte sie komplett aufgeklappt und drehte sie herum, als wüsste sie nicht, wo oben oder unten ist. Sie hatte einen Rucksack und diese Gitarre, die du da trägst, auf dem Rücken. Ihre langen braunen Haare waren wild und zerzaust, ihre Augen voller Freude. Sie hat gestrahlt wie die Sonne.« Er lachte leise. »Ich habe sie gefragt, wohin sie unterwegs ist, und sie meinte, sie hätte von einem Ort namens Hope Valley gehört und das Gefühl gehabt, wenn sie irgendwo glücklich werden könnte, dann dort.«

Diesel nickte. »Das klingt nach ihr.«

»Ruthie war schon eine besondere Frau. Eine talentierte Künstlerin, fantastisch im Umgang mit Menschen. Es war einfach schön, sie um sich zu haben. Sie konnte jedem den Tag versüßen.« Manny deutete mit dem Kopf auf Diesel. »Besonders ihm hier. Wann immer er schlechte Laune hatte wegen seiner Hausaufgaben oder was Kindern auch immer schlechte Laune macht, spielte sie Gitarre oder erzählte ihm eine Geschichte, und schon war er wieder froh.«

»Das stimmt.« Diesel senkte die Stimme. »Hat meine Mutter euch je erzählt, dass Axel Whiskey mein Vater war?«

Manny neigte den Kopf und runzelte die Stirn. »Nein. Sie hat uns nie anvertraut, wer dein Vater war. Erst als wir Tinys Nachricht bekamen, dass wir rüberkommen sollen, um seinen Neffen zu feiern – *dich* –, haben wir eins und eins zusammengezählt.«

»Ich hatte allerdings schon einen leisen Verdacht«, gab Alice zu. »Ich erinnere mich, wie Axel mit einer anderen Frau hereinkam, als Ruthie bereits ein paar Monate mit dir schwanger war. Etwas an ihrer Art an jenem Abend hat mich ins Grübeln gebracht, ob da irgendetwas zwischen ihnen war. Aber sie stritt es ab, und damit hatte sich die Sache für mich erledigt.«

Diesel nickte. »Auf jeden Fall bin ich euch dankbar für alles, was ihr für sie und für mich getan habt.«

»Du gehörst doch zur Familie. Wir sind immer für dich da.« Alice schaute über die Schulter. »Wie es aussieht, sind unsere ›Drei Engel für Charlie‹ auf einer Mission.«

Sie folgten ihrem Blick zu Simone, Sasha und Birdie, die in

ihre Richtung unterwegs waren. Simone sah anders aus als letzten Dezember, als Diesel sie zur Redemption Ranch gebracht hatte. Tracey war ihr nur einmal begegnet, aber sie erinnerte sich an ein extrem nervöses, schrecklich dünnes Mädchen mit eingefallenen Wangen, die die Narbe auf ihrer linken Gesichtshälfte noch betonten. Jetzt wirkten ihre Wangen praller, ihre braunen Haare länger, glänzender, voller natürlicher Wellen und Locken. Sie sah gesund und glücklich aus.

Alice berührte Diesels Arm, als die Mädchen näherkamen. »Wir reden später weiter.«

Als Alice ging, betrachtete Diesel Simone kurz von Kopf bis Fuß. »Wie geht's dir, Simone? Du siehst gut aus.«

»Ich fühle mich super. Der Ort hier und auch Sasha, Birdie und die anderen waren genau das, was ich gebraucht habe.« Simone klang auch fröhlicher.

»Das sagen die Jungs immer, nachdem sie mit einer von uns ausgegangen sind«, witzelte Birdie, was ihr einen finsteren Blick von Diesel einbrachte. Tracey und die anderen lachten.

»Habt ihr schon gegessen?«, fragte Sasha.

Tracey schüttelte den Kopf. »Noch nicht, aber ich bekomme langsam Hunger.«

»Wir auch noch nicht. Holen wir uns doch was zu essen, während ihr mit Simone plaudert«, schlug Sasha vor. »So hat Tracey auch mal eine Pause davon, durch die Gegend gezerrt zu werden.«

Tracey wollte schon erwidern, dass sie niemals eine Pause von Diesel brauchte und es genoss, die Menschen in seinem Leben kennenzulernen, aber sein vielsagender Blick verriet ihr, dass er das längst wusste. Seine Theorie, sich einiges zu ersparen, indem er seine Gedanken einfach für sich behielt, schien auf sie abzufärben, denn sie verspürte nicht mehr das Verlangen, es auszusprechen. »Klingt gut.«

Tracey nahm sich einen Teller. »Musst du auf der Ranch hart arbeiten, Simone?«

»Cowboy würde sie gern mal hart *bearbeiten*.« Birdie grinste breit.

Simone verdrehte die Augen, während sie Salat auf ihren Teller lud. »Ich mag die Arbeit hier, und ja, sie ist manchmal hart. Aber dieser Cowboyhut tragende Tyrann wird noch mal mein Untergang sein.«

»Wieso denn das?« Diesels beschützerisch klingender Tonfall blieb nicht unbemerkt. Auch nicht die Art, wie er Cowboy beäugte, der herübergeschlendert kam.

Cowboy beugte sich über Simones Schulter. »Lang ruhig ordentlich zu. Du wirst die Kraft später noch brauchen.«

Simone beäugte Diesel mit ausdrucksloser Miene. »Beantwortet das deine Frage?« Gereizt wandte sie sich Cowboy zu. »Nicht alle von uns müssen wie Pferde essen, um sich um sie kümmern zu können.« Sie reckte das Kinn in die Luft und stakste davon.

Diesel zog eine Braue hoch, während Cowboy ihr hinterhersah. »Ganz schön schlagfertig, was?«, meinte er.

»Vorsicht, Cowboy. Vor Frauen mit Feuer im Hintern musst du dich in Acht nehmen.« Diesel schaute zu Tracey und Lust und Liebe waberten zwischen ihnen. »Wenn ein kleiner Funke erst mal auflodert, wirst du nie wieder derselbe sein.«

»Unser weiser Cousin hat gesprochen.« Cowboy zwinkerte Diesel zu.

»Cowboy, lass lieber die Finger von Simone.« Sasha starrte ihren älteren Bruder böse an. »Es endet niemals gut, wenn du dich mit jemandem einlässt, der mit der Ranch zu tun hat. Frag einfach Doc.«

»Was ist denn Doc passiert?«, fragte Tracey.

Diesel und Cowboy wechselten einen Blick, den sie nicht deuten konnte. »Sagen wir mal, er hat sich in die Falsche verliebt und sich damit eine Menge Ärger eingehandelt«, kommentierte Cowboy.

»Wir reden nicht über Juliette«, flüsterte Birdie Tracey zu. »Hey, Diesel. Nur so als Vorwarnung. Nach dem Essen werden wir Tracey entführen, damit Sasha ihr ein bisschen Gitarre spielen beibringen und ich ihr alles über euch aus der Nase ziehen kann. Wenn du damit ein Problem hast, rede mit jemandem, den es interessiert.« Sie grinste boshaft. »Es ist so cool, dass wir jetzt Cousin und Cousine sind.«

Das Essen war köstlich und ihre Gespräche waren unterhaltsam, mit gerade genug Küssen von Diesel, dass Tracey das Gefühl hatte, auf Wolke sieben zu schweben. Nach dem Essen lotsten die Mädchen Tracey weg. Sasha war eine geduldige Lehrerin, als sie Tracey die Grundlagengriffe auf der Gitarre näherbrachte, und Birdie überschüttete sie mit Fragen über sie und Diesel. Als der Nachmittag in den frühen Abend überging, verabschiedeten sich viele Gäste, eine Handvoll blieb jedoch noch. Diesel und die Männer errichteten ein Lagerfeuer, und Tracey und die anderen sammelten Decken ein und legten sie auf das Gras um die Feuerstelle.

Alle machten es sich auf den Decken bequem, und Diesel drückte Tracey an seine Seite und küsste sie auf die Schläfe. Seine raue Wange kitzelte sie am Ohr. »Alles okay, Baby Girl?«

»Besser als okay. Aber viel wichtiger, wie geht es dir?«

»Gut. Richtig gut.«

»Fühlst du dich im Beisein der anderen anders, jetzt wo du das mit Axel weißt?«

»Ja, ich glaube schon. Aber das liegt nicht nur daran, dass

ich das herausgefunden habe.« Er beugte sich weiter vor. »Sondern an dir. Du machst alles besser, und deinetwegen möchte ich Teil von etwas Größerem sein. Etwas Besonderem.«

»So wie ich das heute gesehen habe, warst du schon immer Teil von etwas Großem und Besonderem. Ich dachte, du würdest zu den Whiskeys bei uns zu Hause gehören, aber du gehörst auch hierher, zu diesen Leuten, die dich lieben und deine Mom gekannt haben.«

»Und du gehörst zu deiner Mom und deiner neuen Familie, zu Biggs und allen dort, denn wie du schon so oft gesagt hast, sind sie auch deine Familie.«

Sie schluckte schwer und fragte sich, ob er wohl hier seinen Lebensmittelpunkt haben wollen würde, was sie absolut verstehen könnte. »Fühlt sich das hier für dich mehr nach einem Zuhause an?«

Er presste die Lippen auf ihre. »Du bist mein Zuhause, Baby Girl.«

»Du weißt doch, was ich meine«, erwiderte sie mit frohem Herzen und leichtem Anflug von Sorge.

Er zog sie auf seinen Schoß und beäugte sie streng, als er eine Hand an ihre Wange legte und mit dem Daumen über ihre Lippen strich. »Es ist so. Wo immer du hingehst, gehe auch ich hin. Deine Mutter lebt im Osten. Die Menschen, die zu deiner Familie – und zu meiner – geworden sind, wohnen auch dort. Das Leben, das du dir aufgebaut hast, ist in Maryland. Das Leben, das wir uns gemeinsam aufbauen, ebenfalls. Wir haben genug Zeit, um hierher zu Besuch zu kommen, aber deine Träume, anderen Frauen zu helfen, haben dort bereits angefangen. Du hast dort Fuß gefasst und bist auf dem Weg nach oben. Und diesen Weg möchte ich mit dir gemeinsam gehen. Ich habe bereits mit Lior gesprochen, und er ist dabei, falls und wenn du bereit bist.«

Tracey konnte das, was er da sagte, kaum verarbeiten, und er schien zu bemerken, wie überwältigt sie war. »Du glaubst doch nicht, ich hätte deine Träume vergessen?«

Ihr Herz setzte einen Schlag aus. »Du würdest zusammen mit mir unterrichten?«

»Ich würde alles mit dir tun.« Er schob eine Hand in ihr Haar, und seine dunklen Augen leuchteten verführerisch, was ihr einen Schauer durch den Körper jagte, bevor er auch nur ein Wort gesagt hatte. »Und ich meine alles.«

Als er sie küsste, rief Birdie: »Nehmt euch ein Zimmer!«, was zu einer Menge Gelächter und Neckereien führte.

»Ihr habt recht. Genug mit diesem Familienkram. Ich bring meine Frau jetzt nach Hause.« Diesel stand auf, zog Tracey auf die Beine und warf sie sich über die Schulter. Alle johlten und jubelten, während sie quietschte und Diesel sich einen Weg zum Motorrad bahnte.

»Richtig so! Mach's wie ein Whiskey!«, grölte Dare.

»Die Gitarre!«, rief Sasha.

Diesel wurde nicht langsamer. »Die braucht sie heute Nacht nicht!«

»*Diesel!*« Tracey lachte schallend. »Das alles hier wurde für dich organisiert!«

Er setzte sie ab, wobei er wie ein liebestoller Narr grinste, und *wow*, das stand ihm einfach fantastisch. »Das ist ja toll, meine Süße, aber ich will jetzt dich. Du setzt dich also entweder freiwillig auf dieses Bike, oder ich zieh dich hier und jetzt nackt aus und leg dich da drüber.«

»Das würdest du nicht wagen. Viel zu viele Zuschauer.«

Ein wölfisches Grinsen erschien auf seinem attraktiven Gesicht. »Du hast recht, aber bei mir zu Hause gibt es keine

Nachbarn.«

Aufregung rumorte in ihr. »Ich gebe zu, dass diese Vorstellung recht reizvoll ist.«

Seine Augen loderten und ein heißes Knurren entwich ihm, als er sie an der Taille packte, hochhob und auf dem Motorrad platzierte. Schnell setzten sie ihre Helme auf und er stieg vor ihr auf. Ihr Herz donnerte beim Gedanken daran, wie er sie rau und ungezügelt im Mondlicht nehmen und nach dieser emotionalen Zeit seine ganze Leidenschaft an ihr auslassen würde. Sie schlang die Arme um ihn, fuhr mit den Händen über seine Brust nach unten, spürte seine wunderbaren Muskeln und sein Herz, das ebenso schnell hämmerte wie ihres. Sie ließ die Finger tiefer wandern, umfasste seine Erregung durch die Jeans, was ihre Vorfreude noch erhöhte. »Beeil dich lieber, bevor ich meine Meinung noch ändere.«

Nie hatte sie ihn so schnell fahren sehen.

Die Vibrationen des Motors, die Vorfreude auf ihr verbotenes Schäferstündchen und das Gefühl, an Diesel gepresst zu sein, wirkten wie Magie, und als sie endlich am Haus ankamen, konnte sie ihr Verlangen kaum noch zügeln. Er stieg vom Motorrad, sie rissen sich ihre Helme vom Kopf, und er drehte sie grob um, klemmte sich zwischen ihre Beine und küsste sie leidenschaftlich und fordernd. Sie erhob sich vom Motorrad, war begierig nach mehr, und er küsste sie härter, während er ihre Jeans öffnete und eine Hand in ihren Slip steckte. Schon stieß er die Finger in sie hinein, und sie stöhnte in seinen Mund und rieb sich an seinen Fingern. Sein Daumen spielte mit ihrer Klitoris, was sie nur noch mehr erregte. Mit einer Hand hielt sie sich an seiner Schulter fest, mit der anderen knöpfte sie seine Jeans auf. Sie war ebenso begierig auf ihn, umfasste seine Erektion und entlockte ihm damit das hungrigste Knurren, das sie je von ihm vernommen hatte. Lust durchzuckte sie, während sie ihn mit der Hand liebkoste, und er brachte sie in die höchsten Sphären der Lust, bis sie nur noch Lichtblitze vor Augen hatte und in der Dunkelheit aufschrie. Sofort eroberte er wieder wild und aggressiv ihren Mund.

Dann löste er sich von ihr, schob seine Jeans nach unten und vergrub die Hände in ihren Haaren. »Nimm ihn in den Mund.«

Gott, ja. Sie ging auf die Knie, nahm seine stählerne Härte in den Mund und liebte ihn mit allem, was sie hatte – mit den Händen, dem Mund, den Zähnen –, was ihr ein genüssliches Stöhnen nach dem anderen einbrachte. Das Mondlicht funkelte in seinen Augen, während er zusah, wie sie ihn befriedigte. Wieder einmal war sie fasziniert davon, wie sehr es sie erregte, das Verlangen in seinen Augen zu sehen und in seinem Körper zu spüren. Sie wurde immer feuchter, mit jedem Lecken und Saugen erregter. Sie spürte, wie er in ihrer Hand anschwoll, und als Diesel sie an den Haaren nach oben zog, verstärkte der Schmerz ihre Lust nur noch mehr. Er presste den Mund auf ihren, eroberte sie, und ihre Zungen umgarnten einander. Er riss ihre Jeans herunter, drehte sie herum, gab ihr einen Klaps auf den Hintern und rieb dann seinen Schaft daran, während sich seine Zähne in ihren Nacken gruben.

Tracey klammerte sich am Motorrad fest, stöhnte und wimmerte, rieb den Po an ihm, bog den Rücken durch, als er ihr ruckartig Pullover und BH auszog. Die kalte Luft strich über ihre Haut, und er umfasste ihre Brüste und drückte ihre Knospen so fest, dass sie es zwischen den Beinen spürte. »Oh Gott, Diesel. Ich brauche dich.«

Sie musste ihn nicht zweimal bitten. Mit einem harten Stoß drang er in sie ein, wodurch ihr Bauch gegen den Ledersitz gepresst wurde. Oh ja, das war gut! Sie wollte es härter, tiefer, *gröber*. Sie wollte ihn wild und frei. »Nimm mich, Diesel. Halt nichts zurück.«

Er beugte sich über sie, legte die Finger fest und besitzergreifend auf ihren Brustkorb und drückte ihr einen sanften Kuss auf die Schulter. Sie spähte über die Schulter nach hinten, und er hob seine von Lust schweren Augenlider und grinste so teuflisch, dass ihr noch heißer wurde. Dann nahm er sie härter, schneller, rauer, und das Motorrad bebte mit jedem herrlichen Stoß. Er knabberte an ihrem Hals, und Grundgütiger, lustvolle Empfindungen durchströmten sie mit solcher Macht, dass sie nicht viel anderes tun konnte, als sich festzuhalten und alles zu nehmen, was er zu geben hatte – und es zu genießen. Blitz und Donner tosten in ihr, brannten, eroberten, verheerten, und in der Sekunde, in der sie den Höhepunkt erreichte, kam ihm ihr Name über die Lippen, als er ebenfalls den Höhepunkt erreichte. Ihre Körper zuckten und zitterten, und die Geräusche ihres Liebesspiels vermischten sich mit dem Klappern des Motorrads bei jeder Bewegung. Ihre leidenschaftlichen Schreie wurden von der Brise davongetragen und ließen nach, als sie langsam wieder die Erde erreichten.

Diesel küsste ihre Schulter, ihre Wange, ihren Nacken. Er nahm sie in seine starken Arme und seine gierigen Hände umfassten erneut ihre Brüste. »Gott, Trace. Der Sex mit dir sollte illegal sein.«

Sie kicherte nur.

Er richtete sich zu seiner vollen Größe auf, drehte sie in seinen Armen herum und küsste sie langsam und zärtlich. »Ich hab dir doch nicht wehgetan, oder?«

Sie schüttelte den Kopf und war so trunken von ihm, dass sie das Gefühl hatte, zu schweben.

»Gut.« Er küsste sie wieder, süß und sanft, und dann zog er erst sie an, bevor er seine Jeans nach oben zerrte. Mit einem Arm um ihre Schultern führte er sie zum Haus. »Denn nachdem wir jetzt unser dringendstes Bedürfnis gestillt haben, werde ich die ganze Nacht mit dir Liebe machen.«

»Hast du gerade Liebe machen gesagt?«, neckte sie ihn, während er die Tür aufschloss. »Das habe ich ja noch nie aus deinem Mund gehört.«

»Da siehst du mal, was du aus mir gemacht hast. Und jetzt wird dir mein Mund noch ganz andere Dinge zeigen.«

Sie tänzelte an ihm vorbei ins Haus. »Dann zeig mal, was du draufhast.«

Drohend funkelten seine Augen und er kam auf sie zu wie ein Tiger, der seiner Beute auflauerte. »Du steckst in großen Schwierigkeiten, Kratzbürste.«

Sie sprudelte über vor Freude. »Darauf hatte ich gehofft.«

Zwanzig

Diesel kehrte als neuer Mensch nach Peaceful Harbor zurück. Mittlerweile konnte er sich vorstellen, hier Wurzeln zu schlagen. Sein Fluchtinstinkt war verschwunden. Er war kein einsamer Wolf mehr. Er hatte Tracey, um die er sich kümmern musste, und jetzt hatte er auch noch eine Familie, was alles größere Konsequenzen nach sich zog. Als er Dienstagabend auf Biggs' und Reds Veranda stand und die vier Bikes davor als die von Bullet, Bones, Bear und Dixie erkannte, hatte er ein schlechtes Gewissen, weil er so plötzlich abgehauen war. Er hatte Biggs einfach so im Keller zurückgelassen, die Arbeit nur halb erledigt, und es Bullet zugemutet, hinter ihm aufzuräumen und seine Schichten neu zu vergeben. Falls er irgendeine Chance haben wollte, hier sein Leben aufzubauen, ein Leben mit Tracey, musste er sich unter Kontrolle bekommen, selbst wenn er wusste, dass sie ihn immer unterstützen würden.

Red kam zur Tür. »Willkommen zurück, Schätzchen.«

»Danke. Biggs hat mich gebeten, vorbeizukommen.«

Sie bedeutete ihm, einzutreten. »Geht's dir gut?«

Er nickte, aber der Knoten in seinem Magen sagte etwas anderes, als er ihr ins Wohnzimmer folgte. Bullet und Bones saßen auf einer Seite des Tisches, Bear und Dixie auf der anderen. Am Kopfende hatte Biggs Platz genommen. Im Zimmer wurde es still und fünf ernste Augenpaare richteten sich auf Diesel. Die Männer verschränkten die Arme, als wäre er der Feind und nicht etwa Teil der Familie. Plötzlich sah er die Situation aus einer anderen Perspektive, und seine Kehle schnürte sich zu. Glaubten sie, er würde etwas von ihnen erwarten, weil er herausgefunden hatte, dass er zur Familie gehörte? *Verflucht.*

Biggs bedeutete ihm, sich auf den leeren Stuhl am anderen Tischende zu setzen. Sobald Diesel das getan hatte, nahm Red direkt rechts von ihm neben Bear Platz und tätschelte Diesels Hand. Erst da fiel ihm auf, dass sie bei seiner Ankunft nicht versucht hatte, ihn zu umarmen.

Biggs lehnte sich zurück, aber er wirkte angespannt. »Guten Flug gehabt?«

»Ja, Sir. Hört mal, ich weiß, wie verrückt die Situation ist, aber das ändert nichts. Ich erwarte nichts von euch.«

»Du liegst falsch, Junge«, entgegnete Biggs streng. »Das ändert alles, und falls du das anders siehst, werden wir wohl ein Problem miteinander bekommen.«

Die anderen nickten, was Diesel nur noch mehr beunruhigte.

Er wappnete sich gegen sein aufwallendes Unbehagen. »Bei allem Respekt ...«

Biggs hielt eine Hand hoch, um ihn zum Schweigen zu bringen, und stemmte sich mit dem Stock in der Hand hoch. »Hör mir gut zu, Junge.« Er legte eine Hand auf Dixies Schulter. »Ich habe so manche Fehler gemacht, was die Familie angeht, und plane nicht, einen weiteren zu begehen.« Er kam auf Diesel zu. »Mein Bruder ist tot, und ich dachte, ich hätte nichts mehr von ihm in meinem Leben.« Er stellte sich neben

Diesel. »Steh auf, Junge.«

Diesel stellte sich hin und war bereit, alles zu ertragen.

Biggs trat näher an ihn heran. »Du bist der Sohn meines Bruders, und das macht den Rest von uns zu Glückspilzen, weil wir dich bei uns haben.« Er zog Diesel grob an sich und flüsterte ihm ins Ohr: »Willkommen in der Familie, Diesel.«

Erleichterung und Fassungslosigkeit überkamen Diesel, nachdem er Biggs' Worte verarbeitet hatte. Er sah zu den anderen, die versuchten, ihr Grinsen zu unterdrücken. »Ihr habt mich alle reingelegt?«

Sie brachen in schallendes Gelächter aus, und Diesel fluchte, während sie alle aufstanden und gleichzeitig auf ihn einredeten.

»Wir haben's eben faustdick hinter den Ohren, und genau deshalb liebst du uns doch.« Dixie umarmte ihn.

Bullet drängte sich dazwischen. »Gewöhn dich dran. Du bist jetzt ein Whiskey.«

»Willkommen in der Familie, Cousin.« Bones schlug ihm auf den Rücken.

»Ich habe so viel wertvolle Zeit mit Axel verbracht, dabei hätten diese Jahre dir gehören sollen«, meinte Bear mit einem Anflug von Schuldgefühlen.

So gern Diesel Axel kennengelernt hätte und vielleicht sogar unter seine Fittiche genommen worden wäre, missgönnte er Bear nicht, wie nahe er und Axel sich gestanden hatten. »Nein, Mann, alles gut. Ich bin froh, dass er für dich da gewesen ist.«

Bear umarmte ihn kurz. »Sobald du bereit bist, kann ich dir eine Menge Geschichten erzählen.«

»Ich freue mich darauf, sie alle zu hören.«

Red umarmte ihn ebenfalls gerührt. »Du bist immer wie ein Sohn für uns gewesen, und das macht es gleich noch besser.« Sie deutete auf mehrere Kisten, die hinter ihm auf dem Boden standen. »Wir sind Axels Sachen im Keller des Clubhauses und auch hier durchgegangen. Es ist nicht viel. Hauptsächlich Bücher. Ich habe ein paar Fotoalben und andere Sachen zusammengestellt, von denen wir dachten, dass du sie vielleicht haben willst.«

Der Kloß, den er bereits das ganze Wochenende im Hals spürte, war plötzlich wieder da. Er sah zu den Kisten, während Bear eine davon öffnete und ein Buch herausnahm.

»Ich weiß nicht, wie interessiert du an denen bist, aber möglicherweise hast du ja was für Bilbo Beutlin übrig.« Bear drehte das Buch um und zeigte ihm das Cover von *Der Hobbit*.

Sie hatten ja keine Ahnung, welche Bedeutung dieses Buch für ihn hatte. Diesel räusperte sich verlegen. »Tatsächlich mag ich ihn sogar sehr. Ich weiß zu schätzen, dass ihr die Sachen für mich zusammengestellt habt, und mir tut wirklich leid, dass ich einfach verschwunden bin und euch im Stich gelassen habe.«

»Wir verstehen das schon«, versicherte Biggs ihm. »Aber einiges wird sich ab jetzt ändern. Das Erste ist, dass wir dich als Partner für die Bar und die Werkstatt eingetragen haben.«

»Wie bitte? Was hat das zu bedeuten?« Er konnte den Schock in seiner Stimme nicht verbergen.

»Die Bar ist ein Familienunternehmen und Axel hat die Werkstatt der Familie überlassen. Du bist Teil dieser Familie, mein Junge.«

Diesel war überwältigt von seiner Großzügigkeit. »Danke, aber ich brauche keine Almosen. Ich arbeite gern für euch alle.«

»Von wegen Almosen«, entgegnete Biggs beleidigt. »Das ist ein Familienunternehmen und kein Wohltätigkeitsverein.«

»Das ist einfach zu viel, Biggs.« Er blickte zu den anderen hinüber in der Hoffnung, dort Unterstützung zu finden, aber sie schüttelten den Kopf und waren eindeutig Biggs' Meinung.

»Ihr habt alle euren Beitrag geleistet. Ihr habt euch den Arsch abgerackert, damit die Geschäfte laufen.«

»Und das hast du auch.« Biggs humpelte näher. »Immer wenn du in die Stadt gekommen bist, und zwar häufiger, als ich zählen kann, hast du dir Zeit für uns genommen. Du bist in den letzten Jahren stets eingesprungen, wenn wir dich am meisten gebraucht haben, und du hast beinahe jeden Tag der Woche unserer Familie gewidmet – deiner Familie. Was mich zum nächsten Punkt bringt. Tiny, Reba und ich haben an einem Stück unserer Vergangenheit festgehalten, das uns allen wichtig war, aber besonders Axel. Es ist nicht viel, nur ein kleines Haus auf der anderen Seite der Stadt, in dem wir aufgewachsen sind. Und bis er zu schwach dafür war, ist Axel immer dorthin gefahren, wenn er nachdenken musste. Tiny hat gesagt, er hätte dir davon erzählt, als du Colorado das erste Mal verlassen hast.«

»Ja, das hat er. Ich fahre seit meinem ersten Trip nach Peaceful Harbor immer wieder dorthin.« *Genau wie Axel.* Ihm gefiel der Gedanke.

Biggs nickte. »Es gehört jetzt dir, mein Junge.«

Sprachlos schüttelte Diesel den Kopf und glaubte, Biggs' Worte missverstanden zu haben.

»Das Witzige ist, dass wir alle paar Jahre darüber geredet hatten, es zu verkaufen«, erzählte Biggs mit nachdenklichem Gesichtsausdruck. »Irgendwie konnten wir nie loslassen. Jetzt wissen wir auch, warum. Das Haus hat auf dich gewartet.«

»Biggs, ich kann doch nicht ...« *Verdammt.* Wieder schnürte sich ihm die Kehle zu. »Ihr wisst doch noch gar nicht, was ich für Pläne habe.«

»Deine Pläne sind mir egal. Das Haus gehört dir, wir schenken es dir. Was du damit anstellst, ist dir überlassen.«

»Ich kann es nicht einfach so als Schenkung annehmen. Aber ich bleibe hier, also werde ich es euch abkaufen. Ich habe genug Geld und ich liebe diesen Ort.«

»Dein Geld hat hier nichts zu suchen, mein Sohn.« Biggs strich sich über den Bart. »Red, bring den Jungen mal zur Vernunft.«

Red überreichte Diesel einen Umschlag. »Wir haben die Unterlagen für die Unternehmen und das Haus schon vorbereitet. Ich fürchte, du gehst hier nicht raus, bis du unterschrieben hast.«

Bullet, Bones und Bear standen mit verschränkten Armen in der Esszimmertür.

Diesel schnaubte. »Ihr wisst schon, dass ich es mit euch allen aufnehmen kann?«

»Pah, von wegen.« Bullet grinste breit.

Bones und Bear wechselten einen amüsierten Blick. »Du kannst es ja mal versuchen.«

»Würdet ihr mal alle aufhören, euch so aufzuplustern?« Dixie reichte Diesel einen Stift. »Wir lieben dich, und wir wollen, dass du hier ein Zuhause hast. Jetzt unterschreib einfach die verdammten Unterlagen, damit du nach Hause zu Tracey kannst und ich zurück in die Bar komme, bevor Dana noch kündigt.«

Diesel knirschte mit den Zähnen und wehrte sich gegen das warme, angenehm chaotische Gefühl in seinem Inneren. »Ich weiß nicht, was ich sagen soll.«

»Du musst gar nichts sagen, Schätzchen. Wir wissen, dass du uns liebst«, versicherte Red ihm.

Mit einem kurzen Nicken nahm er die Unterlagen aus dem Umschlag, während er versuchte, sich zusammenzureißen. Als er die Dokumente las, in denen ihm ein bestimmter Prozentsatz der Einnahmen und der Besitz des Hauses übertragen wurden, gab ihm das den Rest. Er sah die Menschen an, die er nun als Familie bezeichnen durfte, und diesmal hielt er sich nicht zurück. »Danke. Ich liebe euch alle.« Er sah Bullet an. »Sogar dich, Mann.«

Sie lachten, während Diesel die Papiere unterzeichnete, und dann musste er weitere Umarmungen und liebe Worte über sich ergehen lassen. Diese ganzen Familienangelegenheiten waren ziemlich gefühlsduselig, aber daran sollte er sich wohl gewöhnen.

Als er endlich ging, war er noch immer im Schockzustand. Er setzte sich auf sein Bike und rief Tracey an.

»Wie ist es gelaufen?«, fragte sie angespannt.

»Ich erzähl's dir, wenn wir uns sehen. Komm in fünf Minuten raus.« Er steckte sein Handy ein und fuhr geradewegs zu ihrem Haus. Sie wartete auf dem Gehweg, sexy und wunderschön in Jeans und Sweatshirt. Ihre Augen funkelten vor Neugier. Er reichte ihr einen Helm. »Steig auf, Kratzbürste.«

Sie setzte sich auf das Motorrad. »Willst du mir nicht erzählen, was passiert ist?«

»Gleich. Setz den Helm auf und halt dich gut fest.«

Er fuhr zum Haus, und nachdem er ihre Helme abgelegt hatte, nahm er Traceys Hand.

»Was machen wir hier?«

»Uns alles genauer anschauen.« Er ließ die Hausschlüssel von seinem Finger baumeln.

Sie riss die Augen auf. »Wo hast du die denn her?«

Er sah die Person an, die sein Leben verändert hatte – mit Liebreiz und Aufmüpfigkeit und genug Liebe, um ihn von der falschen Seite dieser unsichtbaren Linie zu ziehen und dafür zu sorgen, dass er nie wieder zurückwollte. »Die habe ich von meiner Familie. Das Haus gehört uns, Baby Girl, und ich kann's kaum erwarten, mit anzusehen, wie du hier deinen Garten bepflanzt, wie du deine Familie zu Steaks und zum Fußballspielen einlädst und wie ich dich jedes Mal lächeln sehe, wenn du durch diese Tür trittst.«

Ihr klappte der Kiefer herunter. »Was? Du willst, dass wir zusammenziehen?«

Er nahm sie in die Arme und küsste sie. »Verdammt richtig. Ich liebe dich, Trace. Ich will jeden Morgen mit dir aufwachen, Bilder unserer Familien an die Wände hängen und im Mondlicht schmutzige Dinge auf der Veranda anstellen.«

Sie lachte leise, aber das Vergnügen, das in ihren Augen aufblitzte, verriet ihm, dass sie diese Dinge ebenfalls wollte.

»Na, dann komm. Schauen wir uns unser neues Zuhause an.« Er legte ihr einen Arm um die Schultern und ging auf die Tür zu.

»Dir ist schon klar, dass eine Frau gern gefragt wird, ob sie bei einem Mann einziehen möchte.«

Gott, ich liebe dich so sehr. »Das mache ich doch gerade, Baby Girl.« Er hob sie hoch, trug sie über die Verandastufen und brachte ihr Lachen mit einem langen, zärtlichen Kuss zum Verstummen.

Einundzwanzig

»Wie viel Zeit haben wir noch?«, rief Diesel aus dem Bad, in dem er sich gerade rasierte.

Sie machten sich für Pennys und Scotts Hochzeit fertig. Es war jetzt sechs Monate her, seit Diesel herausgefunden hatte, dass Axel sein Vater war, vier Monate, seit sie in das Haus gezogen waren, und zwei Monate, seit Penny ihren süßen Sohn Liam Wilson Beckley zur Welt gebracht hatte.

Tracey zog sich Unterwäsche an. »Wir müssen in fünfundvierzig Minuten los. Ich hole mir schnell einen Snack. Auf Hochzeiten bekomm ich immer Hunger.« Sie zog sein Hemd über und verließ das Schlafzimmer.

In der Küche nahm sie sich einen Becher Joghurt aus dem Kühlschrank und bewunderte dabei lächelnd die perfekt organisierten Regale und Schubladen. Alles in Diesels Leben hatte seinen Platz und sie war so froh, ein Teil davon zu sein. Sonnenlicht fiel durch die Balkontür herein und wärmte ihr die nackten Beine, als sie sich zum Essen an den Tisch setzte. Diesel und die anderen hatten das Haus auf den Kopf gestellt: die Holzböden nachgearbeitet, mehr Fenster eingebaut, Geräte und Fliesen ersetzt und an die Küche eine Veranda angebaut, von der aus man auf den Wald und ihren Privatweg zum Fluss blickte. Sie hatten jedes Zimmer eingeweiht – auch die Veranda.

Diesel hatte den Keller ausgebaut und daraus ein Fitnesscenter gemacht, mit genug Platz für das Selbstverteidigungstraining. Sie hatten eine Vereinbarung mit dem Fitnesscenter getroffen und gaben seit mittlerweile fünf Wochen Selbstverteidigungskurse, manchmal mit Lior, manchmal ohne ihn, aber immer gemeinsam. Die Frauen im Parkvale Shelter durften die Kurse kostenfrei besuchen. Sie arbeiteten weiterhin beide in der Bar, gaben sich verstohlene Küsse, taten sündige Dinge nach Barschluss und liebten jede Sekunde davon.

Tracey hörte Diesel im Schlafzimmer herumgehen und schaute in die Richtung, wobei ihr Blick auf die Gitarre fiel, die neben der Couch im Wohnzimmer stand. Vor Thanksgiving hatte er sie mit einem Monat Gitarrenunterricht bei einem lokalen Musiker überrascht, und er hörte ihr genauso gern beim Spielen zu, wie sie das Spielen liebte. Sie betrachtete die Fotos ihrer Familien und Freunde an den Wänden. Viele davon stammten aus seiner Kindheit. Tracey war fest davon überzeugt, dass die Bilder seiner Mutter mehr als nur einen Hauch von Magie in ihr Leben brachten. Sie hatten ihre Hobbit-Schneekugel und andere Dinge aus Colorado hergebracht, und Diesel lächelte jedes Mal, wenn er sie sah. Für einen Mann, der sein Leben auf der Straße verbracht und nie lange an einem Ort verweilt hatte, wusste er erstaunlich gut, wie man ein Haus in ein warmes, liebevolles Heim verwandelte. Tracey sah nach oben und schickte einen stummen Dank an seine Mutter.

Sie hatte das Gefühl, ihre Mütter hätten beste Freundinnen werden können. Sie sahen die Familie ihrer Mutter häufig und irgendwann hatte ihre Mutter aus dem Nichts heraus angefangen, Diesel *Dezzie* zu nennen. Ihre Mutter hatte nicht gewusst, dass *seine* Mutter ihn so genannt hatte, und Tracey hatte sie eingeweiht und sie gebeten, es zu lassen. Aber Diesel hatte seine weichere Seite gezeigt und sich mit dem Spitznamen einverstanden erklärt. Er hatte sogar einige seiner aufgesparten Worte verwendet, um ihrer Mutter und ihrer Familie ein paar schöne Geschichten über seine Mutter zu erzählen. Anna und Malia hatten letzten Monat ein Wochenende bei Tracey und Diesel verbracht und den Bach und die Fahrten auf seinem Motorrad geliebt. Allerdings war Diesel ihnen gegenüber mittlerweile ebenso beschützerisch wie bei Tracey und nicht allzu begeistert über Malias Ankündigung, einen Biker daten zu wollen. Er hatte sie gewarnt: *Dir ist schon klar, dass du die nächsten zehn Jahre noch auf keine Dates gehst, oder?* Tracey und die Mädchen hatten herzlich darüber gelacht.

»Baby Girl, hast du mein Hemd gesehen?« Diesel kam in die Küche und sah aus wie ein Sexgott mit seiner dunkelblauen Anzughose und dem freien Oberkörper, den lediglich eine blaue Krawatte zierte. Er kam auf sie zu. »Ist das mein Hemd?«

»Du sagst doch immer, was dein ist, ist auch mein.«

Er beugte sich vor, stützte eine Hand auf den Tisch, die andere auf die Stuhllehne, um sie so an der Flucht zu hindern, und führte seine sündigen Lippen dicht an sie heran. Sein hitziger Blick wanderte über ihr Gesicht nach unten zu der freigelegten Wölbung ihrer Brüste, dann langsam wieder nach oben zu den Ärmeln, die sie bis zu den Ellbogen hochgeschoben hatte. »Das muss ich gleich noch mal bügeln.«

»Oje.« Sie zupfte an einem Ende seiner Krawatte, zog sie ihm vom Hals, schlang sie um seine Taille und zog ihn näher an sich heran. »Vielleicht kann ich es wiedergutmachen.«

Seine Augen umwölkten sich und ein Knurren stieg in seiner Kehle auf, was ihre Brustwarzen vibrieren ließ. Er strich mit den Lippen über ihre. »Wir kommen zu spät.«

»Nicht, wenn wir uns beeilen.«

Sie ging auf die Zehenspitzen, um ihn zu küssen, und er hob sie vom Stuhl und erwiderte ihren Kuss leidenschaftlich, während er sie ins Schlafzimmer trug, wo er sie nahm, bis sie kaum noch bei Sinnen war. Danach duschten sie schnell und zogen sich an. Tracey richtete seine Krawatte und ihr stockte der Atem, wie unglaublich attraktiv er aussah.

»Wenn du mich weiter so ansiehst, werden wir die Hochzeit noch verpassen.«

Sie spürte, wie ihr das Blut in die Wangen schoss. »Ich kann es nicht ändern, wenn du so heiß aussiehst.«

Er umfing ihre Pobacken und zog sie für einen sinnlichen Kuss an sich. »Nicht halb so heiß wie du. Aber wir kommen wirklich zu spät, wenn wir nicht endlich losfahren.« Er drehte sie um, um den Reißverschluss ihres Kleids hochzuziehen, wobei er mehrere Küsse auf ihren Rücken drückte, was ihr eine Gänsehaut bescherte. Er drehte sie wieder zu sich herum und flüsterte: »Wag es ja nicht, mit Rhys zu tanzen.«

»Sag mir nicht, was ich tun darf.« Sie küsste ihn kichernd. »Er wird gar nicht da sein. Außerdem ist auf meiner Tanzkarte kein Platz mehr. Die ist vollgeschrieben mit deinem Namen.«

»Verdammt richtig. Gehen wir.«

»Ich muss nur noch meine Ohrringe finden.«

»Beeil dich, Kratzbürste. Ich lasse schon mal den Motor an.«

Als er das Schlafzimmer verließ, rief sie ihm noch »Nimm das Geschenk mit!« hinterher. Sie legte die Ohrringe und die funkelnde Diamantkette an, die Diesel ihr zu Weihnachten geschenkt hatte. Biggs und Red luden immer alle zum Weihnachtsfest ein und hatten zuletzt auch Traceys Familie hinzugebeten. Diesel und Tracey waren ein paar Tage später aufgebrochen, um Silvester mit seiner Familie auf der Ranch in Colorado zu feiern. Wie sich herausstellte, handhabten sie es dort ähnlich wie Biggs und Red und feierten mit allen auf der Ranch. Tracey hatte sich mit Sasha, Birdie und Simone angefreundet, und es war zu witzig zu sehen, wie Simone versuchte, Cowboy aus dem Weg zu gehen, während Birdie alles in ihrer Macht Stehende tat, um das zu verhindern, und Sasha wiederum alles daransetzte, um Simone zu helfen, indem sie Birdies Versuche sabotierte.

Tracey schnappte sich ihre hochhackigen Schuhe und rannte durch die Vordertür, blieb dann auf der Veranda stehen, um sie anzuziehen. Diesel pfiff anerkennend und kam über den Schieferweg zwischen den Beeten, die sie letztes Wochenende zusammen mit ihrer Mutter und ihren Schwestern angelegt hatte, auf sie zu.

Er nahm ihre Hand, als sie die letzte Stufe nach unten kam. »Baby Girl, du bist zu schön, um es in Worte zu fassen. Aber irgendetwas fehlt noch.«

Sie sah an ihrem blauen Kleid herab, das sie passend zu seiner Krawatte gekauft hatte, und den High Heels, in denen sie besser an seine Lippen herankam. »Was hab ich denn …«

Diesel steckte ihr einen wunderschönen Ring an den linken Ringfinger. »So. Jetzt können wir los.«

Sie starrte den blauen Diamanten an, der von einem Blütenblattdesign aus weißen Diamanten umgeben war, und die beiden goldenen Reben, die sich um ein zartes Diamantband wanden. Staunend und mit feuchten Augen blickte sie zu ihm auf. »Diesel …?«

»Was ist? Gefällt er dir nicht?«

Ihr liefen die Tränen über die Wangen. »Ich liebe ihn. Ich liebe dich und unser Zuhause und unseren Garten. Ich liebe unser Leben. Aber ist das …? Willst du …?«

»Verflixt. Ich hab vergessen, dass du gefragt werden willst.« Er räusperte sich und seine Liebe umschlang sie wie eine Umarmung, als er auf ein Knie ging und ihre Hand in seiner hielt. »Baby Girl, alles an dir, an uns, war unerwartet, und keine Minute vergeht, in der ich nicht dem Himmel danke, dass du von allen Männern auf der Welt ausgerechnet mich auserwählt hast. Du bist der Frieden, von dem ich nie wusste, dass er mir gefehlt hat. Wir haben Wurzeln geschlagen, aber ich will mehr. Ich will, dass du deine weiße Märchenhochzeit mit allem Brimborium bekommst, und eines Tages will ich zähe kleine Jungs haben und süße kleine Mädchen, die ihnen ordentlich einheizen. Ich will dich unser Lied auf der Gitarre spielen hören, bis wir alt und grau sind und an die Erinnerungen denken, die wir geschaffen haben, und das unglaubliche Leben, das wir hatten.«

Er musste all diese Worte für genau diesen Moment aufgespart haben. Sie konnte gar nicht mehr aufhören zu weinen.

Diesel stand auf, und sein liebevoller Blick hielt sie gefangen. »Tracey, meine Liebste, mein Leben, mein Alles, willst du für immer die Meine sein? Heirate mich, nimm meinen Namen an und füll unser Haus mit mehr Glückseligkeit, als wir uns jemals erhoffen konnten.«

»*Ja!*«, sprudelte es unter Tränen aus ihr heraus. Sie schlang die Arme um seinen Hals und küsste ihn. Er wirbelte sie herum, während sie lachten und sich immer wieder küssten. »Wir werden heiraten!«

»Verdammt richtig.«

Er stellte sie ab und sah ihr tief in die Augen. »Ich liebe dich. Und jetzt schwing deinen Hintern in diesen Pick-up, bevor ich dich wieder reintrage und dir dieses schicke Kleid vom

Leib reiße.«

Sie kicherte und konnte nicht anders, als ihn zu necken. »Du weißt doch, dass eine Frau gern gebeten wird, in den Wagen einzusteigen, und keine Befehle hören will.«

Er gab ihr einen Klaps auf den Po, und sie quiekte auf und rannte in Richtung Pick-up. Doch er umschlang ihre Taille, nahm sie in die Arme und küsste sie. Die Frühlingssonne wärmte ihre Wangen und ihr Herz war übervoll von Liebe. »Ring hin oder her. Es gibt nur dich, Diesel Black. Es hat immer nur dich gegeben.«

Bereit für die Whiskeys von der Redemption Ranch?

Verlieben Sie sich mit Dare Whiskey und Billie Mancini in:

Immer Ärger mit Whiskey

Sie ist die einzige Frau, die er je geliebt hat, und die einzige, die er nie haben konnte …

Jahre, nachdem sie beide ihren besten Freund bei einer schiefgelaufenen Wette verloren haben, macht Devlin »Dare« Whiskey seinem Namen noch immer alle Ehre – er ist und bleibt ein Daredevil, ein waghalsiger Draufgänger, und fordert das Schicksal bei jeder sich bietenden Gelegenheit heraus – während Billie Mancini ihre besten Seiten vergraben hat. Billie ist schön und zäh und kämpft gegen Dämonen, von deren Existenz Dare keine Ahnung hat. Aber er hat genug davon, mit anzusehen, wie sie vorgibt, jemand zu sein, der sie nicht ist, und lässt sich auf die wichtigste Herausforderung seines Lebens ein: der Frau, die er liebt, zu beweisen, dass einige Wagnisse das Risiko wert sind.

Hier geht es direkt zu *Immer Ärger mit Whiskey*.

Die Whiskeys von der Redemption Ranch tauchen in *Der Liebe auf der Spur* zum ersten Mal auf – eine super-sexy, humorvolle und hoch emotionale Liebesgeschichte über eine zweite Chance.

Zev Braden und Carly Dylan waren in ihrer Kindheit beste Freunde, sind gemeinsam auf Entdeckungstouren gegangen, wurden zu ihrer ersten großen Liebe. Ihre eng befreundeten Familien waren davon überzeugt, dass die beiden heiraten würden – bis eine große Tragödie über sie hereinbrach und die Liebenden voneinander trennte. Im Laufe des nächsten Jahrzehnts kehrte Zev, inzwischen ein in der ganzen Welt herumreisender Schatzsucher, nur selten in seine Heimatstadt zurück, während Carly sich als Chocolatiere am anderen Ende des Landes ein ganz neues Leben aufbaute. Eine zufällige Begegnung führt ihre Wege wieder zusammen. Finden sie die tiefe Liebe von damals wieder oder sind geplatzte Träume und gebrochene Herzen zu große Hindernisse?

Hier geht es direkt zu *Der Liebe auf der Spur*.

Wenn dies Ihr erster Roman über die Whiskeys war, warten noch eine Menge weiterer Bücher auf Sie. Beginnen Sie mit *Tru Blue – Im Herzen stark*, und entdecken Sie auch Melissas andere Serien von sexy Liebesromanen, die am Ende dieses Buches aufgelistet sind.

Neu bei »Love in Bloom – Herzen im Aufbruch«?

Falls dieser Band Ihr erstes Buch aus der Reihe »Love in Bloom – Herzen im Aufbruch« ist, warten noch jede Menge Geschichten über unsere sexy, selbstbewussten und loyalen Heldinnen und Helden auf Sie. *Die Whiskeys: Dark Knights aus Peaceful Harbor* ist nur eine der Serien aus meiner großen Sammlung von Liebesromanen mit Tiefgang, Humor und Happy-End-Garantie. In allen Büchern finden Sie eine abgeschlossene Geschichte, die auch für sich allein gelesen werden kann. Figuren aus den einzelnen Serien und Büchern der weitverzweigten »Love in Bloom – Herzen im Aufbruch«-Familien tauchen immer wieder auch in den anderen Bänden auf. So verpassen Sie nie eine Verlobung, eine Hochzeit oder eine Geburt. Wenn Sie mögen, lernen Sie doch auch die anderen Serien der Reihe kennen! Eine vollständige Liste aller auf Deutsch erschienenen und geplanten Bücher gibt es am Ende des Buches und unter dem folgenden Link finden Sie weitere Informationen:

www.MelissaFoster.com/Herzen-im-Aufbruch

Danksagung

Ich hoffe, die Geschichte von Diesel und Tracey hat Ihnen gefallen. Die Serie *Die Whiskeys: Dark Knights in Peaceful Harbor* ist noch nicht zu Ende! Izzy und einige andere Figuren bekommen auf jeden Fall noch ihr Happy End. Für Updates abonnieren Sie am besten meinen Newsletter.
www.MelissaFoster.com/Newsletter_German

Wenn Sie über meinen Schreibprozess erfahren und kleine Vorab-Einblicke in neue Geschichten bekommen möchten und Lust haben mit mir zu plaudern, sind Sie herzlich eingeladen, meinem Fanclub auf Facebook beizutreten!
www.Facebook.com/groups/MelissaFosterFans

Folgen Sie mir auf Facebook und Instagram, um lustige Giveaways und Updates zur Welt unserer fiktionalen Boyfriends mitzubekommen.
www.Facebook.com/MelissaFosterAuthor
www.Instagram.com/MelissaFoster_Author

Danke an mein akribisches Redaktionsteam: Kristen Weber, Penina Lopez, Elaini Caruso, Juliette Hill, Lynn Mullan, Justinn Harrison, Lee Fisher, und an mein deutsches Team: Anna Wichmann, Catherine Fischer, Stephanie Schottenhamel, Judith Zimmer. Und wie immer Danke an meine Familie für die immerwährende Unterstützung, die es mir erlaubt, in meine fiktionalen Welten abzutauchen.

Die Bradens (Peaceful Harbor)

Geheilte Herzen
Voller Einsatz für die Liebe
Liebe gegen den Strom
Vereinte Herzen
Melodie der Liebe
Sieg für die Liebe
Endlich Liebe – ein Braden-Flirt

Die Bradens & Montgomerys (Pleasant Hill – Oak Falls)

Von der Liebe umarmt
Alles für die Liebe
Pfade der Liebe
Wilde Herzen
Schenk mir dein Herz
Der Liebe auf der Spur
Verrückt nach Liebe
Liebe süß und sündig
Und dann kam die Liebe
Eine unerwartete Liebe

Die Remingtons

Spiel der Herzen
Im Dschungel der Liebe
Herzen in Flammen
Herzen im Schnee
Liebe zwischen den Zeilen
Von der Liebe berührt

Seaside Summers

Träume in Seaside
Herzen in Seaside
Hoffnung in Seaside
Geheimnisse in Seaside
Nächte in Seaside
Herzklopfen in Seaside
Sehnsucht in Seaside
Geflüster in Seaside
Sternenhimmel über Seaside

Die Ryders

Von der Liebe bestimmt
Von der Liebe erobert
Von der Liebe verführt
Von der Liebe gerettet
Von der Liebe gefunden

Die Whiskeys: Dark Knights aus Peaceful Harbor

Tru Blue – Im Herzen stark
Truly, Madly, Whiskey – Für immer und ganz
Driving Whiskey Wild – Herz über Kopf
Wicked Whiskey Love – Ganz und gar Liebe
Mad About Moon – Verrückt nach dir
Taming My Whiskey – Im Herzen wild
The Gritty Truth – Kein Blick zurück
In For A Penny – Süßes Glück
Running on Diesel – Harte Zeiten für die Liebe

Die Whiskeys: Dark Knights von der Redemption Ranch

Immer Ärger mit Whiskey
Um Whiskeys willen

…

Entdecken Sie Melissa Fosters Bücher auch auf:

www.MelissaFoster.com/Herzen-im-Aufbruch